Xavier Müller

Xavier Müller est docteur ès sciences, journaliste et écrivain. Il a collaboré, entre autres, au *Journal du CNRS*, à *Science & Vie* ou encore à *Phosphore*. Il partage son temps entre le journalisme et l'écriture de romans. Son genre de prédilection : le thriller scientifique, où l'invraisemblable devient possible. Père de deux enfants, il vit en Bretagne.

ERECTUS

ÉGALEMENT CHEZ POCKET

ERECTUS

ERECTUS : L'ARMÉE DE DARWIN

XAVIER MÜLLER

ERECTUS

XO EDITIONS

MIXTE
Papier issu de sources responsables
FSC® C003309
FSC
www.fsc.org

Pocket, une marque d'Univers Poche,
est un éditeur qui s'engage pour la préservation
de l'environnement et qui utilise du papier fabriqué
à partir de bois provenant de forêts gérées
de manière responsable.

ISBN : 978-2-266-29978-7
Dépot légal : janvier 2020

À Laurence.

« La nature ne retourne pas en arrière ; elle ne refait pas ce qu'elle a détruit, elle ne revient pas au moule qu'elle a brisé. Dans le nombre infini de combinaisons que l'avenir renferme, vous ne reverrez pas deux fois la même humanité, ni la même flore, ni la même faune. »

Edgar QUINET, 1870

PROLOGUE

Province de Mpumalanga,
Afrique du Sud, 13 juin.

Petrus-Jacobus Willems était sur le point d'entamer sa dernière ronde quand l'alarme se déclencha, brisant la torpeur de cette journée d'été ; un son aigu, à la limite du tolérable. Chaka, la chienne, émit un grondement qui se transforma en gémissement. Son échine fut parcourue de spasmes mais, curieusement, au lieu de se précipiter vers la menace comme à son habitude, elle esquissa une reculade et le garde dut tirer d'un coup sec sur la chaîne pour la rappeler à l'ordre.

D'un regard, il évalua la situation. Derrière les vitres du premier étage, une lumière rougeoyante clignotait furieusement. *Alerte maximale*, pensa-t-il, toujours figé. C'était la première fois qu'il se passait quelque chose depuis son entrée en service, six mois auparavant, et l'excitation l'envahit. En cas d'incident, les consignes étaient claires : boucler le périmètre après le départ du personnel sans chercher à pénétrer à l'intérieur du bâtiment, puis verrouiller la grille extérieure et partir. Rien d'autre.

La porte d'entrée s'ouvrit à la volée. Trois hommes en blouse surgirent, le visage couvert par leur masque de protection. Ils se précipitèrent en direction du parking logé derrière le labo. Une femme surgit à son tour. Elle était en larmes. Petrus-Jacobus s'approcha en veillant à rester calme, pour ne pas l'affoler davantage.

— Je peux vous aider ?

Elle secoua la tête, haletante, comme si elle manquait d'air. Tandis que la grille d'accès s'ouvrait lentement, un bruit de tôle froissée fit brièvement tourner la tête à Petrus-Jacobus. Dans leur précipitation, deux des trois laborantins s'étaient percutés. Sombres crétins ! Il leva les yeux au ciel, éberlué par leur stupidité, avant de revenir à la femme larmoyante, mais celle-ci courait déjà vers sa Ford poussiéreuse.

Alors qu'elle démarrait, il remarqua que deux véhicules étaient encore garés sous les arbres, dont le sien, un pick-up qu'il avait dégoté pour une bouchée de pain contre un « service spécial ». Chaka laissa échapper un bref jappement de protestation, et il secoua une nouvelle fois sa chaîne pour la faire avancer. Le doc apparut sur le seuil du labo. Son teint était cireux, ses yeux rougis, exorbités. Petrus-Jacobus n'avait pas dû lui adresser plus de cinquante mots en six mois, mais le type était supposé diriger l'endroit et c'était à lui qu'il devait en référer, en cas de souci.

— Il se passe quoi, là ?

— Contentez-vous de fermer et barrez-vous.

— Et pour Andries ? Je l'attends ?

Andries Joubert était l'autre vigile de jour, un type quasiment mutique et aussi réglé qu'une horloge.

— Pas la peine. Il comprendra devant la grille. Ou alors je l'appellerai. Barrez-vous.

— Et l'alarme ? On la laisse gueuler ?

— Putain… c'est un système automatique ! Grouillez !

L'homme tourna les talons et commença à courir. Une fois dans son cabriolet de frimeur, il démarra en trombe, soulevant un nuage de poussière qui enveloppa le garde et sa chienne.

L'alarme continuait son appel lancinant, pourtant le timbre aigu lui semblait moins agressif, à présent. « Grouillez », avait dit le doc. Petrus-Jacobus ne pouvait pas l'encadrer, ce type… La porte blindée du bâtiment était restée béante. Son ouverture était commandée par un code qu'il n'avait jamais été capable de percer. En six mois, c'était la première occasion. *La seule*, pensa-t-il. Il hésita. Chaka paraissait redevenue raisonnable. Que risquait-il après tout ? Le labo était situé dans une zone désertique, ils avaient veillé à ça, et Andries devait arriver dans une bonne demi-heure, si toutefois on ne l'avait pas déjà prévenu. Une aubaine pareille ne se représenterait pas de sitôt.

Après un dernier coup d'œil alentour, le garde se décida à entrer. Chaka lui emboîta le pas sagement, mais il pouvait sentir sa réticence.

— Tout doux, ma belle, un petit tour et on se casse.

Alors qu'il avançait dans le couloir carrelé de blanc, les premiers cris lui parvinrent, ponctués de chocs, comme si on cherchait à ébranler les murs. L'air semblait vibrer sous la violence des sons, alarme et hurlements combinés. Petrus-Jacobus se dit qu'il devrait peut-être faire demi-tour, mais il était engagé à présent et il savait qu'il y avait des animaux, ici. Il en était sûr, car il avait surpris une demi-douzaine de livraisons.

Finalement, les cris étaient une bonne chose, il savait vers quoi se diriger.

La nervosité le gagna insidieusement tandis qu'il accélérait le pas. L'occasion était trop belle, c'était un coup à se payer des vacances de luxe ou un nouveau fusil comme celui de Gus, son pote chasseur. Curieusement, la docilité de Chaka lui insufflait la volonté de continuer. La boerboel le suivrait en enfer… Et tant qu'elle était avec lui, il ne craignait pas grand-chose.

La salle d'où sortaient les hurlements dégageait une odeur musquée, par les battants grands ouverts après la fuite des laborantins. Les animaux étaient ici. Il remarqua le sigle jaune et noir signalant le danger, la serrure magnétique, du lourd, puis il distingua une seconde pièce, dans le fond, à la porte également béante, et les marches d'un escalier en fer. Les singes, une bonne vingtaine, étaient enfermés dans leur cage. Des capucins, des gibbons, des babouins et trois vervets, à demi fous de terreur. Un chimpanzé aussi ; logiquement, l'espèce était interdite à l'expérimentation. Tant pis pour la légalité des procédures !

Petrus-Jacobus l'examina d'un œil expert avant de l'approcher. L'animal était le seul à ne pas hurler et cela détermina son choix. Il aurait dû prendre son matériel dans la voiture, un filet ou son panier, mais il avait assez perdu de temps et il n'était pas question de revenir. Il fouilla dans les poches de son treillis, sortit une paire de gants qu'il gardait toujours sur lui, par habitude. Le cuir était suffisamment épais pour le prémunir d'une morsure.

La cage était fermée d'un simple verrou. Prudemment, il ouvrit le battant grillagé. L'animal le toisa, l'air légèrement amorphe. Ils avaient dû le droguer. Il introduisit sa main dans l'habitacle et le tira vers lui en douceur. Le chimpanzé sembla soudain se réveiller et le repoussa pour sauter dehors, sur le sol carrelé. En apercevant la chienne, pourtant, il se figea. Chaka gronda sourdement avant de se ramasser en position d'attaque.

— Du calme, Chaka ! Assise !

Mais la boerboel ne l'écoutait pas et se tenait dressée devant le singe qui s'était mis à osciller violemment sur ses pattes arrière en poussant une série de cris.

Tout se passa en moins d'une poignée de secondes. Le primate s'élança, la chienne laissa échapper une plainte qui se mua en aboiement rageur et Petrus-Jacobus n'eut même pas le temps de s'interposer que tout était déjà fini.

— Saloperie, il t'a mordue !

Le chimpanzé se réfugia en haut d'une armoire métallique et entonna une lamentation hystérique. Ce fut seulement à cet instant que le garde se rendit compte que l'alarme s'était tue et que les singes encagés ne criaient plus. Ils regardaient tous dans sa direction, comme fascinés par l'affrontement qui venait de se dérouler.

C'était trop con de repartir sans rien, surtout maintenant que la ménagerie était calmée ! Le chimpanzé resterait sur son perchoir si on ne l'agressait pas. D'ailleurs un capucin se revendrait plus aisément.

Tout en surveillant l'armoire du coin de l'œil, Petrus-Jacobus opta pour un mâle qui ne portait aucune trace de maltraitance visible. Il ouvrit la cage, s'empara du singe en redoublant de prudence, mais la bestiole vint se blottir contre lui et enfouit sa tête menue dans les plis de sa veste.

— On se tire !

Chaka ne se fit pas prier et gémit d'impatience. Il prit quand même le temps de tirer la porte derrière lui, perçut le déclic de la serrure magnétique. Les autres se débrouilleraient avec le chimpanzé, ce n'était plus son affaire !

Il se mit à courir vers la sortie, précédé de la chienne. Dans le long couloir, le silence résonnait sinistrement, et cette absence de son lui parut pire que le bruit. Tout ça pour un capucin… Sans cette satanée panique, il aurait pu fouiller la salle du fond. Peut-être aurait-il découvert des reptiles, encore plus faciles à écouler.

Au moment de franchir la porte extérieure, son soulagement fut si puissant que la tension se dénoua d'un coup et il dut faire halte pour reprendre son souffle. Chaka s'ébroua vigoureusement avant de japper, la tête tournée vers le parking, visiblement pressée de s'éloigner. Il faudrait vérifier sa blessure. Les morsures de singe pouvaient se révéler dangereuses, même s'il y avait peu de chances pour que le chimpanzé ait contracté la rage dans le labo. La peur l'avait rendu agressif, c'était tout.

Après avoir déposé le singe dans le panier et mis Chaka à l'arrière du pick-up, Willems retourna verrouiller l'entrée comme on le lui avait recommandé, à l'aide d'une clé spéciale indépendante du code. Deux sécurités valaient mieux qu'une, selon le doc. Il se demandait pourquoi. Le labo n'avait pas l'air de contenir grand-chose, à part des portes et des serrures.

Avec un peu de chance, après ce barouf, il écoperait de quelques jours de congé, le temps de se débarrasser du capucin. Le singe pourrait partir avec la prochaine livraison. Dans la pagaille, qui songerait à l'accuser ?

De l'intérieur du bâtiment, il perçut un fracas, probablement la chute d'un meuble en fer. L'armoire ? Des cris suraigus s'élevèrent, affolant un couple d'oiseaux qui décolla d'un battement d'ailes. À tous les coups, le chimpanzé avait dû ouvrir une cage et libérer un de ses congénères… Pas son problème.

Petrus-Jacobus démarra, il avait soudain hâte d'arriver chez lui. Il allait boire une bonne bière et soigner Chaka. Ou l'inverse.

– I –

PREMIERS SYMPTÔMES

– 1 –

Pretoria, 10 juillet.

Cathy Crabbe s'apprêtait à partir pour un week-end prolongé quand elle aperçut un colis sur sa paillasse. Quelqu'un l'avait déposé pendant qu'elle rassemblait ses affaires. Elle soupira, irritée. Ils ne pouvaient pas garder la livraison, à l'accueil, ou la refiler à un autre chercheur ? Elle n'avait pas vu la lumière du jour depuis une éternité et, au moment où elle s'en allait, on lui collait une corvée de dernière minute !

Responsable de l'unité de recherche sur les zoonoses, les infections transmissibles entre animaux, la quadragénaire était une bosseuse acharnée. Assez grande et plutôt sportive, elle dégageait une image d'efficacité et de vivacité qui n'était pas usurpée. Chacun le savait au labo et certains en profitaient pour lui confier les urgences ! Cette fois, pas question de céder, l'analyse attendrait son retour. Elle s'empara du carton, le fourra dans le réfrigérateur destiné aux produits en attente puis claqua la porte, ravie de sa bravade. C'était les vacances ! Le lendemain, à la première heure, elle serait à l'aéroport, direction les pentes du Drakensberg, la splendide chaîne de montagnes qui longeait le rivage sud-est du pays.

Avant de quitter les lieux, toutefois, elle décida de faire un crochet par l'animalerie afin de saluer son laborantin. Elle en profiterait pour le prévenir. Mike Jones était un étudiant précieux, presque aussi travailleur qu'elle et, malgré un parcours atypique, il promettait beaucoup. Au fil des mois, il était devenu son homme à tout faire, adjoint, soigneur, secrétaire.

Les babouins venaient d'être nourris et l'accueillirent par une salve de hurlements qui lui vrillèrent les tympans. D'habitude, Cathy n'y prêtait pas attention. Il était grand temps qu'elle change d'air et de rythme… Sur les portes des cages, un panneau indiquait le type d'agent pathogène qui circulait dans les veines de chaque animal. Machinalement, elle consulta celui d'une femelle.

Le laborantin tourna à peine la tête, concentré sur son petit protégé, un gibbon au pelage noir qui arborait un magnifique collier de poils blancs figurant une barbe des plus anthropomorphiques.

— Mike, j'y vais. Je pars sans mon portable. S'il y a une urgence dans les prochains jours, tu préviens Bob, et vous vous débrouillez sans moi, d'accord ?

— Et si une épidémie se déclare, on fait comment ? plaisanta-t-il.

— Je m'en fiche, c'est ton problème. Ebola, un raz-de-marée ou le prix Nobel, je ne suis là pour personne !

Je pars en trekking sans portable ni réseau, le rêve absolu !

— Pas de problème, Cathy, si quelqu'un a besoin de décompresser ici, c'est bien toi… Tiens, avant de partir, regarde ce petit malin !

Il remit le gibbon en cage, ferma la grille et lui tendit un stylo, puis l'observa en s'efforçant de masquer son attendrissement. Le singe avait vécu chez un particulier avant d'être saisi par les services vétérinaires des douanes et il en avait gardé une sociabilité évidente. Il n'aurait pas dû être ici, parmi les cobayes… Néanmoins, Mike gardait son opinion pour lui. Mieux valait ne pas se montrer trop sentimental sur le sujet par ici. Dans son milieu, ces sensibleries passaient assez mal, surtout depuis que les commandos proanimaux n'hésitaient pas à jouer les taupes pour infiltrer les labos de recherche et tourner des vidéos qui, par la suite, faisaient le buzz sur le Web.

D'un geste agile, visiblement répété, le singe souleva la clenche du verrou avec le stylo et repoussa le battant de la cage. Une fois libéré, il tendit la main pour recevoir une banane en récompense. Une fois qu'il l'eut obtenue, il entreprit de l'éplucher, la mine grave.

— Je ne suis pas certaine que ce soit l'idée du siècle, Mike. Et s'il s'échappe ?

— Il doit être bientôt réformé, non ?

— Sans doute, mais ce n'est pas la question. Et tu sais ce que je pense de ce genre de coup de cœur.

— Je sais, mais… Kanzi est spécial, non ?

— Pas vraiment.

Mike préféra ne pas insister. La patronne se montrait amicale jusqu'à un certain point, tant qu'on ne badinait pas avec le règlement. Il referma la cage et bricola un verrou de sûreté à l'aide d'un lacet.

— OK. À propos de spécial, tu as manqué quelqu'un, tout à l'heure.

L'esprit déjà ailleurs, Cathy l'interrogea pour la forme.

— Ah oui, qui donc ?

— Le vieux Dany Abiker. Il espérait bien te voir.

— Dany Abiker, le responsable du refuge du parc Kruger ?

— Lui-même.

— Que voulait-il ?

— Il apportait des échantillons.

— Merde ! C'est toi qui as déposé le colis sur ma paillasse ?

— Oui. Je n'aurais pas dû, je sais, mais pour tout t'avouer, j'avais oublié que tu partais. C'est bien la preuve que tu travailles trop.

— Je préfère que ça vienne de toi, à tout prendre. Un de ses animaux est malade ?

— Oui.

— Est-ce qu'il t'a donné des détails ?

— Non.

Partagée entre l'envie de fuir et ses scrupules de chercheuse maniaque, Cathy décida de couper la poire en deux en évaluant l'urgence des échantillons. Dany Abiker faisait un travail remarquable au refuge du parc Kruger, le Wildlife Center, et il n'était pas question qu'elle lui fasse faux bond sans un minimum de vérifications.

— OK. Je vais regarder ça de plus près.

— Je suis désolé, je ne voulais pas gâcher ton départ…

— Je sais, j'en ai pour une demi-heure tout au plus.

Mike la regarda repartir d'un pas rapide vers son labo et se félicita une fois de plus de pouvoir travailler avec elle. C'était la personne qui lui en avait le plus appris depuis ses premiers pas dans la recherche, et aussi celle pour laquelle il était prêt à se donner à fond. Non seulement elle comptait parmi les chercheurs les plus efficaces et les plus doués du moment, mais en plus elle ne rechignait pas à partager son expérience, ce qui n'était pas le cas de tous… Oui, c'était une vraie chance d'être à ses côtés.

Dans la boîte en polystyrène, le vieux Dany avait disposé deux tubes de sang, une note manuscrite et une enveloppe.

Pouvez-vous analyser tout cela, Cathy ? Le sang a été prélevé sur un éléphanteau gravement malade et affligé d'une anomalie anatomique plutôt ahurissante, comme vous verrez.

NB : Ma fille tient un lodge à quelques kilomètres. Une place vous y attend… si ça vous tente toujours de visiter mon refuge animalier !

L'enveloppe contenait plusieurs photos de l'animal malade. L'anomalie était flagrante. L'éléphanteau possédait quatre défenses. Sous la paire normale, une seconde, plus courte, descendait de la lèvre inférieure. Simple malformation génétique, conclut Cathy, une fois l'étonnement passé. Les plaies purulentes qui sillonnaient sa peau l'inquiétèrent davantage. Elle récapitula la liste des maladies capables de provoquer de telles lésions. Une fièvre hémorragique causée par un virus ? Ce type d'infection, extrêmement rare chez les animaux, transformait la peau en une purée de cellules. Dans les formes les plus foudroyantes, comme l'Ebola ou le Lassa, l'animal mourait en quelques jours.

Elle prépara méticuleusement un échantillon sanguin et lança l'hémoculture tout en essayant de relativiser sa mauvaise impression. Inutile de tirer des conclusions hâtives. Si l'éléphanteau souffrait d'une anomalie, il pouvait s'agir d'autre chose, d'une complication relativement bénigne… De toute façon, le directeur du parc était assez expérimenté pour le mettre en quarantaine, si ce n'était déjà fait !

Une fois la procédure en route, elle descendit prévenir Mike de la marche à suivre :

— J'ai lancé l'hémoculture sur les échantillons de Dany Abiker. Tu me fais une recherche d'ADN viral et d'anticorps, puis tu démarres un test sur un singe et on voit ça à mon retour.

Le jeune homme baissa la tête sans répondre. Son soupir ressemblait à un sanglot.

— Qu'est-ce qu'il y a ? Un truc te gêne ?

— C'est juste que…

Il jeta un bref coup d'œil vers la cage de Kanzi et ajouta dans un souffle :

— Tous les autres participent déjà à des tests. Il ne reste que lui…

— Tu comprends à présent pourquoi je t'ai prévenu ? On ne peut pas se permettre le luxe de s'attacher aux primates, pas ici ! Être bien traitant, veiller à leur épargner le maximum de gêne, oui, mais les limites sont claires, et tu les as franchies avec ce gibbon quand tu en as fait ton petit protégé.

Mike hocha la tête en souriant bravement. On aurait dit un môme réprimandé.

— Je sais… Tu peux me dire de quelle souche il s'agit ?

— Un prélèvement fait sur un éléphant malade.

Elle se radoucit, brusquement émue par son air malheureux.

— Ne t'inquiète pas, *a priori* ça ne devrait pas poser de problème. Je ne pense pas…

A priori… Le laborantin attendit le départ de sa supérieure pour grimacer. Il n'avait aucun moyen d'épargner ça à Kanzi, et en plus il venait de se faire griller. Bon sang ! Si seulement il avait fermé sa gueule !

Il soupira, haussa les épaules et se tourna vers la cage, feignant la désinvolture pour ne pas inquiéter le gibbon.

— Te bile pas, mon vieux. Ça vient d'un éléphant, et tu as entendu la patronne ! Aucune chance pour que tu chopes son gros virus !

*

Cinq jours plus tard, de retour de son périple bronzée et revigorée, Cathy Crabbe ne tarda pas à déchanter. Au labo, c'était la pagaille habituelle des jours de rush et Mike était introuvable. Elle se demanda s'il l'avait fait exprès pour lui faire payer sa mise au point sur les animaux d'expérimentation.

Le laborantin avait quand même laissé une note à son intention ; elle datait de la veille au soir et semblait plutôt alarmante :

La recherche de virus et d'anticorps n'a rien donné, mais on a un problème : les cellules malades de l'éléphanteau ont proliféré.

— Merde ! jura-t-elle.

Cela signifiait que l'agent pathogène était inconnu de leur base de données et ce n'était pas de bon augure. Elle se dépêcha d'aller chercher l'une des boîtes de culture et disposa l'échantillon sous l'objectif d'un microscope. Ce qu'elle vit la fit trembler d'effroi. Certaines cellules s'étaient désintégrées et des morceaux de leur membrane flottaient dans le liquide nutritif. Comme si elles avaient explosé de l'intérieur. En quelques jours…

Quel agent pathogène pouvait détenir une telle puissance ? La virologue écarta d'emblée l'éventualité d'une bactérie. Celle-ci serait parfaitement visible au microscope, or l'échantillon n'en montrait aucune trace. Un virus alors ? Un seul type de pathologie virale était capable de tels dégâts : les fièvres hémorragiques. Or c'était précisément l'éventualité qu'elle avait préféré repousser pour s'en aller randonner, un genre d'Ebola non répertorié… Elle ferma les yeux un instant, et respira afin de calmer son début de panique. Non. Il ne pouvait pas s'agir d'une variante du virus Ebola, c'était impossible. Quelque chose lui échappait forcément.

Reprenant son examen, Cathy s'astreignit à une stricte observation, mais elle eut beau étudier l'échantillon, force était de constater que tous les critères d'une sale fièvre étaient réunis. Elle tourna la molette du grossissement, plaçant ainsi une cellule musculaire intacte au milieu du champ du microscope. Ce qui se passa alors sous ses yeux fut proprement sidérant : plutôt que de faire exploser la cellule, l'agent pathogène semblait cette fois lui faire subir une transformation. Elle déplaça d'un millimètre l'échantillon, cligna brièvement des paupières, en vain. En moins de deux minutes, la cellule s'était allongée au point de ressembler à un ballon de rugby, et ses extrémités se prolongeaient en fines excroissances. Dingue ou pas, la métamorphose avait eu lieu, l'agent pathogène venait d'entraîner une mutation radicale et la cellule musculaire était devenue… autre chose ! Une chose qui ressemblait comme deux gouttes d'eau à une cellule nerveuse. *Du muscle changé en neurone !* pensa-t-elle, survoltée.

Elle refit le test à trois reprises. Bilan : un quart des cellules avaient muté en neurones. Les autres avaient subi une transformation de nature différente que seule une étude approfondie permettrait de préciser.

La chercheuse se redressa, l'esprit confus. Un instant, elle se demanda si les échantillons n'avaient pas été intervertis. C'était absurde. Mike était peut-être contrarié, mais il ne lui aurait pas joué ce genre de mauvais coup, d'autant qu'il tenait à sa place. D'une poussée, elle fit rouler son tabouret en direction du téléphone mural et composa son numéro. Les sonneries s'égrenèrent, puis la messagerie se déclencha.

« Vous êtes en relation avec Mike Jones. Laissez-moi un message, je vous rappellerai. »

Ne sachant pas trop comment aborder le problème, elle laissa planer un court silence. Inutile de s'énerver avant d'avoir obtenu une explication.

— Salut, Mike, c'est Cathy. Je suis de retour au labo et je viens d'examiner les prélèvements de l'éléphanteau. Les conclusions sont franchement troublantes, aussi je voudrais être bien certaine qu'il n'y a pas eu de problème avec les échantillons. Tu as disparu où, bon sang ?

Elle n'eut pas le temps de raccrocher que la porte s'ouvrit dans son dos. Le laborantin tenait son portable et lui adressa une grimace contrariée.

— J'avais demandé à l'accueil de me prévenir dès ton arrivée. On avait une livraison. Rats, chiens, primates.

— Eh bien, ils ont oublié et j'ai cru que je pénétrais dans un asile de fous ! Je viens de te laisser…

Mike lui coupa la parole, la mine sombre.

— Il est arrivé quelque chose à Kanzi.

— L'injection ? demanda-t-elle, inquiète.

— Oui. Deux heures après ton départ, il est devenu fiévreux et au cours de la nuit il a sombré dans le coma. Ensuite…

Il se tortilla, mal à l'aise. Ce que Cathy avait pris pour de la mauvaise humeur ressemblait plutôt à de l'angoisse teintée de perplexité.

— Ensuite quoi ? Il n'est pas mort, quand même ? Pas si vite ?

— Viens plutôt voir…

Ils pénétrèrent dans la ménagerie. Mike désigna un animal trapu aux bras anormalement courts qui s'agitait nerveusement dans sa cage. Cathy secoua la tête, sans comprendre.

— C'est un des nouveaux ? Tu aurais dû le mettre ailleurs. Où est Kanzi ?

— Il est devant toi.

— C'est une blague ?

Elle avait parlé trop fort ; l'animal devint subitement fou et entreprit de gesticuler dans l'habitacle trop étroit en poussant des cris assourdissants, les babines retroussées de rage. Faisant fi du vacarme, Cathy tenta de se concentrer malgré son sentiment d'avoir perdu pied. *Rester neutre et observer strictement.* Elle remarqua alors qu'il possédait une queue d'une trentaine de centimètres. Aucune espèce de gibbon n'était censée en posséder… Cette variation avait forcément une cause logique, une inflammation ou un développement anormal de l'épiderme – pourtant il s'agissait bel et bien d'une queue et pas d'un *ersatz* ! Pour ne pas céder à l'idée affolante qui prenait forme dans son esprit, elle chercha une hypothèse valable et n'en trouva aucune. Il ne lui restait que la mutation… sauf que c'était impossible ! Aussi impossible qu'une cellule musculaire qui aurait viré en cellule nerveuse !

Lentement, l'évidence s'imposa. D'une façon ou d'une autre, l'agent pathogène avait provoqué une métamorphose et le gibbon avait muté sous l'effet du virus, pas seulement au niveau de quelques cellules, mais à l'échelle de l'organisme tout entier !

Soudain, les photos envoyées par Dany Abiker prirent tout leur sens. Avec deux défenses surnuméraires, l'éléphanteau ne souffrait aucunement d'une anomalie génétique, mais de l'effet de sa pathologie.

— Comment cet appendice a-t-il pu apparaître si vite ? Et pourquoi une telle transformation ? lâcha-t-elle, fascinée.

— La manière, je l'ignore, mais les gibbons possédaient une queue autrefois…

— Tu te trompes d'espèce, Mike.

— Je te parle d'il y a trente millions d'années.

— Alors… pour toi il s'agirait d'un genre de… régression ?

Le jeune homme haussa les épaules sans répondre. Il avait l'air totalement dépassé.

— Tu en as parlé à Bob ?

— Non. J'ai préféré t'attendre.

— Tu as bien fait. Écoute, on ne va pas s'affoler…

La virologue était consciente qu'elle devait agir vite, mais sans précipitation. Avant toute chose, il fallait faire contrevérifier ses observations par Bob Terrence, son collègue, ensuite elle contacterait Jonathan Joss, le patron de l'Institut national des maladies contagieuses de Johannesburg. Ce type était une encyclopédie vivante, capable de décrire des centaines d'agents pathogènes. Si de tels effets avaient déjà été répertoriés, il en aurait probablement entendu parler.

Tandis qu'elle élaborait une stratégie, l'agitation du singe avait viré à la crise de rage. Il se jetait contre les barreaux avec la puissance d'un springbok. Soudain, il changea de technique et lança son bras en avant, frappant Mike au passage. Le laborantin poussa un cri et recula d'un bond, en se tenant l'oreille. Cathy le vit vaciller.

— Ça va ?

— Oui, il m'a juste pincé, je crois. Il y a du sang ?

La chercheuse examina la peau empourprée, sans remarquer d'égratignure, et exhala un soupir de soulagement. Il ne manquerait plus que Mike soit contaminé !

— C'est bon. J'ai bien cru qu'il t'avait blessé. Par contre, je crois qu'il t'a volé quelque chose !

Effectivement, le gibbon avait profité de son attaque pour attraper un feutre dans la poche de sa blouse et le reniflait, brusquement calmé.

— Essaie de le lui reprendre. S'il crochète la serrure, il risque de faire des dégâts, et dans l'état où il est…

Elle se tut sous le coup d'une sinistre vision : l'animal en fuite dans les couloirs du bâtiment, les veines contaminées par un agent pathogène capable de reprogrammer les organismes. Tout ça parce que Mike avait eu la bonne idée de lui apprendre un tour de passe-passe !

Mike secoua la tête avant de s'approcher de la cage avec prudence.

— Kanzi, mon vieux… Tout va bien. Tu ne veux pas me rendre ce truc ?

Le singe l'ignorait. Mais au lieu de trafiquer le verrou comme à son habitude, il se contentait de mordiller le stylo, puis le rejeta dans un coin et se mit à osciller frénétiquement d'avant en arrière, comme s'il ne supportait pas d'être enfermé. Plus maintenant. On l'aurait cru retombé à l'état sauvage. D'ailleurs, depuis sa sortie du coma, il ne prêtait aucune attention à Mike, comme s'il l'avait tout bonnement oublié. Ni sa voix, ni son odeur n'y avaient rien changé et le jeune homme en éprouvait une tristesse étrange. Après tout, d'ici à quelques jours, Kanzi aurait probablement retrouvé son tempérament joueur. Alors pourquoi cette impression tenace de l'avoir perdu ?

Profitant du répit, il parvint à récupérer le stylo et le brandit comme un trophée sous le nez de sa directrice. Cathy esquissa un sourire sans joie, la mine soucieuse.

— Bien. On a pas mal de boulot. Prépare de nouvelles cultures avec ce qui reste des échantillons de Dany Abiker. En premier lieu, on doit être sûrs de notre coup. Pas question de livrer des conclusions erronées. Tu peux prendre ta soirée ?

— La nuit, même.

Vers 23 h 30, malgré l'épuisement, Cathy Crabbe s'apprêtait à rédiger son rapport d'alerte. Elle venait tout juste d'obtenir les résultats de l'observation au microscope électronique. Tous les virus n'étaient pas suffisamment gros pour être visibles avec ce type de microscope, mais celui-là l'était. Il était même monstrueux. L'image en noir et blanc montrait une sorte de filament de dix micromètres de longueur : un vingtième, environ, de l'épaisseur d'un cheveu. À une extrémité, il fourchait en trois branches, évoquant un trident. Or, avec sa forme longiligne, il s'inscrivait dans la famille des filovirus, à laquelle appartenaient l'Ebola et le Marburg.

Bob avait confirmé ses conclusions et elle s'était également entretenue avec Jonathan Joss.

La virologue devait maintenant nommer le virus. Dans le monde de la biologie, la tradition voulait qu'il soit baptisé du nom du lieu de sa découverte.

Quand elle eut terminé, une heure plus tard, elle ajouta l'image du trident à son mail puis, d'un clic, informa l'ensemble des membres du réseau de vigilance sanitaire auquel appartenait son laboratoire.

DÉCLARATION DE MALADIE INÉDITE

Sujets d'observation : un éléphanteau (analyse de sang et étude de photos) et un gibbon (inoculation du sang de l'éléphanteau).

Nature de l'observation : pathologie déformante. En apparence, l'animal semble « régresser » d'un point de vue évolutif (conclusion fondée sur l'observation du gibbon ; incapacité à conclure sur l'éléphanteau). Voir descriptifs et photos ci-joints.

Mode de contamination : sanguine.

Période d'incubation : quelques heures.

Vecteur : inconnu.

Possibilité de contamination humaine : test effectué sur des cellules sanguines. Aucune réaction apparente.

Lieux d'observation : Afrique du Sud, refuge animalier Wildlife Center, dans la réserve sauvage du parc Kruger, et laboratoire de virologie médicale de Pretoria.

Type de l'agent pathogène : filovirus.

Nom de l'agent : est proposé le nom VIRUS KRUGER.

– 2 –

Stephen Gordon se frotta longuement les yeux. Il avait besoin de toute sa concentration pour traiter au mieux la rumeur qui, depuis plusieurs jours, courait dans les couloirs de l'Organisation mondiale de la santé, à Genève. Elle avait été rapportée par des fonctionnaires sud-africains du ministère de la Santé. Un laboratoire de virologie de Pretoria aurait identifié un virus entraînant des malformations chez son hôte animal. Selon l'auteure de la découverte, ces malformations rappelleraient d'anciens traits morphologiques ayant appartenu à l'espèce infectée, des millions d'années auparavant. La conclusion, pour le moins hardie, indiquait que l'agent pathogène aurait la faculté de ressusciter ces traits. La biologiste en question, une certaine Cathy Crabbe, était devenue la cible de moqueries et son « virus Kruger » avait été rebaptisé le « virus des cavernes ».

A priori, Stephen Gordon ne voyait là qu'une histoire à dormir debout. Mais son poste de responsable du département des maladies transmissibles l'obligeait néanmoins à ne prendre aucun risque. Autant se débarrasser tout de suite du problème : au lieu de déléguer le boulot comme la plupart de ses collègues directeurs, il décida de vérifier l'info à sa source en téléphonant à cette Mme Crabbe, quitte à faire fi des usages. À quarante-huit ans, cet Anglais à l'humour typiquement british jouissait d'une réputation d'efficacité qui n'était pas franchement l'apanage de son institution. Médecin de formation, habitué du terrain, il ne maniait jamais la langue de bois (il prétendait ne pas la comprendre) et s'embarrassait assez peu des avantages de sa fonction. Il fuyait les réunions autant que possible, bossait ses dossiers jusqu'à en connaître les moindres nuances, et ne se contentait jamais des comptes rendus diplomatiques. Pourtant, si l'homme détonnait à l'OMS, c'était avant tout en raison de son parcours. Durant quinze ans il avait pisté les virus émergents en Afrique tropicale, dans les régions les plus reculées des forêts pluviales. Au cours d'une mission au Congo, il avait chopé le paludisme et avait failli y laisser la peau, cloué par une fièvre galopante dans un village déshérité. Il savait que cette vacherie le narguerait à vie, tapie dans son foie, avec le risque d'une récidive qui pourrait entraîner de graves complications. Même s'il avait décidé d'ignorer cette épée de Damoclès, la maladie était en lui, un rappel permanent de sa vocation. Et puis il y avait sa fille, enfermée dans son étrange handicap. C'était la raison essentielle qui poussait Stephen Gordon à se battre.

De son passé de traqueur de virus, le médecin avait tiré une certitude : la guerre invisible que l'humanité menait contre les microbes exigeait qu'on suive toutes les pistes, même les plus improbables. L'expérience lui avait appris qu'éradiquer des micro-organismes en perpétuelle évolution nécessitait une vigilance extrême. Le danger pouvait éclore partout, en n'importe quel point de la planète. Or, pour qu'une épidémie démarre, il suffisait d'un seul microbe infectant un organisme unique. Au début du siècle, quelque part en Afrique de l'Ouest, le chasseur de viande de brousse infecté par le sang d'un chimpanzé ignorait qu'il serait à l'origine, quelque quatre-vingts ans plus tard, de vingt millions de morts du sida.

Le rapport de la virologue sud-africaine était arrivé deux jours auparavant sur son bureau, après avoir remonté tous les paliers bureaucratiques requis, mais ce n'était que la veille au soir, chez lui, qu'il avait étudié le dossier. Quelque chose dans la présentation sèche de cette note l'avait alerté. Les études en pièces jointes et les contre-vérifications aussi. C'était pourquoi il avait demandé à sa secrétaire d'appeler le labo de Pretoria afin de convenir d'un rendez-vous téléphonique. Comme à son habitude, il alla droit au but.

— Madame Crabbe, heureux de vous entendre ! Nous avons lu votre rapport, et je ne vous cache pas qu'il a suscité quelques vagues au sein de notre institution, aussi je voudrais en savoir le plus possible avant de décider si nous devons lancer un niveau d'alerte 1. Pour les faits bruts, j'ai le dossier que vous avez constitué. Ce qui m'intéresse, c'est votre histoire, vos impressions, votre intuition…

Cathy Crabbe en aurait pleuré de soulagement. Ce discours sans fioritures lui faisait l'effet d'un baume. Depuis l'envoi du compte rendu, elle n'avait quasiment pas dormi. Trois semaines à se battre pour se faire entendre ! À force de subir l'incrédulité ou les moqueries de la communauté scientifique, elle redoutait de devoir argumenter face à un fonctionnaire de plus… Elle se rappela soudain avoir lu un portrait de ce Gordon dans le magazine interne de l'OMS déposé chaque trimestre sur son bureau. Une réputation d'efficacité et un look assez dévastateur au milieu de ses pairs en costume-cravate. Sur les photos qui accompagnaient l'article, il posait en chemise hawaïenne et jean délavé. Chose rare, les clichés l'avaient fait tiquer, parce qu'il lui avait plu : elle se souvenait d'un homme athlétique aux cheveux longs, un sourire craquant, assez doux pour atténuer son expression d'autorité, bref, une allure d'aventurier ou de rock star à la Iggy Pop.

Pour l'instant, néanmoins, Gordon aurait pu être aussi laid qu'un bouc, une seule chose comptait pour la virologue : confier son histoire sans craindre le ridicule ou la défiance. Elle le fit posément, en s'efforçant de n'oublier aucun détail, et tandis qu'elle racontait sa découverte – le colis, ses cinq jours de randonnée, les tests faits et refaits, sa visite au parc Kruger et l'état de santé actuel de l'éléphanteau –, elle prit conscience que son sentiment profond était mauvais. Très mauvais. Jusqu'à présent, elle avait été trop occupée à se défendre ou à travailler, et elle n'avait guère eu le temps de se livrer à une séance d'introspection, mais devant la bienveillance de son interlocuteur, elle finit par lâcher ce qui la hantait :

— Je crains que nous soyons à l'aube d'une catastrophe.

— À ce point ?

— J'espère me tromper…

— Écoutez, madame Crabbe, je ne vous promets rien, mais je peux vous assurer que votre rapport ne va pas moisir indéfiniment. Cet après-midi, je dois me rendre à une conférence, mais je vous tiens au courant, très vite.

★

Assis dans le grand amphithéâtre de l'OMS où se déroulait la séance concluant la « Semaine spéciale sur les virus émergents », Stephen ne cessait de repenser aux paroles de Cathy Crabbe et à ce virus qu'aucun des intervenants ne semblait connaître. Il avait un peu espéré que quelqu'un l'évoquerait, mais l'alerte lancée depuis le labo de Pretoria n'avait visiblement pas produit l'effet escompté, à part des moqueries de couloir.

Au sortir de la conférence, un riff de guitare étouffé signala un appel sur son portable. Sur l'écran s'affichait le nom de Nicolas Barenski, le directeur du Muséum d'histoire naturelle de Paris. Stephen lui avait envoyé les clichés de l'éléphanteau après avoir raccroché avec Cathy Crabbe.

Les deux hommes s'étaient rencontrés à Paris, en 2004. À l'époque, à peine nommé directeur du département des maladies transmissibles, Stephen venait d'affronter la grippe aviaire, considérée comme une des pires menaces sanitaires de ces trente dernières années. Certains chercheurs de l'OMS avaient émis l'hypothèse que le virus incriminé avait peut-être sévi par le passé. Stephen faisait partie de ceux-là, d'où son intérêt pour la paléontologie.

Barenski l'avait reçu dans son magnifique bureau haussmannien. Sur les boiseries anciennes, les étagères montaient du sol au plafond, chargées de fossiles et de livres. Cheveux gominés séparés par une raie, visage émacié aux lèvres fines, le paléontologue cultivait une apparence d'aristocrate et semblait, à l'image de ses trouvailles, issu d'un autre temps. En dépit de leurs différences, le courant était bien passé entre eux, et ils avaient fini autour d'une bouteille de scotch hors d'âge dans un pub du quartier d'Austerlitz, enchaînant les anecdotes truculentes comme on échange des cartes de visite.

Oubliant sa contrariété, Stephen répondit avec entrain :

— Nicolas ! Vous avez été plus rapide que la foudre, ça fait plaisir de vous entendre ! Alors, qu'est-ce que vous pensez de cet éléphant ?

— Ce que j'en pense ? Vous plaisantez ? Autant me demander si le yeti m'intéresse, son portrait à l'appui ! Vous êtes certain qu'il ne s'agit pas d'un canular ?

— Impossible, il n'y a aucun trucage, je vous le garantis. La virologue s'est rendue sur place, au refuge où l'on garde l'éléphanteau, il y a une quinzaine de jours. L'animal a retrouvé une santé de fer et conservé ses défenses.

— Stephen, ces photos sont ahurissantes. Votre spécimen est un gomphotherium, un des ancêtres de l'éléphant moderne…

— Vous êtes sûr de votre analyse ?

— Une foule de détails le distinguent d'un éléphant contemporain. Prenez simplement les défenses. Sans même parler de leur doublement, elles s'infléchissent vers le bas.

— Ce qui suffit à le classer parmi les ancêtres de l'éléphant moderne ?

— Vous m'avez parfaitement suivi.

— L'éléphanteau ne pourrait-il pas souffrir d'une malformation ?

— Alors ce ne serait pas une, mais plusieurs malformations qui, de surcroît, correspondraient exactement à des normes vieilles de plusieurs milliers d'années…

Stephen resta silencieux, le temps de digérer ce qu'il venait d'apprendre. Le mauvais pressentiment de Cathy Crabbe commençait à le gagner. À l'autre bout du fil, Barenski le tira de ses pensées.

— Vous êtes toujours là ?

— Oui, pardonnez-moi. Je vous avoue être troublé par le fait qu'un virus puisse métamorphoser un animal en un genre de cousin de sa version ancestrale.

— Ce n'est pas ce que j'ai dit.

— Pourtant, vous venez de confirmer que…

— Je vous ai précisé la nature de votre éléphanteau, rien de plus. Je ne me prononce pas sur ce qui est à l'origine de ce phénomène.

La voix de Barenski trahit subitement une sorte de malaise que Stephen ne sut pas à quoi attribuer. Il poursuivit, plus hésitant :

— Mais avec le cas qui se présente à vous, je ne peux m'empêcher de penser à la théorie, disons… très controversée d'Anna Meunier.

— Anna… comment ?

— Anna Meunier, une paléontologue attachée au Muséum qui prétend que les animaux, à certains moments de l'histoire de leur évolution, sont susceptibles de régresser à un stade antérieur en retrouvant des traits morphologiques perdus depuis longtemps par leur espèce. Inutile de vous dire que cette jeune dame s'est mis à dos toute la communauté scientifique.

— Vous compris ?

— Je ne dirai pas cela. Anna est brillante, elle a une capacité de travail phénoménale, mais elle a les défauts de ses qualités : l'entêtement, un soupçon de radicalisme et une manière d'aller aux conclusions que je qualifierais d'abrupte.

— Sa théorie est-elle vraiment absurde ?

— Je vais être très clair, Stephen. Dans notre discipline, nous avons une règle implicitement admise : la loi de Dollo. En substance, cette loi pose que l'évolution est un phénomène à sens unique. Une flèche pointée vers le futur. Pour vous donner un exemple concret, les serpents ne récupéreront jamais les pattes de leurs ancêtres lézards. Ou bien ce serait au prix de millions d'années d'adaptation à un nouvel environnement… L'idée d'une possible régression des espèces serait… comment vous dire…

— Donc ce serait finalement une anomalie ?

— Possible… répondit le directeur du Muséum, un peu déboussolé. Mais il y a ces photos d'éléphanteau. Et c'est vrai que cela brouille sacrément le tableau.

— Vous ne vous mouillez pas trop, Nicolas ! Et si je faisais appel à cette Anna Meunier ?

Un silence plana. Quand Barenski le rompit, il semblait contrarié.

— Stephen, encore une fois, Anna est une originale. J'ai tout fait pour la protéger, mais quand j'ai vu qu'elle persistait sans se soucier de discréditer le Muséum, j'ai fini par prendre mes distances. Ça fait deux ans qu'elle exploite un site en Nouvelle-Guinée. Le rejet de la communauté scientifique l'oblige à travailler quasiment seule. Elle s'est trouvé un groupe de fidèles, des étudiants plutôt atypiques, séduits par son côté iconoclaste. Sincèrement, Stephen, je doute qu'elle vous apporte une réponse fiable. Faites-moi plaisir, oubliez son nom. Je n'aurais pas dû vous parler d'elle.

— OK, je vais y réfléchir. Merci pour le coup de main. J'ai l'impression de mieux saisir la situation.

— Tant mieux si j'ai pu vous aider. Tenez-moi au courant de la suite des événements.

— Bien entendu.

Leur conversation l'avait mené à son parking. La journée était magnifique et c'était seulement maintenant qu'il le remarquait. Stephen accéléra le pas en direction de sa voiture, un vieux coupé Mercedes rouge et crème. Le collectionneur qui le lui avait vendu lui avait juré que la voiture avait appartenu à Mick Jagger. L'histoire l'avait séduit, pas tant l'idée que le chanteur ait tenu le volant en Bakélite, mais celle qu'on puisse être fan au point d'y croire…

Tout en roulant le long du lac Léman, Stephen songea aux réticences de Barenski vis-à-vis de son ancienne protégée. *A priori*, Stephen avait tendance à se fier à son jugement, pourtant quelque chose le perturbait et il se demandait si le brave vieux n'était pas en train de s'encroûter, à moins que les obligations de sa charge n'aient usé sa capacité d'enthousiasme. Gordon était bien placé pour savoir combien il était difficile de lutter contre la bien-pensance de son milieu, surtout à de tels niveaux de responsabilité…

Mû par une impulsion, il stoppa la Mercedes sur le bas-côté et tapa le nom d'Anna Meunier sur Google. Plusieurs centaines de résultats s'affichèrent. Ce qui ressortait des deux premiers articles était bien plus fascinant que le portrait contrasté qu'en avait fait Barenski. Anna Meunier était une surdouée de la paléontologie. À trente-six ans, totalisant une dizaine de campagnes de fouilles, elle avait déjà sorti de terre quatre nouvelles espèces de dinosaures, trois en Argentine et une au Turkménistan. Un journaliste, visiblement conquis, la qualifiait de débrouillarde hors pair, un genre de Lara Croft de la paléontologie, et affirmait que, bien que marginalisée, la jeune chercheuse parvenait toujours à financer ses expéditions par le biais du mécénat. Il concluait son portrait en trois épithètes : « Brillante, maligne, réaliste. » Dans un autre article de vulgarisation scientifique, le rédacteur notait que ses succès résultaient d'un « cocktail détonant de préparation minutieuse et de chance ». Pour preuve, elle ne voyageait qu'après avoir étudié la géologie locale et privilégiait des sites vierges qui n'offraient aucune certitude de découvertes, mais garantissaient une solide renommée en cas de réussite.

Stephen siffla entre ses dents. Bizarre. Aucune de ces informations ne cadrait avec l'image de farfelue radicale que Nicolas lui avait livrée. Au contraire, Anna Meunier apparaissait comme quelqu'un ayant parfaitement assimilé les règles de son milieu, et sachant les détourner à son profit. Déterminée, donc.

Il cliqua sur l'une de ses photos-vignettes et éprouva un choc en la voyant, telle une apparition, plantée sur une étendue poussiéreuse à flanc de colline. Les cheveux soulevés par le vent comme une flamme brune, elle se tenait droite, les mains sur les hanches, le visage tourné vers un point invisible. Les yeux étaient d'un vert surprenant, plissés par la réverbération. Et son tee-shirt maculé de terre laissait deviner une poitrine généreuse. En arrière-plan, une tente ployait sous la bourrasque. La photo avait été prise en Argentine, dans le désert de Patagonie. Cette femme au regard de chat était d'une beauté peu commune. Elle lui évoquait l'héroïne de *Twilight* plutôt que l'aventurière de *Tomb Raider*. Ce n'était pas qu'il fût fan de la série de films, mais sa fille ne s'en lassait pas et les passait en boucle depuis des mois.

Voilà donc l'originale qui prétendait que l'évolution pouvait aller à contresens… Il s'attendait à quelqu'un de moins jeune, de moins séduisant aussi. Quelqu'un d'assez costaud pour tenir tête à sa communauté et n'obéir qu'à son seul instinct. Le genre de courage qu'il avait dû puiser lui-même, des années auparavant, pour se risquer sur le territoire de l'Ebola en pleine jungle tropicale.

Il n'avait pas besoin d'en savoir davantage. Anna Meunier lui plaisait déjà.

Il chercha le numéro de son adjoint et l'appela.

— Lucas ! Je vais avoir besoin de toi… Un voyage au soleil, ça te dit ?

– 3 –

Couverte de boue des pieds à la tête, Anna contemplait le fossile encore emprisonné dans la roche, au cœur d'une grotte. Son cœur battait si fort qu'elle sentait les pulsations dans ses tempes douloureuses. *Déshydratation*, pensa-t-elle. Sa Thermos était restée sous la tente. *Trop loin*. Pas question de briser l'enchantement qui l'étourdissait. Autour d'elle, les étudiants avaient fait silence et attendaient qu'elle se décide à parler, mais elle en était incapable, sa gorge était trop nouée. L'animal ressemblait à un archéoptéryx, le premier spécimen de dinosaure aviaire répertorié au XIXe siècle. Ses ailes étaient armées de griffes et son corps s'achevait par une queue parée d'imposantes plumes, similaires à celles d'un paon. Sous la forme de petites protubérances, des dents émergeaient de ses mâchoires, souvenir le plus vivace de son ascendance dinosaurienne.

À la lueur des torches, les ossements resplendissaient comme une œuvre de marqueterie. Non seulement le squelette était complet, mais chaque plume avait laissé son empreinte dans l'argile. Les ailes étaient fléchies, comme si l'animal s'était posé juste avant d'être frappé par la mort.

Finalement ce fut Joy, l'excentrique de la bande, qui rompit le silence. Elle devait juger que c'en était assez de cette contemplation béate.

— Jamais vu d'empreintes aussi cool !

Anna appréciait cette fille qui lui rappelait ses débuts. Son front était barré de mèches bleu électrique et un piercing nasal lui donnait un air mi-rock mi-tribal qui enchantait ses camarades. Cette fois, pourtant, sa remarque fit figure d'euphémisme.

— Je ne crois pas que l'adjectif « cool » soit fréquemment usité dans les bouquins de paléontologie.

— N'empêche, vous aviez raison ! Deux ans de recherche et vous trouvez *le* fossile ! Rien que d'imaginer la tête de tous ces vieux schnocks, je kiffe trop ! J'arrive pas à y croire ! C'est vraiment possible ? La preuve que vous espériez ?

— Attends, Joy, t'emballe pas, il faut encore le dégager et vérifier…

C'était Kurt, le sage du groupe, qui avait pris la parole tout en se penchant en avant, au risque de chuter la tête la première dans la cavité. Joy ne lui laissa pas le temps de continuer.

— Vérifier comment un animal censé avoir vécu il y a cent cinquante millions d'années peut se retrouver dans une couche géologique datant de dix millions d'années ? Ben y a du taf, monsieur le sceptique !

Anna leva une main pour mettre fin à l'affrontement. Le sourire radieux qui l'illuminait causa un coup au cœur de Kurt, irrémédiablement amoureux depuis le premier regard qu'il avait posé sur elle.

— Un peu de calme, jeunes gens. Disons que nous venons d'écrire une nouvelle page de la paléontologie. Avec ce drôle d'oiseau nous allons démontrer que ce petit descendant des théropodes vivait il y a encore dix millions d'années, au lieu d'avoir disparu lors de l'extinction crétacé-tertiaire ! De quelle façon, c'est une autre histoire. Il reste encore un travail monstrueux, mais c'est fini pour aujourd'hui ! Notre découverte mérite bien une petite fête. On va sécuriser le site avant la nuit et on reprendra demain. Je veux voir tout le monde sur le pont à l'aube…

— Je ne pourrai pas dormir une seconde ! gémit Joy. On ne peut pas juste continuer ?

— Non. Hors de question de poursuivre, on est crevés et cette petite merveille exige qu'on soit en pleine forme ! D'ailleurs, ce serait bien la première fois que tu refuserais de t'amuser, Joy !

Tandis que le petit groupe s'affairait à balayer la terre et à fixer un périmètre dans un brouhaha joyeux, Anna s'éloigna de quelques pas. Elle se sentait épuisée et heureuse, émue aux larmes, fragile comme du verre. Son étudiante avait raison. Deux ans qu'elle était ici, mais dix ans qu'elle luttait, pied à pied. Cette découverte allait tout changer !

De toute évidence, le fossile était bien postérieur à la grande catastrophe survenue environ soixante-six millions d'années auparavant, quand la planète Terre avait eu la malchance de se trouver sur la trajectoire d'un astéroïde de quinze kilomètres de diamètre, impact qui aurait entraîné une extinction de masse et marqué le passage du crétacé au tertiaire. L'ampleur du cataclysme était à peine imaginable pour l'homme moderne : une explosion égale à dix milliards de bombes atomiques, capable de produire une boule de feu calcinant tout sur mille cinq cents kilomètres, suivie d'un tsunami avec une vague haute de deux kilomètres submergeant les côtes et noyant les continents ! Ensuite, sous l'effet de l'émission de soufre, des pluies acides avaient intoxiqué en masse les animaux survivants, dont ces gros balourds de dinosaures. Quatre-vingts pour cent des espèces présentes sur Terre volatilisées d'un coup ! Toutes, sauf les oiseaux. C'était l'un des faits les plus importants établis par la paléontologie au cours de la dernière décennie : les oiseaux modernes descendaient des dinosaures.

En réalité, en dépit de sa conservation quasi parfaite, le squelette qu'ils avaient mis au jour n'avait rien de vraiment exceptionnel. Joy l'avait très bien résumé : ce qui bouleversait tout et risquait d'ébranler le petit monde de la paléo, c'était qu'il s'agissait d'un archéoptéryx vieux de dix millions d'années. Une extravagance nichée au cœur de la roche !

La piste qui avait mené Anna dans la région de Kaimana, en Nouvelle-Guinée occidentale, aboutissait enfin. Deux ans d'efforts acharnés, de sacrifices, deux ans de faux espoirs, de découragement et de nouveaux départs. Avec son équipe, ils avaient bien exhumé d'autres fossiles d'animaux régressifs, Anna en aurait mis sa main au feu, mais seulement à l'état fragmentaire, sans preuve irréfutable. Des indices, comme les cailloux du Petit Poucet, qui l'avaient conduite à ce dinosaure à plume bien trop jeune – selon ses éminents collègues – pour avoir existé !

La sensation de victoire lui donnait le tournis et une vague nausée. Les autres venaient de finir la sécurisation et s'empressaient de rejoindre les tentes du camp, respectant son besoin de silence. Tous sauf Joy, l'espiègle Joy qui ne supportait pas de la voir flancher. L'étudiante l'interpella, mi-rieuse, mi-inquiète :

— Vous allez prévenir Yann de notre découverte ?

— J'aurais aimé, mais il est en mission sur un navire océanographique, au large de la Nouvelle-Calédonie.

— Vous ne pouvez pas le joindre ?

— J'ai reçu pour consigne expresse de le laisser travailler.

— Sauf que là, c'est de la bombe, votre découverte !

— Eh bien, ma bombe attendra son retour !

Anna ne comptait pas s'épancher, et encore moins gâcher cet instant magique. L'envie de pleurer l'assaillit brutalement et elle se demanda ce qui lui arrivait. L'autoapitoiement n'était pas trop son genre et son accès de faiblesse la désarçonnait. Elle aurait dû être en train d'exulter, d'avertir la Terre entière, mais elle n'avait plus envie de rien, figée par la stupeur et une immense fatigue. S'il n'y avait pas eu son équipe, elle se serait couchée dans la poussière, juste à côté de son splendide petit archéoptéryx, et elle aurait laissé la nuit les envelopper.

Yann, j'aurais tellement voulu partager ça avec toi !

Elle ne savait même plus où ils en étaient aujourd'hui. Pas vraiment… En deux ans, combien de semaines avaient-ils passées ensemble ? Une douzaine ? Son dernier séjour avait été si conflictuel que le simple fait d'y penser lui fit monter une bouffée d'angoisse.

Comme Joy piétinait, Anna se décida à bouger, tête baissée pour ne pas montrer ses yeux rougis.

— On se retrouve dans une heure ! Tenue de soirée exigée !

— Je peux mettre mon tee-shirt tête de mort ?

— Évidemment ! J'ai dit « exigée » !

— Et toi ? Shorty de bad girl ?

— Un truc dans le genre. Il doit bien me rester une guenille immaculée et une paire de baskets à peu près blanches !

— Vendu !

Une fois douchée – l'équipe lui avait laissé la primeur des sanitaires, moins par souci de hiérarchie que parce que chacun avait dû percevoir son état de fragilité –, Anna resta à rêvasser face à l'ordinateur. Son regard effleura la bague météorite. Cet anneau, Yann le lui avait offert au début de leur relation, pour fêter leur deuxième mois ensemble.

Elle se rappelait la violence de sa joie, ce soir-là, en l'apercevant sur le seuil du restaurant dans sa sempiternelle chemise de bûcheron, la chaleur dans son ventre et cette sensation de planer, comme si l'amour la rendait aussi légère qu'une plume. À cette époque, elle aurait pu crier au monde entier son ravissement, chanter pour un rien, rire et plier devant les exigences de Barenski, plus rien ne comptait que ce garçon ! Yann la rendait douce et malléable, insensible à la grisaille comme aux grincheux, et paresseuse au travail… Elle se moquait de sa dégaine impossible, de ses chemises moches et de ses jeans rapiécés. Elle se fichait de savoir s'il était aussi dingue d'elle qu'elle l'était de lui, ou s'il était vraiment judicieux pour une scientifique ambitieuse de roucouler au bout de huit semaines, et d'envisager de finir son existence avec lui, parce qu'elle l'aimait et qu'elle l'aimerait toujours, jusqu'à son dernier souffle. Il était le premier et le seul homme à lui procurer ce sentiment d'être à la fois pleine et entière, libre et terriblement envoûtée !

Anna aimait tout de Yann, sa boucle de cheveux bruns sur le front, sa barbe peu fournie qu'il parvenait à rendre hirsute, son air de grizzli effarouché et sa façon de basculer la tête pour éclater d'un rire d'ogre, son odeur de musc, ses pieds plats et ses blagues pourries. Elle aimait jusqu'à son métier de chercheur en biologie marine qui, inévitablement, l'amènerait bientôt à partir. Et elle aussi partirait, même déchirée. En dépit de son amour absolu, Anna se préparait déjà à l'absence. Ils se sépareraient pour se retrouver, car aucun d'eux ne renoncerait à sa passion ; ils avaient besoin de tracer leur route, et peu importait que le monde de la recherche soit cruel, ingrat et dur.

L'année précédant leur rencontre, Yann avait été victime d'un détournement d'échantillons au sein de son labo. Le voleur, un biologiste confirmé, s'était attribué le mérite de sa découverte. Bien sûr il avait ragé et bataillé, en vain, mais au fond cela n'avait pas d'importance, avait-il avoué – du moment qu'on lui allouait des crédits pour monter son équipe de recherche, il se fichait de ces petits aléas. Anna avait adoré cette désinvolture, parce qu'elle était pareille, elle faisait peu de cas des critiques ou des obstacles dressés sur sa route. Et chaque jour sa conviction grandissait : Yann était l'homme de sa vie ! Entre eux régnait l'accord parfait, une entente physique et intellectuelle dont rêve n'importe quelle fille de la planète, de la plus cruche à la plus ambitieuse !

Le soir de la bague, contrairement à ses habitudes plutôt frugales, Yann lui avait donné rendez-vous dans le cadre enchanteur de l'île du bois de Vincennes, le poumon vert de Paris. « On fête quelque chose ? » s'était-elle étonnée, le cœur battant, aussi énamourée qu'une midinette. Il avait répondu : « Nous », et ce seul mot l'avait fait fondre.

Au bout de l'île s'élevait un monument un peu incongru, une parodie de temple grec. Yann l'y avait entraînée à la fin du repas. Un air froid montait du lac. Il l'avait enlacée en chuchotant dans son cou : « Que dirais-tu d'avoir le cosmos à ta main, mon ange ? » Ensuite il avait sorti l'anneau de sa poche et le lui avait passé au doigt. « Il a été taillé dans une météorite par un copain. Il est fait d'un matériau aussi vieux que le système solaire. C'est un truc assez unique, tu sais. – Et tu me le donnes ? » La question était de pure forme, sa réponse non : « À toi, parce que tu es unique, Anna. Et que je crois bien que je suis en train de tomber gravement amoureux… »

Depuis ce soir-là, l'anneau n'avait pas quitté son doigt et la météorite symbolisait leur amour. Cela ferait six ans au mois d'octobre. En dépit des colères qui les égratignaient parfois et de la frustration de Yann à la voir si souvent partie, Anna ne doutait pas de ses sentiments pour lui. Mais Yann ? Combien de temps tiendrait-il avant de se lasser ?

Jusqu'à la Nouvelle-Guinée, ils arrivaient à maintenir un équilibre, et les séparations n'excédaient pas six mois dans l'année. La plupart du temps, ils s'arrangeaient pour faire coïncider leurs absences. Et puis Anna avait monté sa campagne en misant sa carrière dessus, et l'équilibre s'était rompu, menant au fiasco de son dernier séjour – une semaine de vacances qu'ils avaient passée à s'engueuler. Depuis trois mois, ils s'étaient à peine parlé, sauf pour échanger des politesses qui ne leur ressemblaient pas…

C'était sa faute, bien sûr. Sa faute et celle des vieilles barbes de la paléo qui ne toléraient pas ses théories et l'accusaient de faire de la discipline une sorte de grand-guignol pour amateurs de sensations fortes. Si Barenski ne l'avait pas écartée et mise au placard, Anna aurait pu tenir encore. Mais en l'absence d'un appui bienveillant, elle s'était sentie coincée, condamnée à partir, et elle s'était lancée dans l'aventure sans trop réfléchir à son couple, parce que la seule chose à laquelle elle avait toujours cru, c'était leur amour. À présent elle savait qu'elle ne s'était pas suffisamment souciée des coups de blues de Yann, de son envie de… de quoi ? se poser ? vivre la vie de tout le monde ? avoir un enfant, ou deux, ou trois ? une ribambelle d'enfants qui la coinceraient à la maison ? Lui non plus ne se souciait pas toujours de la comprendre…

C'était pour toutes ces raisons qu'Anna préférait ne pas le déranger. À cause de ses colères à lui et de son impression à elle de ne pas être entendue. Et pour lui prouver qu'en définitive tous leurs sacrifices valaient le coup. Car la véritable raison était là. Elle voulait le regarder dans les yeux au moment où elle dirait :

« J'avais raison, tu vois, je n'ai pas fait tout ça pour rien. »

Il n'était pas trop tard, elle en était convaincue.

★

Le lendemain, après seulement trois petites heures de travail, le ciel jusqu'alors menaçant laissa place au déluge. Heureusement, le dinosaure était à l'abri dans sa grotte et ils avaient bien avancé, assez pour qu'Anna décide une pause-petit déjeuner.

Plutôt que de se joindre à la bonne humeur générale, sous la tente du mess, elle choisit de s'isoler dans la cabane qui faisait office de bureau des communications, prétextant l'envoi d'un fax urgent. De là, elle observa la falaise où gisait l'oiseau. Par quel miracle cette créature avait-elle vécu là dix millions d'années auparavant ? L'hypothèse la plus probable aurait voulu qu'il s'agisse d'une espèce fossile ayant très peu évolué au fil des dizaines de millions d'années, comme le cœlacanthe, la limule, ou encore ce requin-lutin surnommé « l'alien des abîmes », récemment capturé au large de l'Australie. Un fossile qui aurait beaucoup ressemblé à son ancêtre archéoptéryx.

Mais Anna n'y croyait pas.

Non, se répétait-elle, ce dinosaure à plume était apparu à cause d'un phénomène de régression évolutive. Ses parents étaient de simples oiseaux avec une morphologie moderne, sans dents, sans griffes au bout des ailes. Elle ne pouvait pas étayer son hypothèse, mais telle était sa conviction. Son squelette était un archéoptéryx, la copie quasi conforme du spécimen de Berlin, le plus complet de tous les fossiles jamais découverts. Et il avait dix millions d'années.

Anna regarda sa montre : 9 h 30. Autrement dit 19 h 30 à New York. Elle décida de lancer une première bombe, s'assit devant l'ordinateur, et entra le nom de son correspondant dans le logiciel de communication vidéo. Un satellite relaya aussitôt son appel vers les États-Unis. En attendant la liaison, Anna tenta de recouper ses souvenirs sur le rédac-chef de *Science & Nature*. Ils s'étaient croisés quelques années auparavant lors d'une conférence internationale, et Cassard lui avait paru sympathique et suffisamment fouineur pour apprécier ce phénomène de régression. Pour sa revue, c'était une fabuleuse histoire, à condition de le convaincre qu'il ne s'agissait pas d'une vulgaire escroquerie. Tous les journalistes spécialisés se souvenaient de l'imposture de l'homme de Piltdown au début du XXe siècle : ce prétendu fossile intermédiaire entre l'homme et le singe qui, des années après sa découverte, s'était révélé être un assemblage d'une mâchoire d'orang-outan et d'un crâne d'homme moderne.

Au bout d'une dizaine de minutes, elle dut se rendre à l'évidence : avec l'orage, impossible d'obtenir une liaison satellite stable ; elle laissa donc un message sur le répondeur du journaliste, en espérant être à peu près intelligible.

— Sale temps ! pesta-t-elle.

Le groupe était retourné à la grotte. Elle se dépêcha d'enfiler un K-way et s'apprêtait à les rejoindre quand un 4 × 4 Toyota neuf déboucha sur la piste qui menait au cœur de la forêt. Il finit sa course en dérapant sur la terre détrempée, à hauteur de la cabane. Un type en descendit et se mit à courir dans sa direction, plié sous l'averse. Il portait une chemise blanche et un pantalon de sport plutôt élégant, maculé par des gerbes boueuses. La note finale, qui le classait définitivement dans la catégorie « touriste chic », était un Stetson en cuir à l'allure coloniale. Malgré son accoutrement, son sourire éclatant le faisait paraître plutôt sympathique et Anna lui sourit en retour, intriguée par cette apparition inattendue.

— Anna Meunier ? Vous êtes la paléontologue ?

L'homme parlait un français teinté d'un léger accent portugais.

— C'est moi.

— Je suis content de vous voir. Ces pistes sont un vrai labyrinthe. Je me suis enlisé deux fois.

— Bienvenue en Nouvelle-Guinée.

Il lui tendit la main, et salua plus gravement :

— Je m'appelle Lucas Carvalho. Je suis biologiste et je travaille pour l'OMS.

Le type devait la prendre pour quelqu'un d'autre. Curieuse, elle le dévisagea. Il devait avoir son âge, métis, une stature balaise, plutôt beau mec. Ses yeux de jais à demi bridés plaidaient en faveur d'une lointaine origine asiatique. Son nez légèrement épaté lui donnait un charme supplémentaire. Pommettes hautes, lèvres charnues. Il était canon en fait, et, même affublé d'un chapeau ridicule, il dégageait un sex-appeal évident. *Est-ce que je me ferais ce genre de réflexion si tout allait bien avec Yann ?*

— Y aurait-il un problème ? Je parierais pour une épidémie de choléra…

— À ma connaissance, aucune urgence sanitaire dans la région.

— Ne me dites pas que vous avez fait spécialement le voyage de Genève pour me rencontrer, je serais obligée d'offrir le champagne.

— C'est le cas, madame Meunier.

— Vous vous fichez de moi ?

— Pas le moins du monde. J'ai essayé de vous joindre par téléphone satellite, mais vous ne répondiez pas.

— Les orages rendent les communications problématiques, désolée. Je peux vous proposer une bière ? Chaude, évidemment, ajouta-t-elle, espiègle.

— Ça me va parfaitement. Je suis sur les routes depuis l'aube et j'en ai plein le dos.

Ses yeux pétillants la fixaient avec une chaleur qui la troubla. Le mec semblait un peu trop appétissant pour être fonctionnaire, même missionné par l'OMS.

— Venez, je vous emmène au mess.

Sous la tente qui servait de cuisine, Anna attrapa deux canettes dans la glacière qui ne refroidissait plus rien depuis longtemps, les décapsula et en tendit une au séduisant métis. Sa curiosité était piquée.

— Alors ? Expliquez-moi…

— Je suis mandaté par Stephen Gordon, qui dirige le département des maladies transmissibles.

— Je ne vois pas trop en quoi je peux vous être utile.

— Nous aimerions avoir votre opinion sur des animaux malades qui présentent d'étranges et inquiétants symptômes. Un éléphant, en particulier…

Anna s'apprêtait à plaider sa parfaite incompétence mais l'homme au chapeau poursuivit :

— Vous imaginez bien qu'il s'agit d'une maladie atypique, sinon ma venue n'aurait aucun sens.

— Je ne suis pas biologiste, contrairement à vous, monsieur Carvalho, alors j'ai du mal à vous suivre. Vous savez en quoi consiste la paléontologie ?

— Parfaitement. Je sais aussi que vous prêchez des théories discutées, voire discutables, et c'est justement la raison pour laquelle Stephen Gordon aimerait que vous examiniez ces animaux. L'état de ces bêtes, croyez-moi, devrait vous intéresser. Il se pourrait même qu'il vous renvoie à vos propres recherches. M. Barenski, le directeur du Muséum d'histoire naturelle de Paris, nous a dit que…

— Il vous a parlé de moi ?

— Oui.

— Pas en bien, j'imagine ?

— Pour être franc, il a expliqué les fortes réticences que vous inspirez à vos collègues. Mais il a salué votre intelligence.

— D'accord. N'en rajoutez pas. Cela n'a plus guère d'importance d'ailleurs. Et où se trouvent vos créatures en sursis ?

— En Afrique du Sud.

Anna éclata de rire. Elle reposa sa bière, attrapa une pince qui traînait sur la table et rassembla la masse de ses cheveux en chignon.

— Bravo, monsieur Carvalho, vous avez réussi à distraire une chercheuse qui ne dort plus depuis un mois à cause de l'humidité et des moustiques.

— Je suis tout à fait sérieux.

— Vous proposez que je vous suive jusqu'en Afrique du Sud ?

Au lieu de répondre, Carvalho sortit un dossier de sa serviette et brandit une série de clichés représentant un jeune pachyderme photographié dans un refuge animalier. Ses quatre défenses lui donnaient l'allure d'un faux mal réalisé.

— Il s'agit d'un gomphotherium, comme vous pouvez le constater. Un des ancêtres des éléphants actuels.

— Où est-ce que cette photo a été prise ?

— Je vous l'ai dit.

— Et plus précisément ?

— Dans le parc Kruger. Le cliché a été pris par le directeur du refuge, Dany Abiker. Selon toute vraisemblance, l'animal n'est pas né avec cette morphologie. Il l'aurait acquise à la suite d'une contamination par un virus.

Anna examina attentivement les gros plans de l'éléphanteau. Ce type se fichait d'elle, forcément. Un montage ?

— Tout ceci n'est encore qu'une conjecture, reprit Carvalho, mais nous pensons que ce virus provoque une forme de régression accélérée. Le problème, c'est qu'il ne touche pas seulement les pachydermes. Dans un laboratoire de Pretoria, un gibbon a reçu du sang de l'éléphanteau. Il s'est transformé en quelques jours et arbore désormais une queue de plusieurs dizaines de centimètres, exactement comme son ancêtre, il y a plusieurs millions d'années.

— Vous êtes sérieux ?

— À votre avis ? M. Gordon insiste pour que vous veniez en Afrique valider cette hypothèse.

— Il fait quoi, déjà, votre patron à l'OMS ?

— Il est chargé de la direction du département des maladies transmissibles. Vous imaginez les dégâts qu'un tel virus pourrait occasionner ?

Anna resta silencieuse. La bière l'étourdissait légèrement.

— Madame Meunier, est-ce que je peux compter sur vous ?

Elle hésita, finit par répondre à contrecœur :

— Je ne peux pas abandonner mes étudiants. J'ai une responsabilité envers eux. Nous sommes une petite équipe, s'il leur arrive quelque chose… D'ailleurs nous venons de trouver… Peu importe…

— Laissez-moi vous poser une question : pensez-vous que le phénomène de régression puisse toucher l'homme ?

— Que voulez-vous dire ?

— Rien de plus que cette interrogation toute simple. Pourquoi croyez-vous que l'OMS s'intéresse à ce virus ? Pour l'instant, seules deux espèces ont été touchées et elles n'ont aucun lien de cousinage entre elles. Un singe et un éléphant, *via* le sang du pachyderme. Nous ne connaissons pas l'origine de l'infection, ni son mode de transmission dans la nature… À présent, imaginez que le virus mute et contamine un gardien de parc ou un touriste ?

— Vous y croyez réellement ?

— Ce virus est un joli menteur. Si vous le regardez au microscope électronique, il a toutes les apparences d'une fièvre hémorragique classique. Un virus effrayant, certes, mais stable dans le temps. En réalité, il est du même type que le sida. Son taux de mutation est élevé. L'hypothèse de l'émergence d'une souche humaine est donc, selon nous, tout à fait réaliste.

— Cela ne me dit pas comment votre virus provoquerait une régression des espèces…

— Il n'y a qu'une façon de le savoir. Venez examiner cet éléphant en Afrique du Sud…

Anna s'éloigna de quelques mètres, abasourdie. Un virus régressif. Peut-être pas tout à fait ce qu'elle avait envisagé, mais on se rapprochait en effet de ses théories. Une plongée vertigineuse dans le passé…

La stupeur laissa place à une pointe d'excitation. Cela faisait trop de choses en même temps, il lui fallait un délai pour réfléchir, établir un programme… Elle réajusta sa pince à cheveux, secoua la tête. C'était la première fois que quelqu'un lui accordait du crédit à ce sujet. On était même venu la chercher depuis l'Europe ! Bien sûr, il y avait l'archéoptéryx, mais elle n'était pas naïve, avant que ses collègues ne se laissent convaincre du sérieux de sa découverte, il se passerait des mois, peut-être davantage… La coïncidence était trop belle, comme un signe qu'on lui aurait fait. Et si elle obtenait une preuve vivante de ce qu'elle avançait depuis des années ?

Elle se retourna, un large sourire aux lèvres.

Sa décision était prise.

Ministère de l'Intérieur
et de la Sécurité publique, Pretoria.

4 août, 14 heures.

> Le parc national Kruger est fermé aux visiteurs jusqu'à nouvel ordre. Seuls les équipes de l'OMS, les responsables du Wildlife Center et les patrouilles de rangers sont habilités à circuler au sein du parc.
> Toute infraction sera punie d'une amende de 100 000 rands.

La décision de John Shabongo, ministre de l'Intérieur et de la Sécurité publique, fut aussitôt communiquée aux services de tourisme – la visite du parc constituant l'une des destinations favorites des étrangers – et à la direction des rangers. Avant la fin de la journée, en partant du refuge de Wildlife et en élargissant le périmètre, les lieux devaient être entièrement évacués : un espace de trois cent cinquante kilomètres de long sur soixante de large.

– 4 –

En descendant de l'avion, à Johannesburg, Anna respira avec avidité l'air chaud, attentive à la force vitale qui emplissait ses poumons. C'était la première fois qu'elle mettait les pieds sur le sol sud-africain et elle en éprouvait une singulière émotion. Tous les paléontologues rêvaient de venir un jour dans un des berceaux de l'humanité, de fouler la terre des premiers hommes. Malgré la pointe de culpabilité d'avoir lâché ses élèves en Nouvelle-Guinée, il lui tardait de pénétrer au cœur de la savane pour examiner l'éléphanteau qui inquiétait tant l'OMS. Sam et Kurt étant ses étudiants les plus aguerris, ils superviseraient le rapatriement au Muséum des fossiles récoltés ces deux dernières années, et surtout celui du splendide archéoptéryx. Ce serait une expérience formidable pour leur thèse de recherche, ensuite ils voleraient de leurs propres ailes…

Elle avait finalement décidé de n'avertir personne de sa découverte, pas même Barenski. Le directeur du Muséum avait simplement été informé que la campagne de fouilles avait pris fin et du retour de l'équipe. Si Carvalho avait raison, s'il existait la moindre chance pour que l'éléphanteau confirme ses hypothèses, cela changerait tout ! En attendant, elle n'avait aucune envie de s'ennuyer avec sa hiérarchie !

Lucas la précédait et traversa d'un pas vif la zone de débarquement. Il avait dormi dans l'avion, si bien qu'ils avaient assez peu échangé sur l'affaire. En arrivant devant le bureau de douane, un doute lui vint, foudroyant. Et s'il s'avérait que l'éléphant n'était qu'un vulgaire artefact, une bête malformée ? Les gens de l'OMS n'avaient pas vocation à aller sur le terrain, ils avaient pu prendre pour argent comptant les délires d'un gestionnaire en mal de notoriété ou tout bêtement un soigneur trop enthousiaste ! Elle n'eut pas le temps de s'attarder sur cette idée, son regard buta sur une pancarte marquée « Carvalho ».

Le directeur du refuge, Dany Abiker, était un grand échalas aux yeux bleus, la soixantaine bien conservée. Les muscles saillants sous son tee-shirt, il était taillé dans le même moule que les chasseurs-cueilleurs qui vivaient autrefois dans la savane. Une cicatrice en L tailladait sa joue droite mais, en dépit de ce détail, son visage irradiait la bienveillance et une douceur à laquelle on ne s'attendait guère chez un homme si solide. Sa poignée de main énergique rassura Anna. Il n'avait absolument pas l'air d'un illuminé. Carvalho la présenta comme une spécialiste française en paléontologie. L'homme acquiesça et s'inclina galamment, visiblement sous le charme ; Carvalho devait reconnaître qu'en dépit de ses traits tirés par l'insomnie la jeune femme était éblouissante.

— Bienvenue en Afrique du Sud, madame Meunier.

— Anna, s'il vous plaît.
— Votre accent est charmant.
— Il est surtout on ne peut plus français !
— Justement…

Quoique agacé par ce déploiement de séduction, Lucas Carvalho se retint d'intervenir. Anna était bien assez grande pour se débrouiller, en outre elle semblait n'accorder aucune attention aux réactions que sa beauté suscitait. Il se demanda si c'était conscient ou s'il s'agissait d'une façon de se protéger. D'ailleurs, Abiker avait fini de faire le beau pour entrer dans le vif du sujet.

— C'est un peu la folie, ici. Cathy Crabbe, la virologue qui a lancé l'alerte, m'a chargé de vous dire qu'elle est désolée de ne pas pouvoir vous accueillir, elle est noyée sous le travail. Pour ma part, je dois avouer que j'ai été soulagé quand j'ai appris votre arrivée. J'ai hâte de vous présenter notre éléphanteau. Ensuite, je vous réserve une surprise…

Anna répliqua avec franchise, sans chercher à masquer ses doutes :

— Et moi je brûle de voir ça, même si, pour être honnête, j'ai un peu de mal à croire à une telle apparition.

Carvalho les interrompit, soudain inquiet :

— Rassurez-moi… Les journalistes ne sont pas au courant, n'est-ce pas ?

— Non, Dieu merci ! Et le ministère a interdit le parc Kruger aux visiteurs depuis quelques jours. Nous devrions être tranquilles. Cette histoire a déjà causé pas mal de désordre et, croyez-moi, nous avons assez à faire sur le terrain pour ne pas gérer une crise médiatique en plus !

Tout en discutant, ils avaient rejoint le parking de l'aéroport. Abiker désigna un gros pick-up où patientait un garçonnet d'une dizaine d'années, les cheveux en bataille d'un blond presque blanc, la peau hâlée par le soleil. À leur approche, il agita le bras avec un sourire radieux.

— J'en ai compté sept !

— Tu es sûr ?

— Oui, papy !

— Alors tu as gagné ton pari.

L'Afrikaner hocha la tête avec malice.

— Avec mon petit-fils, on a parié sur le nombre de Land Cruiser qui passeraient dans le coin pendant qu'il attendait. Il faut croire que j'ai été plus long que prévu… Kyle, je te présente nos invités, Anna et Lucas. Et voici le garçon par qui tout a commencé !

Se tournant vers Anna, il précisa avec une fierté non dissimulée :

— C'est Kyle qui a repéré notre éléphanteau. Ce galopin passe tout son temps libre au refuge et rien ne lui échappe ! Sa mère tient un lodge à une trentaine de kilomètres, dans l'enceinte du parc Kruger.

— Salut, Kyle, sourit Anna. Dis-moi, est-ce que tu as baptisé ton éléphant ?

— Quatre-Défenses, mais c'est pas trop un nom.

— Eh bien, moi, je crois au contraire que c'est très bien trouvé, et pour tout te dire, je suis très curieuse de le rencontrer, ce mystérieux Quatre-Défenses. Tu es d'accord pour me le montrer ?

— Oh oui !

Il ajouta, brusquement impressionné :

— Tu es vétérinaire toi aussi ?

— Non, ça c'est plutôt le domaine de Lucas. Moi, je suis paléontologue. Sais-tu ce que c'est ?

— Tu cherches des ruines ?

— Presque. Des squelettes de très vieux animaux qui ont vécu il y a des millions d'années.

— Comme les dinosaures ?

— Exactement !

— C'est pour ça que tu veux voir Quatre-Défenses ?

— Tu as tout compris !

Mi-amusée, mi-intriguée, elle questionna Abiker :

— Vous lui avez expliqué ?

— Bien sûr. Kyle est plutôt vif pour son âge et on est partenaires puisqu'il a décidé de reprendre le refuge quand il sera en âge de le faire ! Plus sérieusement, je préfère responsabiliser un gosse que l'embrouiller avec des bobards qui ne rassurent que nous…

Le trajet dura un peu plus de quatre heures et l'enfant finit par s'endormir contre l'épaule d'Anna… Elle mit à profit ce moment de répit pour apprendre à connaître ses compagnons. Malgré le travail qui les attendait, elle se sentait légère, déchargée du poids de son équipe et de la nécessité d'avoir à gérer étudiants et logistique.

Avec Carvalho, ils avaient surtout échangé des considérations scientifiques et météorologiques en Nouvelle-Guinée – la piste pour rejoindre le premier aéroport de campagne était tellement détrempée qu'ils s'étaient embourbés plusieurs fois –, et elle découvrait à présent un homme féru de littérature française, de peinture italienne et d'arts martiaux. Né d'un père capverdien et d'une mère eurasienne, Lucas s'était marié avec son amour de jeunesse. À trente-cinq ans, il avait déjà deux garçons de la même tranche d'âge que Kyle. En intégrant la plus grande institution de santé publique au monde, il avait pu concilier ses deux passions, la biologie et la politique. C'était un touche-à-tout optimiste qui, selon son propre aveu, rêvait de changer les choses.

Dans un genre moins policé, Dany Abiker était tout aussi surprenant. À cinquante-deux ans, lassé de sa carrière dans la publicité, il avait obtenu un diplôme de vétérinaire à Johannesburg et, après de longues démarches administratives, car les terres du parc Kruger appartenaient au domaine public, il s'était vu accorder une concession du gouvernement pour ouvrir son centre de soins. Ce refuge, il le dirigeait depuis huit ans avec un succès grandissant. Tout comme Carvalho, Dany semblait animé d'un appétit insatiable pour la vie.

Quand ils quittèrent l'autoroute, Anna sentit brusquement l'effet du décalage horaire et dut lutter pour ne pas sombrer. Elle ouvrit la fenêtre et laissa le vent lui fouetter le visage. La sécheresse ambiante lui paraissait délicieuse après l'humidité poisseuse de la Nouvelle-Guinée. Là-bas, une heure suffisait pour vous changer en serpillière, inépuisable sujet des moqueries de Sam. Elle sourit en songeant à son étudiante, se demanda où ils en étaient de l'emballage des fossiles, puis décida de lâcher prise. Elle arrivait peut-être à un tournant majeur de son existence, ce n'était pas pour se préoccuper d'une caisse de transport !

Tandis qu'elle glissait doucement dans la somnolence, le visage de Yann lui apparut, assombri par la colère. *Il ne sait même pas que je suis en Afrique du Sud*, songea-t-elle. *Il ignore que j'ai trouvé l'archéoptéryx, que ma vie est sur le point de basculer, il s'en contrefiche de toute façon et je n'ai pas la force de lui parler !*

Pour ne pas éclater en sanglots, elle se frotta furieusement les paupières et observa le paysage. Depuis qu'ils étaient sur des routes secondaires, les Jeep de rangers ou les véhicules de police semblaient se multiplier, mais c'était peut-être simplement le pays qui voulait ça… Elle n'avait pas l'énergie de demander des précisions à Abiker.

Après avoir dépassé la ville de Malelane, dans la province de Mpumalanga, le pick-up emprunta une piste. L'enfant dormait toujours profondément, bercé par les cahots. Émue par son abandon, elle effleura ses cheveux d'elfe, songeant qu'ils formaient un drôle d'équipage : un gamin et son bourlingueur de grand-père, Lucas et elle, tellement paumée dans sa quête acharnée…

— Bienvenue au Wildlife Center du parc Kruger !

Kyle se redressa d'un bond, le regard encore brouillé.

— On est arrivés ?

— Comme tu vois, bonhomme.

La tendresse visible que Dany portait à son petit-fils arracha Anna à sa morosité. De part et d'autre du chemin de terre s'élevait une enfilade d'enclos qui donnait le sentiment de se trouver dans un parc animalier plutôt que dans un refuge pour animaux en détresse, d'évoluer dans un condensé de la faune africaine. Des autruches, des kangourous, des girafes et des rhinocéros côtoyaient des hyènes, des mangoustes, une lionne blonde avec ses petits, des impalas, deux zèbres et quelques singes paressant dans un arbre. Au bout d'un kilomètre, la piste s'élargit sur une place où étaient regroupés plusieurs bâtiments. « L'infirmerie et les salles opératoires », signala Dany. Cinq cents mètres plus loin, le pick-up stoppa devant un enclos. Kyle sauta à terre, surexcité.

— C'est lui, Quatre-Défenses !

— Merde ! lâcha Anna.

Un regard lui suffit pour l'identifier. À travers le pare-brise maculé de poussière elle aperçut un gomphotherium en train de se prélasser au soleil !

Elle aurait voulu se pincer tant le spectacle était irréel. Les deux paires de défenses offraient une impression de puissance très supérieure à celle des pachydermes d'aujourd'hui. D'une voix altérée par l'émotion, elle murmura :

— Est-ce qu'on peut l'approcher ?

— Bien sûr. Kyle, tu nous attends ici.

— Pourquoi, papy ? C'est moi qui l'ai trouvé, je veux vous accompagner !

— Parce que je te le demande, Kyle. Tant qu'on ne sait pas de quoi il est malade tu gardes tes distances.

— Mais vous y allez bien, vous !

— Ce n'est pas négociable, sinon tu retournes au refuge !

— D'accord…

Le garçon connaissait les limites. Il avait beau trouver ce traitement injuste, il se rassit sagement, le nez collé contre la vitre.

— Anna, Lucas, passez devant. Je vous couvre en cas de problème, mais restez sur vos gardes : les éléphants sont des animaux caractériels…

Anna lui aurait bien rappelé qu'il ne s'agissait plus vraiment d'un éléphant, mais elle préféra s'abstenir de crainte qu'il ne change d'avis et ne l'empêche de pénétrer dans l'enclos, par mesure de précaution.

Sur les consignes de l'Afrikaner, qui s'était armé d'un fusil tranquillisant, ils enfilèrent des gants en élastomère avant de gagner la porte de l'enclos, Anna en tête. Elle souleva la tige métallique et avança vers le gomphotherium. Il resta placide, et cligna des paupières. Autour de lui, dans un périmètre d'une vingtaine de mètres carrés, l'herbe avait complètement disparu, laissant place à de la terre sèche, comme passée au broyeur. Ce n'était guère surprenant, car cette espèce fouissait à l'époque le sol à la recherche de nourriture. *Fouissait.* Elle y pensa comme si l'animal qui se tenait là, couché dans la poussière, ne pouvait pas vraiment exister dans l'instant présent.

Parvenue devant lui, elle s'agenouilla. Elle avait besoin de le toucher pour s'assurer qu'il était réel. Lentement, elle tendit la main. L'image d'Armstrong foulant le sol lunaire lui traversa brièvement l'esprit. Ses doigts parcoururent l'espace qui la séparait du gomphotherium, une dizaine de centimètres qui équivalaient à dix millions d'années. Il demeura tranquille, comme indifférent à sa présence. Contrairement aux éléphants d'Afrique, il ne possédait pas de bosse sur le sommet du crâne. Elle effleura sa peau grise et rugueuse, appuya sa caresse. Au toucher, elle put sentir les pulsations émises par son cœur. Sa main glissa vers les défenses surnuméraires, s'arrêta avant de les atteindre. Ce geste aurait pu lui coûter cher.

Carvalho vint s'accroupir à ses côtés. Il paraissait fasciné par l'épiderme grisâtre. Elle demanda à mi-voix :

— Qu'est-ce qu'il y a ?

— L'infection qui a généré sa métamorphose s'accompagnait de lésions importantes. Je vérifie s'il en reste des traces.

— Et alors ?

— Je n'en vois aucune.

Derrière eux, Abiker confirma doucement :

— Je vous avais dit qu'il était guéri.

— Oui, comme si l'infection avait disparu.

— Cela vous surprend ?

— Pas vraiment. Mais cette stabilisation n'est pas forcément une bonne nouvelle.

— Une chose est sûre, intervint Anna. Quatre-Défenses est bien un gomphotherium.

— Vous en êtes absolument certaine ?

Carvalho semblait soudain grave, presque sombre.

— À cent pour cent si je me réfère à sa morphologie, mais je ne suis que paléontologue, pas biologiste. Que disent les échantillons sanguins ? Vous avez dû faire des recherches, non ?

— Bien entendu. Pour l'instant les études montrent que l'ADN diffère sensiblement de celui d'un éléphant, c'est bien pour cela que nous avons fait appel à vous.

— Bon sang, Lucas ! Vous imaginez ! Nous sommes en train d'observer un animal préhistorique vivant !

Elle avait crié, et le pachyderme se dressa sur ses pattes, les forçant à reculer précipitamment. Il poussa un barrissement tonitruant, chassa une nuée de mouches d'un battement d'oreille, puis partit se coucher quelques mètres plus loin, sous un arbre.

Les deux hommes, la femme et l'enfant, depuis le pick-up, le contemplaient avec émerveillement.

– 5 –

Dans les dîners, lorsque les convives apprenaient qu'il effectuait des plongées profondes à bord d'un sous-marin de poche, Yann Lebel se voyait toujours gratifié des mêmes questions : « Comment est-ce qu'on se sent à mille mètres sous l'eau, enfermé dans une boîte de conserve ? En cas d'envie pressante ? Et s'il y a un pépin ? J'imagine que vous devez être terrifié. » Immanquablement, sa réponse le faisait passer pour un misanthrope, une façon commode de se débarrasser des gêneurs pour le reste de la soirée : « Oh, vous savez, ce n'est pas plus terrible que d'être coincé sur le périphérique parisien aux heures de pointe. »

Aux gens qu'il aimait, Yann racontait le vertige indicible qu'il ressentait en s'enfonçant dans les eaux brunes des profondeurs, le silence rompu par les bips du radar, l'impression d'étouffement qui vous prenait et qui se mélangeait au sentiment singulier d'être ailleurs, là où aucune créature de surface ne pourrait survivre. Il tentait de décrire la désolation des fonds marins, mais aussi les apparitions sidérantes comme ces « fumeurs noirs », concrétions verticales plantées sur le plancher océanique qui lui évoquaient de gigantesques cigarettes. S'en échappaient des panaches d'un fluide sombre, brûlant, et riche en minéraux. Pas très différent des saloperies que les fumeurs s'envoient dans les poumons, pensait-il parfois, amusé.

Voilà deux mois qu'ils avaient entamé cette campagne de plongée sur le site du volcan sous-marin Kulasi, dans l'océan Pacifique, avec Lucie, sa collègue préférée. Les descentes commençaient à lui paraître longues. Il se frotta le crâne, s'étira, et fit rouler ses muscles pour combattre l'ankylose, sans succès.

La génétique l'avait doté d'une ossature puissante qui n'était pas franchement idéale pour se plier à l'intérieur du *Nautile*, leur sous-marin de poche. D'autant que Dame Nature n'était pas seule responsable de son allure massive. Né à Grenoble, fils d'un guide de haute montagne, Yann avait passé une partie de son enfance à grimper les sommets de l'Isère. À seize ans, il avait déjà l'allure d'un alpiniste et l'expérience des surdoués. Il savait « lire » une paroi, bougeait comme un chat et ambitionnait de s'attaquer à son premier 8 000. Les grandes voies des pics de la région n'avaient plus de secrets pour lui. À dix-sept ans, sacré champion de France de sa catégorie, il se préparait à remporter le titre mondial. Les sponsors commençaient à s'intéresser à ce petit jeune prometteur. À cette époque, rien n'avait plus d'importance que l'escalade. Mais son élan s'était fracassé un soir de fête, dans le chalet familial. Enivré et fanfaronnant, le jeune prodige s'était mis en tête de grimper le pignon nord de la façade. Parvenu en haut, son pied avait dérapé, il avait glissé, aussi bêtement que ça. Une chute de huit mètres. Son fémur gauche avait explosé sous le choc, et ses rêves avec. Après six mois de rééducation, contraint de choisir une autre voie, professionnelle celle-là, Yann s'était inscrit en fac de biologie, l'âme meurtrie. Puisque la montagne lui était désormais interdite, il avait opté pour la recherche océanographique, un choix aussi éloigné que possible de son ancienne passion. Depuis lors, quand quelque chose allait mal dans sa vie, l'amertume revenait le ronger. Il avait appris au moins une chose : viser un objectif ne suffit pas pour l'atteindre, et cette règle valait en montagne comme en amour.

Ces derniers jours d'ailleurs, Anna n'avait guère quitté ses pensées, et Yann était impatient de retrouver la terre ferme pour réfléchir, faire le point. Il était conscient que le malaise était en train de les bouffer, mais il était bien décidé à ne plus lui courir après. Son obsession pour son métier et ses théories fumeuses étaient en train de les éloigner l'un de l'autre, et il en avait marre, à la moindre occasion, de s'embarquer pour l'Afrique, dans une zone désertique de la Chine ou un coin paumé d'Ouzbékistan, simplement pour profiter de sa présence… Cela faisait trop longtemps qu'il ne choisissait plus ses vacances en fonction de son envie mais des destinations d'Anna, rarement très attrayantes. Leur quotidien amoureux se réduisait à des séances de Skype, des jours volés à son équipe, des projets avortés… Il avait beau souffrir de son absence, l'aimer revenait à une illusion, un truc factice, une forme d'obligation de plus en plus pénible, et la fidélité, qui était une évidence entre eux, commençait à lui peser. Ce n'était pas qu'il soit vraiment tenté, mais il ne comprenait plus trop le sens de leur relation. À quoi ça rimait de se jurer l'éternité s'ils passaient trois mois dans l'année ensemble sans pouvoir rien envisager sur du long terme ? s'ils ne pouvaient jamais compter l'un sur l'autre ni s'appeler quand le besoin se faisait sentir, c'est-à-dire pas seulement quand on trouvait un créneau correct et un réseau Internet à peu près fiable ?

Il grogna de colère, s'attirant un coup d'œil intrigué de Lucie.

La jeune femme se retint de le questionner. Elle connaissait trop son tempérament pour le brusquer, surtout en cas d'embrouille sentimentale. Yann était contrarié, elle le sentait, et il n'était pas difficile d'imaginer pourquoi. Secrètement, elle en éprouvait une satisfaction coupable.

Le radar indiqua la source hydrothermale. Dans l'opacité brune, violemment éclairée par les projecteurs du *Nautile*, une cheminée apparut. La concrétion devait dépasser les cinq mètres de hauteur. Monstrueuse et belle, elle semblait tout droit jaillie des Enfers.

— Un dernier passage et on remonte, ça te va ? demanda Yann en s'épongeant le front.

— À vos ordres, patron. Et une fois à la surface, je t'offre un mojito glacé.

— Avec double dose de glaçons, s'il te plaît. Je suis en train de virer en tablette déshydratée.

— Laisse-moi rire ! Toi une tablette ? Tu ne ferais pas plutôt allusion à tes splendides abdominaux ?

— Lucie, lâche l'affaire ! Pas question que je me dessape dans ce suppositoire. J'aurais à peine la place de te faire une figure de style.

— Façon *boy's band* ? Arrête, tu me fais fantasmer !

Ils avaient beau s'esclaffer, le cœur de la jeune femme s'emballa. Cela l'agaçait d'être toujours plus ou moins amoureuse après toutes ces années. Ils avaient couché ensemble quoi ? Environ trois mois ? Bien entendu, c'était avant sainte Anna, le Grand Amour de Yann… Un grand amour qui semblait battre de l'aile. Était-ce pour cela qu'elle se sentait tellement attirée par lui ces derniers temps ?

La chaleur lui donnait une légère migraine. Sous l'effet des fumeurs noirs, la température dans le sous-marin dépassait les trente-deux degrés. Pour survivre dans ce sauna de quatre mètres cubes, ils avaient délaissé la combinaison réglementaire et naviguaient en short et tee-shirt, Yann assis au poste de pilotage, elle allongée sur sa gauche, face au hublot, avec une vue imprenable sur le fond marin.

Redevenu sérieux, il annonça, concentré :

— Je lance un ultime prélèvement d'échantillons.

Chaque fois le biologiste espérait tomber sur un élément déterminant. La réponse à l'énigme de l'apparition de la vie était contenue dans ces sources hydrothermales du plancher océanique, il en était persuadé. Dans les mers du globe, il existait une trentaine de champs de fumeurs. Les conditions les plus hostiles y étaient réunies : une température de l'eau avoisinant les trois cents degrés et une acidité extrême qui aurait dû bannir toute forme d'existence. Pourtant, les fumeurs noirs constituaient de véritables oasis pour de nombreuses espèces, en particulier pour quantité de crevettes et d'éponges. Comment ne pas faire le parallèle avec la naissance du monde ! À l'origine, la Terre ressemblait à un véritable enfer chimique, et c'est dans ce bouillon improbable que s'étaient épanouis des milliers d'organismes ! Restait à comprendre comment, plus de quatre milliards d'années auparavant, une étincelle de vie avait pu jaillir de la matière inanimée…

Il fut tiré de ses réflexions par Lucie qui rouspétait.

— On peut y aller à présent ? Je ne sais pas comment tu supportes d'être coincé ici, je parie que je transpire deux fois plus que toi !

— Essaie une diversion, c'est le seul moyen. Perso, plutôt que de spéculer sur l'eau bouillante qui se déverse au-dessus de nos têtes, je pense à autre chose.

— Genre Anna, par exemple ?

Les mots lui avaient échappé avant qu'elle puisse les retenir. La réplique ne se fit pas attendre, d'une sécheresse qui lui donna envie de disparaître :

— Qu'est-ce qui te fait dire ça ?

Coincée pour coincée, autant y aller ! La honte céda brusquement la place à une vague de révolte.

— Yann, bordel ! Ça se voit comme le nez au milieu de la figure que votre relation n'est pas au beau fixe en ce moment. Tu me prends pour une idiote ?

— Tu te fais des idées, Luz. Et même s'il y avait quelque chose, tu penses vraiment que j'irais me confier à toi ?

Lucie rougit si fort que Yann regretta aussitôt sa brutalité. Elle savait pourtant qu'il détestait les épanchements… En fait, elle conservait de l'époque de leur liaison un instinct protecteur viscéral contre lequel il ne pouvait rien. Histoire de montrer qu'il n'était pas fâché, il ajouta plus gentiment :

— J'ai hâte de procéder à l'analyse des échantillons. J'ai un bon feeling, aujourd'hui. On remonte ?

Penaude, elle marmonna :

— Comme tu veux.

— OK.

Après une courte hésitation, parce qu'il ne voulait aucun malaise entre eux, il précisa avec un optimisme feint :

— Luz, ne t'en fais pas pour Anna et moi. Dès notre retour à Paris, je te parie qu'on va sortir des publications d'enfer. De quoi je me plaindrais ? D'avoir une femme brillante ?

— OK, monsieur Je-vais-bien, tu as raison, comme toujours.

— Et toi, tu es ma meilleure amie-collègue !

— Normal, tu n'en as pas d'autre !

Rasséréné, Yann s'empara du micro et prévint le capitaine de *L'Atalante* qu'ils s'apprêtaient à rentrer. Quelques secondes plus tard, il reçut la confirmation du navire mère. Pas d'obstacle sur le trajet de remontée. Il commanda l'ouverture du silo qui contenait plusieurs centaines de kilos de grenaille.

— C'est parti, je lâche le lest.

Tout se déroulait normalement. Les minutes et les chiffres s'égrenaient sur le tableau de bord : – 1 200 mètres, – 800, – 400… Ils avaient dépassé les – 200 mètres lorsque Yann stoppa net le *Nautile*. Une ombre venait de traverser le faisceau des projecteurs.

— Tu as vu ça ?

— Quoi ?

— Quelque chose nous est passé devant.

— Comment ça « quelque chose » ?

— Regarde !

Il avait hurlé et Lucie se pétrifia devant le hublot. Une créature de la taille d'un chien pédalant avec ses pattes arrière fit une apparition fugace avant de disparaître dans l'obscurité. Elle avait cru distinguer une queue, à moins qu'elle ait confondu avec un tentacule.

— Pas possible.

— Je sais. N'empêche, on l'a vu tous les deux.

— Vu quoi, Yann ?

Au lieu de répondre il fit pivoter le bathyscaphe, en vain, les projecteurs n'éclairaient rien d'autre que le vide. Il grommela entre ses dents :

— Alors, où est-ce que tu te caches ?

Soudain, ils perçurent un bruit à l'avant du submersible. Un grattement. Comme si on s'acharnait sur l'un des phares.

— Il s'attaque aux spots !

Lucie était devenue aussi blanche que la craie. Yann effleura sa main, en guise d'apaisement.

— Pas de panique, Luz. Cinq centimètres de thermoplastique, il peut toujours essayer de se l'envoyer ! On va tenter de voir à quoi il ressemble…

Il manœuvra le *Nautile* sur sa gauche. Inutilement. La créature était déjà passée à droite et recommençait son cirque. Il libéra alors à nouveau la grenaille pour rejoindre la surface. Les bruits de grattement cessèrent.

— J'aurais bien fait sa connaissance, mais on ne va pas prendre le risque d'abîmer un bébé à plusieurs centaines de milliers d'euros, pas vrai, Luz ?

Sa collègue secoua la tête, incapable d'acquiescer. Le reste de la remontée, ils n'échangèrent pas un mot.

Dans ce cauchemar éveillé, des bips familiers les ramenèrent à la réalité.

Le chant des baleines à bosse.

– 6 –

Le 4 × 4 prit la direction du nord du parc Kruger. La plaine parsemée d'arbustes semblait écrasée sous la lumière aveuglante du ciel.

Malgré les protestations de son petit-fils, Abiker avait laissé Kyle au lodge avec sa mère, contre la promesse de lui raconter leurs aventures. À trente-deux ans, Mary Abiker, une blonde à l'allure fragile que l'on aurait mieux imaginée dans un bureau feutré qu'à la tête d'un hôtel safari, n'avait guère été épargnée par la vie. Pourtant, sous cette délicatesse apparente se cachait une obstination peu ordinaire… Son compagnon était mort alors que Kyle n'était encore qu'un bébé, la laissant veuve à un âge où la plupart de ses amies songeaient surtout à s'amuser. Mary avait acquis la propriété avec l'aide de son père au moment où il fondait le refuge et y consacrait désormais l'essentiel de son énergie. Elle appréciait cette vie en pleine nature, mais avait conscience que son célibat était en train de devenir un problème. C'était l'une des raisons qui la poussaient à confier Kyle aussi souvent que possible à la garde de Dany. Il avait besoin d'un référent masculin et, faute de trouver un homme assez tenace pour passer outre ses défenses, le petit grandissait entouré de l'amour inconditionnel que lui vouait son grand-père.

Les invités avaient déposé leurs affaires dans de confortables bungalows et, comme ils protestaient, gênés par le luxe des lieux, Mary leur avait fait remarquer qu'avec l'interdiction promulguée par le gouvernement toutes les chambres étaient libres. C'était un coup dur pour leurs finances mais personne n'y pouvait rien.

Après une douche et un repas frugal, le trio était reparti découvrir la surprise promise par l'Afrikaner. Depuis une petite heure qu'ils roulaient, ils n'avaient pas croisé un seul car de tourisme, ni aperçu aucun bob aux couleurs d'un soda ou d'une compagnie de voyages. Seules les Jeep des rangers sillonnaient les pistes désertées. Pour Lucas et Anna, cette ambiance de catastrophe larvée ne faisait qu'accentuer leur sentiment d'irréalité.

Au bout de la piste, des hommes étaient occupés à monter une clôture électrifiée et Lucas s'étonna. Quelque chose était en train de se préparer.

— Je croyais que le parc était bouclé. Qu'est-ce qu'ils fabriquent exactement ?

— Ils sécurisent le périmètre.

— En plein milieu ?

— Un peu de patience, vous allez comprendre.

Le véhicule gravit la pente escarpée d'une colline. Parvenu au sommet, Abiker coupa le moteur. Il leur fit signe de descendre. En contrebas, lové dans une dépression circulaire, un lac de belle taille étincelait, véritable oasis de vie pour la flore et la faune. De grands arbres ourlaient les rives, formant une ébauche de forêt, et, sur la bande de terre qui séparait l'eau et la lisière verte, de hautes silhouettes se détachaient dans le scintillement de lumière.

Démesurées. Dantesques. Impossibles.

Lucas grommela un « putain » entre ses dents. Il paraissait estomaqué. Ou furieux. Anna, elle, avait cessé de respirer.

— Vous reconnaissez certaines espèces ? interrogea gravement Dany Abiker.

— Certaines, oui.

Elle ne savait pas comment elle avait pu répondre de cette voix claire, quasi normale.

Quatre gomphotheriums adultes s'aspergeaient d'eau. Près d'eux, un zèbre à la robe blanche humait l'air en relevant la tête.

— Vous voyez ce mammifère, indiqua-t-elle. Il me semble que c'est un plesippus, le premier ancêtre commun aux chevaux et aux zèbres.

Elle braqua ses jumelles sur les pattes de l'animal avant de faire le point sur la boue piétinée, parsemée d'empreintes.

— En réalité, je me trompe. Il a trois doigts à chaque pied. Or le plesippus avait un sabot d'un seul bloc, comme les chevaux. Il s'agit plutôt d'un dinohippus. Ce n'est pas le père du zèbre, mais son grand-père…

Émerveillée, elle repéra une mère et son girafon qui tétait goulûment, accroché à son pis, tandis qu'elle broutait les feuilles d'un acacia à fleurs jaunes. La femelle était plus massive que ses descendants, le cou moins long, et sa tête s'ornait de quatre ossicônes qui évoquaient vaguement les bois des élans.

— Une paire au-dessus des yeux et l'autre près du museau ! De quoi se défendre contre quelques prédateurs... Ce sont des giraffokeryx ; elles vivaient il y a trente millions d'années.

— Vingt-cinq précisément, répliqua Dany. J'ai fait quelques recherches.

— Et pourtant ce girafon est né...

— ... il y a seulement quelques semaines. Les rangers ont repéré la mère et son petit en premier, ensuite les autres.

Carvalho les interrompit sans ménagement. Ce n'était pas l'aspect biologique qui le préoccupait, mais le raz-de-marée qui risquait de se produire.

— Qui est au courant ?

— Cathy Crabbe et son équipe. Le gouvernement, les rangers, quelques chasseurs de brousse qui ont donné l'alerte. Et vous, à présent... Les préhistoriques ont été découverts deux jours après le bouclage du parc. On a eu une chance insensée qu'aucun groupe de touristes n'immortalise cette... ces... Imaginez la panique ! Voilà pourquoi ils érigent une clôture électrifiée.

— Mais qui vous dit qu'il n'y en a pas d'autres ?

— Personne. On tente de parer au plus pressé.

Anna les écoutait à peine. Pour elle, aucun doute n'était permis : le virus qui avait contaminé ces animaux provoquait bien une régression évolutive semblable à celle subie par son dinosaure à plume en Nouvelle-Guinée. Cela expliquait l'anomalie chronologique. Restait à prouver la récurrence du phénomène.

Le virus avait frappé dix millions d'années auparavant et aujourd'hui. À deux reprises, donc. Au moins deux…

Elle murmura, hypnotisée par le spectacle :

— Un virus causant une régression dans la trame de l'évolution… c'est dingue ! Et n'importe quelle espèce peut être contaminée ?

Lucas l'interpella avec impatience. C'était la première fois, en deux jours, qu'il semblait dépassé.

— Vous l'aviez deviné, non ? Votre théorie l'induisait plus ou moins.

— Sans doute. Mais essayer de comprendre ce qui s'est passé il y a dix millions d'années est une chose, alors que là…

— Là, cela peut tout changer, effectivement. Et en matière de pandémie, je n'ose même pas imaginer… Il faut que je parle à Gordon dès que possible. On peut y aller ?

Comme Anna faisait la grimace, Dany Abiker intervint :

— Ne vous inquiétez pas, vos spécimens ne vont pas disparaître et on a placé des guetteurs aux abords du lac. D'après leurs observations, ils n'ont quasiment jamais bougé des alentours.

Ils s'apprêtaient à remonter dans le pick-up quand un barrissement déchirant les figea sur place. Anna surprit l'expression soucieuse d'Abiker. Le directeur du refuge ne leur avait pas tout dit, elle en était certaine.

— Que se passe-t-il ? On dirait un cri d'alerte.

— C'est exactement ça. Les autres arrivent…

— Quels autres ?

L'Afrikaner n'eut pas le temps de répondre. Lucas leur fit signe de se presser.

— Regardez, les gomphotheriums reculent. On dirait qu'ils ont peur !

Depuis l'orée de la forêt, un troupeau d'éléphants avait surgi et fonçait vers le lac, en soulevant un nuage de poussière. Ils grognaient, barrissaient, et leurs grandes oreilles fouettaient puissamment l'air. Trois des quatre gomphotheriums déguerpirent, mais le dernier se trouva contraint d'entrer dans l'eau pour échapper à la charge. Partagée entre la fascination et un mauvais pressentiment, Anna tenta de comprendre : pourquoi les éléphants en avaient-ils après leurs lointains ancêtres ? Voyaient-ils en eux des rivaux ? des ennemis ?

Six pachydermes s'étaient placés en demi-cercle afin de repousser le gomphotherium vers le milieu du lac. L'eau lui montait jusqu'à la bouche. Terrorisée, la bête se mit à barrir lamentablement, trop tétanisée pour affronter la menace.

— Pourquoi les éléphants se montrent-ils si agressifs ? demanda Lucas.

Abiker haussa les épaules avec fatalisme.

— Ce n'est pas la première fois que le phénomène se produit. D'après les premières observations, l'irruption de nouvelles espèces déstabilise les écosystèmes. Les éléphants sont des animaux conservateurs. On a déjà pu le constater lors de leur migration annuelle : ils empruntent systématiquement les mêmes voies à travers la savane, et ils entrent dans une colère noire si on s'installe sur leur itinéraire. Chaque année, des villages nouvellement construits et des champs fraîchement plantés sont saccagés par des troupeaux déchaînés.

— Autrement dit, ils considèrent vos « préhistoriques » comme des concurrents et pas comme leurs semblables ?

— Cela se pourrait… Allez savoir ce qui se passe dans la tête d'un éléphant, soupira Dany. Tous les ans, des milliers de touristes circulent dans le parc en toute tranquillité. Et puis parfois, sans raison apparente, une voiture se fait attaquer. Pourquoi ? Est-ce la couleur de la carrosserie, un geste des passagers ? Si vous réussissez à décrypter ces fichues têtes de cochon, dites-le-moi…

Dans un effort désespéré, le gomphotherium était parvenu à retourner vers la rive. Pas pour longtemps. Les éléphants le rejoignirent et l'encerclèrent à nouveau. Anna était submergée de pitié. L'animal devait avoir compris qu'il n'y avait plus d'issue, car il baissa son énorme tête, accablé.

— Mais pourquoi ne se défend-il pas ?

— À six contre un, il n'a aucune chance.

Quand le plus grand des éléphants se mit à charger, elle préféra fermer les yeux.

★

Sur le chemin du retour, la plaine semée d'acacias parasols lui parut soudain presque hostile. Anna ne voyait plus le monde de la même façon. Qu'était-il en train de se produire ? Lucas l'arracha à sa contemplation.

— Pensez-vous qu'on puisse établir un parallèle entre le virus qui affecte toutes ces bêtes et le phénomène de régression tel que vous l'avez imaginé ?

— Sans doute, oui. La seule chose qui me dérange, c'est…

— Le virus ?

Anna hocha la tête.

— Je n'avais jamais envisagé que ces animaux, comme mon dinosaure à plume, puissent avoir régressé sous l'influence d'un micro-organisme. Je pensais plutôt à un raté du patrimoine génétique, une sorte d'héritage qui, pour une raison inconnue, aurait sauté les générations. Comme un superatavisme qui doterait une génération des caractères ancestraux… Mais là…

Elle laissa reposer sa tête sur la banquette, les yeux mi-clos. L'épuisement lui donnait des palpitations. Le soleil du crépuscule n'était plus qu'une demi-sphère et embrasait l'horizon de fulgurances roses. Le vent était retombé et l'air semblait figé, seules quelques ombres tournoyaient dans le ciel – des vautours, probablement attirés par une charogne. Le 4 × 4 tanguait sur la route, avalant ornière sur ornière, quand elle aperçut une chose qui l'intrigua.

— Arrêtez !

La voiture pila dans un nuage de poussière. Abiker se tourna avec inquiétude vers elle. Sans y prêter attention, la jeune femme sortit de l'habitacle et trotta vers une zone buissonneuse d'où émergeait un arbre majestueux qui croulait sous une constellation de pétales mauves. L'Afrikaner ravala un juron. Lucas Carvalho lui attrapa le bras. Il pensait avoir eu sa dose de surprises pour la journée mais, vu la tête de Dany, ça n'était pas fini.

— Quoi ?

— Cet arbre… Logiquement il fleurit par grappes jaunes. Ce n'est pas normal.

Anna s'était frayé un passage jusqu'au tronc de l'acacia. Délicatement, elle ramassa une fleur tombée à terre. Un picotement d'excitation et de peur lui hérissa les poils. Le bouton était composé de neuf corolles en forme de coupes. Elle leva la tête pour mieux contempler le feuillage. Une pure merveille… À deux mètres, les pétales paraissaient énormes. Ce qu'elle admirait maintenant, c'étaient les premières fleurs apparues au crétacé, cent trente millions d'années avant notre ère.

Carvalho la rejoignit en courant.

— Abiker prétend que ce n'est pas normal.

Elle lui fit face, encore sous le choc.

— Savez-vous ce que je tiens dans la main ?

— On dirait un genre de magnolia.

— Absolument !

Le biologiste fronça les sourcils, incapable de saisir le problème. Anna sourit de sa perplexité.

— Si je vous dis que toutes les plantes à fleurs descendent de végétaux proches des actuels magnolias, vous me suivez ? La végétation régresse aussi, Lucas.

— C'est impossible. Les virus touchent soit les animaux, soit les végétaux, jamais les deux. Pas en biologie !

— Eh bien, voilà une nouvelle particularité qu'il faudra prendre en compte, j'en ai peur.

— Mon Dieu… C'est encore pire que ce que je craignais. Nous devons rentrer, tout de suite !

Au lodge, l'ambiance était pesante. Mary avait reçu un appel des autorités : les habitants du parc resteraient consignés dans son enceinte jusqu'à nouvel ordre et chaque sortie serait soumise à l'obtention d'un laissez-passer. Kyle ne pourrait plus aller à l'école, des cours allaient être organisés par Internet. Tout cela, bien entendu, en attendant que le risque d'épidémie soit éradiqué.

Pour la première fois depuis que l'affaire de l'éléphanteau avait éclaté, la jeune femme montra des signes d'inquiétude. Elle se sentait prise au piège dans sa propre maison et redoutait la suite pour son fils. Déjà qu'il supportait mal d'être délaissé par Dany, il fallait à présent le convaincre de rester dans les limites du jardin. Cela n'allait pas être simple.

Dès le retour des invités, elle s'isola avec son père pour décider comment présenter les choses sans céder à la psychose. Pendant ce temps, Carvalho s'enferma dans le bureau d'Abiker et n'en ressortit qu'au bout de quarante minutes pour réclamer Anna. Stephen Gordon souhaitait s'entretenir avec elle.

Le directeur de l'OMS ne se perdit pas en politesses et attaqua directement, survolté par ce qu'il venait d'apprendre.

— Madame Meunier, ce matin encore, je me demandais s'il y avait un fond de vérité dans le phénomène de régression et, ce soir, mon adjoint m'offre un scénario pire que tout ce qu'on pouvait redouter. J'ignore comment le gouvernement sud-africain gère cette affaire, mais c'est aux scientifiques que revient la responsabilité de lancer l'alerte et de circonscrire la zone d'effet du virus, autant que possible. Nous devons d'abord déterminer le nombre d'animaux touchés, savoir s'il est question de quelques dizaines ou de centaines de bêtes.

Anna réfléchit à toute allure. L'émerveillement qu'elle avait ressenti plus tôt céda la place à l'anxiété. Après une courte hésitation, elle préféra lui faire part de ses craintes.

— Nous avons aperçu des vautours tout à l'heure. S'ils mangent un cadavre de « préhistorique », il existe un risque de dissémination…

Par commodité, elle avait repris le terme de Dany Abiker ; il était suffisamment imagé pour qu'on n'ait pas à l'expliquer.

— C'est bien ce qui me préoccupe. Lucas ne peut pas rester seul sur le terrain et je préférerais limiter les interventions extérieures pour l'instant. Moins il y a d'intervenants, moins on risque les fuites. Accepteriez-vous de prolonger la mission ?

— Bien entendu. Ce parc Kruger est un laboratoire à ciel ouvert… Mais j'ignore si je vous serai très utile.

— J'ai besoin de vos yeux de paléontologue. Lucas se chargera des prélèvements et il sera aidé par l'équipe de Cathy Crabbe, depuis Pretoria. Sur le terrain, l'expérience d'Abiker nous sera précieuse. J'ai demandé à lui parler. Et que tous les habitants des alentours soient confinés.

— Vous ne trouvez pas cela excessif ?

— Pas le moins du monde. Une discrétion absolue s'impose. Rien ne doit filtrer. Pas un mot, pas une photo. Vous imaginez la panique, si cela se produit ?

— Effectivement… Mais cela donne l'impression d'être en quarantaine.

— Madame Meunier, je ne fais pas cela de gaieté de cœur, vous pouvez me croire, mais nous n'avons pas le choix.

— Écoutez, il y a autre chose qui me turlupine…

— Oui ?

— Lucas vous a parlé de l'acacia ?

— Je vais commander des tests pour vérifier que…

— Il n'y a rien à vérifier, monsieur Gordon, cet arbre a régressé, j'en suis absolument persuadée. Si le virus sort du parc et se propage parmi les cultures, il pourrait causer des ravages plus terribles que n'importe quel prédateur. Et puis il y a un détail qui cloche.

— Lequel ?

— Le zèbre a régressé de vingt-cinq millions d'années, environ. Le gomphotherium aussi. Mon fossile de dix et les fleurs d'acacia de cent trente !

— Et le gibbon du laboratoire de Cathy Crabbe de trente… Cela signifie quoi, à votre avis ?

— Je n'en sais rien, sauf que ces bonds paraissent aléatoires. Cela peut frapper une large palette d'espèces sur un delta de plusieurs millions d'années.

Stephen Gordon marqua un silence. Puis, comme s'il se parlait à lui-même :

— Nous devons stopper ce virus avant qu'il n'infecte la planète.

– II –

VERTIGE

– 1 –

Dans son bureau de Genève, Stephen Gordon se servit machinalement une nouvelle tasse de café et tenta de mettre un peu d'ordre dans sa chevelure emmêlée. Il n'avait pas beaucoup dormi la nuit précédente, hanté par les informations récoltées par Anna Meunier. Au cours de sa carrière de chasseur de virus, il avait traqué des agents pathogènes redoutables aux quatre coins du monde, mais aucun de ces fléaux ne l'avait préparé au virus Kruger. Celui-ci ne tuait pas en cinq jours comme l'Ebola. Il ne laissait pas son hôte exsangue et apathique comme le Marburg. En réalité, le Kruger épargnait la vie de son hôte, mais ses effets étaient plus dévastateurs qu'une bombe. *Une bombe à retardement*, pensa-t-il, saisi par la comparaison.

Il avait beaucoup réfléchi à la stratégie à mettre en place. Il était urgent maintenant d'aller voir sa supérieure directe pour lui rendre compte de la situation. En empruntant les couloirs impersonnels de l'institution, Stephen avait le sentiment d'être le porteur de mauvaises nouvelles que l'on allait sacrifier dès qu'il aurait livré son message. Le rapport qu'il s'apprêtait à faire représentait le cauchemar de n'importe quel responsable de santé publique.

Margaret Christie ne réagit pas tout de suite. Elle avait l'air sonnée, partagée entre la stupeur et une colère froide. À soixante-deux ans, l'Américaine en avait vu d'autres, pourtant. Taillée dans le roc, d'un tempérament d'acier, cette ancienne championne de natation ne se laissait pas troubler facilement, raison pour laquelle elle s'était retrouvée directrice générale de l'OMS, l'un des postes clés de l'organisation. Après l'avoir écouté en silence, elle se leva et alla se planter à la fenêtre, le regard pensif. Gordon remarqua combien elle semblait lasse. Cela le surprit. Son tailleur strict soulignait sa maigreur. L'unique note de féminité était son collier d'ivoire fétiche.

Quand Margaret Christie se décida à parler, cependant, l'intonation fut aussi ferme que de coutume.

— Il faut que tu transmettes le dossier à Pablo Aguas, le directeur de la FAO[1]. À brève échéance, cette cochonnerie peut saper l'économie de toute l'Afrique du Sud. Ta Mme Meunier a soulevé un problème qui me paraît plus que préoccupant. Imagine que les céréales régressent ! Cela provoquerait une famine effroyable. Organise au plus vite une réunion avec Aguas.

— Si tu permets, avant ça je vais mettre sur pied une cellule de crise apte à gérer les urgences.

— Tu ne comptes pas mettre un de tes sous-directeurs sur le coup, j'espère ?

1. Food and Agriculture Organization, la branche des Nations unies dédiée à l'alimentation et à l'agriculture.

— Non, je m'en occuperai moi-même et je prendrai des gens indépendants. Je veux une équipe resserrée, polyvalente et assez autonome pour parer aux surprises du même genre que la corruption des espèces végétales. Je dois pouvoir quitter le navire le temps d'un déplacement éclair sans avoir à me faire du souci.

L'espace d'un court instant, la directrice parut presque amusée. Elle connaissait Gordon depuis longtemps et s'était parfois opposée à ses méthodes iconoclastes, mais il fallait bien avouer que l'homme était d'une efficacité redoutable.

— Une équipe de choc, comme au bon vieux temps… Bon sang, Stephen, je crois que je ne me suis jamais tout à fait habituée à ton job de bureaucrate. À propos de bureaucrate, tu as déjà croisé Aguas ?

— Une ou deux fois, guère plus.

— Si je peux me permettre un conseil, ce type est une vraie tête de mule. Bétonne ton dossier si tu veux qu'il t'écoute.

— Je le ferai, ne t'inquiète pas. J'espère seulement que le virus ne va pas nous prendre de vitesse.

— Ne parle pas de malheur. Et fais au mieux !

Elle ajouta, tandis qu'il s'apprêtait à sortir :

— C'est du bon boulot.

— Merci.

— Je le pense vraiment. À ta place, la plupart des gens auraient négligé cette histoire trop farfelue. Pas toi.

— C'est pour ça que j'ai accepté ce job de bureaucrate, sourit Stephen.

La réunion avec Aguas attendrait bien quelques jours. Malgré l'urgence, Stephen Gordon n'était pas naïf, on ne lançait pas une alerte sanitaire sans avoir un minimum d'arguments. Il devait donc déjà s'octroyer le temps nécessaire pour composer sa cellule de crise.

La première personne à qui il pensa était leur plus brillante statisticienne, Gabriella Agnini, une quinqua aussi ronde et douce que son intelligence était affûtée. L'Italienne accepta d'emblée de mettre entre parenthèses ses dossiers en cours afin d'étudier le Kruger. Elle n'eut même pas besoin qu'on la convainque, le directeur exécutif était son idole. Ce ne fut qu'au cours de la journée, en épluchant les données disponibles, qu'elle prit la mesure du travail et du danger potentiel du virus des cavernes.

À 11 heures, Tomas Znaniecki la rejoignit. Tout juste trentenaire, le Polonais était un biologiste au profil atypique. Derrière l'oreille droite, le long de la veine jugulaire, il s'était fait tatouer le symbole de l'infini. Il portait exclusivement des tee-shirts à l'effigie d'Einstein tirant la langue ; il en possédait une dizaine, allant du noir au rose. Quand on lui demandait la raison d'un tel acharnement, il répondait que le fait de ne plus avoir à se soucier de son costume libérait une partie de son cerveau. Et si on pouvait regretter son manque d'imagination en matière vestimentaire, personne ne se serait risqué à faire une telle critique dans les autres domaines, notamment professionnel. Stephen l'avait choisi parce que Tomas était un créatif surdoué et qu'il avait la réputation d'être rapide, quitte à passer outre les procédures.

Un Français, Dorian Illaire, fut le dernier à intégrer l'équipe. Sans être affligé de nanisme, l'homme ne mesurait guère plus d'un mètre cinquante (en réalité un mètre cinquante-deux, mais il arrondissait à cinquante, par pur orgueil), et il avait appris à mépriser les regards pour se concentrer sur le monde des idées. Il donna son accord à 13 h 30, devant un brownie, à la cafétéria, après avoir entendu le briefing le plus concis de son existence. Cet ancien vétérinaire était un chercheur-né ; la promesse de travailler sur un virus mutant, peut-être la découverte du siècle, était trop fabuleuse pour qu'il l'ignore. Les formalités furent évacuées grâce au mot d'ordre de la directrice générale : « Priorité absolue. »

Le Kruger n'était pas un agent pathogène comme les autres. La contre-attaque exigeait de déployer des compétences complémentaires et, avec son trio de spécialistes, Gordon pensait pouvoir établir un plan suffisamment étayé pour convaincre les institutions de se mobiliser. Aguas serait le premier visé. S'il l'avait dans la poche, les autres suivraient.

En présentant à son équipe le déroulé des événements, Stephen s'efforça de dresser un tableau équilibré : l'étude du Kruger en était à ses prémices. Il s'agissait peut-être simplement d'une manifestation virale accidentelle qui s'épuiserait d'elle-même. À ce jour, néanmoins, les indicateurs étaient au rouge. Si cette tendance se confirmait, il pourrait s'agir d'une catastrophe plus dévastatrice que les pires pandémies que le monde ait connues. Le monde moderne, s'entendait…

Après cette courte introduction qui laissa les chercheurs sidérés, il enchaîna sur le programme à venir.

Avant d'entrer dans le vif du sujet, ils devraient se concentrer sur les effets du virus sur le monde végétal. C'était l'urgence. Ce ne serait qu'une fois la FAO prévenue qu'ils pourraient faire une synthèse entre leurs recherches et celles de l'équipe sud-africaine chargée d'étudier les animaux infectés… En attendant, Illaire donnerait son expertise sur la possibilité d'un lien de transmission entre faune et flore. Le trio devrait vérifier chaque hypothèse, chiffres à l'appui. Le risque de contamination, le risque écologique, le risque sanitaire : pour l'instant, ils se limiteraient à ces domaines, qui avaient déjà de quoi donner le vertige à n'importe quel gouvernement…

Afin d'accueillir son équipe, Gordon avait investi la salle de réunion mitoyenne à son bureau. Ils s'y enfermèrent au cours des trois jours suivants – et une bonne partie des nuits –, se nourrissant de sandwichs et de dîners sous Cellophane livrés par la cafétéria. Ils passaient des heures au téléphone, chacun avec son portable – Gabriella cherchait à obtenir des précisions auprès de la FAO sur les types de cultures privilégiées sur chaque continent, et Tomas discutait avec un agronome spécialiste du blé. Illaire, lui, préférait la méthode du sous-marin. S'il n'était pas en train d'aligner des calculs abscons, il s'immergeait dans des enquêtes ultra-pointues qu'il avait fait remonter des archives. La porte de communication avec le bureau de Stephen restait ouverte en permanence, l'ambiance était studieuse, parfois digne d'une bibliothèque universitaire quand le Polonais et le Français s'asticotaient à coups de projections hypothétiques.

En contact étroit avec eux depuis l'Afrique du Sud, Carvalho et Meunier sillonnaient le parc Kruger afin de circonscrire la zone d'infection, comme l'avait demandé Gordon. Ils étaient aidés par un groupe de rangers de choc. Le patron de l'OMS avait exigé d'être informé heure par heure si besoin était. Chaque observation significative recueillie sur le terrain devait lui être signalée.

À Genève, quand le marathon se termina enfin, le jeudi soir aux alentours de 23 heures, Stephen ordonna à son équipe de rentrer dormir un peu et, une fois seul, il s'enfonça dans son siège, ferma les yeux pour profiter du silence.

Le visage de sa fille surgit, comme un reproche, aussi grave qu'un masque funéraire. Il ne l'avait pas vue depuis bientôt une semaine et s'en était peu soucié. Une vague de culpabilité l'assaillit. Ils étaient rarement séparés depuis qu'il travaillait pour l'OMS et c'était l'une des raisons qui l'avaient poussé à accepter le job. Pourvu que son absence n'influe pas trop sur son moral. Lauryn paraissait tellement indifférente à ce qui l'entourait qu'on avait parfois tendance à oublier qu'il s'agissait d'une carapace. Heureusement, elle avait Eva, la gouvernante-chaperon. Elles s'aimaient bien, toutes les deux, du moins autant que l'adolescente était capable d'apprécier une présence. Parfois, c'était à se demander si, dans sa vie monotone, Eva n'était pas plus importante que lui. En plus c'était une femme… Quelqu'un qui lui rappelait sa mère défunte.

Stephen soupira.

Il dormait déjà.

– 2 –

— Un virus qui fait remonter le temps aux espèces, vous êtes tombés sur la tête ?

Sous l'effet de la suffocation, le directeur de la FAO avait viré au rouge brique. Avoir été convoqué en urgence par le directeur exécutif du département des maladies transmissibles, tout ça pour écouter les élucubrations d'une bande d'allumés, c'était plus qu'il n'en pouvait supporter.

Ce Colombien massif évoquait davantage un forgeron qu'un haut fonctionnaire de l'ONU. *A priori*, c'était le genre de détail censé plaire à Stephen Gordon, pourtant Pablo Aguas n'avait pas passé la porte de leur QG qu'il avait senti venir l'embrouille.

— Pablo, il n'y a aucun doute possible. Nous sommes en train d'évaluer l'ampleur des dégâts et nous devrions bientôt disposer d'une estimation du nombre d'espèces, animales et végétales, touchées par ce virus. Bien entendu, des mesures ont été prises pour fermer le parc.

— Votre histoire ne tient pas la route !

— Je savais que les clichés pris en Afrique du Sud heurteraient votre rationalité. Nous aussi, nous nous sommes demandé comment un virus pouvait entraîner la régression d'une espèce. L'évolution est un processus irréversible. Pourtant, certains chercheurs remettent aujourd'hui en question cette théorie… Et le virus Kruger semble leur donner raison !

Aguas, qui s'était à peu près calmé, se redressa en ricanant.

— Par « certains », vous ne viseriez pas une paléontologue du nom d'Anna Meunier ? C'est votre consultante, non ? Je vois son nom dans le dossier. Je la connais de réputation. Le moins que l'on puisse dire, c'est qu'elle n'est pas en odeur de sainteté parmi sa communauté scientifique.

— Anna Meunier n'est pas seule à se poser des questions. Un chercheur de l'université Brigham Young, aux États-Unis, a démontré que des espèces avaient eu, jadis, la possibilité de voler, puis avaient perdu leurs ailes, pour les récupérer cinquante millions d'années plus tard.

— Donc pour faire court, le coupa Aguas grossièrement, certains gènes auraient la capacité de rester en sommeil pendant des millions d'années ?

— Si incroyable que cela semble, oui. En manipulant le génome des poulets, des chercheurs ont obtenu des embryons qui présentaient des bourgeons de dents de reptile.

Pour la première fois, Pablo Aguas semblait ébranlé.

— Quelles plantes sont concernées ?

— Si le Kruger se dissémine dans toute l'Afrique, il pourrait entraîner la régression de l'ensemble des plantations jusqu'à leur niveau de productivité d'avant le néolithique : – 90 % sur le blé, – 55 % sur le seigle, – 74 % sur le manioc.

— C'est impossible !

— Selon Anna Meunier, les plants ont été contaminés par des cicadelles. Plusieurs insectes morts ont été découverts à leur pied, puis analysés. Ils étaient porteurs du virus. La FAO doit ordonner l'usage systématique d'insecticide. C'est une mesure draconienne, mais absolument nécessaire.

— Nous sommes en train de parler de combien de milliers de kilomètres carrés ?

— Pas loin de vingt. Je sais que c'est sans précédent et pourtant ce ne sera pas suffisant, croyez-moi ! Le Kruger pourrait aussi voyager *via* les oiseaux.

— Et vous conseillez quoi ? Le suicide collectif ?

— D'élargir les mesures de prévention au pays tout entier.

— Admettons que je vous suive et que j'adhère à vos projections du pire, vous oubliez un détail. En Afrique de l'Ouest, nous passons notre temps à essayer de convaincre les fermiers de mettre leurs récoltes à l'abri dans des silos pour les protéger des criquets pèlerins. Nous dépensons des fortunes pour promouvoir des méthodes douces de lutte contre les ravageurs. Si du jour au lendemain on incite l'Afrique du Sud à passer au « tout-insecticide », nous ruinerons des années d'efforts de sensibilisation.

— On ne parle pas de criquets, là.

— Effectivement... Écoutez, je veux bien vous obtenir le traitement des cultures à proximité du parc, mais c'est tout ce que je peux faire, du moins tant que je n'aurai pas plus de données.

— Pablo…

— Revenez me voir quand vous aurez des preuves du désastre que vous prophétisez.

★

À 22 heures passées, alors que Stephen s'apprêtait à monter dans sa voiture, le riff de guitare retentit. Son portable affichait un numéro inconnu.

— Monsieur Gordon ?

— Lui-même.

— Je m'appelle Axel Cassard. Je suis le rédacteur en chef de la revue *Science & Nature*, à New York.

— Que puis-je faire pour vous ?

— M'expliquer ce que l'OMS manigance en Afrique du Sud, pour commencer !

Le ton querelleur prit Stephen par surprise. Il aurait dû réfléchir à une communication de crise, mais il restait tant d'urgences à traiter qu'il n'avait rien anticipé de ce genre… Cela faisait bientôt une semaine qu'il abattait un boulot de titan et voilà qu'un fouille-merde l'interrogeait avec le tact d'un bulldozer. Pour garder les idées claires, il décida de marcher un peu et s'obligea à respirer calmement.

— Qu'est-ce qui vous fait penser qu'il se passe quelque chose en Afrique du Sud ?

Un rire résonna au bout de la ligne, plus insidieux que joyeux.

— Monsieur Gordon, votre temps est précieux, le mien aussi. Nous n'allons pas jouer au chat et à la souris, ce serait contre-productif. Plus vous nierez, plus je penserai que vous cachez quelque chose.

Stephen hésitait à lui raccrocher au nez. Mais ce Cassard n'était pas un journaliste stagiaire, c'était le rédac-chef. Il représentait un média à gros tirage, le titre de vulgarisation scientifique le plus lu dans le monde. Impossible de l'éconduire, malgré l'envie qu'il en avait. Il tenta une diversion, surtout pour gagner un peu de temps.

— Si vous voulez connaître les actions menées par l'OMS en Afrique du Sud, je vous renvoie vers notre site Internet. Vous trouverez une mine d'informations. En ce moment nous avons un programme de lutte contre la tuberculose qui…

— Monsieur Gordon, faisons un deal. Je vous dis ce que je sais et, en échange, vous me donnez des infos.

Stephen resta silencieux, offrant à Cassard l'occasion de développer son idée. Le journaliste sentait qu'il l'avait ferré, il ne le lâcherait pas. Il reprit :

— Il y a une semaine, Anna Meunier a laissé un message sur mon répondeur, après avoir essayé de me joindre depuis la Nouvelle-Guinée, en me parlant d'une découverte qui devrait faire date. J'ai voulu la rappeler, en vain, et voilà que j'apprends qu'elle s'est rendue au parc Kruger, en Afrique du Sud, accompagnée par un de vos agents. Vous imaginez ma surprise et la question légitime qui s'ensuit : qu'est-ce qu'une paléontologue fabrique avec un fonctionnaire de l'OMS ? Cela a-t-il un rapport avec sa découverte ? Étrange, n'est-ce pas ?

Stephen se lança dans une esquive peu convaincante, faute d'inspiration :

— Pas du tout. Moi-même, il y a quelques années, j'ai contacté Nicolas Barenski, le directeur du Muséum d'histoire naturelle de Paris. L'OMS s'intéresse assez logiquement à la préhistoire des épidémies et…

— Je sais, je sais. La paléogénétique, du génome à l'archéologie… Nous avons déjà publié des articles sur le sujet. Mais là c'est différent. Il ne s'agit pas de recherches théoriques.

— Monsieur Cassard, je suis en réunion, vous allez devoir m'excuser…

— Vous travaillez tard…

— Une habitude…

— En fait, j'ai mené ma petite enquête. L'agent de l'OMS n'est autre que Lucas Carvalho, votre subordonné, alors je vais reformuler ma question : monsieur Gordon, pourquoi votre collaborateur se trouve-t-il dans une réserve naturelle qui vient d'être fermée au public en compagnie d'une paléontologue controversée ?

— Controversée ? répéta Stephen, impuissant à enrayer la catastrophe.

— Les recherches de Mme Meunier ne font pas l'unanimité dans le monde scientifique, c'est le moins qu'on puisse dire.

— Ce n'est pas ma partie, je serais infichu de juger de la pertinence de…

— En tout cas, vous confirmez avoir recours à l'expertise de Mme Meunier ?

À cet instant, Stephen prit conscience que Cassard ne savait encore rien du virus Kruger, il s'étonnait simplement de la coopération entre l'OMS et une paléontologue à la réputation sulfureuse. En lui donnant un peu de matière, juste assez pour le calmer sans qu'il ait envie de trop creuser, il lui restait une petite chance de s'en tirer. Un sujet suffisamment rébarbatif ou banal…

— C'est exact. Mme Meunier s'est rendue dans ce parc à notre demande pour examiner des animaux malades. Et je peux vous assurer qu'elle met toutes ses compétences à notre service.

— En quoi une paléontologue peut-elle vous aider ?

— Les animaux en question manifestent les symptômes d'une maladie que nous pensions éteinte depuis longtemps. Une maladie qui entraîne des malformations. Nous voulions avoir l'avis d'une spécialiste, savoir si ces déformations avaient déjà été observées sur des fossiles.

— Pourquoi faire appel à Anna Meunier ? Cela a-t-il un rapport avec sa découverte ?

— Nicolas Barenski me l'a recommandée, vous devez savoir que c'est son directeur, répondit Stephen innocemment. Quant à sa découverte, j'en ignore tout. D'ailleurs, vous l'avez souligné vous-même, nous l'avons fait venir en Afrique du Sud, très loin de ses fouilles actuelles. Voilà, j'espère avoir répondu à vos interrogations. Si ce travail de routine continue de vous passionner, laissez vos coordonnées à ma secrétaire. On vous rappellera.

Après un temps d'hésitation, Cassard se résigna.

— Très bien, je la contacterai. Vous me permettez une dernière question ?

— Si elle est rapide…

— Cette maladie pourrait représenter une menace ? Suffisamment pour que l'OMS se mobilise ?

— L'OMS prend au sérieux toutes les affections, même celles qui touchent le monde animal. Aucune barrière d'espèce n'est étanche à cent pour cent. Il y a toujours le risque qu'un pathogène animal s'humanise un jour ou l'autre. Mais pour répondre concrètement à votre question : une seule personne dans mon service suit cette histoire d'animaux malades, le biologiste Lucas Carvalho. Maintenant si vous voulez m'excuser, on m'attend…

– 3 –

Yushin Maru 2, océan Pacifique, 12 août.

Toshiya ouvrit la porte de la coursive, la main sur l'estomac. Un spasme le secoua, et il eut juste le temps de se pencher par-dessus la rambarde avant que son repas lui remonte dans la gorge. Plié en deux, il eut l'impression de se vider d'un jet. *Saleté*, songea-t-il. Pourquoi diable le chef s'entêtait-il à servir son immonde donburi avec les restes de poisson ? Parce qu'ils naviguaient sur un baleinier ? Est-ce qu'un boucher n'avalait que les abats dont les clients ne voulaient plus ?

Après avoir vomi de la bile, Toshiya Kinoshita rejoignit le carré en maugréant. Son quart commençait cinq minutes plus tard et, s'il ne se dépêchait pas, il devrait subir les récriminations d'Hiro. Son coéquipier veillait à partager le travail aussi scrupuleusement qu'un contremaître maniaque. Toshiya n'était pas sûr de pouvoir tenir jusqu'au bout de la campagne de pêche. Pas avec de la bouffe avariée ! Voilà trois jours que la flotte avait appareillé et il n'en pouvait déjà plus !

En se baissant pour enfiler sa combinaison en ciré, le pêcheur constata que la nausée n'avait pas disparu. C'était la faute de ce foutu chef ! Jamais il n'avait croisé pire cuistot de sa vie, pas même dans les gargotes malfamées de Nagoya, son port natal ! Vivement que l'équipage tue son quota de cétacés et qu'ils remettent le cap sur Kyoto. Il serait quitte de cette merde de poisson et pourrait manger du porc, ou mieux encore, un steak de Kobe, la meilleure viande au monde ! Encore deux mois, trois, au pis aller…

Il mit son gilet de sauvetage et le casque réglementaire, puis sortit de la cabine, le pas mal assuré, et se dépêcha de se diriger vers la proue noyée sous la lumière aveuglante de trois projecteurs. La mer était plutôt calme, en ce début d'après-midi. Pour faire passer la nausée, Toshiya tenta de discerner la ligne d'une côte sans rien voir d'autre que l'eau violette de l'océan Pacifique. Ils ne devaient plus être très loin de la Nouvelle-Calédonie.

Il empoigna son harpon et examina distraitement les flots, à la recherche de geysers révélant la présence de cétacés. Il savait pourtant que la véritable chasse commencerait plus tard, dans les eaux nourricières de l'océan Antarctique. C'était dans cette zone glaciale que la flotte chassait en meute. Leur navire amiral, le *Nisshin Maru*, était un monstre de cent trente mètres de long sur lequel travaillaient cent cinquante membres d'équipage. Une véritable usine flottante. À son bord, les hommes débitaient et congelaient la viande rapportée par les trois baleiniers du groupe : les *Yushin Maru 1*, *2* et *3*. Ces derniers pistaient essentiellement la baleine de Minke, un rorqual à museau pointu de sept mètres. Toshiya était affecté au deuxième *Yushin*. Rapides et manœuvrables, ces requins d'acier traquaient leurs proies avec seulement dix-neuf marins à bord, autant dire qu'il fallait une sacrée bonne excuse pour se faire porter pâle.

Toshiya se tourna vers l'arrière dans l'espoir d'apercevoir le navire ou même le *Sun Laurel*, un tanker qui les approvisionnait en carburant tout le temps de la campagne. Sans cette station essence flottante, ils seraient contraints de se ravitailler à terre et perdraient un temps précieux.

Rien. La mer était vide de toute présence. Le vent imprimait une houle légère et seuls quelques tapis d'algues brunes flottaient dans le sillage du bateau. Le pêcheur ressentit une vague appréhension. Trop de quiétude était mauvais signe. À tout moment, les cétacés, comme attirés par l'étrave, pouvaient jaillir le long de la coque et provoquer le chaos.

Un bruit le tira de sa rêverie. Hiro venait de quitter la passerelle de navigation. Pour une fois, c'était lui qui était en retard. Il consulta sa montre – au moins deux minutes. Pourtant, au lieu de s'excuser, son coéquipier l'interpella :

— Tiens-toi prêt.

— Du poisson ?

— Le radar indique trois petites baleines.

— Des Minke ?

— Possible.

— Et on en fera quoi ?

Depuis le départ des côtes japonaises, ils avaient pris une sérieuse avance sur le navire-usine. Hiro le rassura d'un claquement de langue.

— Les autres sont à une quarantaine de milles derrière nous. Au pire, on gardera le poisson deux jours. Qu'est-ce que tu as ?

Comme Toshiya haussait les épaules, il s'enquit plus gentiment :

— Tu veux que je demande au capitaine de te remplacer ? Tu as vraiment une sale gueule, Toshi.

— Non, ça ira.

— Tu es sûr ? Sinon, y a toujours ma mère pour te relayer…

Il éclata d'un rire grossier qui agaça prodigieusement le harponneur. Un peu plus, et il se laissait prendre à sa pitié ! Hiro le gonflait ! Son air de tout savoir et sa manie de le surnommer Toshi, à croire qu'il se prenait pour le chef ! Plutôt crever que de lui avouer qu'il avait vomi. Il cherchait une réplique bien saignante quand l'autre sursauta et tendit le doigt, brusquement en alerte.

— Là !

À une dizaine de mètres du navire, l'aileron d'une baleine venait de crever l'océan. Le rorqual jaillit des flots et plana un instant. Sans réfléchir, le pêcheur pressa la détente. La détonation claqua et le harpon fila droit vers la cible. Le bruit sourd de l'impact confirma qu'il avait réussi son tir. Quand le cétacé resta sans mouvement, flottant, Toshiya Kinoshita comprit qu'il avait accompli un tir parfait, presque un miracle. La pointe avait dû perforer l'œil pour aller se loger dans le cerveau, ce qui expliquait sa mort quasi instantanée. L'épiderme blanc strié de lignes sombres indiquait qu'il s'agissait bien d'une baleine Minke.

— Bien joué ! s'exclama Hiro.

Sous le coup de la surprise, il se montra beau joueur.

Le capitaine, qui avait dû voir le spectacle depuis le poste de pilotage, coupa les moteurs, afin de récupérer la dépouille. Les deux harponneurs rejoignirent la passerelle inclinée qui descendait jusqu'à l'océan. Quatre hommes munis de perches crochetées les attendaient déjà pour leur prêter main-forte. Ensemble, ils ramenèrent le rorqual vers la coque et firent glisser le cadavre dans la bâche de récupération. Hiro remonta sur le pont à vive allure pour actionner le treuil. Il n'avait consulté personne, mais s'arrogeait ce rôle, comme celui de conseiller tout le monde sur tout. Toshiya n'arrivait même pas à lui en vouloir. Son coup de harpon l'avait mis de bonne humeur. Avec un peu de chance, ils coinceraient les deux autres Minke et seraient en bonne posture pour gagner une prime. C'était la tradition entre les harponneurs des *Yushin Maru*.

Le cétacé émergea des eaux, serré dans son sarcophage de toile. Le filin se tendit, grinça et se mit à vibrer furieusement. Quelque chose coinçait. Hiro préféra stopper la remontée plutôt que de prendre le risque d'abîmer la bâche. Un paquet de laminaires s'était emmêlé dans un des cordages et engorgeait le roulement du treuil. Il gueula, agacé par ce contretemps :

— Les gars, virez-moi cette cochonnerie !

Toshiya s'était penché sur le garde-fou. Sa voix ressembla à un glapissement.

— Bon sang, qu'est-ce que c'est ?

Dans l'amas verdâtre des algues, on distinguait une dépouille inanimée. On aurait dit un animal, mais rien à voir avec un poisson ou une quelconque créature marine. Toshiya pensa d'abord à un loup mort, à cause du pelage brun et de la gueule effilée. Sa queue devait bien faire un mètre. Pris d'un haut-le-cœur, le pêcheur se pencha un peu plus encore, pour mieux voir. Autour de lui, personne n'osait esquisser un mouvement.

Finalement le vieil Akamaru Tanaka se décida à parler, étouffant un juron.

— *Kuso !* Comment ce truc est arrivé dans les algues ? On est trop loin des côtes !

— Ça a dû tomber d'un bateau, suggéra Ichirô d'une voix blanche.

Le gamin, qui n'avait pas dix-huit ans, participait à sa première campagne. À cet instant, il semblait regretter d'être là.

— « Ça » quoi ? demanda l'un des crocheteurs.

— Sûrement une bestiole pour un zoo ! gueula Hiro.

Planqué à la commande de son treuil, il attendait qu'ils se décident. *Facile de faire le bravache sur ton perchoir*, songea Toshiya. Irrité, il répliqua vertement :

— Au milieu de l'océan ?

— Elle a pu tomber.

— Tomber. C'est toi qui es tombé sur le crâne ! Viens vérifier, plutôt !

— Bon Dieu, regardez, elle bouge ! s'exclama Akamaru en reculant d'un pas.

Il avait raison. La patte arrière de l'animal s'était mise à trembler et Toshiya sentit une sueur glacée l'inonder. Sans réfléchir, il enfonça l'extrémité de sa perche dans l'abdomen poilu et appuya pour percer l'épiderme aussi solide que du cuir. La créature tressaillit et ouvrit les yeux, dévoilant des iris jaunes terrifiants. Elle se redressa d'un bond – était-ce un loup ? une chimère ? –, puis, d'un coup de reins prodigieux, sauta sur la passerelle où se trouvaient les hommes, deux mètres plus haut. Elle gronda sourdement, la gueule retroussée sur des crocs acérés.

Dès l'instant où elle avait repris vie, dans un mouvement réflexe qui l'avait probablement sauvé, Toshiya avait relevé sa perche. Il la tenait à présent solidement brandie, prêt à l'abattre sur le monstre ; derrière, il devinait que ses compagnons avaient entamé un mouvement de repli vers le pont supérieur. Lui restait pétrifié, le cœur battant à tout rompre. Il ne bougerait pas, pas tant que cette chose grognerait. Une part de lui se demandait combien de temps il pouvait tenir avec cette perche à bout de bras. Pas très longtemps. Sa nausée avait disparu. Il tut un ricanement hystérique. À cet instant, Hiro l'interpella et manqua de lui faire lâcher la gaffe :

— Barre-toi, tu vas te faire bouffer !

Il ravala un « ta gueule », mâchoires serrées. Se barrer ? Comment ?

— Bon sang, Toshi, qu'est-ce que tu fous ?

Je m'amuse, ça se voit pas ? Hiro avait dû réaliser que ce n'était pas en gueulant qu'il changerait les choses, car Toshiya perçut un bruit de cavalcade. Où allait-il ? Au poste d'équipage ? Que foutait le capitaine ? Et les autres ? Ce balaise de Kôki ? Masaru ? Ils l'avaient abandonné…

Malgré sa peur, le harponneur ne pouvait s'empêcher de scruter la créature. Plus il l'observait, plus il la trouvait étrange, quasi surnaturelle. Sa tête massive était dépourvue d'oreilles, sa mâchoire était bien trop développée et ses pattes palmées, hérissées de griffes qui auraient suffi à éventrer un homme… Il repensait au jeu de cartes de son neveu qui consistait à créer des animaux impossibles, des oiseaux au corps d'hippopotame, des félins ailés ou des lézards-dauphins. Le loup marin ressemblait à ça. Il remarqua ses côtes bien visibles. La faim l'avait salement efflanqué. Assez pour lui donner la force de bouffer n'importe quoi… Et pourquoi pas lui, Toshiya ?

— Il doit être affamé ! gémit-il assez fort pour se faire entendre. Balancez-lui un truc !

— Bon sang, tu crois qu'on se promène avec du poisson cru ? clama Hiro depuis la rambarde.

— Merde, fais un effort. Tu proposes quoi ?

— Le tuer au harpon. Le capitaine pense que…

— Non ! Le harpon, c'est pas une bonne idée. Sa peau est coriace et si tu le loupes, je suis mort !

— Alors cours ! On va l'occuper un peu !

— Et je lui tourne le dos ? Plutôt crever ! Je te dis qu'il s'en ira quand il aura le ventre plein !

— Il faut que tu bouges !

À cet instant, une pluie d'objets dégringola sur l'animal : perches, bouées de sauvetage, bidons. Au signal d'Hiro, les membres de l'équipage réfugiés sur la passerelle s'étaient mis à balancer tout ce qui leur tombait sous la main. Malgré ses résolutions, Toshiya ne réfléchit plus et pivota vers la passerelle avec une seule idée. *Fuir.* L'échelle n'était plus qu'à une foulée quand il sentit une douleur vive lui irradier la jambe. D'un sursaut, il projeta la gaffe qu'il n'avait toujours pas lâchée, heurta un corps. La bête émit un glapissement caverneux, entre la plainte et le rugissement, et une bouffée putride de charogne chatouilla les narines du harponneur. Là-haut, les hommes hurlaient. Son pied dérapa sur une giclée de graisse. Le reste se déroula en quelques fractions de seconde. Toshiya s'affala sur le pont et la bête, soudainement, plongea dans les eaux noires de l'océan.

Encore sonné, le pêcheur fut rejoint par les autres qui s'empressèrent autour de lui. Akamaru fut le premier à remarquer que son pantalon de ciré était déchiré.

— Tu es blessé, Toshi ?

Pour une fois, Hiro ne chercha pas à faire le malin. Il s'était accroupi, l'air sincèrement inquiet.

— Je ne crois pas. Rien de grave.

— Fichu chien !

— Ce n'était pas un chien.

— Bien sûr que si, que veux-tu que ce soit ! Tu en es quitte pour une sacrée frousse !

Toshiya ne prit pas la peine de répondre. Il baissa son pantalon et observa l'empreinte de la mâchoire sur sa jambe. Deux lignes en pointillés marquaient sa cuisse sur plus de vingt centimètres. De couleur violette comme un suçon, elles formaient les deux branches presque parfaites d'un V.

Il se redressa, posa son pied par terre et ne put réprimer une grimace de douleur.

— Attends, je t'accompagne.

— Ça va. Sortez le rorqual. Moi, je me débrouille.

— Tu es sûr ?

— Oui.

Il s'éloigna en boitillant, pressé de rejoindre sa cabine pour se désinfecter. *Jamais un chien ne laisserait des marques de ce genre.*

Un frisson d'angoisse le traversa.

– 4 –

Dans le parc Kruger, l'omniprésence du virus se confirmait de jour en jour. Des renforts militaires avaient été déployés pour empêcher toute intrusion intempestive, des villages avaient été évacués sous prétexte de combattre une épidémie de tuberculose, des kilomètres de clôtures avaient été installés.

Lucas et Anna passaient douze heures par jour sur les pistes et subissaient de plein fouet le stress cumulé à l'épuisement. Sur les presque vingt mille kilomètres carrés couverts avec l'aide des équipes de rangers et l'appui d'un avion de reconnaissance affrété par l'ONU, plus des deux tiers abritaient des espèces régressives. Parfois deux ou trois individus isolés, parfois un troupeau entier. À leur sortie du coma, les animaux recouvraient une parfaite santé. Sans clôture pour les arrêter, ils se déplaçaient et répandaient le virus.

Carvalho le savait : une épidémie s'éteignait d'elle-même lorsque la maladie ne trouvait plus d'hôtes à infecter, comme un feu qui s'étouffe par manque d'air. Le virus Kruger, lui, aurait toujours de nouvelles victimes à se mettre sous la dent. Sauf si les gouvernements décidaient d'enfermer les animaux contaminés… ou de les supprimer. Et de brûler les cultures, des centaines d'arbres, d'empoisonner les insectes, les oiseaux…

Depuis qu'il avait commencé à sillonner le parc, Carvalho avait perdu sa sérénité habituelle et commençait à envisager le pire. Ce jour-là, alors qu'ils longeaient la Crocodile River, un cours d'eau étroit et paresseux qui matérialisait la limite sud-est du parc, une panique insidieuse l'envahit, contre laquelle il se sentait impuissant. La plaine était plantée de mopanes, ces arbres aux feuilles frémissantes comme des ailes de papillon dont les éléphants raffolent, et ils avaient déjà croisé plusieurs troupeaux de bêtes régressives. Çà et là, des espèces de plantes qui lui étaient inconnues donnaient au paysage des allures de films de science-fiction.

Anna attira soudain son attention vers un troupeau de préhistoriques dans l'échancrure d'une clairière, des antilopes affublées de trois paires de cornes qui hérissaient leur crâne à la manière d'un éventail.

— Des hexameryx…

— Vous connaissez tous leurs petits noms ?

La question de Lucas s'était voulue drôle, mais elle tomba à plat. La fatigue leur mettait les nerfs à vif. Dany Abiker stoppa le pick-up et déploya une carte largement annotée. Tandis qu'Anna dénombrait les préhistoriques en s'efforçant de départager les mâles des femelles, il indiquait leur situation géographique. Pendant ce temps, Lucas mitraillait le troupeau avec un appareil à longue focale. De loin, les antilopes semblaient inquiètes, et tournaient la tête dans leur direction, les oreilles frémissantes.

Un quart d'heure suffit. L'Afrikaner reprit la route vers la frontière occidentale de la zone protégée. L'heure suivante, ils ne croisèrent aucun préhistorique, ni végétal ni animal.

Après avoir suivi un escarpement rocheux sur plusieurs kilomètres, ils gravirent une piste qui menait à une plateforme naturelle. De là, ils dominaient la plaine : un point de vue à plus de cent quatre-vingts degrés sur les confins du parc. Anna scrutait les alentours avec les jumelles ; Carvalho, lui, utilisait le zoom de son appareil photo. Il repéra bientôt un troupeau de pachydermes sur les rives de la rivière. Des défenses d'éléphant, pas de gomphotheriums…

Dany déroula une fois de plus sa carte sur le sol et poussa un soupir de soulagement.

— La zone de présence du virus s'arrête ici.

— Ça signifie que nous avons enfin fini de circonscrire son territoire ? demanda Anna.

— Je le crois… Venez voir ce que ça donne.

Les pointillés et les croix montraient que le virus avait pris possession d'une zone en demi-cercle, une sorte de croissant.

— Je n'aime pas ça, dit Carvalho en fronçant les sourcils.

— Pourquoi ?

Lucas s'empara d'un bâton et indiqua les limites de la réserve. Il s'attarda notamment sur la zone sud où le virus semblait s'éteindre exactement sur la ligne frontalière du parc.

— Il n'y a aucune raison pour que cette ligne stoppe le virus. Ce n'est pas une frontière naturelle comme une chaîne de montagnes ou un désert. Quand nous avons commencé, nous n'avons pas pensé à aller au-delà, puisqu'il y avait déjà une clôture, mais celle-ci était loin d'être aussi efficace que celles que nous avons installées ensuite. Au nord, à l'est et à l'ouest, nous avons roulé sur des kilomètres sans rencontrer de nouveaux préhistoriques et, fort logiquement, le tracé ne se confond pas avec celui du parc, mais correspond à cette demi-lune, *grosso modo*. Je crois qu'on devrait repartir vers le sud.

— Vous pensez que le virus a dépassé la frontière du parc ?

— Très probablement. Mais pas comme vous l'entendez. Je pense qu'il est entré dans le parc plutôt que d'en être sorti.

Anna voulait être certaine de bien comprendre.

— Il serait venu de l'extérieur ?

Le regard de Lucas s'assombrit.

— Je m'avance peut-être, mais plus j'y réfléchis, et moins je comprends comment notre éléphanteau pourrait être le « point zéro ». Comment aurait-il pu être contaminé ? Ce n'est pas logique. Pas plus logique qu'une zone de contamination délimitée par la pancarte « Parc Kruger ». L'animal infecté se trouvait donc forcément hors du parc.

Il interpella Abiker, qui les écoutait, la mine soucieuse.

— Parmi les employés du refuge, vous avez un homme de confiance, j'imagine.

— Bien sûr. Un jeune que j'ai formé, Tendaï. Vous auriez besoin de lui ?

— Il pourrait visiter les vétérinaires de la zone sud et demander si des malformations d'animaux ont été constatées.

Anna mesura immédiatement la portée de cette hypothèse.

— Si c'est le cas, nos affaires vont sérieusement se compliquer, non ?

— Cela va rendre très difficile le contrôle de l'épidémie, en effet.

— A-t-on un moyen de repérer le vrai point zéro ?

— Si nous partons du principe que le Kruger s'est propagé à partir d'un lieu unique, alors son territoire devrait vraisemblablement avoir la forme d'un disque qui n'a fait que s'agrandir au fil du temps. Notre croissant ne représenterait donc qu'une fraction du périmètre dans lequel le virus sévit. Et pour retrouver le point zéro, il faudrait viser le centre du disque que l'on peut imaginer à partir de notre demi-lune.

— Donc il suffirait d'aller à…

— Près de la ville de Malelane, précisa Lucas en désignant le lieu sur la carte.

Dany secoua la tête, peu convaincu.

— Comment êtes-vous sûr que le virus s'est propagé à partir d'une source unique ?

— Grâce à la forme de la zone que nous venons de délimiter. Si nous avions eu plus d'une source, nous aurions observé une mosaïque de foyers d'infection.

— Et si le virus avait voyagé dans les airs ?

— Cela changerait complètement la donne, évidemment. Il ne se propagerait plus de façon concentrique. Mais je n'y crois pas. Notre presque demi-sphère ne nous amène pas sur cette piste. Et nous n'avons pas observé d'oiseaux atteints, n'est-ce pas ?

Les autres acquiescèrent.

— C'est pourquoi, à l'heure actuelle, l'hypothèse la plus crédible reste une origine de contamination unique.

Anna se sentit brusquement nauséeuse. Le mal gangrenait déjà une bonne partie du parc, des centaines d'animaux – représentant neuf espèces – figuraient parmi ses victimes. Elle se demandait comment faisaient ses compagnons de route, trop occupés à établir des plans pour angoisser. *Ce sont des hommes d'action*, songea-t-elle, *alors que je me noie dans des fantasmes d'apocalypse !*

La jeune femme avait le sentiment d'être démunie depuis qu'ils étaient soumis à une stricte interdiction de communiquer : aucun appel personnel n'était toléré et chaque SMS – neutre au possible – était vérifié par Lucas. Elle regrettait infiniment de ne pas avoir appelé Yann quand il en était encore temps, au moins pour lui apprendre la découverte du fossile, lui dire qu'elle en avait assez, qu'elle voulait se poser, le retrouver… À présent, elle donnerait tout pour entendre sa voix, même ses reproches…

Pendant qu'elle se tourmentait, Lucas et Dany s'étaient plongés dans l'étude de la carte.

— Comment se présentent les environs de Malelane ?

— Pas grand-chose de remarquable. C'est une terre agricole. Des champs d'ananas succèdent à des champs de canne à sucre.

— Pas de zone marécageuse ou de grottes où le virus aurait pu se développer, je ne sais pas, dans le sang de chauves-souris ou de batraciens, par exemple ?

— Pas à ma connaissance. Le sol est composé de granite, autrement dit avec une érosion minimum.

Nulle part vous ne trouverez de cavité souterraine dans la région.

Le biologiste tentait vainement de repérer un accident de terrain propice à la préservation d'une colonie. Abiker avait raison, ils devaient chercher autre chose…

— On va déjà se rendre là-bas. Il y en a pour combien de temps ?

— Trois bonnes heures.

— Trop tard pour aujourd'hui. Et du lodge ?

— Environ deux heures.

— OK. Prévenez Tendaï, qu'il se mette en route dès que possible. Le mieux serait de lui trouver un logement en ville, de façon qu'il commence les recherches dès ce soir. Nous, nous partirons demain à la première heure.

– 5 –

La ville de Malelane n'était plus qu'à une dizaine de kilomètres. Le long de la route, des rangées d'eucalyptus masquaient en partie les habitations. Anna entendit un grondement au-dessus de leurs têtes. En levant les yeux, elle aperçut un bimoteur passer à basse altitude. L'appareil déversait des gerbes de produits chimiques. Les consignes de la FAO n'avaient guère tardé à être appliquées. À peine trois jours. Loin de la rassurer, cette hâte lui parut sinistre…

Dany fit une halte pour répondre au téléphone. C'était Tendaï, son employé, qui l'informait des résultats de son enquête. Deux mois plus tôt le gérant d'un restaurant avait découvert un chien mourant, un gros, type molosse, au milieu de ses poubelles, couvert de plaies sanguinolentes. Craignant qu'il ait la rage, le gars avait appelé Jim Olson, un vétérinaire. Celui-ci, après avoir jugé l'état du chien désespéré, avait piqué l'animal sur place.

En entendant la nouvelle, Lucas leva le poing et fit mine de boxer l'espace devant lui.

— Bon sang, on le tient !

— Le point zéro ?

Anna ne put s'empêcher de s'amuser de son enthousiasme.

— En tout cas on s'en approche ! Et on a la preuve que le virus est bien présent dans le Sud, comme je le suspectais ! Dany, demandez-lui si le vétérinaire peut nous recevoir dès ce matin. On doit l'interroger aussi vite que possible.

L'Afrikaner répéta la demande de Carvalho puis écouta un long moment les explications de Tendaï. Quand il raccrocha, non sans avoir félicité le garçon pour son formidable travail, un sourire radieux illuminait son visage marqué par le soleil et l'inquiétude des jours derniers.

— Inutile d'aller voir le véto. Le chien possédait une puce d'identification. On a le nom de son maître : Petrus-Jacobus Willems, un agent de sécurité. Figurez-vous que c'est un client de Jim Olson ! Le véto a été étonné d'apprendre que le molosse lui appartenait. Il ne lui connaît qu'un animal : un chien boerboel avec lequel Willems fait ses rondes. Pas grand-chose à voir avec l'animal qu'il a piqué, un vrai mastodonte selon lui. Olson a vainement tenté de joindre Willems après cette euthanasie expresse, et finalement il lui a laissé un message. L'autre n'a jamais rappelé.

— Bon sang, votre type a mis dans le mille !

Abiker continua de sourire, comme quelqu'un sur le point de sortir une colombe de son chapeau.

— Je ne vous ai pas encore dit le meilleur. Ce Willems travaille tout près de la Crocodile River, à côté du parc Kruger.

— Il habite loin ?

— Pas mal, oui, c'est ça, le plus bizarre. Il loge à Richards Bay, une ville portuaire située à cent kilomètres d'ici, ce qui lui fait une sacrée route pour aller bosser. Je crois qu'on devrait lui rendre visite. Tendaï a essayé de l'appeler lui aussi, ça ne répond pas.

Carvalho réajusta machinalement son Stetson, irrité à l'idée de repartir alors qu'ils étaient sur le point d'arriver à Malelane.

— On cherche un animal, pas un humain ! Mieux vaut tenter d'établir si le chien a pu entrer en contact avec l'espèce qui héberge le virus ou d'autres animaux infectés !

Anna secoua la tête, pensive.

— Je ne suis pas d'accord. Ce Willems peut nous fournir des infos précieuses avant qu'on fouille la ville au hasard.

— Et s'il est absent ?

— On lui laissera un mot, qu'est-ce qu'on risque ?

— Rien à part une ankylose. Et de perdre notre temps.

Dany intervint pour les mettre d'accord :

— Alors coupons la poire en deux. On va d'abord à son boulot, c'est à une quarantaine de kilomètres. D'après les indications de Tendaï, je sais à peu près situer le bâtiment. Si on fait chou blanc, il sera toujours temps d'aller à son domicile.

— OK. Avec un peu de chance ça nous épargnera le trajet.

Laissant derrière eux un quartier résidentiel de Malelane où s'alignaient de riches villas avec piscine, ils s'engagèrent sur la seule route qui menait au parc

Kruger et roulèrent une trentaine de kilomètres. Au premier embranchement vers la droite, ils empruntèrent un chemin de terre. Un vieil écriteau peint d'une main maladroite ou pressée indiquait « River ». Personne ne pipait mot dans le pick-up. Enfin, au détour d'un virage, ils tombèrent sur la Crocodile River.

— On ne doit plus être très loin.

Par la fenêtre, Anna aperçut deux ongulés – des cobes à croissant – qui promenaient leurs cornes sur une petite île. Apparemment tout était normal. Penché sur la carte, Carvalho grommelait qu'en dépit de la distance parcourue, ils étaient toujours dans le secteur du point zéro.

— Bon sang, c'est où ?

Abiker commençait à perdre patience. Il fit demi-tour à deux reprises, à l'affût d'une piste qu'il aurait manquée, et finit par remarquer une bifurcation occultée par une végétation foisonnante.

— Pas de panneau indicateur, observa Anna. Vous êtes sûr que c'est par là ?

— On ne perd rien à aller voir. Peut-être qu'on tombera sur un fermier qui pourra nous renseigner.

La piste de terre était bien entretenue. Très vite elle céda la place à une route bituminée aussi incongrue qu'un viaduc perdu en pleine jungle. Au bout de cinq cents mètres environ la voie s'achevait sur un imposant portail noir ; de part et d'autre, un grillage surmonté de fils barbelés encerclait un édifice flanqué d'un parking en plein air. Étrangement, il n'y avait personne, aucune voiture garée. Le bâtiment, d'un blanc immaculé, avait l'aspect d'un cube impénétrable.

— Vous croyez que c'est ici ? chuchota Anna.

— En tout cas, on imagine bien un vigile en train de patrouiller.

— C'est bizarre, remarqua Lucas, il n'y a pas de nom de société, aucun logo.

Il descendit du pick-up et chercha un Interphone. Rien. Le portail semblait lui opposer une fin de non-recevoir. L'atmosphère avait quelque chose de pétrifié, un air d'abandon, et ça ne tenait pas qu'au parking vide.

Un autre détail le troubla. Intégré au mur du bâtiment, les pales d'un climatiseur étaient à l'arrêt.

Depuis le véhicule, Dany bougonnait, mal à l'aise.

— On fait quoi ? Il n'y a pas un chat. Si on repart maintenant, on sera au domicile de Willems en fin d'après-midi.

Lucas examina les barbelés, la mine soucieuse.

— Est-ce que vous auriez une tenaille dans votre voiture ?

— Vous voulez entrer là-dedans ? Ils vous entraînent à ce genre d'opérations, à l'OMS ?

— Cet endroit est louche, je vais aller y voir de plus près. Il n'est pas question de renoncer à cause d'une clôture, pas avec ce virus qui se balade dans la nature. Je risque quoi, au pire ? Une nuit au poste ?

Dany marqua une courte hésitation, puis se décida à ouvrir son coffre. Il transportait toujours une pince coupe-câble pour l'entretien de ses enclos. En quelques minutes, Carvalho parvint à ménager un passage suffisamment grand dans le grillage et se glissa dans l'enceinte avec agilité. Il avait quitté son sacro-saint Stetson et, à le voir aussi déterminé, on en aurait presque oublié sa bonhomie coutumière.

— Restez là. Si je me fais choper, vous n'aurez qu'à continuer…

En réalité, Lucas n'en menait pas large. En s'approchant du cube, il récapitulait les informations dont il disposait : Willems travaillait pour une société située à l'épicentre de l'épidémie ; son chien était mort couvert de lésions deux mois auparavant environ. Le Kruger ? Puisqu'on l'avait euthanasié et incinéré, impossible de le savoir, mais les lésions auraient pu correspondre aux constatations faites sur l'éléphanteau. Et cela expliquerait la question d'un second chien : le mastodonte agonisant qu'Olson avait piqué aurait été la version préhistorique de son boerboel, tout simplement ! L'ennuyeux, c'était que le vigile avait disparu des radars. Lui seul détenait la clé du mystère.

Willems avait-il été en contact avec le virus ? Son chien serait-il le « point zéro » ?

Il ne répond plus au téléphone.

Parvenu devant le bâtiment, Lucas tenta d'ouvrir, sans succès. La porte était blindée, verrouillée par un digicode. Il se décida à longer la façade ouest et finit par tomber sur une fenêtre. Par chance, celle-ci, contrairement aux autres, n'était pas opacifiée. Les architectes avaient dû juger que cette précaution était inutile, l'ouverture donnant sur un mur d'enceinte qui bouclait le *no man's land* arrière.

Le bureau servait visiblement de remise où étaient stockées des fournitures. Sur des étagères étaient entassés des lots d'articles publicitaires : clés USB, stylos… Aucune étiquette indiquant un nom de société. Deux détails clochaient. Une veste oubliée par terre et un iPhone sur le bureau. À croire que les lieux avaient été évacués à la va-vite.

De retour devant le cube, Lucas décida de faire une dernière tentative et traîna une énorme poubelle devant l'entrée. En grimpant dessus, il parvint à hauteur d'une imposte en demi-lune. À l'intérieur, la cage d'escalier ouvrait sur le palier supérieur et il distingua une salle vitrée à la porte béante, une paillasse en Inox et un tube qui descendait du plafond. Le tube était relié à une combinaison blanche qui gisait, abandonnée, pendouillant à moitié. Le genre de combinaisons étanches qu'on trouvait dans… Sa gorge se noua. En quelques secondes, son cerveau synthétisa les informations. Barbelés, enceinte, digicode. Bâtisse quasi aveugle. Parfaite étanchéité. Combinaison et appareil respiratoire.

Il n'y avait aucun doute, il avait déjà vu ça : le bâtiment abritait un laboratoire de sécurité biologique de niveau 4, le plus haut degré sur l'échelle du risque, conçu pour manipuler des agents pathogènes d'une dangerosité extrême.

Dans le monde, il n'existait qu'une trentaine de BSL-4 – pour Bio Safety Level 4. Tous dépendaient d'agences gouvernementales. Un niveau 4 disposait de chambres fortes, de filtres à air et d'autoclaves pour stériliser les matériels utilisés. Les biologistes portaient ce genre de combinaisons et se soumettaient à des procédures lourdes et complexes. Qui donc avait pu financer une structure comme celle-ci ? Pas le gouvernement, sinon il y aurait un macaron officiel. Des fonds privés, sans doute, mais lesquels ? En dehors de l'industrie pharmaceutique, aucune entreprise ne pouvait dépenser des millions de dollars pour un tel équipement. Et encore, se dit Lucas, une boîte partagerait les coûts avec un organisme de recherche.

Il était si profondément plongé dans ses pensées que le hurlement qui déchira le silence le précipita à la renverse. Il heurta violemment le sol et resta sonné quelques secondes.

— Lucas, vous allez bien ?

Anna se penchait déjà vers la brèche, prête à lui porter secours.

— Ça va. Juste une bosse. N'entrez surtout pas !

Il se frotta l'arrière du crâne. Sa main était rouge de sang.

À cet instant, il se sentit observé et leva la tête. Le choc lui fit rater un battement de cœur.

Des pupilles noires le fixaient à travers la lucarne.

Les yeux d'un singe.

★

Dany n'avait rien voulu entendre après l'épuisante équipée au labo clandestin. Ils avaient tous besoin d'une pause, la visite chez Willems attendrait le lendemain !

Lucas Carvalho, lui, n'était pas tranquille. La question qui l'avait tourmenté en approchant de l'édifice commençait à le ronger, lancinante. Si le chien du vigile avait été infecté, comment avait réagi son maître ? Était-il possible qu'il ait été contaminé ?

Une fois pansé, douché, et réconforté par un double whisky, il parvint à repousser ses idées noires. Il devait encore écrire un message à Gordon, ensuite il se jura de ne plus y songer. Ils passeraient la soirée à discuter de tout, sauf de ce foutu virus !

Le visage d'Anna s'imposa à lui alors qu'il savourait la dernière gorgée d'alcool. Il secoua la tête, agacé de sentir le trouble l'envahir. Cette fille était belle à se damner. Trop ? L'évidence le frappa presque douloureusement. Ce n'était pas tant sa beauté qui le bouleversait mais le charme qu'elle dégageait, cette façon d'être, têtue et sensible, émerveillée et tenace, joyeuse et grave…

Il grogna pour stopper l'emballement de ses pensées. Stop ! c'était stupide, il adorait sa femme, pas question de mettre son mariage en péril pour… pour quoi ? Un fantasme malvenu ? La fatigue et la crainte d'une pandémie monstrueuse le rendaient plus faible que de coutume face au désir, mais était-ce seulement ça ? Ce n'était pas la première fois qu'il croisait une jolie femme, il était souvent en voyage, parfois pendant des semaines, jamais pourtant il n'avait ressenti un truc pareil.

Il s'ébroua, se leva et marcha jusqu'à la fenêtre. La pleine lune luisait dans le ciel, énorme. Il respira le parfum capiteux d'un buisson de glaïeuls blancs en pleine floraison, se laissa aller à fermer les yeux, mais ce fut pire ; il vit sa bouche entrouverte, gémit de frustration. Si seulement il pouvait parler à Manuela ! Le *black-out* ne faisait qu'empirer la distance, il avait besoin d'entendre les garçons se chamailler ou lui poser d'absurdes questions, et puis d'entendre sa femme, de discuter de tout et de n'importe quoi, lui dire qu'elle lui manquait, qu'il avait envie d'elle…

L'Afrikaner avait raison, ils devaient lever le pied quelques heures, sinon ils finiraient par devenir dingues. Il quitta la fenêtre, s'installa au bureau, réfléchit un instant.

Ses doigts volèrent sur le clavier.

À : Stephen Gordon
Labo BSL-4 planqué près du Kruger. Plus personne à l'intérieur *a priori*... sauf un singe.
Rappelle-moi ASAP.

En pénétrant dans le salon, il faillit buter contre Dany.

— Désolé, je dois vous abandonner. Mary tient absolument à ce que je l'accompagne à une petite fête organisée par des amis, j'avais complètement oublié et comme ça fait un mois que c'est prévu… Je ne peux pas lui faire ce coup-là.

— Tu veux que…

Lucas s'interrompit, sans savoir quoi proposer. Il ne pouvait quand même pas avouer qu'un dîner en compagnie d'Anna était la dernière chose qu'il souhaitait.

— Passe une bonne soirée.

— Je t'avoue que j'aurais préféré rester ici ! Mais une promesse est une promesse. Notre amie a commencé l'apéro…

Il lui fit un clin d'œil et, l'espace d'une seconde, le biologiste imagina qu'il savait…

Anna l'accueillit avec un grand sourire épuisé, le verre levé vers lui.

— Du vin ? Ne me dites pas que vous préférez une bière, pas ce soir…

— Pourquoi ? C'est trop américain ?

Elle émit un rire rauque qui lui remua les tripes. Il reprit, faussement désinvolte :

— Va pour votre vin rouge.

— Il est aussi âpre que cette terre, vous allez adorer !

Elle lui tendit un verre après l'avoir servi. Il se concentra sur la couleur rubis du vin pour ne pas avoir à croiser son regard, goûta le breuvage, aussi charpenté qu'elle l'avait promis.

— Pas mal.

Au lieu de répondre, elle se contenta de pousser un soupir.

— Fatiguée ?

— Éreintée. Je… on reparlera de tout ça demain, vous ne voulez pas ?

— C'est exactement ce que j'espérais. Plus de vir… rien !

— Juste cette soirée !

Elle sourit avec langueur et il ne put s'empêcher de noter combien l'épuisement la rendait sexy. Il chercha ce qu'il pourrait lui dire qui n'aurait pas l'accent du désir, bredouilla un « santé » et ils trinquèrent. Elle soupira de nouveau, désigna le jardin à travers la moustiquaire.

— J'aurais adoré découvrir ce pays autrement… Zut, on a dit pas de virus. Parlons plutôt de nos projets. Vous ferez quoi, quand ce sera… fini ?

— Je crois que je prendrais un mois de vacances dans une mégapole !

— C'est vrai ?

— Non. Mais j'avoue que je rêve de retrouver un peu de civilisation… Accompagner ma femme à l'opéra, aller au cinéma, traîner dans les rues, des choses banales, vous voyez ?

— Très bien.

— Et vous ?

— Moi…

Elle pressa pensivement le verre contre sa tempe, comme pour se rafraîchir.

— Je ne sais pas trop… Dormir ?

— Allons, vous n'allez pas me faire croire que c'est votre conception des vacances idéales !

— Non, bien sûr. De toute façon, idéaux ou non, les congés attendront… Il y aura tant à faire au muséum…

— Anna, vous n'êtes pas un superhéros, on ne vous l'a jamais dit ?

— Si, mais moins gentiment.

Ses yeux se brouillèrent, et il s'aperçut avec consternation qu'elle était sur le point de pleurer. Sans réfléchir il posa son verre et la prit dans ses bras.

— Je suis désolé… je ne voulais… je ne veux pas…

Au lieu de reculer ou de se détourner, elle leva la tête vers lui et le dévisagea, la bouche tremblante. Son odeur lui parvint, enivrante, un mélange d'amande et de peau tiède qui acheva de lui tourner les sangs. L'impatience lui donnait presque la nausée et il comprit alors qu'elle savait, elle le sentait, pressée contre lui, assez dur pour la fendre en deux, elle savait depuis qu'il était entré ici, peut-être même avant, parce que c'était écrit, entre eux, la faim qu'il avait d'elle, Anna la ressentait forcément, irrépressible, et sa culpabilité disparut à l'instant où leurs lèvres s'effleurèrent.

Ce fut un baiser profond, ivre de fièvre, d'envie, de lassitude et d'une folle légèreté, un baiser d'amants déjà éprouvés, parce que le désir caché de Lucas et celui d'Anna, plus fugace, les électrisaient.

Ils ne parlèrent pas, mais leurs mains tâtonnantes défirent boutons et fermetures, ils tournaient, titubaient dans l'ardeur de se retrouver nus et de se caresser, et ils finirent par tomber sur la natte tissée, au pied de la bibliothèque et Anna se demanda l'espace d'un instant si quelqu'un pouvait entrer et les surprendre, mais déjà la bouche de Lucas courait sur son ventre, elle cessa de réfléchir, le corps arqué pour qu'il vienne plus vite. À cette seconde, ruisselante, elle aurait tout sacrifié, tout donné, juste pour apaiser le feu qui la consumait. Un grognement lui échappa, et elle ouvrit les yeux pour mieux le voir la pénétrer, ses épaules couleur pain d'épices, son ventre musclé, *si différent*, pensa-t-elle, sa bouche charnue, il était beau, allant et venant au-dessus d'elle, le visage crispé par l'effort, et sans qu'elle sût pourquoi, alors que la vague de plaisir menaçait de l'emporter, elle se mit à pleurer, puis à crier, submergée par une pure jouissance.

Quand elle refit surface, comme après une apnée, Anna sut qu'elle ne serait plus jamais la même. Elle avait trompé son amour aussi facilement qu'on chavire, et l'image d'une marelle lui vint, les carrés entre le ciel et la terre, elle avait basculé, quoi qu'il se passe ensuite, ça serait toujours là, en elle, même si elle gardait le secret – jamais Yann ne devrait l'apprendre, jamais ! –, alors elle se tourna vers Lucas et chuchota tout bas :

— Ce soir, c'était la seule fois, vous le savez, n'est-ce pas ?

Il acquiesça sans répondre, puis se tourna vers elle, si grave qu'Anna en éprouva un choc. Il saisit son visage entre ses paumes, elles sentaient leurs odeurs mêlées, appuya ses lèvres sur les siennes.

Incapable de supporter son regard, elle ferma les paupières, sentit qu'il la lâchait, se relevait en silence.

Elle attendit d'entendre la porte pour rouvrir les yeux.

La seule fois.

★

Le baleinier *Yushin Maru 2* poursuivait sa route vers le continent Antarctique.

La veille, Ichirô s'était décidé à poster sur Internet la vidéo qu'il avait prise depuis le bastingage, lors du face-à-face entre Toshiya Kinoshita et la bête surgie des eaux. Le jeune marin-pêcheur avait un peu hésité avant de la partager, mais la curiosité l'emportait désormais sur l'effroi. Il comptait sur les internautes pour résoudre le mystère de la créature.

En guise d'accroche il avait écrit : « Combat à mort entre un loup de mer et un courageux harponneur ! »

Sous la vidéo, il avait précisé : « L'animal s'est pris dans un de nos filets au large de la Nouvelle-Calédonie. Sur le baleinier, tout le monde se demande de quelle bestiole il s'agit. Si quelqu'un a une idée… »

POSTS :

À mon avis, c'est le Bigfoot néo-zélandais ;)
Marmotte19, il y a un jour.

Je suis allée en Nouvelle-Zélande lors d'un voyage avec mes parents. Un pays magnifique !
Misspink, il y a 11 heures.

Marmotte, réveille-toi ! Ce n'est pas en Nouvelle-Zélande, mais au large de la Nouvelle-Calédonie !

Sympa de nous parler de tes vacances Misspink, et tout à fait approprié.
Darkforce, il y a 10 heures.

Je pencherais pour un hybride entre un loup et un chien.
Koalamaster, il y a 10 heures.

Tu ne peux pas dire un chien-loup comme tout le monde, ça serait plus simple :)
Et il ferait quoi sur un baleinier, ton toutou ?
Darkforce : Pas la peine de jouer les Dark Vador, tout le monde peut se tromper (et la Nouvelle-Calédonie est vraiment sympa !).
Misspink, il y a 9 heures.

Vous vous mettez tous le doigt dans l'œil.
C'est un pakicetus, l'un des ancêtres de la baleine.
Savetheplanet, il y a 8 heures.

L'ancêtre de la baleine à poil ? Mdr.
Misspink, il y a 8 heures.

Laisse tomber, Misspink. Encore un gusse qui croit qu'on nous cache la vérité et qu'Elvis n'est pas mort, bla-bla-bla...
Koalamaster, il y a 5 heures.

Allez faire un tour dans un musée d'histoire naturelle, bande de nazes, et on en reparle : les cétacés descendent d'un mammifère terrestre qui vivait il y a 50 millions d'années.
Et ce p'tit gars, c'est un pakicetus !
Savetheplanet, il y a 4 heures.

T'as peut-être raison, Savetheplanet, mais comment tu voudrais qu'il soit encore en vie ton pakimachin ?
Misspink, il y a 4 heures.

Aucune idée. Je sais juste que l'animal de la vidéo est dégénéré. Il se contente d'égratigner le marin. Perso, je l'aurais bouffé tout cru, vu les massacres que l'homme commet tous azimuts !
Savetheplanet, il y a 3 heures.

Hey, vous avez vu ? On signale un autre incident du même genre au port de Busan, en Corée du Sud. Tapez « Busan » et « loup étrange » dans un moteur de recherche.
Misspink, il y a 2 heures.

Au port de Richards Bay, en Afrique du Sud, aussi.
Savetheplanet, il y a 1 heure.

Bordel ça craint !
Misspink, il y a 30 minutes.

Ça craint ou c'est la nouvelle du siècle ;) Alors les p'tits loups, on pronostique quoi ? La revanche des dents de la mer ?
Koalamaster, il y a 20 minutes.

– III –

CONTAMINATION

– 1 –

Stephen Gordon s'avança vers la grande table en verre, couverte de dossiers, que Margaret, la patronne de l'OMS, utilisait comme bureau. En pleine lecture, c'est à peine si elle leva les yeux.

— Qu'est-ce que je peux faire pour toi, Stephen ?

— Tu as lu mon message ?

— Oui, bien entendu. Tu penses que ce Willems a pu être contaminé ?

— C'est impossible, théoriquement.

— Mais tu n'en es pas sûr, si je lis bien entre les lignes. Et Carvalho non plus.

— Tant que nous n'aurons pas mis la main sur lui, non !

Margaret releva soudain la tête.

— Vous n'étiez pas censés avoir son adresse ?

— C'est en effet ce que Carvalho m'a annoncé par téléphone hier en fin de journée, mais j'ai préféré tout de suite lancer une vérification et les recherches de mon équipe n'ont pas été inutiles : il a déménagé sans laisser ses nouvelles coordonnées.

— Alors vous l'avez perdu ?

— Pas tout à fait. Son ancienne propriétaire est persuadée qu'il a trouvé une maison près du port. Elle ne l'aimait guère. Selon elle, il était déplaisant, sournois et il puait. Elle a dû retaper tout l'appartement après son départ, tant ça empestait le fauve.

— Tu penses qu'il avait d'autres bêtes que son chien ?

— Sans aucun doute.

Margaret Christie planta ses yeux dans ceux de son collaborateur. Il remarqua une fois encore combien elle semblait lasse. Pis, même. Inquiète.

— Imagine que ce type soit le propriétaire de notre point zéro et qu'il se balade en liberté avec d'autres animaux dans une ville portuaire. Autant envoyer des enveloppes pleines d'anthrax aux quatre coins de la planète…

— C'est peut-être pour cela qu'il loge là-bas, justement.

— Je ne suis pas sûre de te suivre.

— Cent kilomètres séparent Richards Bay de Malelane, soit six bonnes heures de piste. Il lui est impossible de rentrer chaque soir chez lui. En outre, ce port n'a rien d'agréable, sauf à nourrir une passion pour les friches industrielles et les porte-conteneurs. Il doit donc trafiquer. Quoi ? Comment ? On ne sait pas encore, mais on tient quelque chose et j'ai toute mon équipe dessus. Ensuite, il y a le lieu d'origine de la contamination.

— Le labo ?

— Exactement. Un laboratoire BSL-4 paumé au milieu de nulle part et totalement inconnu des services de l'OMS !

Margaret pivota sur elle-même.

— Tu penses que le virus a pu s'échapper de ce bâtiment ? qu'une entreprise a créé le Kruger de toutes pièces ?

— C'est une hypothèse crédible, mais…

— Quoi donc ? s'impatienta Margaret.

— Si le Kruger est un virus Frankenstein, tout droit sorti d'une éprouvette, comment ses effets se seraient-ils produits il y a dix millions d'années ? Je ne fais pas trop le lien.

— OK. Cela n'a que trop duré ! Je saisis le ministère de la Santé sud-africain dès aujourd'hui et je vais tenter d'en savoir un peu plus…

★

— On a de la chance, fit Gabriella en brandissant un fax à l'arrivée de son patron. Willems est fiché chez la police sud-af !

— Notre Italienne est en train de perdre les pédales ! Bientôt elle causera comme une racaille de banlieue, se moqua Znaniecki.

— Mon petit Tomas, si tu apprenais à te moucher avant de critiquer mes façons ?

Stephen les coupa, pressé d'avoir quelque chose de concret à se mettre sous la dent.

— Qu'est-ce qu'on lui reproche ?

— Il a volé dans un entrepôt où il avait été embauché comme gardien de nuit. Du matériel agricole qu'il revendait sur Internet.

— On ne l'a pas condamné ?

— Il a négocié sa liberté en dénonçant le réseau qui avait monté l'escroquerie, puis il est devenu une sorte d'informateur et a embobiné les gens des douanes contre un casier judiciaire vierge. De cette façon, il pouvait postuler sans problème auprès de n'importe quelle société !

— C'est tout ce qu'on a ?

— Non. Je suis tombée sur un petit malin du service des douanes. Il avait l'air d'en vouloir à Willems, parce qu'il s'est démené pour retrouver sa trace pour nous. Apparemment Willems a recommencé à trafiquer sous le même pseudo. Il se sert de logiciels redirigeant son adresse qui lui permettent en théorie de ne pas être pisté. En théorie. L'ordinateur qu'il utilise est, comme on le pensait, toujours situé à Richards Bay.

— Tu as l'adresse, alors ?

— 22, Paradise Alley.

— Je préviens Carvalho immédiatement.

– 2 –

Lucas, de loin, observait la banale maison de brique rouge située à l'entrée de Richards Bay. Autour de lui, deux brancardiers attendaient le feu vert des membres des Hawks, l'unité d'élite de la police, venue en renfort. Dès que les ministères de la Défense et de la Santé sud-africains avaient accepté l'intervention, le commando s'était mis en route. Anna, elle, patientait un peu en retrait. Lucas avait bien essayé de lui faire entendre raison, parlé des dangers ou de la procédure, elle n'avait rien voulu savoir. Au fond, il la comprenait d'autant mieux qu'il n'aurait pas agi autrement. Depuis le début de cette affaire, la jeune paléontologue était de toutes les galères, elle avait bouffé assez de poussière pour une vie entière, accepté chaque condition imposée par l'OMS… Il n'était pas question pour elle de rater cette étape majeure dans leurs recherches…

Le capitaine des Hawks donna le signal et ils se mirent en marche, engoncés dans leur combinaison blanche. Le quai avait été barré des deux côtés, et le 22, Paradise Alley donnait directement sur l'eau, là où s'alignaient les puissants remorqueurs qui chaque jour guidaient les cargos. L'air était chargé d'une forte odeur de fioul. Sur le bitume, des piles de pneus s'entassaient.

— L'endroit est très loin du paradis, plaisanta Lucas, la voix étouffée par son masque de protection.

Les volets de la bicoque étaient hermétiquement clos. Les Hawks escaladèrent les deux marches en béton. Ils avaient dégainé leur arme. Lucas n'aimait pas ça, mais en matière de sécurité son avis ne comptait pas. Tout le monde avait été briefé sur les dangers bactériologiques et la possibilité de tomber sur un occupant très contagieux. Les brancardiers resteraient en arrière et n'interviendraient que si on les appelait.

Anna avait perçu la tension grandissante chez le biologiste. Même sans ce qui s'était produit entre eux – *tu as baisé avec lui, Anna, et tu as adoré !* – elle commençait à bien le cerner. Parfois elle avait l'impression qu'ils sillonnaient les pistes du Kruger depuis une éternité, côte à côte, pour affronter l'impensable. Le soir, après dîner, il leur était arrivé de discuter de leurs espoirs, de leurs désillusions aussi. Chacun connaissait l'histoire de l'autre : d'un côté Manuela, l'épouse sage, leurs deux garçons adorés, une vie genevoise plutôt agréable ; de l'autre Yann, un amour sincère, et les doutes qui minaient Anna. Aujourd'hui, le fait d'avoir couché ensemble rendait ces sujets inabordables, et la jeune femme avait beau se raisonner, elle regrettait leur ancienne liberté de parole. Lucas donnait l'impression de la comprendre comme peu de gens avant lui, hormis Yann, bien sûr, au début… De la même façon, elle avait le sentiment de connaître cet homme intimement, pas seulement parce qu'elle l'avait senti bouger en elle, mais parce qu'il avait une qualité de présence et d'écoute peu commune. À présent, derrière l'amabilité de façade, subsistait un trouble entre eux, quelque chose de tendre et d'excitant qu'ils s'efforçaient d'ignorer. Cette aventure les changerait, inévitablement…

La porte d'entrée subit les assauts du bélier. À cet instant, Anna regretta d'avoir insisté pour les accompagner. Son stress se doublait d'une exaltation mal définie. La perspective de croiser un homme infecté était à la fois surréaliste et incroyablement angoissante. Pourtant, si tel était le cas, cela prouverait toutes ses théories. Cela irait même bien au-delà… Mais quel au-delà ? Et à quoi pouvait ressembler un homme atteint du Kruger ?

Elle frissonna et se mit en marche.

— Lucas, si Willems est la première victime, vous avez réfléchi à… ?

— À son apparence ?

— Oui…

— Ne vous inquiétez pas, pour l'instant rien ne dit que ce virus provoque un bouleversement chez l'homme. Peut-être de simples plaies, un état d'inconscience…

— Il a déjà rendu malade un singe. Et les singes sont nos cousins génétiques.

— Je le sais ! Et si Willems est infecté, cela signifie que la version humaine du virus sommeille probablement à l'intérieur de ces murs. Alors vous ne touchez à rien. C'est d'accord ?

Le battant de la porte de Willems s'ouvrit enfin avec fracas. Une odeur pestilentielle leur sauta à la figure. Lucas consulta Anna du regard.

— Prête ?

Blêmissante, elle hocha la tête avec détermination. Ils se faufilèrent derrière le commando dans un couloir sombre. L'odeur était insupportable, épaisse, aussi consistante que la poix, elle s'insinuait dans les narines, tapissait les muqueuses et provoquait une nausée à peine maîtrisable. Ils longèrent une cuisine ; des restes de repas traînaient sur une table et l'évier débordait de papiers d'emballage. Les meubles semblaient avoir été éventrés et les réserves pillées. Seules les conserves étaient intactes, jetées n'importe où.

Dans la chambre, le lit était défait. Des vêtements déchirés jonchaient le sol. Les Hawks avaient déjà investi le salon, mais Anna et Lucas s'attardèrent. Croyant ouvrir la porte d'une penderie, Lucas tomba sur un escalier menant à un sous-sol. Il actionna l'interrupteur d'un plafonnier et dévala les marches, Anna sur les talons. L'odeur devint plus dense, un mur nauséabond de viande avariée et d'excréments. Les Hawks s'empressèrent de les rejoindre, furieux de passer derrière eux – la procédure voulait qu'ils s'assurent qu'aucun danger ne menace les civils, c'était trop tard à présent.

Le sous-sol était sombre, immense. Des dizaines de cages s'alignaient le long des murs, posées sur des rayonnages. Dans la première, à leur droite, un serpent immobile était enroulé autour d'un caillou, tout desséché. Dans la suivante, un volatile gisait, une aile à demi déployée. Anna reconnut aussitôt un gris du

Gabon, l'une des deux espèces de perroquet parleur. Aucun doute : c'était le repaire d'un trafiquant d'espèces protégées.

— Voilà donc à quoi il s'occupait…

— Je comprends mieux sa décision d'habiter dans un port comme Richards Bay. Il n'avait plus qu'à les expédier à son réseau.

Lucas s'approcha d'une cage pour examiner un vervet couché sur le dos. Le singe était mort sans traces de blessure apparente.

Les Hawks s'activaient dans un vacarme métallique et Anna comprit qu'ils étaient en train de forcer les grilles, sans doute pour vérifier qu'aucun animal ne respirait encore. Certaines avaient déjà été ouvertes avant leur arrivée, et, si l'on en croyait les lambeaux de dépouilles qui subsistaient, leur occupant dévoré. Mais dévoré par quoi ? Par quel prédateur ? Elle vacilla, au bord du malaise et, pour tenter de reprendre un peu d'aplomb, elle se retourna vers le perroquet. Sa morphologie avait quelque chose d'intrigant. Il semblait creux. La cage, légèrement déformée par des chocs, n'était fermée que par un simple loquet. Elle la déverrouilla sans mal. D'un geste doux, elle décolla l'aile du corps et découvrit trois petits crochets. Des griffes. Comme le dinosaure à plume. Oubliant toute prudence, elle saisit l'oiseau. Cent millions d'années plus tôt, ces petites créatures se jetaient sur leurs proies pour les déchiqueter.

— Anna ! s'exclama Carvalho.

Elle sursauta si fort qu'elle sentit à peine la douleur irradier son pouce. Elle venait de percer son gant avec une des griffes. Une minuscule goutte de sang perla à travers la déchirure. Lucas ne s'aperçut de rien, il était figé devant ce qui, vu la taille imposante, ressemblait à un enclos. La jeune paléontologue ferma les yeux pour endiguer la vague de panique qui déferla et l'asphyxia un bref instant. Ce sang n'était pas celui de l'oiseau, uniquement le sien. La contamination était impossible. Pas après tout ce temps. Combien d'ailleurs ? Un virus pouvait-il résister dans cette chaleur et cette putréfaction ?

Impossible...

Anna laissa sa frayeur de côté, curieuse de voir ce qui fascinait tant Carvalho. On l'aurait cru pétrifié.

Face à eux, le sol de l'enclos était tapissé de gousses de cacahuètes, d'ossements de singe, de restes de fruits secs et d'excréments. Au fond, on distinguait un corps inanimé, recroquevillé, tête tournée vers le mur. Ses proportions se rapprochaient davantage du singe que de l'homme, pourtant... Il fallut de longs instants à Anna pour admettre ce que son cerveau se refusait à formuler : cette créature aux allures de primate ne pouvait être que Willems.

D'un coup de menton, pour ne pas attirer l'attention des Hawks, Lucas désigna la pile de vêtements dans un recoin. En se penchant légèrement à l'intérieur de l'enclos, Anna observa le front quasi inexistant, couvert par une tignasse hirsute, l'arcade sourcilière proéminente. Malgré le mélange de fascination et de répulsion, elle ressentit une curieuse empathie pour le corps qui gisait là. La créature était efflanquée, maigre à faire peur.

— C'est Willems, aucun doute, intervint enfin Lucas. Il faut prévenir l'OMS.

— Attendez ! Je crois qu'il respire encore.

— Quoi ?

— Regardez.

Le flanc frémit sous un souffle à peine perceptible. Le cœur des deux scientifiques, en revanche, battait à tout rompre. Derrière eux, les Hawks se rapprochaient et vidaient les cages, vérifiant chaque dépouille. Ils n'avaient toujours pas vu l'enclos. Lucas chuchota :

— Écartez-vous. Je vais tenter de le retourner sur le dos.

— Pourquoi ne pas leur demander ?

— S'il vous plaît, Anna, ne discutez pas. Pas maintenant.

— D'accord.

À sa grande surprise, elle céda et il remarqua à quel point elle était pâle, presque livide.

Narines pincées sous son masque, il s'avança vers l'homme-singe et saisit ses jambes en imprimant une torsion ferme. Le corps bascula, dévoilant un torse velu soulevé par une faible respiration.

Lucas se recula, bras ballants. À ses côtés, Anna resta hypnotisée par cette vision dantesque. Elle se mit à répéter une litanie, incapable d'endiguer les mots :

— Le préhistorique est vivant, il est vivant…

– 3 –

À l’expression de son directeur exécutif, Margaret Christie comprit que les nouvelles n’étaient pas bonnes. Un instant, elle fut tentée de lui claquer la porte au nez, pour ne pas entendre ce qui allait suivre. Cela faisait trois nuits que l’insomnie lui soufflait des scénarios d’apocalypse, trois nuits qu’elle essayait de se persuader qu’il s’agissait de son imagination, trois nuits qu’elle redoutait d’avoir atteint ses limites en tant que directrice de l’OMS, ce fameux plafond de verre auquel elle n’avait jamais cru. Aujourd’hui, pourtant, elle en arrivait à douter de sa compétence. Trop de charges. Trop de catastrophes avortées ou seulement à demi évitées. Trop de pandémies. Et maintenant, ça, ce virus des cavernes ! La suite confirma ses pires craintes.

Le vigile avait été retrouvé vivant et contaminé. « Régressé », prononça Gordon. Et puis « simiesque » et « catatonique ». Dans un effort terrible, Margaret parvint à se ressaisir, et le discours de son subordonné l’atteignit enfin.

— Il est actuellement dans une unité médicalisée de l’armée. En quarantaine, bien sûr.

Il lui tendit une série de clichés qui révélaient la métamorphose subie par le Sud-Africain : mâchoires proéminentes, allongement des bras, développement spectaculaire de la pilosité. Après les avoir longuement consultés, elle s'enfonça dans son siège, tête basse. Une seconde ou deux, juste le temps de reprendre son souffle.

— Mon Dieu, je donnerais n'importe quoi pour me réveiller de ce délire. Évidemment, on connaissait les risques, on savait tous que ce fichu virus pouvait s'humaniser, mais de là à imaginer… ça.

— Il y a autre chose, Margaret.

— Quoi ?

— Je viens de recevoir un rapport de la police sud-africaine. Willems était mêlé à un trafic d'animaux. La police enquêtait sur lui depuis plusieurs mois, elle le soupçonnait d'envoyer sa marchandise sur des bateaux au départ de Richards Bay. Tu comprends ce que ça signifie ? Si ce type a vendu des bêtes malades…

— Alors le virus a probablement plusieurs semaines d'avance sur nous. Mon Dieu…

Elle se leva pour évacuer la tension qui lui vrillait les nerfs et alla se poster à la fenêtre, cherchant vers les montagnes une vision apaisante. L'image qui s'imposait à elle de manière lancinante était celle d'animaux malades débarquant sur tous les continents et… Gordon poursuivit, la mine sombre :

— Si la souche humaine se transmet facilement, on va droit vers une épidémie majeure et je préférerais ne pas avoir à traquer des clones de Willems en train de se balader dans la nature. Bon sang ! tu imagines ?

— Que peux-tu me dire de plus sur son état ?

— Le médecin-chef pense que le coma est lié à son état de dénutrition extrême et non pas au virus, mais évidemment il évolue en terrain inconnu. On vient de lui faire parvenir les observations faites sur le gibbon. L'épisode comateux au cours duquel la transformation a lieu, les lésions cutanées et sa « guérison », si l'on peut dire. Avec ou sans dénutrition, Willems serait tombé en léthargie. Reste à savoir s'il se réveillera...

Margaret Christie s'ébroua, le regard soudain durci :

— Nous devons garder la main sur cette affaire, Stephen, et éviter que les médias apprennent ce qui est arrivé à Richards Bay. On doit pouvoir opérer tranquillement sans subir de pression des politiques.

— Je sais.

— Qui est au courant ?

— Un minimum de gens. Les policiers qui ont fait la descente chez ce Willems, deux brancardiers, mais ceux-là appartiennent au service armé. Notre équipe sur le terrain, Carvalho et Meunier, la famille Abiker et l'un de leurs employés. Le labo de Pretoria ignore la contamination à l'homme, mais ce n'est peut-être qu'une question d'heures. Cathy Crabbe pourrait se révéler précieuse, elle était la première sur le coup. Ici, bien sûr, toute la cellule de crise sait, et j'ai missionné Gabriella pour qu'elle retrace le circuit des animaux revendus par Willems.

— Assure-toi que ces démarches seront menées discrètement.

— Évidemment. Officiellement on suit la filière d'un trafic animal susceptible d'avoir expédié des sujets infectés par une forme de rage. Cela justifie que l'OMS s'en mêle.

— Parfait.

Elle soupira et tenta un sourire qui ressemblait davantage à une grimace. Stephen Gordon se contenta de hocher la tête et quitta le bureau sans ajouter un seul mot.

Sur le Net.

Les réactions à la vidéo d'Ichirô se multipliaient depuis quelques jours…

POSTS :

Ça craint toujours, non ?
Misspink, il y a 3 jours.

Quoi ?!
Marmotte19, il y a 3 jours.

Ces vidéos de gros malades
sur des monstres marins !
Misspink, il y a 3 jours.

C'est pas des monstres, c'est les habitants des
fosses marines qui remontent
à cause du réchauffement.
Darkforce, il y a 3 jours.

Ah ouais ? Comment tu sais ça,
monsieur le donneur de leçons ?
T'as déjà maté des loups de mer amphibies ?
Marmotte19, il y a 3 jours.

Laisse couler, Marmotte19 ;) Dark Vador
est de retour parmi nous :) Mais j'avoue,
sur ce coup-là, son idée a une certaine gueule.
Misspink, il y a 2 jours.

Admettons que tu te trompes pas, Darkforce,
tu l'expliques comment le loup ? Parce que si j'ai
bien appris mes leçons de SVT, dans les fosses, y
aurait plutôt des pieuvres genre bien gluantes !
Koalamaster, il y a 2 jours.

J'explique rien.
Darkforce, il y a 2 jours.

OMG ! On a vexé notre Darky-dac !
Misspink, il y a 2 jours.

Tu sais que je t'aime, Misspinkie ?
T'as pas une photo ?
Koalamaster, il y a 2 jours.

:)
Misspink, il y a 2 jours.

Demandez à Savetheplanet.
Dans le genre monsieur Je-sais-tout...
Darkforce, il y a 2 jours.

Toujours à chercher des aiguilles dans la botte
de foin ? C'est pas des monstres marins,
ni le réchauffement climatique, même si on ne
perd rien pour attendre de ce côté. Cette fois,
je pencherais plutôt pour la recherche militaire
qui a mal tourné, comme pour le sida ou Ebola !
Savetheplanet, il y a 11 heures.

WTF ! Parce que le sida c'est la recherche militaire ? Première nouvelle !
Misspink, il y a 6 heures.

Renseigne-toi, Misspink, tu verras que les gouvernements ont intérêt à maîtriser l'eugénisme. T'as des gars très sérieux, comme Alex Jones, qui t'expliqueront pourquoi les globalistes font ça.
Savetheplanet, il y a 4 heures.

Et c'est reparti pour le Grand Complot ! Et sinon, Savetheplanet, t'as pas une hypothèse moins « X-Files », si tu vois ce que je veux dire ?
Koalamaster, il y a 3 h 55.

Toujours la même, Koala, je change pas d'avis au premier vent contraire : pakicetus.
Savetheplanet, il y a 3 h 51.

On tourne en rond.
Misspink, il y a 3 h 15.

Ça va s'accélérer.
Savetheplanet, il y a 3 h 12.

En fait, t'es pas un psychopathe, juste un foutu catastrophiste !
Koalamaster, il y a 3 heures.

Nouvelle-Calédonie, Afrique du Sud, Corée. Il vous faut une annonce au JT ?
Savetheplanet, il y a 1 heure.

Sérieux, tu commences à m'angoisser, Savetheplanet !
Misspink, il y a 30 minutes.

À ton service, Misspink ;)
Savetheplanet, il y a 15 minutes.

– 4 –

Installé dans un bar du quartier d'affaires de Stockholm, Stephen Gordon ne décolérait pas depuis qu'il avait lu la dernière édition de *Science & Nature*. D'un geste, il désigna sa bière vide au barman et en commanda une autre. Il aurait préféré un alcool plus costaud, mais s'il cédait à la tentation, jamais il n'aurait la force de se remettre debout, sans parler d'honorer sa réunion.

L'article intitulé « Les voyageurs du temps » évoquait l'apparition de bêtes difformes, l'existence du virus, son lien possible avec les rumeurs qui se propageaient sur le Net. Il commençait par cette accroche : « Des animaux préhistoriques auraient fait leur apparition aux environs des grands ports mondiaux… » Et c'était signé Axel Cassard.

Ce qui faisait enrager Stephen, surtout, c'était que cet enfoiré de rédac-chef n'avait pas daigné le rappeler, au moins pour lui soumettre ses conclusions ou lui offrir un droit de réponse. *Tu parles d'un droit de réponse, un droit de défense, oui ! Ce type savait que tu chercherais encore à l'embrouiller ! Tu as joué et tu as perdu !*

Même furieux, il devait en convenir : Cassard était doué. En même pas dix jours, il lui avait suffi de recouper deux informations – le message de Meunier et son voyage avec un émissaire de l'OMS – et d'additionner l'ensemble à une vidéo virale pour reconstruire tout le puzzle.

À sa demande, Gabriella s'était procuré un dossier sur lui. Fils d'un disquaire de SoHo, titulaire d'un MBI en chimie moléculaire, l'homme avait fait ses classes au *New York Times*. En 1988, lors d'un reportage sur les *homeless* de Manhattan – pour la plupart drogués et malades du sida –, il avait été agressé au couteau par un vendeur de crack. Depuis, Cassard avait choisi de mettre ses talents d'enquêteur au service de son autre passion : la science.

« Un type qui ne lâche rien », selon ses amis ; « un pitbull », selon ses ennemis. Ce qui revenait au même. *Et un homme qui crève de prendre sa revanche*, Stephen en aurait juré. Seule satisfaction : Cassard n'avait pas eu vent du premier cas humain. Pas encore en tout cas, car tôt ou tard il découvrirait la vérité, et s'il balançait son scoop sans préparation, la nouvelle se répandrait dans le monde comme une traînée de poudre et produirait l'effet d'une bombe.

Gordon finit sa seconde bière, conscient que la fatigue était en train de lui faire voir les choses en noir. Il devait se reprendre ; dans moins d'une heure aurait lieu la réunion avec les responsables de l'ECDC et du CDC, les deux organismes chargés de la défense sanitaire des pays développés.

Le Centre européen de prévention et de contrôle des maladies, ou ECDC, jouait le rôle de vigie sanitaire de l'Union européenne. Il braquait ses antennes sur tout le globe, guettant les infections susceptibles d'arriver aux portes de l'Europe. S'il en détectait, il avait pour mission de renseigner les pays membres et de coordonner leur riposte. Le CDC, quant à lui, jouait le même rôle pour les États-Unis.

Selon les dernières informations rassemblées par l'équipe de Genève, le Kruger avait déjà été repéré dans une quinzaine de grands ports. Ce bilan était à prendre avec précaution. Il reposait sur des témoignages plus ou moins fiables de marins ou de dockers qui prétendaient avoir aperçu des créatures difformes.

Pour Gordon, en tout cas, le constat était irréfutable : le Kruger avait quitté son berceau sud-africain. Et il s'attendait à essuyer une pluie de reproches.

Dans toutes les crises sanitaires, le public comme les politiques étaient prompts à pointer les errements des scientifiques et leur incapacité à fournir des scénarios indiscutables qui apporteraient des réponses fiables et permettraient d'anticiper l'avenir. Comme si une épidémie était une science exacte, prévisible et maîtrisable ! Peu importait, si la propagation du virus devenait incontrôlable, c'était Margaret et lui qui seraient en première ligne, il le savait. Forcément responsables… Or il n'avait aucune intention de servir de punching-ball.

Mû par une impulsion, il décida d'appeler Axel Cassard dans l'espoir de limiter la casse au moins de ce côté. De toute façon le journaliste ne tarderait pas à comprendre ce qui se tramait, c'était une question d'heures, de deux ou trois jours au mieux. Pour stopper l'annonce de la contamination humaine, il était prêt à pactiser avec le diable.

Le journaliste de *Science & Nature* décrocha tout de suite. Il ne manifesta aucune surprise, à croire qu'il attendait son appel.

— Monsieur Gordon, quel plaisir de vous entendre ! Vous allez bien ?

— Ne jouez pas au plus fin, vous devez savoir pourquoi je vous contacte…

— Vous n'avez pas aimé mon papier ? Il traite pourtant d'un sujet qui vous passionne en ce moment…

— Pourquoi ne pas m'avoir donné un droit de réponse ? C'est ce qui se fait généralement, surtout dans un cas aussi sensible. On interviewe les personnes concernées, on leur permet de s'expliquer, je me trompe ?

— Vous m'auriez renvoyé dans les cordes, persifla Cassard.

— Vous avez une bien mauvaise mémoire. C'est moi qui vous ai révélé que nous étions confrontés, en Afrique du Sud, à une maladie déformante.

— Et c'est tout.

— Comment ça, c'est tout ?

— Vous vous foutez de moi ! Et les réapparitions d'espèces ? Les dégâts potentiels sur les cultures ? Vous m'avez caché beaucoup de choses.

— Mettez-vous à ma place, j'essayais de contenir le virus. Je n'avais aucune certitude sur sa dangerosité. Ma priorité est d'éviter une psychose. Ne soyez pas naïf…

— Naïf… Vous avez le mot pour rire. Savez-vous que je suis en ce moment même à l'aéroport de Johannesburg, monsieur Gordon ?

— Vous êtes en Afrique du Sud ?

Stephen se mordit la langue, furieux de ne pas avoir pu dissimuler le choc que provoquait cette nouvelle. Il tenta de se rattraper en optant pour la franchise. Une franchise limitée, bien sûr…

— J'aimerais que nous repartions sur de nouvelles bases, Axel.

— Je ne suis pas sûr de vous suivre, Stephen.

— Si vous aviez tous les éléments en main, vous sauriez que ce n'est pas franchement le moment pour jouer les touristes amateurs de préhistoire. Surtout en Afrique du Sud, je vous le déconseille.

— Vous proposez quoi à la place ? Un deal ?

— Oui. En échange de mes informations, vous m'assurez de votre pleine collaboration.

— Ma « pleine collaboration » ? Cessez de parler de façon cryptée, Gordon.

— Le virus a franchi la barrière de l'espèce humaine. Un homme a été contaminé. Ça vous va ?

L'annonce produisit son effet. Un silence de mort. Et enfin, une question proférée d'une voix altérée, méconnaissable :

— Vous avez une contamination humaine ?

— Nous savions qu'il y avait un risque de mutation du virus, mais nous pensions pouvoir l'enrayer à temps. Or nous venons d'apprendre que la souche humaine s'est déjà développée chez un individu.

— Et… il ressemble à quoi ?

— Il a le visage de l'espèce humaine. Mais un visage d'il y a plusieurs centaines de milliers d'années.

— Anna Meunier l'a rencontré ?

— C'est elle qui a posé le diagnostic.

— Et…

Le journaliste en perdait ses mots.

— … où vit-il ?

— Je ne peux pas vous le révéler.

— Ça remonte à quand ?

Stephen était sorti du bar pour se diriger vers le siège de l'ECDC. Il choisit d'éluder.

— Impossible à préciser en l'état.

— Il est contagieux ?

— Nous réalisons des tests pour le savoir.

C'était un demi-mensonge, car les résultats étaient en fait déjà tombés. Les échantillons de Willems avaient été envoyés à l'Institut Robert-Koch, à Berlin, un laboratoire de niveau 4. Avec un agent pathogène aussi virulent, plus question de laisser Cathy Crabbe se débrouiller seule. En s'en prenant à un humain, le Kruger avait fait son entrée fracassante dans la cour des grands fléaux, aux côtés de l'Ebola et du Marburg.

Dans le sang du vigile, les biologistes avaient découvert des concentrations importantes de particules virales. La conclusion était sans appel : la souche humaine du Kruger se transmettait par voie sanguine. Ce qu'on ignorait encore, c'était sa capacité à passer d'un individu à l'autre. Le cas de la grippe aviaire, de ce point de vue, était intéressant : le virus tuait quasiment tous ses hôtes humains, mais se propageait seulement des oiseaux à l'homme, pas de l'homme à l'homme. Avait-on affaire au même modèle de transmission ? Dans l'état actuel des connaissances, il aurait été prématuré de se prononcer. En attendant, mieux valait tabler sur la plus grande prudence.

— Où le malade est-il interné ? relança Cassard.

Stephen hésita un bref instant. Maintenant qu'il avait lâché sa bombe, autant continuer à lui faire confiance. D'une certaine manière, s'il se sentait redevable, Cassard se sentirait également tenu de respecter ses engagements.

— Je vais vous transmettre son dossier complet ainsi que des photos. Mais à une condition…

— Que je retienne l'info le temps que vous vous retourniez, j'imagine ?

— Vous avez tout compris. Donnez-moi quelques jours avant de publier. La nouvelle va faire le tour du monde, et de notre degré de préparation dépendra notre capacité d'éviter la panique. Ce virus est complètement inédit. Mes équipes et les médecins responsables du contaminé doivent travailler dans des conditions sereines. Nous avons besoin d'établir une stratégie avant de divulguer quoi que ce soit officiellement. Je peux compter sur vous, oui ou non ?

Cassard marqua un silence. Quand il reprit la parole, sa voix était froide, déterminée :

— Mon papier doit paraître demain. Je veux bien le reporter de trois jours, mais j'ai moi aussi deux exigences. Un : il va de soi que je continue mon enquête en toute autonomie. Deux : vous devez me garantir que cet individu est bien l'unique victime à ce jour.

— Vous avez ma parole.

— Ce dossier, je veux le recevoir d'ici à ce soir.

— C'est comme si c'était fait. J'ai une réunion dans quelques minutes, précisa Stephen. Dès que j'en sors, je vous l'envoie.

– 5 –

L'officier responsable de la base aérienne de Nouméa, en Nouvelle-Calédonie, avait pris son quart depuis à peine une heure quand, scrutant les images satellite selon la procédure, un détail attira son attention : sur les mers glaciales du Sud, un baleinier, le *Yushin Maru 2*, se comportait comme un bateau ivre. Alors qu'il aurait dû se trouver en Antarctique avec le reste de sa flotte, voilà quelque temps qu'il avait fait demi-tour et, depuis lors, il semblait tourner en rond.

Après enquête, il s'avéra que le bâtiment avait signalé un problème. Le 12 août, *L'Atalante*, un navire océanographique français qui croisait dans le secteur, avait reçu un message du capitaine expliquant qu'un mammifère aquatique inconnu avait attaqué ses hommes et blessé l'un d'entre eux, mais sans gravité. Ce qui était inquiétant cependant, c'était que, malgré les appels incessants du bateau amiral et des autres chasseurs depuis plusieurs jours, le silence radio régnait sur le navire. La réaction du préfet de Nouvelle-Calédonie ne se fit pas attendre. Un hélicoptère décolla de la base de

Nouméa avec huit soldats et deux médecins à bord et vola plein est, en direction du *Yushin Maru 2*.

Les militaires se demandaient si l'équipage n'avait pas été atteint par une maladie ultracontagieuse, ce qui aurait expliqué cette impossibilité d'établir une communication. L'autre hypothèse était moins sinistre, quoique délicate : l'attaque d'un commando écologiste. Pourtant, le commandant Forges, chargé d'intercepter le navire, n'y croyait guère, les conflits entre baleiniers et défenseurs de la nature se déroulant généralement plus au sud, près de l'Antarctique.

L'appareil fendait l'air immobile. Plus bas, la mer d'huile réfléchissait l'éclat aveuglant du soleil. La visière baissée pour se protéger des rayons, le pilote aperçut la silhouette d'un navire se découpant à l'horizon. Il avertit aussitôt le commandant et décrivit une large boucle afin de lire le nom sur la coque. *Yushin Maru 2*. Le pont était désert, le poste de pilotage également, semblait-il.

L'escouade se prépara. La tension était subitement montée d'un cran. Les toubibs passeraient en troisième et quatrième position, après les deux gradés. Si leur première hypothèse était la bonne, cela laissait peu d'espoir de trouver des rescapés.

— C'est bon, mon commandant, je peux vous déposer.

L'appareil se stabilisa à l'aplomb du harpon qui équipait le baleinier. Les militaires s'élancèrent deux par deux, en rappel. La glissade ne demandait que quelques secondes. À genoux sur le pont, le groupe se concerta avant d'emprunter un escalier qui menait à la plage arrière. Pistolet-mitrailleur armé, Forges pénétra dans le carré de repos. Une odeur de fauve les prit par surprise. Il pensa à de la viande de baleine oubliée ou, plus probablement, à la putréfaction d'un cadavre. Cette idée macabre aiguisa sa vigilance. Après vingt ans dans l'armée, les visages que prenait la mort ne l'effrayaient plus.

Une télévision allumée diffusait un tournoi de poker. Personne n'était là pour le regarder. Des vêtements déchirés traînaient sur un vieux canapé rouge, élimé.

Plus loin dans le couloir, l'odeur nauséabonde gagna en puissance. Les hommes fouillèrent les cabines les unes après les autres, prêts à découvrir un charnier. Mais rien.

Ils arrivèrent devant la coquerie. Quand ils en ouvrirent la porte, une puanteur irrespirable les saisit à la gorge. Curieusement, pourtant, Forges ne reconnaissait pas l'odeur de la charogne.

Le garde-manger n'était pas complètement fermé. Des bruits de mastication s'en échappaient. Le commandant sentit la montée d'adrénaline. En quelques gestes, dans le plus grand silence, il positionna ses hommes près du battant haut de plus d'un mètre et se plaça devant. Il saisit la poignée, tira d'un coup sec. La seconde d'après, ses repères volaient en éclats. Rien ne l'avait préparé à une scène de ce genre. Quelque chose qui oscillait entre un film de zombies et un carnage en pleine savane.

Par terre, une dizaine de créatures (il n'aurait su dire s'il s'agissait d'hommes ressemblant à des bêtes, ou l'inverse) étaient assises face à des placards en Inox et attrapaient des aliments avariés qu'elles portaient à leur bouche ; une bouche rentrée, sans lèvres. Leur corps dénudé présentait une peau mate et velue. Leur visage était marqué par une arcade sourcilière saillante qui formait une visière osseuse au-dessus des yeux. Si l'on ajoutait l'absence de menton, l'ensemble produisait une impression terrifiante.

C'est quoi, ce bordel ? Des singes ? Ou des hommes-singes ?

Il braqua fermement sa mitraillette, incapable de décider de quelle espèce il s'agissait. Mais au fond, il avait déjà compris, peut-être à cause des lambeaux de vêtements qu'on distinguait encore sur elles... Les créatures les ignoraient, trop occupées à dévaliser les placards et à mâcher leur pitance. Forges referma lentement le battant. Il n'avait aucune envie de provoquer une réaction de colère aveugle, typiquement animale.

Un soldat l'apostropha d'une voix altérée par la peur :

— Putain, commandant, c'était quoi, ça ?

Il répondit froidement, pour ne pas montrer à quel point il se sentait affecté :

— L'équipage, mon gars.

– 6 –

— Gordon, vous me décevez… Pourquoi apprenons-nous l'existence de ce virus des cavernes par la presse ?

D'un geste ample, Mark Becker, le patron de l'ECDC, balança l'exemplaire de *Science & Nature* sur la table de la salle de réunion. Le journal glissa comme une pierre de curling avant de s'arrêter devant le directeur exécutif de l'OMS, qui l'ignora royalement. Furieux d'avoir loupé son effet, Becker ouvrit les bras pour englober ses deux voisins dans un geste de prédicateur. *Il en fait un peu trop*, songea Stephen. *La curée a commencé et ils ont décidé de se payer un fonctionnaire avant de se mettre aux abris ! Ça va saigner…*

Face aux quatre hommes présents à la réunion, auxquels s'ajoutait Pablo Aguas, directeur de la FAO, qui avait été convié en visioconférence, Gordon affectait un calme absolu, très éloigné de ce qu'il ressentait.

— Je n'y peux rien et vous le savez fort bien. Le Kruger nous est tombé dessus il y a moins de trois semaines et nous commençons simplement à évaluer ses effets…

— Allons, ça vous coûtait quoi de nous alerter aussitôt ? Pourquoi nous tenir à l'écart ? Je parle au nom de l'ECDC, mais la question n'est pas seulement européenne et le CDC pourrait en dire autant, n'est-ce pas, Arthur ?

Le directeur du CDC, Arthur McCormick, se rallia à l'indignation de son confrère d'un froncement de sourcils.

— Écoutez, messieurs, je veux bien croire que vous êtes furieux, sans doute aurions-nous pu gagner un peu de temps, mais réfléchissez : si je n'ai pas relayé immédiatement le résultat de nos recherches, c'est justement que nous en étions aux hypothèses et non aux conclusions ! À l'heure où je vous parle, nous ne sommes toujours pas certains de mesurer la portée du virus…

— Et depuis quand savez-vous pour la contamination humaine ? relança Becker hargneusement. Parce que si nous sommes là, c'est qu'il s'agit de cela, non ?

— En effet. Depuis quelques jours seulement.

— Dans quel état est le patient ?

— Petrus-Jacobus Willems reprend des forces. Il devrait être remis sur pied d'ici peu.

— Remis sur pied mais pas guéri, j'imagine ? intervint Marc Antonetti avec un sourire froid.

L'homme qui interpellait Stephen Gordon avait été un ami, autrefois, et c'était le seul participant à le connaître vraiment bien. Ce Français, médecin général des armées, émargeait à l'ECDC et Stephen n'avait pas été franchement surpris de le retrouver, même s'il avait espéré l'éviter. Ils ne se parlaient plus depuis le Tchad, en 2003, période à laquelle ils étaient tous deux médecins militaires. Là-bas, trois soldats avaient péri, terrassés par une fièvre virulente, et Antonetti, probablement pour se couvrir, avait accusé Gordon d'avoir trop tardé à demander des analyses de sang, ce qui lui avait valu un blâme. Depuis lors, ils ne s'adressaient plus la parole.

Pour ne pas céder à la provocation insidieuse, Stephen emprunta un ton neutre :

— Jusqu'à preuve du contraire, les conséquences du virus sur l'homme sont les mêmes que chez l'animal. Passé le coma et les lésions cutanées, les individus infectés sont en pleine forme, mais leur métabolisme est reprogrammé.

Le directeur exécutif de l'OMS profita de ce moment pour faire passer à ses interlocuteurs un dossier contenant, entre autres, des clichés de la victime.

— Quels soins lui sont administrés ?

— Aucun. Il a été réhydraté, nourri. Comme il ne présente *a priori* pas de troubles du comportement, les médecins n'ont pas jugé utile de lui prescrire un calmant. Ils préfèrent l'observer dans son état… naturel.

— Ils l'assimilent à un singe ?

— Je crois, oui.

— As-tu préconisé un protocole ?

— Non. Comme je le disais, en l'état actuel des choses, cet homme a besoin de reprendre des forces.

Le visage d'Antonetti se figea sous l'effet de la réprobation.

— Et s'il devient violent et contamine quelqu'un, par exemple en le mordant ? J'imagine que le virus se transmet par le sang, non ? Tu as pensé à cette possibilité ? Il faut le mettre en quarantaine !

— Il y est déjà. Tu recommandes quoi ? Un cachot ? Jusqu'à présent, nous ignorons totalement si le Kruger attaque le cerveau de l'homme et perturbe son comportement.

— Peut-être, mais tu fais courir un risque très grave au personnel médical.

La trêve n'avait pas duré longtemps. Antonetti était passé à l'attaque et Stephen comprit qu'il devait l'arrêter avant que ça ne vire au massacre. D'autant que le moment n'était vraiment pas propice à un règlement de comptes personnel. Il s'adressa à lui en employant son prénom, une façon subtile de l'avertir qu'il ne se laisserait pas impressionner.

— Je ne crois pas, Marc. Le Kruger se transmet en effet par les sécrétions et le sang. Mais, pour avoir opéré plusieurs fois dans des villages ravagés par l'Ebola, je peux te garantir qu'il ne sert à rien de s'affoler et d'imposer au personnel médical un mode opératoire contraignant. Tout le monde est prévenu, les infirmières qui sont en contact avec le patient savent qu'elles doivent redoubler de prudence. Tant que chacun garde son calme et suit les consignes de précaution, cela devrait bien se passer. Vraisemblablement, il n'y a pas eu d'autre départ de feu, Petrus-Jacobus Willems restera le seul cas humain, nous pouvons l'espérer en tout cas.

L'autre avait attendu patiemment la fin de la tirade, toujours un petit sourire aux lèvres. Cela ne sentait pas bon, mais Stephen était loin d'imaginer la bombe qu'il s'apprêtait à leur lâcher :

— Ce Willems n'est pas le seul cas en réalité.

McCormick fut le plus rapide à réagir :

— Vous êtes sérieux ?

En tant que médecin général des armées, Antonetti avait été l'un des premiers prévenus. Un mail « importance haute » reçu sur son portable au petit matin.

— L'armée française a arraisonné un baleinier japonais en perdition au large de la Nouvelle-Calédonie. Le navire était en silence radio. L'équipage au complet est victime du Kruger. Dix marins ont été découverts dans le garde-manger, huit autres dans la cabine du capitaine.

Stephen avait l'impression qu'un trente tonnes lui roulait dessus.

— À quoi est-ce qu'ils ressemblent ? bredouilla-t-il.

— Ce sont des copies quasi conformes de ce Willems si je me fie aux photos de ton dossier.

— Nom de Dieu…

— Tu vois où ta discrétion nous a menés, Stephen ?

— Quoi ?

— Si tu avais lancé une alerte de niveau 4, au minimum un niveau 3, ces hommes seraient peut-être encore en parfaite santé. Je n'aimerais pas être à la place du fonctionnaire qui va devoir annoncer la nouvelle aux familles des marins.

— Marc, puisque tu es tellement au courant, tu dois savoir que l'alerte 4 n'est lancée qu'en cas de transmission interhumaine, pour prévenir les flambées à l'échelon communautaire ! Quant au niveau 3, il convient quand plusieurs cas de transmission à l'homme sont avérés. Ce dont il n'était pas question jusque-là ! Personne n'aurait pu prévoir, personne !

— En attendant, la situation s'envenime d'heure en heure et je t'en tiens pour personnellement responsable.

— Dans un moment aussi grave, la précipitation peut se révéler pire que la prudence. Et pour l'instant, je vois mal comment ce Willems, que nous avons retrouvé inconscient chez lui il y a seulement cinq jours, aurait pu jouer un rôle direct dans la propagation du Kruger ! Sais-tu quand et comment les Japonais ont été infectés ?

— Selon les toubibs, ils auraient été mordus par un animal porteur du virus.

— De la souche humaine ?

— C'est vraisemblable. Une chose est sûre : il y a plusieurs semaines, l'équipage a subi une attaque d'un mammifère marin inconnu. C'est attesté par une vidéo qui tourne sur le Web.

Becker interrompit leur passe d'armes :

— Est-ce qu'il s'agissait d'une créature régressive ?

— Elle ressemble à une espèce de loup avec une longue queue. Un internaute a cru reconnaître un lointain ancêtre des baleines. Le pakicetus…

Tout en réfléchissant à ces nouvelles données, Stephen tenta de remettre les choses au point.

— L'Institut Robert-Koch a démontré qu'aucun mammifère du parc Kruger ne portait la souche humaine.

— Qu'est-ce que tu insinues ?

— Qu'il est peu probable que la contamination vienne de ton préhistorique marin.

— Quoi qu'il en soit, la maladie est déjà présente dans le Pacifique après avoir émergé à l'autre bout de la Terre.

Pablo Aguas se décida à prendre la parole depuis son bureau de Rome. Le directeur de la FAO n'avait pas voulu se déplacer jusqu'à Stockholm pour faire face à une crise d'une ampleur inégalée. Et ce qu'il venait d'entendre n'était pas fait pour le rassurer.

— Messieurs, j'ai bien peur que le problème soit encore plus grave que vous l'imaginez ! s'exclama-t-il.

— Qu'est-ce que vous voulez dire ? demanda Becker.

— Le Kruger a également infecté le monde végétal. D'après les données qui remontent jusqu'à nous, il a dépassé les frontières sud-africaines. Sa vitesse de propagation nous inquiète.

— Pouvez-vous être plus précis ?

— Certaines récoltes seront affectées, nous le savons déjà. Chaque hectare touché est brûlé, mais il faut compter sur les agriculteurs eux-mêmes pour signaler le virus et endiguer l'épidémie. Pour limiter le nombre de vecteurs et ainsi aider à contenir le Kruger, nous avons aussi préconisé l'usage systématique des insecticides, ce qui aura, nous en avons conscience, un impact catastrophique d'un point de vue écologique. L'État a commencé une campagne d'épandage sans même requérir l'accord des syndicats agricoles, sous prétexte de combattre des attaques massives de criquets. Dans le meilleur des cas, la FAO s'attend à une diminution sensible des futures récoltes, et dans le pire…

Il s'interrompit une seconde, puis leva la main afin de signaler qu'il n'avait pas terminé.

— Inutile d'accabler Stephen Gordon. Ni lui ni personne ne pouvait imaginer la célérité de la propagation du Kruger. Nous sommes face à un fléau comme nous n'en avons jamais connu jusqu'ici.

Agacé de voir sa mise en cause battue en brèche, Antonetti bougonna :

— L'OMS doit trouver quel est le vecteur de la souche humaine et vite.

Un vacarme soudain, des exclamations et un bruit de cavalcade le coupèrent dans son élan.

— Que se passe-t-il ? s'inquiéta Aguas.

Un cri retentit au-dehors, quelque chose entre le souffle du saxo et un râle caverneux. Stephen se précipita dans le couloir, suivi des autres. Par l'une des fenêtres, il crut distinguer une ombre qui s'effaçait. Il emprunta l'escalier, dévala les marches jusqu'au porche extérieur. Un groupe d'employés s'était disposé en cercle autour d'une pelouse de cette banlieue résidentielle de Stockholm. Posé sur l'herbe verte, forme incongrue, un oiseau attendait. Il ne ressemblait à aucun volatile connu et, sous sa robe de plumes blanches, une queue osseuse s'étirait sur quarante centimètres de long. Le bout des ailes était gris, la tête d'un bleu métallique.

— Il y en a d'autres, regardez ! prévint Becker qui les rejoignit et semblait au bord de la crise cardiaque.

Plusieurs créatures survolèrent le bâtiment avant de faire des cercles au-dessus d'eux. Répondant à leur cri rauque, l'oiseau au sol fouetta l'air de ses ailes et décolla.

Les volatiles se mirent à tournoyer à la verticale d'un petit lac. L'un d'eux, stoppant son vol, tomba en piqué à la façon d'un martin-pêcheur. Au moment de crever la surface, il utilisa sa queue pour redresser sa trajectoire à quatre-vingt-dix degrés et fonça en rase-mottes à quelques centimètres de l'eau. Dans ses griffes, il tenait le corps luisant d'un poisson.

L'archéoptéryx alla se poser sur un banc et entreprit de dévorer sa proie.

Sur le Net.

Depuis plusieurs jours, le Web s'agitait, traduisant le début de panique qui gagnait la planète. Des quatre coins du monde, on signalait l'apparition d'espèces animales ancestrales.

L'une des vidéos les plus regardées, après celle du loup de mer, était la naissance d'un veau à la morphologie archaïque. L'événement avait eu lieu à Calcutta, dans une artère saturée d'automobiles et de triporteurs. Sortie de nulle part, une vache au ventre lourd s'était immiscée dans la circulation. L'image tremblotait, elle avait été filmée par une touriste néerlandaise pas vraiment affûtée en matière de prise de vues. Toutefois, on voyait le bovidé se glisser entre deux voitures, traverser l'avenue d'une démarche hésitante puis se coucher sur l'asphalte, à bout de forces.

Comme on ne pouvait déloger la bête sacrée, la circulation s'enrayait puis stoppait tout à fait.

La Néerlandaise s'étonnait du calme des Indiens : aucun coup de Klaxon, pas de manifestation d'impatience, la plupart des automobilistes attendant dans un mélange de fatalisme et de curiosité. Quelques-uns tentèrent quand même d'inciter la vache à migrer vers le trottoir poussiéreux mais renoncèrent en voyant que le travail avait commencé. La vidéaste avait fait le point sur le museau émergeant de ses entrailles, puis un mugissement effroyable avait retenti. De la douleur à l'état pur.

La Néerlandaise avait dû cesser de filmer un bon moment. Quand la vidéo reprenait, des voitures avaient été garées en cercle pour aménager un espace autour du nouveau-né. À l'intérieur de ce périmètre, une cinquantaine d'Indiens se prosternaient devant l'animal exceptionnellement grand : un mètre quarante au garrot, deux fois plus que la normale. Une césarienne avait été nécessaire pour l'extraire du ventre de sa mère qui gisait un peu plus loin sur le bitume, recouverte d'un voile blanc.

Outre sa taille, le veau présentait deux caractéristiques uniques : une robe brun foncé, contrairement à celle beige clair de la vache, et surtout deux longues cornes qui pointaient vers le ciel.

Selon un éthologue de l'université de Calcutta, interrogé dans une autre vidéo mise en lien avec la première, il ressemblait aux aurochs qui peuplaient la Terre trois mille ans auparavant. Cette espèce avait été décimée sous l'action conjuguée du climat, de la chasse et de la domestication. Le scientifique concluait par cette déclaration solennelle : « Nous autres les Indiens, nous idolâtrons les vaches en tant que symboles de la mère civilisation prodiguant son lait nourricier. La naissance de ce veau sera interprétée comme l'aube d'une ère nouvelle dans notre pays. C'est la logique des croyants qui donne un sens aux effets du hasard de la génétique. »

POSTS :

OMG ! Flippant le concept de la vache qui donne naissance à une créature préhistorique. On dirait un film d'horreur ! Vivement l'ouverture de la chasse !
Koalamaster, il y a 3 heures.

Qu'est-ce que j'avais dit ?
Savetheplanet, il y a 2 heures.

Quelqu'un sait ce qui est arrivé à ce petit veau trop mignon ?
Misspink, il y a 2 heures.

J'ai lu qu'il avait été écrasé par un camion transportant du lait en poudre.
Koalamaster, il y a 2 heures.

Ah ah ah ! Vraiment trop drôle, Koalamaster :(
Misspink, il y a 2 heures.

Hey, il est vraiment en train de se passer quelque chose !!! Tapez « animaux préhistoriques » dans les actualités Google. Ça te file les jetons, un truc de ouf !
Marmotte19, il y a 1 heure.

C'est dingue !
Misspink, il y a 1 heure.

Et qui l'avait annoncé ? D'abord le pakicetus, maintenant l'aurochs... Et la suite ? ;)
Savetheplanet, il y a 1 heure.

D'accord, Savetheplanet, t'es un cador ! Si j'avais le temps je m'inclinerais, mais faut que je vous laisse, y a du safari dans l'air. Ça dit à quelqu'un de faire un carton sur un archéoptéryx ?
Koalamaster, il y a 30 minutes.

Tu délires, là ! Tu serais capable de les chasser ?
Savetheplanet, il y a 28 minutes.

Je vais me gêner ! On n'a pas tous les jours l'occasion de shooter une créature préhistorique.
Koalamaster, il y a 26 minutes.

T'es un fou furieux, Koala. Un truc fabuleux arrive et toi tu ne penses qu'à sortir ton fusil. Sérieux ?
Savetheplanet, il y a 24 minutes.

Vous savez quoi ? Savetheplanet est un foutu troll d'écolo pacifiste ! Allez, les bouffons, je vous laisse entre vous, ciao !
Koalamaster, il y a 20 minutes.

Quand l'internaute Marmotte19 interrogea à nouveau Google, l'argument « animaux préhistoriques » renvoyait à 800 000 résultats. Il était alors 9 h 30 GMT.

À 12 h 15, Google renvoyait à 1 million de résultats.

À 17 heures, à 99 millions.

– 7 –

Situé au cœur d'un vallon, à trois quarts d'heure en voiture de Genève, dans le pays vaudois, le chalet de Stephen Gordon était invisible de la route. Pour l'atteindre, il fallait gravir les contreforts du Jura français, puis emprunter une piste qui serpentait au milieu des sapins. Quand il avait renoncé à sa vie de chasseur de virus, Stephen avait privilégié le bien-être de Lauryn et avait choisi d'habiter dans un environnement calme.

Au loin, par temps clair, on distinguait le dôme immaculé du mont Blanc. En rentrant du travail, il avait pris l'habitude de s'attarder sur la terrasse, le temps qu'Eva le rejoigne pour lui faire un bref compte rendu de la journée. Il aimait contempler les montagnes. Cette démesure remettait les choses en perspective et l'apaisait. Généralement. Pourtant, depuis qu'ils avaient découvert la transmission du Kruger à l'homme, Stephen avait le sentiment de ne plus rien contrôler.

Ce soir-là, il ne cessait de se repasser les événements, cherchant l'erreur qu'il avait commise, mais il avait beau se torturer l'esprit, il savait que personne n'aurait pu prévoir… Même Aguas en était convenu ! La contamination des marins japonais avait mis fin à ses espoirs : la souche humaine du Kruger était tout aussi virulente que la version animale.

Le seul avantage à ce réveil brutal était d'avoir provoqué un sursaut de la communauté scientifique et rallié les bonnes volontés gouvernementales ; partout on réclamait des précisions, une conduite à suivre, des consignes, bref on s'en remettait aux instances censées endiguer le virus. Ce que le monde ignorait, c'était qu'ils en étaient aux prémices de l'épidémie. Nul n'était capable d'annoncer ce qui allait se passer. Au mieux, des milliers de cas et une pandémie contenue grâce à des décisions drastiques. Au pis, des centaines de milliers, voire des millions de gens, de bêtes et d'hectares de cultures touchés, une extinction partielle de certaines espèces, parmi lesquelles l'homme. Sans doute pas l'apocalypse mille fois prédite mais quelque chose qui s'en approcherait.

La gouvernante surgit sur la terrasse et il observa qu'elle avait pris son imper et son cabas fourre-tout. Devant cette hâte à partir, il éprouva une bouffée de culpabilité. Depuis que la crise avait débuté, elle avait enchaîné sans se plaindre les heures supplémentaires, sans compter les deux nuits où elle était restée au chalet.

— Eva ! Je suis désolé, je vous exploite, en ce moment.

— Ne vous inquiétez pas, Stephen. De toute façon, personne ne m'attend à la maison… Je peux venir autant que vous voulez.

— Malheureusement, je vais en effet encore avoir besoin de vous. Les choses empirent, ils vont l'annoncer au prochain journal télévisé.

— Comptez sur moi.

— Merci, Eva. Sans vous…

— Sans moi vous seriez quand même un papa formidable. Au fait, pour le dîner j'ai préparé un gratin de courgettes et une salade. Vous n'aurez qu'à ajouter la vinaigrette.

— Super ! Vous êtes…

— Une fée, oui.

Elle lui fit un petit signe de la main en s'éloignant, feignant de ne pas remarquer ses yeux brillants.

Ce doit être le stress. Le stress et le sentiment d'être à l'aube d'une catastrophe…

Lauryn était installée au bord d'un canapé, face à la baie vitrée. À la voir ainsi, avec ses ballerines à la mode, sa robe-combi et sa frange qui lui tombait sur le front, on l'aurait prise pour une jeune fille de dix-sept ans normale. Seul son regard vide trahissait sa maladie. Elle s'ennuyait mais ne faisait rien pour y remédier.

Il s'agenouilla près d'elle et tenta d'accrocher son attention.

— Salut, ma douce, comment ça va, aujourd'hui ?

D'après les IRM, Lauryn ne souffrait d'aucun trouble neurologique, juste d'une dépression assez profonde pour entraîner un état d'apathie quasi continu. Cela faisait bientôt dix ans qu'elle avait basculé dans ce trou noir, après le décès de sa mère. Dix ans qu'il espérait qu'elle voudrait se réveiller et vivre.

— Tu m'excuses, je vais me servir un truc, je n'ai rien avalé ce midi. Tu veux grignoter quelque chose avant de dîner ?

Sa fille secoua la tête sans vraiment le voir. Il se dit qu'il devrait essayer ce magnétiseur qu'on lui avait conseillé en Savoie. Un de plus.

Dans la cuisine, tandis qu'il se versait un verre de vin blanc, son esprit surchauffé le ramena inexorablement au virus des cavernes. Le trafic d'animaux sauvages de Willems aurait-il pu déclencher à lui seul la flambée de l'épidémie ? En fouillant l'entrepôt qui lui servait de bicoque, Carvalho avait retrouvé des documents attestant les envois suspects des deux derniers mois : quatre perroquets gris expédiés vers l'Amérique du Sud et un couple d'aras en Extrême-Orient.

Un riff de guitare se fit entendre. Depuis quelque temps, Stephen s'était mis à détester cette sonnerie de portable. *Je devrais choisir un putain de chant de Noël ou une flûte des Andes, histoire de râler pour de bon !*

Il décrocha à contrecœur, saisi d'un mauvais pressentiment. La voix chantante de Gabriella le rassura un instant. Juste un instant.

— Un nouveau cas humain s'est déclaré en Corée, dans le port de Busan. Encore un marin. Il travaillait à bord d'un cargo à quai…

— C'est pas vrai !

— Le type s'est plaint d'une piqûre à la jambe. Le soir même il sombrait dans le coma, en proie à une violente fièvre. En quelques heures, sa peau s'est couverte de taches violacées, sanguinolentes. Quand il s'est réveillé, après trente-six heures, il avait régressé d'un petit million d'années.

— Qui l'a soigné ?

— L'hôpital de sa ville. Les médecins ont pris contact avec leur gouvernement, qui nous a prévenus.

— Joins au plus vite l'antenne locale de l'OMS, ordonna Stephen. On doit savoir quel animal l'a piqué.

— Dorian vient de le faire.

— Le malade a été mis en quarantaine ?

— Bien sûr. Pour le moment il n'y a rien d'autre à faire qu'attendre.

— OK. Tu rentres ?

— Non. Je suis de permanence, ce soir.

— Ah, bien sûr. Je suis tellement crevé que je mélange tout.

— Tu dois te reposer, Stephen.

— Je sais. Bon courage pour cette nuit.

— Merci. À toi aussi. Et dors !

— Promis.

Stephen raccrocha. Ce système de tours de garde et de veille n'était sans doute pas la panacée mais ce serait toujours mieux que d'être pris de court en cas d'urgence extrême – un incident à l'autre bout du monde, comme ce type de Busan, une flambée épidémique, n'importe quelle catastrophe…

Il était presque l'heure. Il alluma le miniposte de télé logé sur une étagère de la cuisine. En général, il préférait écouter le JT ici. Mieux valait épargner les nouvelles du monde à Lauryn, même si elle n'avait pas l'air d'y accorder d'importance. *A priori*, sa fille n'aimait que les séries à l'eau de rose ou les films de vampires, ce qui revenait finalement à peu près au même à Hollywood, mais il ne souhaitait pas qu'elle s'angoisse avec les scénarios apocalyptiques auxquels les journalistes n'allaient pas manquer de se livrer.

Cacher l'existence de la contamination humaine était désormais impossible, voire politiquement périlleux. Margaret Christie avait donc décidé de prendre les choses en main en donnant la première conférence de presse consacrée au virus des cavernes. En l'occurrence, elle l'avait nommé « virus Kruger » afin de limiter les mauvais amalgames. Gordon ne l'enviait pas. La pression qui pesait sur ses épaules devait être épouvantable. Pour rien au monde il n'aurait voulu être à sa place.

Le journal du soir ouvrit justement sur la conférence, prioritaire par rapport à la guerre en Syrie ou au sort des migrants. Devant une forêt de micros, la directrice de l'OMS apparut à l'écran, le visage grave. Après une courte introduction sur le virus proprement dit, elle rapporta la succession d'événements ayant conduit à parler d'un phénomène de régression. Sa voix était sèche, sa présentation concise.

— Le Kruger s'est d'abord attaqué à certains animaux sauvages, puis à des plants de sorgho et à l'acacia, laissant penser qu'il possédait des capacités de mutation importantes, tant et si bien que nous avons envisagé le pire, c'est-à-dire une variante humaine de la maladie. Aujourd'hui, j'ai le regret de vous apprendre que ce que nous redoutions est survenu : dix-neuf personnes ont à ce jour contracté la souche humaine du virus.

La stupéfaction de l'assistance dut durer une seconde, un moment de silence total, surréaliste, qui finit par se briser en une explosion de questions : « L'infection agit-elle sur l'homme comme sur les animaux ? », « Qui sont ces malades ? », « Quelles nationalités sont concernées ? », « Comment ont-ils contracté la maladie ? », « Quelle est leur espérance de vie ? », « Y a-t-il un espoir de guérison ? », « À quoi ressemblent les infectés ? »...

Margaret Christie choisit de répondre à la dernière question, par prudence.

— Le virus induit des modifications morphologiques qui confèrent aux victimes des caractéristiques physiques ancestrales que...

Un correspondant espagnol la coupa brutalement :

— Quelle espèce, plus précisément ? Neandertal ? *Homo sapiens* ?

— De grâce, ne mélangeons pas tout !

La directrice temporisa un bref instant. Cela n'était guère perceptible à l'écran, mais pour quelqu'un qui la connaissait, son hésitation était flagrante.

— Par décence envers les malades et leurs familles, nous ne diffuserons pas d'images. Sachez que la taille de leur crâne a diminué et que certaines spécificités du visage, en particulier leur front très petit, rappellent nos ancêtres. Pour autant, je me refuse à dire que le Kruger aurait fait réapparaître une quelconque espèce humaine. C'est une vision abusive de ce qui se passe. Je préfère m'en tenir au fait que les victimes souffrent de déformations.

— Comment ces malades ont-ils été contaminés ?

— Nous avons affaire à des cas isolés. Nous pensons que ces personnes ont d'abord été mordues par un animal porteur de la souche humaine du virus. Ensuite elles ont développé les symptômes de la maladie.

En l'état actuel de nos connaissances, je lance donc un appel aux populations de tous les pays : gardez vos distances avec les nouvelles espèces animales. Le Kruger se transmet par les sécrétions et le sang ; ne vous approchez pas, pas même d'un animal mort. Beaucoup vont être tentés d'aller observer de près ces créatures. Souvenez-vous qu'elles sont porteuses d'un virus méconnu et très invasif.

Sur le côté, une jeune journaliste demanda la parole.

— Est-ce que l'OMS cherche un vaccin ?

— Nous avons testé différents antiviraux sur les malades ce matin même, pour le moment aucun n'a amélioré leur état. Des échantillons sanguins ont été envoyés dans trois des plus grands centres mondiaux d'études de pathogènes hautement dangereux. J'espère qu'ils pourront nous mettre sur la piste d'un vaccin, mais soyons lucides, cela va prendre du temps. Nous ignorons tout ou presque des mécanismes biologiques de la régression. Nous présumons juste qu'elle est causée par le réveil de gènes silencieux qui peuplent notre génome.

Cet embryon d'explication provoqua une vague d'émoi. Parmi les journalistes présents, beaucoup travaillaient pour des publications scientifiques et ils semblaient soudain se rendre compte de l'énormité du phénomène.

D'un geste, Margaret Christie imposa le silence.

— Notre préoccupation numéro un est d'identifier le vecteur de la maladie. Celle-ci se concentre autour des axes maritimes, probablement parce qu'elle voyage par bateau : voilà ce que nous savons aujourd'hui. Pour limiter la dissémination du virus, j'ai émis une requête auprès des gouvernements pour qu'ils établissent un blocus sur les villes portuaires. J'ai bien conscience qu'il s'agit d'une mesure extrême qui aura des conséquences économiques importantes, mais c'est le prix à payer pour endiguer la propagation du virus. Je sais que les responsables politiques suivront nos recommandations. Je vous remercie.

Sonné par ce qu'il venait d'entendre, ou plus exactement par le fait que l'épidémie prenait une autre dimension à présent qu'elle était publique, Stephen éteignit la télé et son portable. Il n'avait aucune envie d'être submergé par les appels pendant le dîner et il devait bien ça à Lauryn. Il avait l'impression de l'avoir délaissée depuis une éternité. *Une heure. Je m'accorde une heure et j'y retourne !*

Comme à son habitude, l'adolescente se contenta de répondre par monosyllabes à ses tentatives de discussion. Il essaya de l'amuser avec des anecdotes sur la collection de tee-shirts de Tomas ou la distraction légendaire de Gabriella, qui avait rangé son sac au frigo un jour où elle était particulièrement préoccupée, mais rien n'y faisait, Lauryn se fichait de ses collègues et seule la promesse qu'elle regarderait un film de loups-garous parvint finalement à l'égayer. À cet instant, Stephen fut frappé par l'ironie de la situation. Tandis que sa fille traumatisée se consolait devant d'absurdes contes de fées, le monde réel affrontait une menace bien plus terrible que quelques suceurs de sang !

Vers 21 heures, une fois Lauryn calée devant *Sublimes Créatures*, il se décida à consulter son téléphone. La boîte vocale était saturée. Scientifiques, directeurs d'hôpitaux, conseillers de ministres, tous sollicitaient son avis. Axel Cassard avait cherché à le joindre à deux reprises avant de se contenter d'un message. En évitant de l'informer sur le cas des marins japonais, Stephen avait conscience d'avoir rompu le pacte qui les liait. En réalité, il n'avait jamais eu l'intention de le respecter. Il avait juste fait son possible pour gagner du temps.

La voix du rédacteur en chef était cassante, pleine d'une rage contenue :

« Monsieur Gordon, je pensais que vous étiez un homme de parole. Je me suis visiblement trompé. Vous pourrez lire, à l'instant même, sur le site Web de *Science & Nature*, le reportage que j'ai réalisé en Afrique du Sud. À l'avenir, inutile de me contacter pour tenter de retarder la parution d'un papier. Je ne vous ferai plus confiance. Soyez sûr que désormais, quoi que vous cachiez, je me ferai fort de le découvrir et n'aurai aucun scrupule à le publier. En attendant, je vous recommande de regarder les dessins de ces étranges créatures qui accompagnent mon article. »

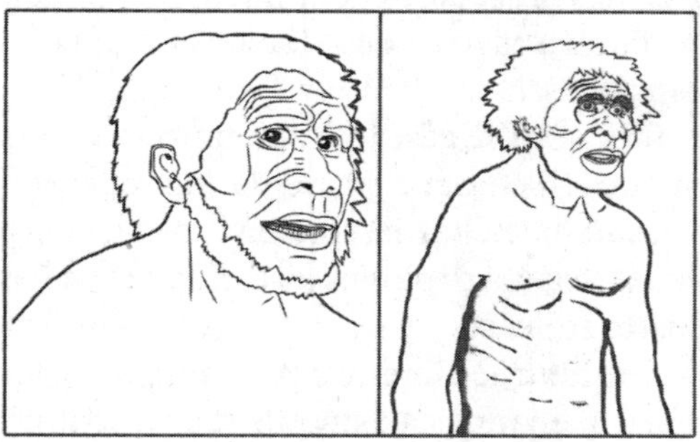

– 8 –

Ce 24 août, dans la cour de l'Élysée, à Paris, les voitures aux vitres teintées arrivaient les unes après les autres dans un ballet bien orchestré. Aux mines défaites, les journalistes présents en grand nombre comprirent que les temps étaient graves, mais aucun ministre ne fit de déclaration. Le président de la République avait convoqué un conseil de crise exceptionnel. Après le choc des révélations sur les contaminations humaines et la pression croissante des médias, il s'agissait de mettre sur pied non seulement une communication de crise, mais aussi des procédures pour rassurer la population et tenter de circonscrire ce que l'on ne connaissait encore que très peu.

Une fois expédiées les salutations d'usage, le ministre de l'Intérieur présenta un compte rendu plutôt rassurant. Selon les préfets, aucun mouvement de panique n'était à déplorer, juste l'agitation habituelle des réseaux sociaux.

— Il semble que l'opinion a pris de la distance par rapport aux scénarios catastrophe relayés par la presse. Au moment de la crise de la vache folle, notamment, le film d'épouvante annoncé ne s'est pas produit. Les gens ne l'ont pas oublié. Et puis les aoûtiens sont encore à la plage…

Le président hocha la tête sans relever la tentative pour détendre l'ambiance. Pour l'instant, ce qui l'inquiétait davantage, c'était le chaos économique qu'il allait falloir limiter au maximum. Le virus n'avait pas encore touché l'Europe et avec un peu de chance il resterait cantonné en dehors. La directrice de l'OMS avait raison : malgré le blocus qui engendrait une perte sèche pour l'import-export et un gâchis des matières premières, la situation aurait pu être bien plus grave… C'étaient des sacrifices utiles.

À son tour, le ministre de la Défense intervint pour signaler que le médecin général des armées Marc Antonetti serait de tous les comités de prévention internationaux.

— C'est un homme d'expérience qui connaît parfaitement les rouages de l'ONU. On peut compter sur lui pour nous rapporter ce qui se trame…

La chancellerie en profita pour rebondir et plaider en faveur d'une gestion internationale de la crise. Le garde des Sceaux paraissait plus tendu que ses confrères.

— L'émergence de foyers aux quatre coins de la planète exige que l'ONU chapeaute les opérations, du moins tant que nous n'aurons pas plus de précisions et la capacité d'élaborer un plan pour l'avenir. Pour l'instant, nous naviguons à vue, ça ne peut pas continuer…

Le président prenait des notes. Il avait besoin d'une vision d'ensemble. À l'issue de la réunion, plusieurs lignes d'attaque avaient émergé, qui allaient du plus concret – les mesures d'urgence, qui comprenaient l'évaluation des risques sanitaires et économiques ainsi que les moyens à mettre en œuvre pour enrayer la propagation du virus – au plus philosophique – comment considérer les cas humains du Kruger ?

Une fois les ministres repartis avec un plan de communication précis en main, le président resta seul quelques minutes. Il ne pouvait chasser de son esprit les photos que l'état-major de la marine avait fait parvenir de ces… mutants. Il inspira profondément et eut un instant la tentation de prier pour que de telles images soient du domaine de la fantasmagorie. Il n'osait imaginer ce qui se produirait si le virus commençait à se répandre dans le pays…

– 9 –

Anna avait laissé Lucas Carvalho se rendre à l'hôpital militaire de Durban, où Willems avait été transféré, pendant qu'elle rejoignait le lodge pour préparer son retour. Elle n'avait pas fait trois pas que Mary surgit de la véranda et l'interrogea fébrilement. Les deux femmes s'appréciaient et Anna savait pouvoir compter sur la discrétion de la Sud-Africaine, pourtant elle était incapable de se résoudre à partager son angoisse et coupa court avant de se glisser dans son bungalow. Depuis qu'elle avait entendu la conférence de presse de Margaret Christie, une phrase ne cessait de la hanter : « Si possible, évitez de vous rendre dans les ports… »

Avec la folie des derniers jours, elle n'avait guère pensé à Yann et, paradoxalement, l'interdiction de communiquer, bien qu'éprouvante, l'avait aidée à faire le vide. Mais à présent que la nouvelle de l'épidémie avait éclaté, le besoin de l'entendre balayait définitivement tout le reste, leurs engueulades, les malentendus, tout !

Yann était supposé achever sa mission océanographique fin août quand *L'Atalante* se ravitaillerait au port de Nouméa avant de repartir en mer. Avec les nouvelles directives, si le bateau était obligé de rester au port en raison du blocus, il prendrait l'avion et ils gagneraient quelques jours. Anna aurait dû se réjouir, mais un mauvais pressentiment l'assaillait. Fallait-il y voir la trace d'une culpabilité ? Depuis son aventure d'un soir avec Lucas, la plupart de ses griefs envers Yann avaient été balayés, comme si, en enfreignant leur sacro-saint amour, elle s'était libérée d'un fardeau invisible. Elle vérifia sa messagerie, le temps de se calmer et de décider quoi faire.

À cet instant, comme un clin d'œil du ciel, le nom de Yann s'inscrivit dans la boîte de réception. Le cœur de la jeune paléontologue rata un battement. Elle cliqua sur le message.

> Anna,
>
> Depuis ce matin, on est tous scotchés à la télévision du carré de repos et toutes les plongées ont été reportées. Ce qui est en train de se passer est hallucinant. Tu avais raison ! Toi, mon Anna, si seule pour envisager une telle hypothèse, la seule au monde ! Plein de choses se bousculent dans ma tête. J'imagine ta joie d'avoir eu raison et ton angoisse face au monde à venir. J'ai tenté de t'appeler mais je suis tombé sur ta messagerie pleine. Tu dois être très sollicitée. C'est idiot, mais tout ça m'a fait réfléchir. J'ai été égoïste, je ne supportais plus ces séparations à rallonge, chaque fois plus longues… J'en étais venu à calculer les jours qu'on passait ensemble, je me gâchais d'avance ceux à venir, particulièrement lors de mon dernier voyage, il y a presque quatre mois. J'aimerais qu'on en parle à ton retour à Paris. Je suppose que tu vas rentrer, avec ce qui se passe, non ?

On ne sait pas encore quand on boucle ici, tout va dépendre de la situation. Avec Lucie, on pense avoir aperçu un préhistorique pendant la remontée du bathyscaphe, un genre de grande loutre à tête de chien. Tu connais ?

Cette saleté de Kruger est en train de justifier les deux dernières années durant lesquelles tu t'es battue loin de moi, à chercher tes fossiles... Je redoute l'avenir, mais je ne peux pas m'empêcher de me dire qu'on va se retrouver, que le reste ne compte pas ; cet éloignement, nos disputes, tout ceci est derrière nous.

Je t'aime,

Yann

Bouleversée, Anna répondit aussitôt, les doigts volant sur le clavier.

Mon amour,

Tu ne peux pas savoir à quel point tes mots me font du bien. Je regrette moi aussi pas mal de choses, et surtout de ne pas t'avoir avoué combien nos séparations me coûtaient, chaque fois. Je n'ai jamais su t'expliquer ce besoin qui me poussait en avant et que rien ni personne ne pouvait stopper. À présent, c'est derrière nous, tu as raison.

Je vais rentrer. J'ai déjà quitté la Nouvelle-Guinée il y a un moment, impossible d'en dire plus ici. Je te raconterai tout à Paris. Tu penses que tu y seras début septembre ? Moi, je serai chez nous à la fin du mois.

Il me tarde de te revoir. Nous parlerons et nous effacerons tout ce qui nous a abîmés. Ce sera toi et moi, toujours. Peu importe ce qui se passe, si nous sommes ensemble, rien ne peut me faire douter.

A.

PS : tu as probablement aperçu un pakicetus.

PPS : tu peux m'appeler, j'ai de nouveau mon portable.

Elle patienta cinq minutes, puis dix, les yeux sur la messagerie. Il avait dû partir avant de lire sa réponse.

Le regret l'étreignit, mais c'était peut-être mieux ainsi. Elle préférait ça à une conversation plombée par une mauvaise liaison. Mauvaise liaison ! Le jeu de mots lui laissa un goût amer. Son écart ne changerait rien à leur histoire, pourvu qu'elle ne cède pas à la tentation de tout avouer ! Elle éteignit son ordinateur et quitta le bungalow. Elle se sentait incapable de se replonger dans ses mails, pas après les mots de Yann et cet amour qui l'emplissait tout entière. *C'est ça, exactement. En retrouvant Yann, je me retrouve entière...*

Dehors, la pleine lune jetait une lumière argentée sur la savane, saturant la terre de luisances surnaturelles. La fraîcheur nocturne lui donna des frissons. Accoudée à la balustrade, elle sentit une vague de nausée l'envahir, tellement puissante qu'elle en suffoqua. Prise de vertige, elle ferma les yeux et se laissa glisser sur le rocking-chair, cherchant à tâtons la carafe d'eau qui devait traîner sur la table basse. Que lui arrivait-il ? Une image lui revint en mémoire qu'elle tenta de repousser. La cave de Willems, l'ergot du perroquet, la goutte qui perlait du gant déchiré…

C'était impossible, rien ne permettait de suggérer une quelconque contamination. L'oiseau était tout sec, mort depuis combien de temps ? Et puis, cela faisait une semaine maintenant que l'incident avait eu lieu. Le temps d'incubation était dépassé depuis longtemps… Alors quoi ?

Elle regagna le lodge principal, rongée par le doute. Par la fenêtre de la cuisine, elle aperçut Mary et Joy, une cousine de Tendaï, qui s'affairaient au dîner. Kyle l'intercepta dans la véranda avant qu'elle ait le temps de proposer son aide.

— Anna ! On a trouvé un homme infecté comme Quatre-Défenses ! Papy a dit à maman que Lucas l'a vu ! Et toi ? Tu étais avec lui ? J'en ai marre d'être ici, je pourrai t'accompagner demain ? Si c'est toi, maman sera d'accord. Le collège a fermé alors qu'il reste encore un mois avant les vacances de septembre ! Papy ne travaille presque plus jamais au refuge et de toute façon il ne veut pas que j'y mette les pieds, même pour voir Quatre-Défenses ! Je l'ai pas vu depuis… depuis l'aéroport, quand on est venus vous chercher ! J'ai plus rien le droit de faire !

— Hou, là ! pas tout en même temps ! Ta mère a raison de faire attention, Kyle. Et je crois que tu es suffisamment grand pour comprendre que ce n'est pas un jeu, pas vrai ?

Le garçon hocha la tête à contrecœur. Il s'était fait piéger bêtement, il aurait mieux fait de supplier pour une seule chose. Une balade dans la brousse, par exemple. Il en avait plus qu'assez d'être enfermé la moitié de son temps.

Devant sa mine renfrognée, Anna sourit malicieusement.

— Tu veux que je te donne une idée imparable qui devrait plaire à ta maman ?

— Quoi ?

— Les consignes de sécurité s'appliquent à tout le monde, alors tu vas pouvoir inviter des petits copains ou aller chez eux. Il y en a certainement qui habitent à côté, non ?

— C'est ça, ton idée ?

Le gamin était trop malin pour se laisser berner. Anna soupira.

— Ce n'est pas très brillant, je te l'accorde. Je crois que j'ai besoin de repos.

Il haussa les épaules, lui jeta un regard en biais, comme pour évaluer ce qu'il pouvait lui dire.

— Peter et Thomas sont nos voisins, mais j'aime pas trop Thomas... Sinon je joue avec Sipho, le fils de Joy, mais maman aime pas qu'on traîne dehors. Je ne peux même plus surfer sur Internet, sauf pour regarder des vieux films tout pourris. Elle surveille tout ce qu'on fait !

— Mon grand, cette histoire de virus est grave. Chacun est obligé de faire des sacrifices, tu comprends ?

— Oui.

Cette fois, Kyle rougit, en proie à un mélange de confusion et d'amertume.

— Je sais ce que tu vas dire, que je dois aider maman parce qu'elle est inquiète, même si elle fait genre que non. Toi aussi tu fais semblant !

— Moi ?

— Vous avez tous peur.

— C'est vrai, un peu, mais ce n'est pas une honte. Et toi, Kyle ? Tu en penses quoi ?

— Je sais pas trop. Quatre-Défenses n'a attaqué personne, ce sont les autres qui ne l'aiment pas. Peut-être qu'on va apprendre des choses, à force ? Papy dit que si on observe vraiment la nature on finit par la connaître.

— Ton grand-père est un homme sage...

Anna hésita un instant avant de se lancer.

— À vrai dire, mon grand, j'ai des soucis et je dois repartir pour la France.

Kyle s'apprêtait à protester, la mine décomposée.

— Attends, je n'ai pas fini ! Je te promets qu'avant mon départ on se paie une virée où tu voudras, un safari rien que pour nous deux. Je suis certaine que ta maman acceptera, et je te raconterai tout ce que je sais, d'accord ?

— OK…

Il sourit bravement, à demi consolé, conscient que ses soucis ne pesaient pas lourd face au mal qui rongeait le monde.

– IV –

RIPOSTE

– 1 –

Au moment de pousser la porte de l'hôpital de Durban, un petit immeuble de quatre étages au cœur d'un complexe militaire situé dans la zone portuaire, Anna ne put réprimer un frisson. La même angoisse qu'elle avait ressentie devant le spectacle des cargos prêts à partir pour le monde entier, potentiels vecteurs du virus Kruger…

Pour obtenir un laissez-passer pour elle et Dany Abiker – qui l'avait conduite jusqu'ici –, il avait fallu l'intervention de Carvalho et l'appui de son patron à l'OMS. C'était elle qui avait insisté, à la dernière minute, pour faire cette visite. Avant de regagner Paris et de replonger dans l'étude théorique, elle tenait à observer le comportement de Willems. Ce serait utile à ses recherches et puis, si elle était vraiment honnête, elle brûlait de revoir plus longuement cet homme des cavernes… *À quel moment suis-je devenue cynique à ce point ? Et si c'était moi, à la place de ce pauvre type ? Et si j'étais infectée ?*

Lucas les attendait dans le hall d'accueil pour les mener là où Willems était soigné, au deuxième étage, dans un service de quarantaine. Sa chambre d'isolement était fermée par une porte blindée qui ouvrait sur un sas pourvu d'une large lucarne de surveillance. Avant toute chose, Lucas les prévint :

— On a essayé de lui enfiler des vêtements mais il les arrache dès qu'on a le dos tourné.

— Est-ce qu'il communique ?

— Non. Il ne comprend ni l'afrikaans ni l'anglais. Par ailleurs, nous avons fait tous les tests, il semble insensible aux phonèmes du langage moderne. Toutes les tentatives d'entrer en contact ont échoué pour l'instant, mais le fait d'avoir presque crevé de faim dans cette cave et son isolement expliquent peut-être en partie ce repli.

— Pourrait-il avoir des souvenirs de sa vie antérieure ?

— *A priori*, non. Nous lui avons montré des photos de sa maison. Aucune réaction.

Abiker, qui s'était approché de la lucarne pour découvrir l'hominidé, parut estomaqué.

— Bon sang, ce... ce préhistorique a l'air tellement... déplacé ! Anna, vous savez à quelle espèce il appartient ?

— Il est difficile de répondre sans un examen sérieux, mais à première vue je peux juste dire qu'il est plus vieux qu'un *Homo sapiens*, et donc qu'on serait remontés dans le temps d'au moins deux cent mille ans.

— Comment pouvez-vous être si affirmative ? s'étonna Dany.

— Grâce à quelques traits caractéristiques, comme son énorme arcade sourcilière. L'*Homo sapiens* est apparu sur Terre il y a environ deux cent mille ans et, avant lui, nos ancêtres possédaient une visière osseuse qui jouait le même rôle qu'une poutrelle d'acier dans un bâtiment : elle renforçait les os du crâne particulièrement fragiles. Nous l'aurions perdue quand notre cerveau s'est mis à grossir, et c'est le front qui l'a remplacée. Le fait que Willems soit pourvu d'une telle arcade me permet de repousser de plusieurs centaines de milliers d'années la datation de son espèce, mais pas au-delà de deux millions et demi d'années. En effet, le volume de son crâne n'est pas aussi réduit que celui des australopithèques. Depuis, quinze espèces d'*homo* se sont succédé : *habilis*, *ergaster*, *erectus*, *heidelbergensis*… pour n'en citer que quelques-unes. Notre préhistorique appartient à l'une d'entre elles.

— Sans que vous puissiez préciser laquelle ?

— Plus compliqué mais pas impossible…

Elle tapota la lucarne avec son doigt afin d'attirer l'attention de l'homme-singe. Aussitôt celui-ci se précipita à la porte et colla son visage contre la vitre en dévoilant sa puissante denture. Ses molaires faisaient penser à des marteaux de forgeron. Comme il n'entendait plus rien, il finit par se lasser et repartit en se dandinant. Pour l'occuper, on avait disposé des coussins et quelques jouets en plastique, des cubes assez gros pour qu'il ne se blesse pas. Il en saisit un distraitement puis le rejeta d'un geste machinal, sans manifester autre chose qu'un profond ennui.

Anna se concentra pour mieux l'observer.

— Ce Willems est un parfait bipède.

— Vous pouvez m'expliquer ? interrogea Lucas qui s'était approché d'elle au point de l'effleurer.

— Pour schématiser, le genre *homo* s'est distingué des hominidés il y a environ trois millions d'années. L'*Homo erectus*, lui, apparaît en Asie et en Afrique il y a un million et demi d'années jusqu'à cent mille ans avant notre ère. Au Kenya, on a découvert des empreintes démontrant que ces préhumains marchaient en transférant leur poids du talon vers leur gros orteil. Littéralement, *Homo erectus*, c'est « l'homme dressé », le premier de nos ancêtres à nous ressembler. Comme nous, il possède des jambes allongées et des bras courts comparés à la dimension du torse, mais sa stature est plus modeste, environ un mètre cinquante. Il est robuste, endurant, et il pourrait rivaliser avec les meilleurs marathoniens d'aujourd'hui. Regardez, Willems a aussi des bourrelets sus-orbitaires, la partie inférieure de sa mâchoire accuse une sévère prognathie, comme chez les singes, et quand il tourne la tête son crâne a la forme d'une tente. C'est typique !

Elle ajouta pensivement, dans un souffle émerveillé :

— Je crois qu'il s'agit de lui… L'*erectus* !

— Vraiment ?

En réalité, Lucas n'était guère surpris, car les médecins qui s'occupaient de Willems étaient parvenus à la même supposition, mais il voulait entendre une confirmation.

— Je ne suis pas spécialiste en paléontologie humaine, il faudrait lui faire passer un scanner et l'envoyer à Nicolas Barenski. Lui saurait vous répondre avec certitude.

— Je vais le suggérer à l'équipe médicale. À présent, je vous demanderai d'enfiler ces combinaisons et ces masques. Le virus ne se transmet pas par voie aérienne, mais nous préférons rester prudents. En cas de problème, je suis équipé, ne vous inquiétez pas.

Joignant le geste à la parole, il exhiba une matraque électrique. Devant la mine consternée des autres, il modéra son avertissement.

— Je n'aurai pas à m'en servir, Willems est d'un tempérament plutôt doux. C'est juste une garantie.

— Il n'a jamais montré de signes d'agressivité ?

— Entrons, vous le constaterez par vous-mêmes.

Le sas bénéficiait d'une pression légèrement négative par rapport à l'extérieur, afin de filtrer l'air potentiellement vicié de la cellule.

Au moment de pénétrer dans la pièce, derrière Anna et Lucas, Dany Abiker marqua une hésitation. En les entendant, la créature avait levé sa face simiesque et s'était mise à le fixer, sans que l'on puisse vraiment interpréter son expression.

— On dirait qu'il veut communiquer…

Dépassant ses appréhensions, Dany se décida à bouger. Aussitôt, la créature se redressa et avança droit vers lui, une poupée brandie au bout du poing.

— N'ayez pas peur, c'est un échange, expliqua Lucas à voix basse. En retour, vous êtes supposé lui faire un cadeau.

— Vous auriez pu me prévenir…

Oubliant le protocole, il ouvrit sa combinaison pour sortir de sa poche un paquet de chewing-gums. L'*erectus* s'en saisit d'un geste brusque et le lança sur sa couverture, sans même chercher à l'examiner.

— Les marins infectés à bord du baleinier manifestent la même docilité, enchaîna Lucas. À mon avis, tant que nous sommes calmes, nous n'avons rien à craindre d'eux. Ce virus semble les faire retomber en enfance.

— L'enfance de l'humanité… murmura le vieil homme, ému malgré lui.

— C'est exactement ça.

★

Après avoir déjeuné à la cafétéria de l'hôpital et alors qu'ils s'apprêtaient déjà à reprendre la route, Anna inspira un bon coup et demanda à Dany Abiker de reporter leur retour au lendemain. Elle prétexta une analyse urgente, sans trop s'étendre sur le sujet. Par chance, Dany avait besoin de matériel vétérinaire pour ses bêtes et ne fit aucune remarque. Ce serait l'occasion de passer la soirée avec Carvalho, dont il regrettait un peu la compagnie.

Anna tentait de juguler son stress depuis l'apparition des premiers vertiges. Mais là, elle n'avait plus le choix, elle devait avouer à Lucas ce qui s'était passé dans la cave, même si cela impliquait de retarder son vol pour Paris. Le biologiste pourrait l'aider et, de toute façon, elle n'avait personne d'autre à qui se confier. Dany était un homme formidable, mais il était trop impliqué et protégerait sa famille en premier lieu, c'était logique.

Tu le saurais depuis longtemps si tu étais infectée, ne sois pas folle, Anna ! En réalité, l'angoisse ne cessait de croître au point d'abolir son bon sens. Elle n'était plus une scientifique, juste une jeune femme pétrifiée d'angoisse, en proie à des projections cauchemardesques.

Carvalho les avait abandonnés aussitôt après la visite de Willems. Il passait ses journées entre les réunions médicales et les visioconférences, et n'avait toujours pas eu l'occasion de rencontrer Cathy Crabbe, alors qu'ils avaient un tas de choses à vérifier. Tout le monde courait après le temps…

Mais quand Anna l'appela sur son portable, non seulement il décrocha tout de suite, mais il ne fit aucune difficulté pour lui accorder un entretien privé et lui indiqua comment rejoindre son bureau.

Avant même qu'elle ait refermé la porte, il attaqua avec une sollicitude non dénuée d'inquiétude. *A-t-il remarqué quelque chose ?*

— Qu'est-ce qui se passe, Anna ? Je ne vous ai jamais vu cette mine, même après une nuit blanche. Il est arrivé quelque chose ?

— Oui. Dans la cave de Willems. Je n'ai pas osé vous en parler avant pour ne pas vous alarmer. J'ai été griffée par un oiseau.

Comme il restait impassible, elle ajouta en baissant les yeux :

— En fait, c'est moi qui crève de trouille.

Lucas avait blêmi. Pourtant, sa voix était parfaitement calme quand il reprit :

— OK. Comment vous sentez-vous ?

— J'ai eu un malaise avant-hier, ensuite j'ai eu des vertiges, mais rien de plus, pas de perte de connaissance.

— Si vous aviez été contaminée par le Kruger, vous seriez déjà dans le coma… et réveillée !

— Je sais… Sauf que je n'arrive pas à me l'ôter de la tête, je me dis que c'est peut-être une forme atténuée, parce qu'il s'agissait juste d'une éraflure, que ça met plus longtemps à s'infecter.

— Anna, vous n'avez probablement rien, calmez-vous. On va faire des analyses pour qu'il ne subsiste pas le moindre doute.

— Vous pensez que j'ai pu contracter une variante du virus ? un genre d'infection moins forte ?

— Je ne le pense pas.

Il n'avait pas dit « non ». Les mots « moindre doute » tournoyaient dans son esprit comme un essaim d'abeilles. *Moindre doute, moindre doute, moindre doute…* Comment évaluer un « moindre doute » sur l'échelle des risques ?

Elle le suivit dans un box. Quand il préleva son sang, elle nota qu'il avait enfilé une paire de gants et un masque qui occultait le bas de son visage jusqu'à la racine du nez. Au-dessus, son regard plissé semblait aussi doux qu'une caresse ; elle peina à le soutenir, tant elle avait peur d'éclater en sanglots. Finalement il s'en alla et la laissa seule, après avoir fermé la porte. *À clé ? Vont-ils me coller en chambre stérile, comme l'autre ?*

Elle aurait pu appeler Yann, mais elle n'en avait pas la force. Cette fois, ce n'était pas la joie du retour ni l'envie de lui dire son bonheur en face qui la tenaillait, c'était un bâillon de terreur pure.

Durant soixante interminables minutes, elle ne cessa d'imaginer son corps se déformer, son front se bossuer, ses muscles durcir en nœuds compacts. Que ressentait-on durant la métamorphose ? Les préhistoriques souffraient-ils ? Gardaient-ils une parcelle de conscience qui hurlait la perte irréparable de leur identité ? Et après ? Que se passait-il après, pour eux, tandis qu'on les nourrissait, soignait ou examinait sous toutes les coutures ? À quoi rêvaient-ils, prostrés devant des jouets en plastique ?

Lorsque Lucas débarqua, sans masque, elle ne put réprimer un cri.

— Vous pouvez respirer, Anna, vous n'avez pas le Kruger !

Elle tituba en voulant se lever et il la rejoignit d'un bond avant de la prendre dans ses bras. Il sentait l'eau de Cologne, un parfum vaguement citronné. Il la serra si fort qu'elle en eut le souffle coupé. Elle secoua la tête, incapable d'exprimer ce qui la submergeait.

— Merci. J'ai eu tellement peur. Vous…

— Peut-être qu'on pourrait se tutoyer, à présent, vous ne pensez pas ?

— Si…

— Je suis heureux pour toi, j'aurais… détesté avoir à… Bref ! C'est fini.

Ils s'écartèrent l'un de l'autre avec une gaucherie non dénuée de tendresse. Anna ressentit l'éclat d'un désir incongru, acéré comme une pointe. Éprouvait-il ce trouble, lui aussi ? Impossible à dire, Lucas se contentait de hocher la tête, le regard plongé dans le sien. Il arborait une expression étrange, entre gêne et confusion.

— Tu n'es pas infectée, en revanche, tu as un taux anormalement élevé d'hormones bêta-HCG.

— Ce qui signifie ?

— Que tu vas devoir aménager une nouvelle chambre.

Elle le fixa sans comprendre, encore sonnée par l'afflux d'émotions. Et puis l'idée se fraya un chemin et la fit hoqueter.

— Tu veux dire que… je suis enceinte ?

— Oui, de presque quatre mois.

L'espace d'un instant Anna fut incapable de savoir si elle devait crier de joie ou s'effondrer. Un bébé et pas la maladie. Un bébé de Yann. Quatre mois !

La seconde pensée qui lui vint la bouleversa : *Heureusement qu'il n'y a aucun doute sur le père !* Elle s'empourpra au souvenir de Lucas bougeant entre ses reins. *La seule fois*, s'était-elle juré.

— Une dernière chose. Même s'il n'y a rien de plus naturel qu'une grossesse, je préférerais que tu retardes ton retour d'au moins une semaine. Ton état de fatigue le nécessite. Tu ne t'es pas ménagée ces derniers temps et ton corps a besoin de repos.

— Tu sais aussi bien que moi que je ne tiendrai jamais en place…

— Anna ! Une semaine, ce n'est pas le bout du monde ! Et tu en profiteras pour m'aider en mettant tes notes à jour. S'il te plaît…

— D'accord, mais je pose deux conditions. D'abord, personne ne doit être au courant. Ensuite, je veux une chambre chez l'habitant, parce qu'il est hors de question que je dorme ici !

— Marché conclu ! sourit Lucas, indulgent.

Le tutoiement écrasait le trouble infime du jeu de galanterie en les rendant soudain moins mystérieux à l'autre.

Le téléphone de Lucas sonnait. Il décrocha, répéta « oui » deux fois, lui fit signe qu'on l'attendait. En le regardant sortir, elle se dit qu'il semblait avoir oublié le plaisir fulgurant qu'ils avaient partagé.

Un enfant… Il faudrait prévenir Yann, bien sûr, mais pas tout de suite, pas tant que le *black-out* durerait. En un sens, cela valait mieux. Elle aurait détesté devoir lui annoncer par mail ou au téléphone, avec les crachotements, les coupures du réseau et ses silences à lui. Et puis elle avait encore besoin de temps pour effacer les traces de son aventure, d'ailleurs même pas une aventure, juste la divagation d'une nuit qui déjà s'effaçait.

– 2 –

Depuis une semaine que l'annonce officielle avait été faite, le monde oscillait entre incrédulité et paranoïa. Stephen savait que l'onde de choc n'avait pas encore atteint son apogée. La plupart des pays contributeurs à l'OMS voulaient avoir accès à toutes les données, mais elles étaient si maigres et si incertaines que la frustration dominait.

Une fois toute son équipe installée, Stephen attaqua sans s'encombrer de préliminaires :

— J'ai reçu les commentaires de Nicolas Barenski sur les scanners. Il appuie l'opinion d'Anna Meunier : Willems possède l'anatomie d'un *Homo erectus*, constatations également confirmées par les médecins japonais qui ont récupéré l'équipage infecté. Le Kruger fait régresser les humains d'un million et demi d'années.

— C'est moins que les autres espèces, remarqua Illaire avec perplexité.

— Effectivement. Cela doit avoir une signification…

— J'ai pensé à un truc, intervint Gabriella. Si l'on prend les statistiques des espèces contaminées, une loi semble se dégager : plus elles sont « primitives », plus elles remontent le cours du temps. Cent millions d'années pour les oiseaux, vingt pour les éléphants, à peine deux pour les humains.

— Intéressant, très intéressant, ça, Gabriella ! Les garçons, c'est une hypothèse à creuser, je compte sur vous… Tomas, tu peux nous faire un point sur la situation mondiale ?

Znaniecki prit la parole avec gravité. Les nouvelles qu'il avait à transmettre n'étaient pas réjouissantes…

— Il y a moins d'une semaine, seules l'Afrique et l'Asie du Sud-Est étaient touchées ; à présent, nous en sommes à dix foyers d'infection. L'épidémie n'épargne plus aucun continent.

Derrière lui, sur l'écran géant, les points rouges qui clignotaient donnaient le vertige. Il reprit d'un ton sinistre :

— Ce fléau ne ressemble à aucun modèle connu. Le virus se développe de manière spontanée et anarchique. À ce jour, nous dénombrons mille cent soixante-trois victimes. Partout, les symptômes sont les mêmes : douleurs musculaires, fièvre, saignements cutanés, puis coma de stade 2. C'est au cours de cette période qui oscille entre trente-six et soixante-douze heures que le corps se transforme. La suite, vous la connaissez : quand ils reprennent conscience, les malades ont acquis une physionomie « préhistorique ». La vitesse est une des caractéristiques essentielles du Kruger.

— Merci, reprit Stephen Gordon. Au sujet du mode de contamination, nous n'avons, à ce jour, que le témoignage d'un ouvrier victime du Kruger. Ce dernier a juste eu le temps d'expliquer à sa femme qu'il avait été « piqué par un rat »… *A priori*, il délirait…

Dorian Illaire leva le doigt, comme à l'école. Avec sa taille, il aurait presque pu passer pour un élève que les soucis auraient prématurément vieilli.

— Je peux peut-être expliquer ce mystère.

Il se rendit dans le bureau voisin avant de revenir chargé d'un caisson isotherme.

— Tu paies ta tournée de bières ? plaisanta Znaniecki.

— Ne t'approche pas trop, ça te passerait l'envie…

Le Français enfila un gant, puis déverrouilla le couvercle. Un nuage de vapeur s'en échappa avant de retomber en volutes paresseuses d'un blanc crémeux. Dans le récipient en verre qu'il tira délicatement du caisson, on distinguait une masse inerte.

— Je vous présente notre ennemi numéro un. Le vecteur de la souche humaine du Kruger.

Les volutes se dissipèrent, laissant apparaître la silhouette trapue d'un rat.

— Vous avez devant vous un *Rattus norvegicus*, du moins en apparence. Il a été capturé sur un cargo parti de Richards Bay.

— Pourquoi *en apparence* ? demanda Gabriella.

— À cause de ce détail…

Il sortit son téléphone portable équipé d'un rétroprojecteur miniature et le cliché, plein zoom, de la patte arrière du rongeur s'afficha. Au niveau de la cheville, un aiguillon semblait crever l'os, comme un ergot de coq de combat ou un sixième doigt en acier.

— La photo a été prise par l'organisme qui a ramassé la bête : le Centre d'analyse biologique et sanitaire de

Busan, une ville portuaire de Corée du Sud, destination du cargo sud-africain.

— Quelles sont leurs conclusions ? interrogea Stephen, pour la forme.

Il n'aimait pas du tout ce qu'il voyait : cela ressemblait au pire cauchemar d'un médecin épidémiologiste… Un rat !

— L'ADN de cette bestiole ne montre quasiment aucune différence génétique avec *Rattus norvegicus*, en tout cas rien de significatif.

— Tu veux dire que…

— Pour être plus clair, cette bête est la version régressive du rat, une version remontant à quatre-vingts millions d'années. Son ergot est un aiguillon venimeux comme on en trouve aujourd'hui chez les ornithorynques…

Il s'interrompit un instant, secoua la tête d'un air lugubre. Les autres attendaient dans un silence de mort.

— Histoire d'être certain, j'ai appelé Anna Meunier très tôt ce matin pour avoir son avis. Selon elle, cela collerait parfaitement avec l'hypothèse selon laquelle les premiers mammifères ayant peuplé la Terre auraient été venimeux. Les chercheurs ont commencé à se poser la question quand un paléontologue, en Afghanistan, a mis au jour un squelette de rongeur comportant un aiguillon similaire.

— Logique ! En gros, face aux dinos, les petits animaux disposaient de l'arme chimique ! lança Tomas dans une piètre tentative pour détendre l'atmosphère.

— Sauf que, de nos jours, les espèces en présence n'ont plus grand-chose à voir avec des mastodontes de plusieurs tonnes !

Stephen était accablé.

— Bon sang, j'aurais préféré un autre vecteur ! Imaginez la peste brune, en mille fois plus dangereux… Très bien, vous lâchez ce que vous êtes en train de faire et vous activez vos réseaux…

– 3 –

L'Atalante, océan Pacifique,
3 septembre.

Un bruit sourd arracha Yann au sommeil. Quelqu'un frappait à la porte de sa cabine. Il se redressa en grimaçant et se massa le front. Une sévère migraine lui vrillait le crâne et il se sentait fébrile, ankylosé par un début de fièvre. En voyant la bouteille de whisky vide qui gisait sur le sol, il secoua la tête, consterné.

— Entre !

Pas besoin de demander pour savoir qui se tenait derrière le battant. Lucie n'avait jamais su se résoudre à respecter son espace vital. Il l'aimait beaucoup, c'était une fille géniale sur le plan humain et une superplongeuse, mais elle le maternait comme s'il avait douze ans.

Elle apparut sur le seuil de la cabine, la mine réprobatrice.

— Tu as une sale gueule.

— Salut, Lucie, j'ai bien dormi, merci, et toi ?

— Des soucis ?

— Pourquoi cette question ? J'ai l'air mal à ce point ?

— Tu n'as pas l'habitude de te saouler tout seul.

— Je ne me suis pas saoulé, j'ai fêté notre retour… Il est quelle heure ?

— Sept heures.

— Tu es dingue ?

— C'est Anna ?

— Lucie… *Primo* c'est l'aube, *secundo* comment te dire de te mêler de tes fesses ? Anna va très bien et moi aussi, alors oublie !

— C'est toi qui ferais bien de l'oublier !

Rougissant avec violence, elle leva la main avant qu'il n'éclate.

— Laisse tomber, je n'aurais pas dû… On t'attend sur le pont. Il faut que tu voies un truc de dingue !

— OK, mais j'espère que ça vaut le coup, parce que là j'ai juste envie de te tuer !

Maugréant, il enfila un bermuda, son tee-shirt de la veille, sauta dans une paire de tongs et se hâta de grimper sur la coursive, à moitié groggy. Le capitaine, un type plutôt cool pour un marin, se tenait sur le pont supérieur, jumelles rivées vers le sud.

— Regarde par ici !

Il désignait une zone de turbulence bouillonnante de bulles. *Une baleine à bosse ? C'est la saison des amours mais de là à me sortir de mon lit pour ça…* Le bouillonnement s'intensifia et une bête en surgit, comme propulsée par une force herculéenne. Son corps d'un gris luisant était incroyablement fuselé, sinueux, pareil à celui d'un serpent gigantesque, et la tête paraissait ridiculement petite par comparaison. En replongeant d'un mouvement gracieux, la créature révéla une nageoire caudale tout aussi modeste.

— Bon sang, on dirait un basilosaurus ! s'exclama Yann, brusquement réveillé.

— Un quoi ? demanda le capitaine, incrédule.

— Un basilosaurus, ou le « roi des lézards ». Contrairement à ce que son nom indique, il s'agit d'un mammifère. Ma copine est paléontologue, ajouta-t-il en guise d'explication.

L'animal réapparut. Cette fois, il se contenta d'onduler sur le dos, paresseusement, comme s'il se trouvait sur un tapis épais. Yann distinguait nettement les nageoires ventrales miniatures. Il précisa, au comble de l'excitation :

— Le basilosaurus est le descendant du pakicetus, la bestiole qui s'est attaquée au *Nautile* ! Bon sang, en seulement trois semaines, c'est notre deuxième préhistorique ! Il faut que j'avertisse Anna ! Elle va être folle en apprenant que j'ai vu ça de mes propres yeux !

Le capitaine, lui, se rembrunit. Avec les nouvelles mesures de sécurité et cette histoire de blocus, il était à peu près certain d'être assigné à quai pendant des mois. Pourtant, il n'avait pas d'autre choix que de faire un signalement.

— Je préviens la marine.

Yann et Lucie ne l'écoutaient plus, trop fascinés par le spectacle. D'un mouvement brusque de la queue, l'animal, à présent, arrivait droit sur *L'Atalante*. À l'approche de la coque, il s'enfonça dans les profondeurs.

Les deux biologistes se précipitèrent à tribord dans l'espoir de l'y retrouver mais la mer s'était refermée sur lui ; sous l'effet d'une houle courte, des friselis d'écume dansaient à perte de vue. Ils cherchèrent, les yeux plissés, gênés par la réverbération. Soudain, crevant à nouveau la surface à une trentaine de mètres, le basilosaurus émergea et, l'espace de quelques secondes, se tint dressé au-dessus de l'eau, colonne de chair et de graisse, pareil à une fusée ou un totem d'acier, puis il retomba et disparut.

Sidéré par cette vision dantesque, Yann fut saisi par une évidence : il ne pouvait pas le laisser s'échapper sans rien tenter pour le voir de plus près ! Il se mit à courir vers le local de stockage, Lucie sur les talons. En le voyant décrocher sa tenue de plongeur, elle essaya de le raisonner.

— Je ne suis pas sûre que ce soit une bonne idée, et tu n'es pas assez en forme pour partir en plongée. Reste ici, on aura d'autres occasions…

— J'ai la possibilité de nager à côté d'une créature vieille de quarante millions d'années. Il faut que je le fasse !

— Et le capitaine ?

— Le capitaine est occupé. On le préviendra au retour !

— Autrement dit quand il ne pourra plus s'y opposer.

— T'as tout compris !

Elle hésita un bref instant. Pas longtemps. Yann avait raison. Ç'aurait été stupide d'ignorer une chance pareille. Ils allaient sans doute être les premiers au monde à vivre cette expérience !

— OK. Mais tu m'attends. Aucune plongée en solitaire, tu connais la règle.

— OK. On va se payer le trip du siècle !

– 4 –

Au terme d'un nouveau point avec son équipe, Stephen Gordon voyait se confirmer ses pires craintes : l'épidémie était en route. Genève n'avait pas été épargnée. La veille, un ouvrier qui réparait des canalisations d'eaux usées dans la cave d'un immeuble avait été piqué par un rat.

La porosité du cordon sanitaire n'expliquait pas, à elle seule, la difficulté à contenir le Kruger. Les rats, par nature, étaient partout, dans les caves, les tunnels, les égouts des villes, dans les greniers, les combles, les conduits d'aération ou encore dans les vides sanitaires. Au cœur des mégapoles industrialisées, ils vivaient cachés, ignorant le monde des humains, et ce n'était que dans les pays pauvres qu'ils devenaient facilement vecteurs d'épidémies. Malheureusement, les préhistoriques n'étaient pas aussi discrets que leurs descendants et la question commençait à préoccuper sérieusement : pourquoi les rats préhistoriques quittaient-ils leurs souterrains sombres et humides et s'en prenaient-ils aux hommes ?

Selon Dorian la réponse était simple : les rats et leurs ancêtres se faisaient la guerre et cela contribuait à amplifier leur problème.

— Tu veux dire quoi par « amplifier » ? s'était inquiété Stephen.

Il était épuisé et rêvait d'apprendre enfin qu'on avait trouvé un moyen de stopper l'épidémie, n'importe quoi qui fasse contre-feu !

— La guerre des rats a déjà eu lieu en Europe, au XVIIIe siècle, quand le rat brun venu d'Asie a débarqué des navires pour se risquer sur le territoire du rat noir des villes. Il n'y a eu qu'un vainqueur : l'envahisseur. Aujourd'hui, deux espèces se disputent à nouveau la même niche écologique : l'ancien envahisseur et son ancêtre préhistorique. Les rats bruns ne tolèrent pas cette intrusion et réagissent, comme toutes les espèces animales face à leur version ancestrale, par un rejet systématique.

Gabriella avait confirmé :

— Dorian a raison, les préhistoriques sont en train de perdre la bataille.

— C'est si mauvais pour nous ?

— C'est le pire qui pouvait arriver. En les chassant de son territoire, le rat brun oblige les préhistoriques à se réfugier en surface, où vivent les hommes. Et il y a un autre problème : même si le brun refoule l'envahisseur, il suffit qu'un seul soit mordu pour infecter toute sa colonie. Or les estimations classiques tablent sur un rat par habitant dans les villes majeures. Dans plusieurs capitales, notamment Paris, la situation est catastrophique depuis plusieurs années tant la population de rats augmente… Même si un dixième de cette population régresse – une rate ayant entre vingt et trente-cinq petits par an –, on peut s'attendre que plusieurs millions de bestioles venimeuses se promènent bientôt dans les rues des capitales mondiales.

— Tu plaisantes ?

— J'en ai l'air ?

— Non.

Sur le Net.

Attention aux rats mutants ! Ça pique !
Koalamaster, il y a 10 minutes.

Qu'est-ce que c'est ? Un film de série B ?
Un délire perso ?
Savetheplanet, il y a 7 minutes.

Rencarde-toi, ces vermines sont responsables
des mutations humaines ! Un coup de dard
venimeux et te voilà transformé en erectus !
Koalamaster, il y a 7 minutes.

Put... ! En effet, il semble que cette fois
tu n'exagères pas, Koalamaster !
Savetheplanet, il y a 5 minutes.

Euh... Il y en a partout, des rats, non ?
Misspink, il y a 5 minutes.

Tu comprends vite, Misspink. Et tous ces rats,
c'est autant d'erectus à venir.
Je peux sortir les guns, sur ce coup-là ?
Koalamaster, il y a 4 minutes.

Tu as ma bénédiction ! Être écolo ce n'est pas être suicidaire, c'est même tout le contraire.
Savetheplanet, il y a 4 minutes.

Arrêtez, je suis en train de flipper grave !
Misspink, il y a 4 minutes.

T'inquiète, on sera sûrement morts de faim avant d'être piqués !
Koalamaster, il y a 3 minutes.

C'est quoi ce mytho ? C'est censé me rassurer ?
Misspink, il y a 3 minutes.

Qu'est-ce que tu racontes ?
Savetheplanet, il y a 3 minutes.

J'ai un copain magasinier dans une centrale de supermarché. Il dit que depuis une semaine, les marchandises arrivent au compte-gouttes.
Koalamaster, il y a 2 minutes.

OMG !? Quel rapport avec les rats ?
Misspink, il y a 2 minutes.

Le blocus. Y a plus trop à bouffer et les réserves ont du mal à circuler.
Koalamaster, il y a 1 minute.

Combien de temps ses stocks dureront ?
Savetheplanet, il y a 1 minute.

Impossible à dire, mais j'espère que tu aimes les barres de céréales et les fruits secs, vu que dans un mois, c'est probablement tout ce qui restera.
Koalamaster, à l'instant.

– 5 –

« Dans un mois, c'est probablement tout ce qui restera »…

Jérémie Mons, *alias* Savetheplanet, fixa l'écran de son ordinateur, taraudé par une sourde appréhension. Comme toujours, il achevait sa journée dans le local technique du Jardin des Plantes, à Paris, afin de compléter ses dossiers, et il avait fallu qu'il retourne à ces fichus posts… De quoi lui gâcher la soirée à venir ! Au début, s'il s'était mêlé à la polémique, c'était pour perfectionner son anglais. Il avait atterri par hasard sur ce groupe de discussion où tout le monde s'exprimait dans la langue de Shakespeare et avait compris, au fur et à mesure des échanges, que la plupart de ses correspondants étaient américains. Il s'était alors amusé de voir que personne ne le soupçonnait d'être un petit Frenchy, qu'on le prenait juste pour un concitoyen un peu plus coincé que la moyenne. Ensuite, il s'était pris au jeu. L'épidémie des préhistoriques dépassait tout ce qu'il redoutait – le réchauffement climatique, l'empoisonnement des sols, peut-être même une catastrophe nucléaire.

Soigneur à la ménagerie du Jardin, il connaissait parfaitement le règne animal, et ce qui se profilait sentait très mauvais. Koalamaster était certainement un gros bourrin, mais il n'avait pas tort quand il parlait de la nécessité de réguler les espèces régressives, quitte à les éliminer. Sauf qu'il se trompait sur un point : même si tous les chasseurs de la planète se mettaient en quête de gibier, cela ne réglerait rien, les rats étaient bien trop malins.

Il pianota sa réponse sur le clavier, plus par habitude que pour polémiquer :

Évite de propager des rumeurs
avant d'être sûr de ce que tu avances
Koalamaster, sinon tu risques de faire
plus de mal que de bien.
Savetheplanet, à l'instant.

Il éteignit son ordinateur directement après. Il était déjà 19 h 30, largement l'heure de boucler. D'autant qu'il devait retrouver Charlotte plus tard dans la soirée, son premier rencard depuis… Combien d'années depuis Léa ?

En fait, ça faisait bien longtemps que son ex-compagne n'avait plus donné signe de vie. Elle devait probablement se trouver dans un ashram à reprendre sa respiration en récitant des mantras, ou errer à travers le pays en prônant la liberté et la fraternité… Au quotidien, Jérémie ne pouvait compter que sur sa mère, Nona, qui, lorsque Léa était partie, avait emménagé dans l'appartement voisin du sien.

Il coiffa son casque et s'absorba dans sa play-list en pressant le pas. Une question tournait dans sa tête, lancinante : si la situation venait à se dégrader, comment protégerait-il sa fille Chloé ?

Arrivé chez lui, Jérémie fila aussitôt dans la chambre de cette dernière.

— Tu vas bien, Choupinette ?

Sa fille leva la tête, le regard noir sous sa frange blonde. Elle était en pyjama rose et affichait un air réprobateur plutôt comique.

— Je suis pas Choupinette, je suis Chloé.

— Je sais bien. Mais Choupinette commence pareil, alors il m'arrive de me tromper.

— La maîtresse, non.

— C'est pour ça qu'elle est maîtresse. Les maîtresses ne font jamais d'erreur.

— C'est vrai ?

— Bien sûr. Viens, Nona nous appelle.

Jérémie se sentait affamé. En passant à table, Nona grommela :

— Profitez bien de vos assiettes. Il se pourrait bien que ce soit nos dernières *pasta* avant longtemps.

— Y en aura plus ?

La fillette s'était tournée vers son père pour quêter une confirmation, les yeux écarquillés.

— Ça suffit, maman ! On s'est mis d'accord pour que tu cesses d'effrayer la petite avec tes théories fumeuses. Elle a six ans, je te rappelle !

Chloé les interrompit :

— Papa, est-ce qu'on pourra encore voir les animaux historiques à la télévision ce soir ?

— Pas ce soir. Moi, je dois sortir, et Nona préfère te lire une histoire !

En disant cela, il lança à sa mère un regard lourd de sens. Chloé insista :

— Est-ce que c'est vrai que, quand on se sera tous mangés, il restera plus que des hommes historiques parce que, eux, ils savent chasser ?

— OK. En fait, c'est moi qui vais te coucher. Et je vais tout te réexpliquer, ma puce. En plus on ne dit pas historiques mais préhistoriques…

⋆

À 21 h 30, Jérémie Mons buta sur la grille baissée du métro. L'espace d'un instant, il se demanda si c'était un jour férié. Son esprit refusait l'évidence. À la station suivante, ce fut le même cirque. Grille baissée, et pas un mot d'explication de la régie des transports.

Il se résolut à marcher et, trois quarts d'heure plus tard, il pénétrait dans l'atmosphère électro du *Cow's Gun*. En nage, il se fraya un chemin parmi la foule. Son téléphone se mit à vibrer. Un texto.

Chloé dort, j'ai vérifié. Je suis désolée de t'avoir contrarié et j'espère que tu n'as pas manqué ton rendez-vous.

Dans le fond, il avait beau en vouloir à sa mère, il n'arrivait pas à rester fâché bien longtemps.

Elle n'est pas encore là.

Tu l'as ratée ?

Paris est un enfer ce soir. Il n'y a pas une station de métro d'ouverte.

Jérémie s'installa au bar pour mieux guetter Charlotte. Depuis qu'il élevait seul Chloé, avec sa mère qui squattait quasiment chez lui, il n'avait pas vraiment eu la tête aux aventures… Mais cette fille lui plaisait vraiment. Il l'avait rencontrée le mois dernier. Elle visitait la ménagerie avec un garçonnet, lui nourrissait les pandas roux. Elle lui avait présenté Léon, son fils, et lui Rosemarie et Gaspard, les pandas. Ils avaient parlé de Greenpeace, de leurs destinations préférées, puis s'étaient échangés leurs numéros de téléphone. Après ça, ils s'étaient envoyé une bonne centaine de textos.

Nouveau SMS. C'était elle, justement.

> Jérémie, je ne pourrai pas être là ce soir, désolée. J'ai beaucoup hésité, mais avec ces histoires d'erectus et de rats venimeux, je préfère quitter Paris avec Léon. Promis, on se refait le Cow's quand tout ça sera fini, c'est moi qui invite :) ! Charlotte xxx

Soudain, Jérémie ressentit une terrible solitude. Il repoussa sa bière, épuisé d'avance à l'idée de repartir à pied. En levant la tête, son regard buta sur les auréoles d'humidité qui maculaient la voûte en pierres sèches. Il se souvint brutalement qu'il était dans une cave, et que les rats raffolaient de ces lieux…

Les rats.

Il se dépêcha de se diriger vers la sortie.

Dans le métro bouclé depuis 20 heures, la vague des rats préhistoriques déferla avec la puissance d'un torrent en crue. Quand la multitude arriva à la station de métro Ledru-Rollin, la masse se scinda en trois, et l'un des courants, gros de quelques milliers de rongeurs, bifurqua vers des galeries contiguës, puis se divisa à chaque nouvelle ramification, jusqu'à ce qu'une trentaine d'individus débouchent sur une petite grille contre laquelle les premiers s'écrasèrent. La grille finit par céder sous la pression…

À cause du bruit qui régnait au *Cow's Gun*, les clients ne prirent pas immédiatement conscience que des rats venaient de se glisser entre leurs pieds. Mais lorsqu'une jeune femme voulut récupérer une de ses boucles d'oreilles qui venait de tomber par terre, l'horreur la figea quelques secondes.

Elle cria à l'instant où elle sentit le premier rongeur escalader sa jambe.

Jérémie arrivait en haut de l'escalier quand il entendit le hurlement. Il se pencha contre la rambarde. En contrebas, quelqu'un était en train de se frayer un passage au milieu des groupes agglutinés. La personne avançait, une fille agrippée par cinq rats qui remontaient sur son jean, au-dessus des genoux. Malgré la semi-pénombre qui régnait, il vit distinctement ses yeux, deux billes bleues qui suppliaient. Son regard implorait mais personne ne bougeait, sauf pour s'écarter de son chemin.

Elle parvint à atteindre la première marche et il comprit qu'il n'y avait rien à faire ; la fille était perdue, l'aider reviendrait à risquer de subir le même sort. Dans un sursaut, elle sembla comprendre la même chose, car elle commença à se débattre frénétiquement, empoignant les bêtes qu'elle tenta de piétiner sauvagement, tant et si bien qu'elle en embrocha une sur la pointe de son talon aiguille. Galvanisée par sa réussite, elle redoubla ses efforts, battant des bras, cognant et arrachant les rongeurs, tandis que sa gorge émettait des plaintes hystériques. Soudain, ses gestes ralentirent, son cri faiblit, elle chancela puis s'écroula. La chute de son corps inanimé provoqua la fuite des rats qui s'éparpillèrent dans tous les sens.

Autour d'elle, les hommes et les femmes qui s'étaient pétrifiés de stupeur et d'effroi semblèrent brusquement reprendre vie sous le coup de la panique et se jetèrent en avant vers l'escalier pour échapper à l'immonde grouillement. Les premiers bousculèrent Jérémie qui manqua être renversé et ne dut son salut qu'à la rambarde qu'il avait agrippée par réflexe. D'un bond, il franchit le seuil du *Cow's Gun* et se mit à courir aussi vite qu'il le put, cent mètres, deux cents, puis il stoppa, à bout de souffle, les tympans encore vrillés par les cris horrifiés de la fille. Comment un tel enfer avait-il pu se déchaîner comme ça, en plein Paris ? Et pourquoi elle et personne d'autre ? C'était incompréhensible !

Le ronflement d'un moteur l'arracha à sa stupeur. Un transport de troupes venait de le dépasser à toute allure et pila devant la station de métro. Du camion bâché jaillit un groupe de soldats équipés de lance-flammes. En un éclair, ils déverrouillèrent la grille d'entrée et s'engouffrèrent dans la bouche de métro.

– V –

MAIN BASSE SUR LE VIVANT

– 1 –

Dans les égouts, les rats préhistoriques se savent en sursis. Beaucoup n'ont rien mangé depuis des jours, parfois une semaine. L'odeur qui y règne n'est pas la leur mais celle de leurs ennemis, les rats bruns. Ils n'ont plus le choix : ils doivent partir en quête de nourriture s'ils veulent survivre. Alors, ils sortent de leurs cachettes. L'un quitte la brique percée où il s'est réfugié, l'autre la crevasse qui lui sert d'asile, un troisième abandonne le boîtier électrique qui l'héberge avec sa famille. En remontant le réseau labyrinthique du dessous, les préhistoriques partent à la conquête de nouveaux espaces et gagnent l'air libre.

Du point de vue de l'homme, la frontière de béton et de grilles qui divise le monde de la surface de l'obscurité souterraine est suffisante. Mais pour une créature capable de comprimer ses côtes et de s'étrécir afin de ne pas dépasser un centimètre de large, cette limite est poreuse, quasi inexistante.

Par dizaines, les canalisations vomissent les rongeurs venimeux. Ils affluent dans les collecteurs, et plus ils avancent, plus leur nombre augmente. Ainsi, le flux remonte les galeries, les égouts, les tuyauteries étroites pour finir par se glisser au-dehors. Dans notre monde…

Stephen Gordon leva le nez de son quotidien, *Les Dernières Nouvelles de Genève*, en entendant l'annonce de l'arrivée du vol en provenance du Cap. Lorsqu'il aperçut Anna émerger de la zone douanière puis traverser le hall de l'aéroport, sa première réflexion fut qu'il s'était trompé. Il se souvenait de l'avoir comparée à l'héroïne de *Twilight* à cause de sa peau blanche et de sa chevelure brune, or elle était encore bien plus belle en vrai. Et quand elle sourit pour le saluer, ses yeux vert émeraude plissés par la curiosité, il dut faire un effort pour s'arracher une phrase à peu près sensée :

— Bienvenue à Genève, la ville la plus infectée au monde…

— Genève ?

— Je plaisante, mais nos amis suisses n'ont jamais été confrontés à aucun péril et les autorités sont plutôt alarmistes. Imaginez le choc dans un pays qui a érigé l'ordre et la propreté au rang d'art de vivre !

S'il avait choisi un trait d'humour afin de masquer son trouble, rien n'incitait en réalité à l'optimisme. Après avoir préconisé des opérations systématiques de dératisation, l'OMS était passée au niveau supérieur et avait recommandé la fermeture des écoles. Les métros et leurs souterrains étaient bouclés au bénéfice des bus. Il avait fallu remettre en service les plus vétustes en attendant une nouvelle flotte d'autocars flambant neufs.

La situation empirait de jour en jour. Des chiens régressifs et des archéoptéryx avaient été photographiés dans le centre de la plupart des capitales européennes, et beaucoup de quartiers verts se transformaient en zoos à ciel ouvert. On déplorait à présent plusieurs milliers de personnes infectées.

Pour enrayer l'épidémie, outre la police et la gendarmerie, toutes les forces étaient requises, militaires, réservistes, vigiles privés… Mais en dépit des mesures, le virus grignotait du terrain aux quatre coins du monde, les mouvements de panique se multipliaient, et l'armée sillonnait les villes afin de contenir les débordements. Partout, des milices citoyennes se levaient pour protéger les gens et les biens. Les chefs d'État lançaient des appels au calme, mais ces invocations ne convainquaient plus personne.

Bien sûr, il y avait toujours les complotistes qui parlaient de conspiration, ou des illuminés qui voyaient un châtiment divin ou écologique dans cette épidémie. Et puis il y avait aussi des voix pour s'émerveiller devant les mutations en cours. Anna avait lu qu'en Californie une forêt de séquoias géants se parait désormais de curieuses fleurs vertes en forme d'étoiles d'un mètre de diamètre. Interviewé par le *New York Times*, le garde forestier s'était enflammé : « Ce ne sont pas des fleurs mais les feuilles des premiers conifères apparus il y a trois cents millions d'années ! C'est extraordinaire de voir ça ! Imaginez, on se retrouve aux premiers temps du monde ! »

Dans le taxi, Stephen détailla les dispositions qui avaient été prises dans les pays européens. Ensuite, il remercia Anna pour les notes qu'elle lui avait expédiées la veille, un récapitulatif remarquablement étayé qui permettait d'avoir une vision très nette de tout ce qu'ils savaient déjà sur le Kruger. En somme, un travail colossal pour quelqu'un qui, selon les recommandations de Lucas, était censé se reposer après avoir fait une chute de tension préoccupante.

Face au mensonge inventé par Carvalho pour cacher sa grossesse, Anna sourit sans répondre, attendant la suite du briefing. L'assurance de son hôte avait quelque chose d'apaisant et il était bien plus chaleureux qu'elle ne l'avait imaginé, moins exotique aussi. L'homme arborait une chemise blanche et un banal pantalon en toile qui semblait tout droit sorti d'une essoreuse, loin de l'image qu'on pouvait avoir d'un « haut fonctionnaire de l'ONU ». Comme elle le dévisageait avec amusement, il s'excusa encore :

— Je suis désolé de vous éloigner de vos recherches. Personne n'aurait pu prédire l'ampleur que ça prendrait, mais je tenais vraiment à vous voir avant votre retour en France.

— Ne le soyez pas, et de toute façon ce n'est qu'un petit crochet. Mes fossiles et mon amoureux patienteront bien quelques jours de plus !

Elle rit à l'idée de leurs retrouvailles. Même le Kruger n'arrivait pas à tempérer son impatience ni à gâcher sa joie. Gordon hocha la tête.

— Vous avez fait un boulot fantastique en Afrique du Sud. Sans votre aide à tous les trois, nous aurions mis des mois pour remonter à la source du virus. J'espère que j'aurai l'occasion de rencontrer Dany Abiker mais, entre nous, je m'inquiète pour lui. Il habite en plein dans la zone originelle.

— Moi aussi, je m'inquiète. Je ne trouve pas ça très prudent, mais ce type est un sacré coriace. Il pense que dans la savane ou un quartier de Johannesburg, le danger reste le même, et qu'à choisir il se sent davantage en sécurité chez lui.

Elle soupira, la mine soucieuse, puis une pensée sembla retenir son attention et son visage s'illumina ; sa beauté était si éclatante que Stephen en eut de nouveau le souffle coupé.

— Lucas dit que vous avez reconstitué l'itinéraire du Kruger…

— À peu près. En tout cas, nous avons isolé les souches animale, végétale et humaine, et analysé chaque ADN.

Comme elle attendait la suite, il se reprit et enchaîna :

— La souche humaine diffère de dix atomes de sa version animale. Vous vous rendez compte, dix petits atomes ont suffi pour virer à la malédiction !

— On pouvait imaginer que le virus finirait par muter, non ?

— Je le redoutais. Mon métier m'a au moins appris ça : l'homme est une goutte d'eau dans un océan de vie. Il existe dix millions d'espèces vivantes. Si l'on tient compte de la totalité des organismes vivants qui ont peuplé notre planète depuis l'aube des temps, ce chiffre s'élève à dix milliards. Pourquoi l'une de ces espèces se différencierait-elle radicalement des autres ? Pourquoi l'homme échapperait-il à un virus polymorphe s'attaquant à toutes les espèces ? Au fond, j'espérais me tromper.

Elle répondit avec un demi-sourire :

— Vous savez, monsieur Gordon, sur l'arbre de l'évolution, l'homme ne constitue qu'une brindille à l'extrémité de la branche des mammifères. Un incident de parcours. Malgré son intelligence et sa cruauté, l'espèce humaine aurait pu tout aussi bien finir à quatre pattes au bout d'une laisse tenue par un chien bipède !

— Appelez-moi Stephen, je vous en prie. Pour moi, vous êtes déjà Anna.

— C'est vrai que pour des inconnus, nous avons déjà un sacré passif… Stephen !

— À propos de passif, l'OMS a très rapidement demandé aux autorités sud-africaines un laissez-passer pour pénétrer dans le laboratoire clandestin que vous avez découvert près de Malelane. Nous pensons pouvoir y trouver la souche originelle du virus. Cependant, le gouvernement nous a, jusqu'à maintenant, fait barrage.

— Il s'agit d'un organisme privé ?

— Absolument. L'endroit appartient au groupe pharmaceutique Futurabio.

— Vous les avez contactés ?

— Toujours pas, mais on sait que nous avons face à nous un gros morceau…

Il lui tendit une note frappée du sceau de la CIA qui récapitulait les informations disponibles sur ce groupe :

Inscrit au registre du commerce sud-africain, Futurabio est un groupe pharmaceutique spécialisé dans la recherche de vaccins contre les maladies tropicales. Il est dirigé par Paloma Weber.

Aujourd'hui, l'entreprise possède des centaines de brevets sur la flore du continent sud-américain. Parmi eux figurent un traitement contre la malaria tiré de l'écorce du quinquina et un remède antidysentérique extrait d'une liane du Pérou.

Futurabio veut se poser comme une exception dans le monde capitaliste des multinationales. En 2009, la société a gracieusement distribué des vaccins aux pays d'Afrique de l'Ouest touchés par l'épidémie bactérienne de méningite : Burkina Faso, Mali, Niger.

Grâce à ces opérations caritatives, l'entreprise bénéficie d'une réputation de philanthropie. Certains détracteurs soupçonnent pourtant le groupe d'être mêlé à des affaires troubles. Récemment, une des filiales a été compromise dans un commerce de faux médicaments en Ouganda et au Soudan. Des rumeurs courent également sur un sous-directeur qui serait incriminé dans un trafic d'influence auprès de responsables politiques africains.

Anna s'exclama, soufflée :

— Eh bien ! Ils paraissent un peu *borderline* !

— Effectivement.

— Et vous pensez qu'ils pourraient coopérer ? autoriser l'accès au labo de Malelane ?

— Naturellement non.

— Mais c'est une urgence absolue ! Le gouvernement sud-africain ne peut pas laisser faire une chose pareille !

— Malheureusement, le groupe bénéficie certainement de protections au plus haut niveau, car les autorités, comme je vous le disais, se sont montrées plutôt réticentes. Ils parlent d'intérêts privés, de relation de confiance… Mais cette position va devenir intenable avec la propagation du virus à l'homme, et ils ne pourront pas rester sourds à nos requêtes très longtemps.

— Pourquoi une telle protection ? Ce n'est qu'un labo !

— Futurabio est un joyau national auquel on ne touche pas, l'un des cinq plus gros chiffres d'affaires du pays.

Un silence pesant tomba. Depuis l'atterrissage, Anna se sentait un peu déphasée. Elle se demanda si c'était le cumul de fatigue, de stress et d'espoir qui lui donnait ce sentiment de fragilité. *Ou les hormones ?* Elle repoussa l'idée de ce petit être qui grandissait en elle et se tourna vers Gordon, soudain curieuse.

— Pourquoi avez-vous souhaité que je vienne, exactement ?

— Précisément parce que la directrice générale de Futurabio est à Genève. Elle doit participer à un colloque organisé à l'OMS demain. Cette femme détient presque tous les pouvoirs, et j'espère qu'elle se montrera raisonnable. Je compte sur vous pour m'aider à faire pression.

— Moi ?

— Vous êtes la première à avoir envisagé l'hypothèse régressive. Je pense que vous n'avez pas encore mesuré l'impact de votre parole dans le monde scientifique depuis l'apparition du virus. Le colloque porte sur « l'ADN poubelle »… Je crois que vous vous y intéressez, non ? Je pense que j'ai été très inspiré en faisant appel à vous.

La jeune femme sourit faiblement. Elle paraissait épuisée et il éprouva une pointe de culpabilité de l'avoir si peu ménagée.

Arrivés à l'hôtel – dans lequel Stephen avait réservé une chambre pour Anna –, ils décidèrent de se retrouver à midi pour essayer d'approcher Paloma Weber. Gabriella, qui se révélait être une enquêtrice hors pair, venait d'apprendre par une indiscrétion où la directrice de Futurabio comptait déjeuner et Stephen espérait bien négocier un accord avant le colloque du lendemain.

*

Le restaurant *Le Lac de Côme*, qui dominait la ville, était un lieu fétiche pour Paloma Weber. Installée à la table ronde qui offrait un panorama à couper le souffle, elle avait le nez plongé dans un dossier, et ne vit pas l'adversaire marcher jusqu'à elle. Ses cheveux courts, d'un blanc brillant, lui faisaient une tête d'oiseau. Son nez était un peu fort, ses pommettes manifestement rehaussées, sa bouche gourmande, mais la sévérité du regard démentait la sensualité qui affleurait. Moulée dans une robe lie-de-vin, d'une élégance propre à décourager toute familiarité, elle arborait sa féminité comme une carapace.

Pour ne pas être gêné par le maître d'hôtel, Stephen avait prétendu qu'ils étaient attendus. Il comptait bien profiter de l'effet de surprise. Anna le suivait en silence. Quand il se pencha presque à l'effleurer, la directrice eut un imperceptible sursaut qu'elle masqua immédiatement avec un sourire froid.

— Chère madame Weber, toutes nos excuses, nous vous dérangeons en pleine préparation de votre intervention… Je suis Stephen Gordon, directeur exécutif de l'OMS chargé du département des maladies transmissibles, et voici Anna Meunier.

— C'est à moi de m'excuser, riposta-t-elle en refermant son dossier, je ne peux pas m'empêcher de travailler. J'ai bien demandé à nos biologistes de fabriquer des pilules qui reprogrammeraient mon ADN, mais les recherches sont au point mort… Anna Meunier ?

— Une brillante paléontologue qui m'aide à gérer la crise du virus Kruger.

— Et vous êtes spécialisée dans les fossiles de quelle époque, mademoiselle ? Crétacé ? Jurassique ?

— Je m'intéresse surtout aux épisodes de régression des espèces qui ont pu toucher la Terre dans le passé.

— Mais bien sûr, où ai-je la tête ? Vous êtes cette scientifique qui défraye régulièrement la chronique, n'est-ce pas ? Je ne vous avais pas reconnue. Pourtant vous ne passez pas inaperçue…

Son sourire venimeux disparut, laissant place à une dureté presque choquante dans le décor feutré du restaurant quatre étoiles. Elle se détourna d'Anna et déclara abruptement :

— Arrêtons ces faux-semblants, monsieur Gordon. Je devine aisément le but de cette intrusion. Le refus de mon gouvernement ne vous a pas suffi ?

— Je ne me décourage jamais. Moi aussi, je dois être programmé génétiquement.

En une phrase, Paloma Weber venait d'admettre la réalité de son laboratoire. Anna décida d'entrer dans la mêlée ; quelque chose chez cette femme lui déplaisait viscéralement, pas seulement sa dureté, mais un cynisme insupportable.

— Madame Weber, je crois que vous n'avez pas le choix, vous devez autoriser l'accès au laboratoire de Malelane.

— Et en quel honneur, mademoiselle ?

— Nous pensons qu'il y a de fortes chances pour que le virus se soit échappé de cette enceinte.

— Vous pensez ? Cela ne fait pas fonction de preuve, vous êtes bien placée pour le savoir, n'est-il pas vrai ?

— Le bâtiment se trouve au centre de la première zone d'effet du virus, et c'est probablement à partir de là que le Kruger s'est disséminé. N'importe quel épidémiologiste l'attestera.

— Je n'entends ici que des hypothèses. Je vous le répète, notre groupe est hors de cause et croire qu'il pourrait être responsable du déclenchement d'une épidémie est non seulement absurde, mais aussi diffamant. Du reste, nous n'étions pas là il y a dix millions d'années et pourtant le virus sévissait déjà…

La faiblesse de l'argument avait de quoi surprendre, sauf si Paloma Weber bluffait pour masquer son malaise. Anna toisa la Sud-Africaine avec tout le mépris dont elle était capable.

— Soyons sérieuses, madame Weber. Que le virus ait existé n'exclut en rien la responsabilité de Futurabio, un labo de niveau 4, si je ne m'abuse. Vos chercheurs ont pu reproduire un mécanisme biologique à l'œuvre dans le passé. C'est ainsi que vous procédez, non ? Vous inspirer du vivant pour développer de nouveaux médicaments.

— Voyons, c'est insensé ! Aucun biologiste dans le monde n'est capable d'expliquer comment fonctionne le Kruger et nos chercheurs y seraient parvenus ? Ma foi, voilà une excellente nouvelle !

— Alors comment justifiez-vous que le bâtiment soit désert ? Un accident s'est produit et vous avez fait évacuer les lieux. Votre vigile, M. Willems, est même certainement le premier humain infecté.

— « Certainement ». Des suppositions, encore et toujours… Vous avez l'esprit trop imaginatif, mademoiselle. Nous avons renvoyé chez eux nos quarante employés parce que nous avons prévu de déménager.

Nous sommes trop éloignés des centres universitaires. Notre implantation près du parc Kruger a été une erreur.

— Madame Weber, vous ne nous laissez pas le choix, trancha Stephen. Demain, la presse connaîtra l'existence de ce laboratoire. J'espère que cette révélation n'aura pas d'effet sur les ventes de vos médicaments.

Loin de se démonter, la directrice générale se leva, un sourire rayonnant aux lèvres.

— C'est tout ce que vous avez comme atout ?

D'une serviette en cuir rouge, elle sortit une coupure de presse et la jeta sur la table.

— Cela date de ce matin. Vous trouverez également l'article sur le site de *Science & Nature*. Vous pouvez le garder, j'ai un autre exemplaire. Cela va vous intéresser.

Stephen secoua la tête, sonné. Le titre se détachait en grosses lettres : « La région où le virus est réapparu. » En bas de la page, une photo montrait un établissement en forme de cube qu'Anna reconnut parfaitement.

— Vous m'excuserez mais je vous fausse compagnie. Je n'ai jamais très faim la veille d'une conférence.

Puis elle ajouta, avec un infime clin d'œil qui la rendit plus humaine, l'espace d'un bref instant :

— La fin de l'article devrait vous passionner. On y lit que le virus a fait surface non pas une, mais quatre fois dans le passé. À présent, vous aurez du mal à convaincre l'opinion publique que Futurabio est le grand méchant loup…

Après cette débâcle, Stephen n'avait plus aucune envie de déjeuner dans ce palais de la gastronomie genevoise. Il entraîna Anna dans le parc, et demeura un instant silencieux devant le lac scintillant de lumière. Anna ne pipait mot, consciente du gâchis.

Il haussa les épaules, fataliste.

— J'ai mes habitudes dans une guinguette où l'on sert d'excellents filets de perche. Cela vous tente ?

— Avec plaisir. Je suis désolée…

— Vous n'y êtes pour rien. J'ai merdé en imaginant que je pourrais la coincer si facilement. C'est entièrement ma faute !

— Non mais quelle garce ! Je crois que j'aurais pu la découper pour une vivisection !

— Je ne suis pas persuadé qu'elle possède des tripes, ou alors en acier.

— Elle nous a vus venir de loin.

— Oh, bien plus que vous ne le pensez… Je me demande si ce n'est pas elle qui a fait fuiter ces infos précisément au moment du colloque. N'oubliez pas que Futurabio a un staff de chercheurs, ils connaissaient vraisemblablement l'existence de ces épidémies successives.

— Vous avez raison… Pour être honnête, moi-même je savais, pour ces quatre épisodes régressifs.

— Vous ?

— Je savais depuis longtemps qu'il y avait eu plusieurs épisodes, mais rien de très précis. Les toutes dernières études, en revanche, pointent des périodes clairement déterminées. Je n'ai pas imaginé que c'était important et, pour tout vous dire, comme cela venait de mon directeur, je pensais que c'était de notoriété publique.

— Apparemment, ça nous a échappé. Mais ça n'aurait pas changé grand-chose… Ce qui m'ennuie le plus, c'est d'avoir loupé une occasion. Même si l'argument est faible, Futurabio va gagner du temps en affirmant que le virus a une origine naturelle. Le gouvernement sud-africain regimbera à faire pression sur eux et ce sera autant de jours ou de semaines perdus…

— Effectivement…

Le téléphone d'Anna se mit à vibrer. Elle sentit un frisson la parcourir en voyant le nom s'afficher à l'écran : Lucie Dole, la collègue de Yann. Lucie n'appelait jamais. Elles ne s'appréciaient guère, sans avoir eu besoin de se l'avouer. Il s'agissait d'une rivalité sourde, épidermique. *Si* L'Atalante *a accosté à Nouméa, pourquoi n'est-ce pas Yann qui me contacte ? Il a dû perdre son téléphone, ou bien il n'a plus de batterie, il veut te prévenir que... quoi ?*

Elle s'excusa, s'éloigna de quelques pas avant de décrocher. Sa bouche était sèche et sa voix curieusement enrouée quand elle se décida à parler.

— Il se passe quelque chose ?

À l'autre bout du fil, le silence dura deux ou trois secondes, suffisamment pour que sa peur vire à l'effroi. Puis chaque mot tomba avec la violence d'un coup de poignard :

— Je tenais à vous l'annoncer moi-même, Anna…

— M'annoncer ?

Soudain, elle pria que Lucie se taise et raccroche. Surtout, ne pas l'entendre ! Elle sentait la catastrophe grossir comme une vague, une vague énorme, monstrueuse qui menaçait de l'engloutir.

— Yann est à l'hôpital. Il est…

Hôpital. *S'il est à l'hôpital alors il n'est pas mort. Ne panique pas.*

Elle chuchota :

— Il vit ?

— Oui, Anna, mais…

Nouveau silence. *Faites que ce ne soit pas vrai, pas ça, pas...* Les mots coulèrent avant qu'elle songe à les retenir.

— Il a le Kruger ?

— Oui, Anna. Je suis navrée.

— Co… Comment ? Vous en êtes sûre ?

— Oui.

— C'est arrivé comment ?

— Je ne sais pas. Yann a voulu voir un basilosaurus de plus près. On a plongé. Mais il allait bien. Et hier…

— Où se trouve-t-il à présent ?

— Au vu des premiers symptômes, le médecin a jugé préférable de l'envoyer par hélicoptère à l'hôpital de Nouméa. C'est là qu'il a été diagnostiqué et il y est toujours. Il est dans le coma. Les médecins lui donnent une poignée d'heures avant de se transformer…

Anna sentit la nausée déferler. D'une voix faible, elle glissa :

— D'accord. Je vais venir.

— Non, c'est inutile, Anna. Il va être rapatrié à Paris. Je vous tiens au courant. Je suis tellement désolée, je vous rappelle quand…

Anéantie, Anna avait déjà raccroché.

Une pensée s'imposa, tellement sidérante qu'elle lui coupa le souffle. *C'est ma faute. Je l'ai trompé.*

Elle glissa sur le sol, incapable de tenir debout. *Yann, mon amour, j'ai tout foiré !* Le remords manqua la faire vomir. Même dans le tourbillon d'angoisse, elle sut qu'elle deviendrait folle si elle se laissait gagner par la culpabilité. Sa coucherie n'y était pour rien…

Une pointe de colère la traversa alors. Et lui ! Qu'est-ce qui lui était passé par la tête pour s'exposer ainsi ?! Les ports, les navires étaient les premiers lieux de contamination… Personne ne l'avait mis en garde ?! Si au moins elle avait pu le prévenir ! Au lieu de quoi elle avait obéi à leurs stupides consignes de *black-out* !

Les regrets la martelaient plus dru qu'une averse. Elle se recroquevilla sous leur violence en gémissant. Saurait-elle jamais faire la part entre responsabilités et malchance ? Cela avait-il la moindre importance, d'ailleurs ? Non, évidemment, cela ne changerait rien…

Elle sentit qu'on la soulevait et se laissa aller comme une poupée de chiffon. La voix de Gordon lui chatouilla la joue.

— Ça va aller, doucement, appuyez-vous sur moi. Ne vous retenez pas, Anna, pleurez.

De sa gorge serrée montait un cri rauque. Il fusa hors d'elle, pareil à une balle, en lui arrachant le cœur au passage. Pleurer, si seulement elle avait pu, mais elle n'était plus qu'un corps vide.

Le soir même, Stephen Gordon reconduisit une Anna quasi mutique à l'aéroport. Plus rien ne la retenait à Genève, et même si elle ignorait quand son compagnon devait être rapatrié, elle voulait être sur place et prendre ses dispositions. Après le choc de la nouvelle, elle n'avait quasiment rien dit, elle s'était simplement changée en bloc de désespoir et il s'était senti impuissant à la consoler. Face à tant de douleur muette, ses vieux souvenirs se réveillaient…

Il demeura à ses côtés jusqu'à l'embarquement pour ne pas la laisser se débattre seule dans son cauchemar et, faute de mieux, lui jura de faire son possible pour l'aider avec les autorités militaires.

Après avoir passé la nuit à se retourner sans trouver le sommeil, Stephen Gordon s'apprêtait maintenant à écouter Paloma Weber dans le grand amphithéâtre de l'OMS. Au cours de sa nuit blanche, il avait acquis une certitude : Futurabio était impliqué dans l'émergence du Kruger. Il s'était installé au premier rang de la salle de conférences, en plein milieu, face au pupitre. Le chagrin d'Anna lui servait d'aiguillon. Pour rien au monde il ne voulait donner à Paloma Weber l'impression qu'elle avait gagné la partie.

Le matin même, lui et son équipe avaient imaginé deux hypothèses. La première partait du postulat que Futurabio avait découvert le virus dans le parc Kruger et construit un labo pour l'étudier, en 2011. Leur erreur aurait alors été d'embaucher comme agent de sécurité un trafiquant d'animaux sauvages qui avait exporté le virus. La seconde hypothèse supposait que Futurabio était la source même du problème. Ses chercheurs auraient créé le Kruger, ou modifié un virus préexistant, et, intentionnellement ou non, l'auraient laissé s'échapper dans la nature. Dans les deux scénarios, leur responsabilité était engagée, mais ils possédaient aussi une avance évidente dans la connaissance du mal, voire un début de solution, et, dans ce cas, tout reposait sur l'équilibre entre la menace et la négociation.

Paloma Weber attaqua son exposé de la façon la plus classique possible, avec un aplomb qui avait de quoi choquer, vu les circonstances :

— Ainsi, 98 % de l'ADN du patrimoine génétique ne servirait à rien ? Sur les trois milliards de briques qui constituent l'ADN humain, notre corps n'en utiliserait que 100 millions ? Difficile à croire, non ? C'est pourquoi la société Futurabio s'est largement investie dans le projet ENCODE, l'un des plus gros programmes scientifiques mondiaux de ces dix dernières années. Et nous sommes fiers d'œuvrer parmi les quatre cents scientifiques placés sous la coupe des grandes universités américaines, comme Harvard et le MIT ! Je ne ferai aucun effet d'annonce si je vous dis qu'ENCODE a ouvert des pistes thérapeutiques totalement inédites pour soigner des maladies comme le cancer ou l'Alzheimer…

Stephen avait l'impression d'entendre un disque rayé, le discours rodé des multinationales de la biotechnologie promettant un avenir radieux pour la planète. Des progrès fulgurants avaient été réalisés, mais combien de fois les scientifiques s'étaient-ils emballés avant de se raviser, devant l'échec de leurs protocoles ? Il se demanda à quel moment elle allait évoquer la situation mondiale, et sous quel angle, pour ne pas prêter le flanc aux critiques…

— ENCODE nous a permis de mettre au jour, dans le tréfonds de l'ADN poubelle, une sorte de tableau de contrôle avec des millions d'interrupteurs qui régulent l'activité de nos gènes et sont capables de décider si telle ou telle unité doit s'exprimer ou non. Sans ces interrupteurs, pas de cohérence possible, nous serions des aberrations ! Notre génome fonctionne grâce à ces millions de boutons qui déterminent si un gène doit être « allumé » ou « éteint »…

Stephen s'arrêta sur cette dernière phrase. Comment ne pas faire le rapprochement avec le Kruger ? Ce virus était supposé réveiller des gènes silencieux, ce qui revenait sensiblement à *allumer* des gènes *éteints*. Au vocabulaire près, l'idée était la même. Égoïstement, il regretta l'absence d'Anna. Il savait qu'il tenait quelque chose.

Tout en continuant d'écouter d'une oreille, il réfléchit fiévreusement. Et si ces chercheurs avaient découvert les interrupteurs capables de réveiller les gènes responsables de la régression dans l'ADN poubelle ? Scientifiquement, cette hypothèse n'avait rien d'absurde, et Futurabio était assurément apte à réaliser une telle prouesse.

L'idée faisait froid dans le dos.

Sur scène, Paloma Weber reçut une ovation. Manifestement, elle avait emporté son auditoire, même si elle avait simplement fait preuve de ses talents d'oratrice et d'une démagogie évidente.

Finalement, en évitant soigneusement d'aborder la question du Kruger, Stephen eut l'impression que la directrice générale lui avait lancé un message – « Nous sommes plus forts que toi, et les pressions de l'OMS n'y changeront rien ! » Alors, quand elle se retira, il s'élança à sa poursuite, bien décidé à décrocher un rendez-vous, mais elle disparut trop vite dans la coulisse et il se heurta à une porte blindée.

– 2 –

Paris était désormais en proie à la métamorphose. Rapide, terrifiante. Ce n'était que la veille au soir, en arrivant en plein centre, dans une avenue arborée, qu'Anna en avait pris conscience, à travers le brouillard de sa douleur. Les platanes centenaires s'étaient mués en arbres à fleurs mauves, et elle avait reconnu les magnolias qui fleurissaient en Afrique du Sud. Les camions militaires étaient partout, sillonnant les rues, embusqués aux carrefours. Sur les trottoirs, les piétons, pressés, semblaient se déplacer en groupes.

Elle avait eu du mal à saisir ce qui se déroulait sous ses yeux. Son monde familier s'était effondré, pas seulement la ville qu'elle connaissait, mais toute son existence, sa raison de vivre. *Je fais comment sans toi, Yann ?* Elle s'était sentie endeuillée et dépossédée, et pourtant il n'était pas mort, elle ne pouvait pas faire comme si c'était le cas, même si c'était presque pire en un sens. *Non, pas pire, Anna, le pire c'est l'absence !* Il y avait sûrement quelque chose de lui qui subsistait dans son nouveau corps, un peu de leur amour, même un souvenir très vague. Le goût de ses lèvres sur les siennes. Son odeur. Peu importe, elle trouverait !

Dans l'appartement, tout lui avait rappelé le Yann qu'elle aimait. Une chemise oubliée sur le dossier du fauteuil, ses vieilles baskets en vrac, dans le couloir, ses revues empilées au pied du lit, côté droit. Sur l'égouttoir, la dernière vaisselle qu'il avait laissée là. Et partout le silence, un silence funèbre qui pesait comme un couvercle de plomb et lui flanquait la migraine.

Elle avait passé la soirée à tourner en rond sans avoir le courage de défaire ses bagages. Au dernier JT, elle avait pris connaissance des consignes de sécurité ; il n'était question que de nouvelles interdictions, des zones sinistrées comme les berges de la Seine, le canal de l'Ourcq et celui de Saint-Martin, le bassin de la Villette, les parcs publics, le bois de Boulogne, et des fermetures administratives de certains établissements aux normes insuffisantes. Elle avait fini par se mettre au lit et sombrer quelques heures.

Au matin, elle reçut enfin un SMS de confirmation de Lucie et sentit le poids qui l'étouffait s'alléger d'un cran. À peine, mais c'était suffisant pour qu'elle respire mieux.

> Yann a été transféré cette nuit au Val-de-Grâce. De tout cœur avec vous. Luz.

Aussitôt après, un SMS de Stephen Gordon :

> Marc Antonetti, médecin général des armées, a donné son autorisation, vous pourrez voir votre ami. Il est au Val-de-Grâce, j'ai pris contact avec le docteur Feutren, le médecin-chef chargé des malades

du Kruger. Il est informé de votre venue. Je pense à vous. Amitiés. Stephen.

Il a tenu parole.

Elle alla prendre une douche et s'habilla comme pour une expédition. Pantalon treillis, tee-shirt et veste légère. Ses papiers, de l'argent, un carnet de notes… Allait-elle seulement le reconnaître ?

Elle commanda un taxi pour 10 heures, de façon à ne pas arriver trop tôt. Le métro ne fonctionnait plus et, même si des lignes de bus avaient été mises en place pour pallier sa fermeture, elle n'avait pas la force de chercher celle qui l'emmènerait au Val-de-Grâce.

À 9 h 55, elle alla se poster sur le trottoir, en bas de chez eux, et se rendit compte que ce n'était plus vraiment « chez eux ». *Chez toi, Anna, à présent c'est chez toi. Lui, il va vivre à l'hôpital. Jusqu'à quand ? Et après ?* Elle avait la gorge douloureuse à force de ne pas pouvoir pleurer.

Le chauffeur arriva à 10 heures tapantes, un type plutôt avenant mais trop bavard. Confronté aux réponses monosyllabiques de sa passagère, il se lassa heureusement assez vite de lui parler. La circulation était infernale, à croire que tous les Parisiens étaient de sortie. Aux abords du Luxembourg, une meute de loups surgit devant eux, lancée aux trousses d'un chien. Anna n'eut pas le temps de s'étonner qu'une voiture de police les dépasse, sirène hurlante, et pile à l'entrée du jardin dont la grille était cadenassée. Des hommes jaillirent de l'habitacle, vêtus de combinaisons noires et de cagoules caractéristiques du RAID, l'unité d'élite de la police nationale. Ils prirent tout juste quelques secondes pour épauler et tirèrent en rafale. Deux loups tombèrent à terre, fauchés en pleine course, les autres disparurent. Anna comprit qu'elle était en train d'assister à une scène de chasse dans les rues de la capitale. Un couple s'était agenouillé derrière un banc, la tête enfouie dans les bras. Personne ne descendit de voiture pour voir de plus près ; quant au chauffeur, il affichait un flegme exagéré, sans doute pour lui faire payer son silence. Elle ne l'interrogea pas. Elle ne voulait pas parler du virus ni du danger que les régressifs représentaient pour les « normaux », encore moins subir un laïus apocalyptique. Ils redémarrèrent et roulèrent sur trois cents mètres avant de se retrouver de nouveau à l'arrêt boulevard du Montparnasse.

À bout de patience, Anna décida de régler sa course et de continuer à pied. Elle s'insinua dans l'imbroglio de l'embouteillage. Plus loin, un millier de manifestants scandaient des slogans contre les prix abusifs. Des bras brandissaient des pancartes : « VIE TROP CHÈRE, MORT À CRÉDIT », « LE PAIN C'EST LA VIE », ou bien, sur une longue banderole : « PAIN × 4, LÉGUMES × 6, FRUITS × 10, ON NE TIENDRA PAS LONGTEMPS ».

Anna se faufila entre les protestataires. La veille, elle avait lu que les cours mondiaux des matières premières alimentaires avaient flambé de façon à anticiper une baisse importante des récoltes. Selon les prévisionnistes, au rythme où le Kruger étendait son ombre, la situation ne ferait qu'empirer au cours des mois à venir. Alors, malgré les gros stocks de céréales, la paranoïa gagnait les pays développés, relayée par les réseaux sociaux qui ne se privaient pas de répandre les rumeurs les plus alarmistes, et les autorités avaient beau lancer des appels à la raison, certains mots fleurissaient sur la Toile, propres à entretenir la psychose : « famine », « pénurie », « quotas », ou pis encore « tickets de rationnement »…

Un homme l'agrippa par sa veste, cherchant à lui glisser un tract dans la main.

— C'est la fin du monde et les gouvernements ne font rien !

Elle parvint à l'écarter et à s'extraire du défilé pour remonter le boulevard de Port-Royal, jusqu'à l'hôpital du Val-de-Grâce. Là, sa carte d'identité suffit à lui permettre de passer la guérite gardée par un soldat armé. À l'accueil, on lui indiqua la chambre 54 où elle devrait demander le docteur Feutren. Elle traversa le hall jusqu'à la porte battante qui menait à la zone de confinement, au rez-de-chaussée.

Anna pouvait sentir son cœur cogner dans sa poitrine. Elle marchait à demi aveuglée, dans une confusion totale des sens. Avant d'accéder à la chambre, elle devrait passer par un sas, comme à Durban. Alors qu'elle hésitait, en proie au vertige, un homme surgit à son côté. Il lui parla, et elle dut faire un effort terrible pour se concentrer sur ce qu'il disait : « … toujours inconscient à cause des sédatifs. L'équipe de médecins calédoniens a préféré prolonger son coma et faciliter son rapatriement. Nous vous attendions pour… » Elle hocha la tête, mécaniquement. Il lui tendit un masque chirurgical et une combinaison.

Une fois qu'elle fut prête, l'homme lui fit signe d'entrer. La jeune femme respirait à petits coups, gênée par le masque et la nausée. D'une main tremblante, elle poussa la porte du sas. Un lit occupait l'espace, puis elle distingua une couverture grise. Une tête dépassait du drap. Elle s'y était préparée, mais le choc l'étourdit.

Yann avait la peau mate. De gros bourrelets osseux déformaient son front, des mâchoires puissantes lui écartelaient les joues. Son nez était épaté et sa bouche large, comme une fente mi-close, révélait des dents luisantes.

Elle avança d'un pas. Même métamorphosé, c'était bien lui, elle le sentait. Sa cicatrice à l'oreille était toujours visible, stigmate d'un vieil accident de plongée – une murène dérangée qui lui avait arraché un bout du lobe droit. Elle se demanda par quel miracle il avait conservé cette boursouflure singulière, et si cela pouvait signifier qu'il gardait d'autres empreintes…

Elle s'approcha un peu plus, assez pour le toucher, sans toutefois s'y résoudre. À la place, elle souleva le drap qui le recouvrait jusqu'au menton. On l'avait laissé nu et sa première vision de cet homme tant aimé, exposé sans défense, l'emplit de pitié. Il avait rapetissé, son torse large et trapu, ses bras musculeux et ses jambes étaient couverts d'un pelage clairsemé. Elle manqua défaillir. Jamais elle n'avait éprouvé la douleur de son absence de façon si aiguë, et pourtant il était là, étendu dans ce lit étroit. Alors, enfin, son chagrin explosa, toutes les larmes retenues se déversèrent à flots.

La peau de Yann exhalait une odeur musquée, animale. Plus que sa métamorphose, c'était cela qui lui faisait prendre conscience de sa perte ; l'être qu'elle avait devant elle n'était plus celui qu'elle avait aimé. Malgré tout, il devait bien subsister quelque chose de lui…

Une voix l'arracha au malaise qui l'envahissait :

— Madame…

Elle essuya ses joues, et ravala un sanglot.

— Je suis désolée…

— J'imagine combien ce doit être terrible.

Le docteur Feutren la considéra avec une inquiétude teintée de bienveillance. C'était un petit homme replet au visage doux, très différent de ce qu'on imaginait d'un médecin militaire. Il patienta quelques minutes, le temps de s'assurer qu'elle avait repris ses esprits.

— Les parents ont été informés ?

— Yann n'a plus que sa mère, balbutia-t-elle. Elle souffre d'Alzheimer et vit dans une maison de retraite médicalisée. Elle est âgée, je ne suis pas certaine qu'elle comprendrait ce qui arrive à son fils. Mieux vaut la laisser dans l'ignorance.

— Effectivement, cela semble plus raisonnable, madame Lebel.

Anna ne releva pas l'erreur. Porter le nom de Yann la rapprochait de lui…

— Nous pouvons le réveiller, à présent, si vous êtes prête.

— C'est bon.

Le médecin appela les deux infirmières qui attendaient dans le sas. Elles entrèrent et sanglèrent Yann aux montants du lit, puis l'une d'elles lui fit une intraveineuse. Ensuite, prudemment, elles s'écartèrent. Bouleversée, Anna s'adossa au mur, pour ne pas s'effondrer. Il allait ouvrir les yeux. Et s'il la reconnaissait ? Même un soupçon infime de mémoire… Tant qu'il dormait, un espoir demeurait. Mais dans le fond, elle savait. Elle savait que, quand il serait réveillé, *l'autre* prendrait pleinement possession de lui. Il serait qui ? quoi ? Un *Homo erectus* ? Elle était terrorisée.

Rapidement, les signes d'éveil se multiplièrent. Des tremblements nerveux commencèrent à agiter ses doigts, ses paupières frémirent et il grogna un peu. Soudain, il écarquilla les yeux. Ses pupilles bleues avaient disparu, remplacées par un brun opaque.

— Mon Dieu !

Les mots étaient sortis tout seuls, mais il les ignora, trop occupé à haleter sous l'effet de la surprise. Il tenta de se redresser, en vain, secoua les liens qui l'entravaient. Une violente bouffée d'émotion monta en elle.

— Yann ?

Il ne l'avait toujours pas regardée, il scrutait la pièce qui l'entourait avec des tressaillements traduisant son effroi. *Il doit être encore plus paniqué que moi...*

— Nous sommes à Paris, mon…

Elle s'interrompit, incapable de prononcer ces deux syllabes. Elle l'aimait, mais cela n'avait plus guère de sens ; elle ne l'aimait pas lui, cet homme-singe, elle aimait celui d'autrefois. *C'est Yann, ton Yann, même s'il a régressé...* Finalement, elle reprit à mi-voix, pour ne pas l'apeurer davantage :

— Moi, je suis Anna. Toi, tu t'appelles Yann Lebel et tu es biologiste marin.

Comme il ne lui accordait toujours pas la moindre attention, elle éleva le ton :

— Tu te rappelles *L'Atalante* ?

À défaut d'être comprise, elle espérait conjurer sa détresse avec la mélodie d'une voix familière. Miraculeusement, Yann tourna la tête dans sa direction. Ses pupilles opaques étaient vides de toute tendresse.

— Tu te souviens de Paris ? C'est là que nous habitons, toi et moi.

Anna leva sa main dans les airs, tandis qu'il la suivait enfin du regard. Il semblait mieux réagir à ses mouvements qu'à ses paroles. Peut-être qu'en insistant elle réussirait à faire émerger un souvenir enfoui. Peut-être qu'au fond de lui survivaient des images et des sons.

— Anna, dit-elle en pointant un doigt vers son ventre.

L'équipe médicale observait ses tentatives avec une concentration aiguë, c'était d'ailleurs une des raisons pour lesquelles le médecin-chef des armées Feutren avait donné son accord : il souhaitait pouvoir établir un diagnostic comportemental durant une rencontre entre un *erectus* et un proche déjà impliqué dans les recherches. Avec Anna Meunier, l'occasion était trop belle…

Yann inclina la tête sur le côté en fronçant les sourcils. Comme il n'avait plus de poils à cet endroit, seule la peau se plissa. Il paraissait décontenancé et se contenta de fixer son doigt avec perplexité.

— Anna, répéta-t-elle en accentuant son geste.

Il huma l'air, grimaça un peu. Elle le désigna à son tour, en guettant le moindre signe de compréhension.

— Yann Lebel. Tu es biologiste, spécialiste des écosystèmes extrêmes. Tu es allé dans le désert chercher des bactéries capables de vivre dans des milieux arides. Tu as plongé dans toutes les mers du globe afin de percer le secret de l'origine de la vie. Yann Lebel.

Il semblait s'apaiser au rythme des mots, alors elle persévéra, dans l'espoir d'obtenir une réaction.

— Tu as grandi à Grenoble, en Isère. Ton père s'appelait Joël, ta mère Agnès. Ton père t'emmenait grimper le week-end. Il est mort d'une crise cardiaque quand tu avais quinze ans. Tu as toujours adoré la montagne, la grimpe, tu voulais en faire ton métier et puis tu as fait une mauvaise chute et tu es devenu biologiste. Tu disais que c'était une chance, finalement. Que, sans cet accident, peut-être que nous ne nous serions jamais rencontrés… Tu m'as offert une bague, une météorite…

Anna se tut pour ne pas se remettre à pleurer, parce que les autres écoutaient et que Yann continuait de lui renvoyer son regard de zombie. Elle sentait le monde s'affaisser sous ses pieds et ne voulait pas se donner en spectacle, alors elle quitta la chambre en toute hâte.

Dans le couloir, enfin seule, elle arracha son masque de protection pour reprendre son souffle. La douleur lui rongeait les entrailles, si fort qu'elle aurait pu hurler. Le flot de larmes revint, elle chuchota : « Yann, Yann, Yann… », comme si le fait de répéter son nom pouvait le ramener auprès d'elle, mais l'écho de sa plainte fut tout ce qui lui répondit.

– 3 –

À Washington, Ned Lash, le secrétaire d'État américain à la Santé et aux Services sociaux, était réputé pour avoir un tempérament de bon vivant. En temps normal, il se serait apprêté à partir pour un week-end bien mérité. Mais avec la crise que le monde traversait…

La sonnerie du téléphone le tira de ses regrets.

Il décrocha avec un soupir.

— Oui, Allison ?

— Margaret Christie, de l'OMS.

— OK, passez-la-moi. Ensuite, vous pouvez y aller, je n'aurai plus besoin de vous.

— Merci, monsieur, bonne soirée.

Quand il prit la communication, il se dit que, si son interlocutrice essayait de le joindre alors qu'en Suisse il était plus de 3 heures du matin, ce n'était pas pour discuter en l'air.

— Chère Margaret, je peux faire quelque chose pour vous ?

— Quelque chose ? J'espère bien ! La situation change d'heure en heure et, avant de décider quoi que ce soit, il faut que je sache si nous pouvons accorder nos violons. Il n'est pas question de louper le coche, cette fois.

La patronne de l'OMS n'avait pas besoin de préciser à quoi elle faisait allusion. La mauvaise gestion du virus H1N1 en 2009 avait laissé de très mauvais souvenirs. Comme Ned Lash se gardait de l'interrompre, curieux de connaître la suite, elle reprit :

— Les prévisions sont mauvaises, il est temps d'avancer ensemble… Je ne parle pas seulement de l'Europe et des pays émergents, je parle de synchroniser nos efforts au niveau mondial et d'oublier les divergences Nord-Sud ou démocraties contre dictatures.

— Eh bien ! Pourvu que mes homologues russe et chinois se montrent sensibles à vos arguments…

— Ils le seront, assurément. Mais je ne vous cache pas que j'ai été au plus facile en vous donnant la primeur, cher Ned.

— OK, Margaret. Vous me laissez le temps de commander un hamburger ?

— Prenez des réserves, oui, ce sera plus sûr.

– 4 –

Au fil des jours, la salle de réunion de « l'équipe Kruger », comme on la surnommait à Genève, au sein de l'OMS, s'était remplie de matériel en tout genre, notamment un mur d'écrans qui diffusaient les chaînes du monde entier. La plupart du temps, le son était réglé en sourdine, mais Gabriella l'avait monté afin d'entendre l'estimation du jour. À 18 heures, le nombre d'*erectus* connus se chiffrait à cinquante et un mille deux cent trois individus.

Stephen sortait tout juste d'une réunion avec Margaret Christie et l'ensemble des dirigeants de l'OMS. À l'unanimité, ils avaient décidé d'élever l'état d'alerte à son niveau maximal, ce qui revenait à dire aux gouvernements : « Nous avons affaire à une pandémie d'une nature totalement nouvelle. Vous devez prendre des mesures radicales pour protéger vos populations. »

Il s'était chargé lui-même de transmettre la mauvaise nouvelle à Mark Becker et à Arthur McCormick, respectivement responsables en Europe et aux États-Unis des organismes chargés du contrôle des maladies.

Les deux hommes étaient désormais nettement plus coopératifs et avaient promis de relayer l'alerte aux responsables politiques.

Le président américain fut le premier à s'exprimer publiquement. Il fut aussi le premier à employer publiquement le terme d'*erectus*. De la Maison Blanche, il annonça, la mine sévère, qu'après l'Afrique du Sud, la Corée du Sud et la Nouvelle-Calédonie, la maladie s'était répandue sur chaque continent et que les services d'urgence de tous les hôpitaux devaient se préparer à recevoir des malades atypiques. En conséquence, le trafic aérien des États-Unis serait limité aux missions de sauvegarde et aux échanges économiques. Il conclut en incitant ses concitoyens à rester chez eux en dehors de leur temps de travail, et promit la mise en place d'un service de ravitaillement dans les zones rurales. Juste après son intervention, le secrétaire du département de la Santé prit la parole ; il affirma que les premières enquêtes médicales n'avaient pas pu déterminer avec certitude que tous les malades infectés par le virus avaient été piqués ou mordus par des préhistoriques, et que, par mesure de précaution et tant que la preuve du contraire n'aurait pas été établie, tout contact intime était prohibé, même un simple baiser, pour éviter la transmission salivaire.

Très vite, les dirigeants politiques européens tinrent à leur tour un discours sensiblement similaire. Emboîtant le pas aux pays occidentaux, les pays émergents adoptèrent eux aussi des dispositions afin de contenir le fléau. Certains pays d'Afrique et d'Asie – notamment l'Inde – en profitèrent même pour imposer un couvre-feu total : après la hausse vertigineuse des prix du riz et de l'huile, des émeutes meurtrières secouaient les deux continents. Seule la Chine resta muette, ce qui ne manqua pas d'intriguer les journalistes et les experts chinois, pourtant habitués à la politique d'indépendance de leur pays.

En France, la cellule de crise de l'Élysée regroupait à présent une cinquantaine d'experts et de conseillers ministériels. Après une nouvelle intervention du président appelant à la prudence, le standard du numéro vert dévolu au virus fut saturé d'appels. Défiant le pronostic plutôt optimiste du ministre de l'Intérieur, la panique était en train de s'emparer du pays, et la presse ne faisait rien pour calmer les esprits. *Le Monde* titrait : « Kruger : voyage sans retour ». Exceptionnellement, le journal serait tiré à un million d'exemplaires.

À Genève, Gordon s'efforçait de résister au catastrophisme ambiant, même s'il n'ignorait pas que freiner la contagion ne suffirait pas à enrayer la pandémie. Il fallait accélérer la recherche d'un vaccin tout en persuadant les laboratoires de collaborer au niveau international.

Margaret Christie venait de le charger de constituer un comité capable de piloter la contre-attaque biologique. Avec son équipe, ils consacrèrent la nuit entière à recenser les candidats potentiels. La formation de cette cellule d'urgence relevait du jeu d'équilibriste, les batailles d'*ego* faisant rage dans la communauté scientifique. Il fallait à tout prix éviter les affrontements stériles. Il fallait des personnalités ultracompétentes et suffisamment ouvertes aux idées novatrices pour relever cet immense défi : la compréhension de rouages biochimiques totalement inconnus qui menaient à la régression des espèces. Finalement, trois critères primèrent : l'inventivité, l'efficacité et la complémentarité.

Au petit matin du 12 septembre, Stephen disposait d'une liste de dix noms. Dans les heures qui suivirent, quelques amendements furent apportés sous la pression de Becker et de McCormick, soucieux d'apposer leur empreinte au comité. Il s'occupa de joindre les prétendants sans essuyer aucun refus.

Parmi les dix chercheurs figuraient cinq prix Nobel, dont la biologiste suédoise Linn Visnar, future directrice de cette cellule d'urgence.

Journal de Kyle.

Maman et papy se sont disputés hier soir. Ils pensaient que je dormais parce qu'il était très tard. Elle disait qu'il avait pas le droit de travailler au refuge à cause du virus. « Trois régressions et tu attends quoi ? Il faut les relâcher ! » elle criait. Papy a répondu : « Pas question », que sinon ils seraient bouffés par les autres, et que c'était son boulot de s'en occuper, surtout maintenant qu'on avait besoin de vétérinaires, de chercheurs, et de bonne volonté.

Papy ne veut plus que je l'accompagne au refuge mais il m'a juré que Quatre-Défenses va très bien.

J'ai vu le pakicetus et un tas d'attaques d'oiseaux préhistoriques et de rats venimeux et je suis pas mort, j'ai même pas tellement peur. Quand on veut sortir, maintenant, en plus des bottes, on doit se barbouiller de produit répulsif qui pue grave, au cas où…

Pour me distraire, j'ai quand même eu l'autorisation de construire un abri dans le grenier. Tendai a commencé par tout isoler, ensuite il a monté des cloisons doubles assez solides pour empêcher n'importe quelle bête de s'y introduire. Dedans, il y a un lit, deux fauteuils, un coffre, un bureau et des coussins partout. Des dessins, des posters et une minichaîne. C'est là qu'on va avec Sipho et Peter. On se croirait dans un bunker. Un endroit où les adultes n'ont pas le droit d'aller. J'ai mis une pancarte : « Parents et préhistoriques interdits ». Ça a fait rigoler papy.

– 5 –

Assise sur une chaise de la cuisine, la mère de Jérémie essayait de calmer son appréhension en lisant un roman à l'eau de rose. Voilà deux heures que son fils était sorti. Depuis plusieurs jours, des échauffourées éclataient régulièrement dans Paris. Au petit matin, des gens tout à fait ordinaires s'étaient même rués à l'assaut d'un supermarché et l'avaient dévalisé, jusqu'à la dernière boîte de conserve. Elle le savait, elle s'était glissée dans les travées dévastées sans rien trouver de comestible. Les Parisiens devenaient fous. Ils se battaient pour faire des stocks et les plus faibles, comme elle, en étaient réduits à trembler.

En entendant la clé jouer dans la serrure, elle éprouva un vif soulagement. Jérémie apparut dans l'encadrement de la porte, les mains vides.

— Bredouille ?

— J'ai fait tout le quartier. Plus un magasin d'ouvert. Ne t'inquiète pas, j'irai dans un hyper.

— Jérémie, les gens quittent la ville. Nous devons les imiter. J'y ai bien réfléchi avant de m'y résoudre, mais je crois qu'on serait à l'abri chez ton père. C'est un hameau, ils ont l'habitude de se serrer les coudes.

— Je croyais que tu ne le supportais pas plus d'une heure ?

— Je le préfère à ces zombies.

— Écoute, je ne peux pas, je te l'ai dit. J'ai la responsabilité de la ménagerie.

— Justement, tu vas finir par te faire infecter !

— On a déjà eu cette discussion. Si tout le monde plante son boulot, ce sera l'anarchie. Tu te plains du comportement des autres, mais au fond tu voudrais faire la même chose !

— C'est-à-dire ?

— Stocker, t'armer et virer parano…

– 6 –

Dans la pièce qui lui était réservée au Jardin des Plantes, l'archéoptéryx découvert en Nouvelle-Guinée trônait sur le plateau en Inox. À l'aide d'une pince, Anna préleva de la poussière d'os sur une lame de verre. Elle portait des gants en nitrile, un caoutchouc synthétique particulièrement résistant qui ne risquait pas de s'abraser et de devenir une source de contamination. Tout devait être fait dans les règles et avec minutie, car elle n'aurait pas le temps de vérifier et de contrevérifier pendant des semaines ou des mois. *Comme un genre de* one shot, *ma belle !* Elle glissa la lame à l'intérieur d'un spectromètre de masse à haute résolution qui ressemblait à une grosse photocopieuse. Quarante-cinq minutes plus tard, les premiers résultats tombèrent.

À présent, elle pouvait les comparer avec ceux du comité d'urgence que Stephen Gordon lui avait fait parvenir. Leurs analyses à eux provenaient d'un dinosaure à plume « moderne », tué quelques jours auparavant par l'armée, quelque part en Europe. Il suffisait de superposer les deux études sur l'écran afin de détecter d'éventuelles similitudes.

Le résultat dépassa ses espérances. Tout ce qu'elle avait imaginé se confirmait : les courbes se confondaient parfaitement.

Le Kruger ne se contentait définitivement pas de réveiller certains gènes endormis correspondant à des traits morphologiques. Il reprogrammait l'organisme et ramenait avec exactitude son génome à un état antérieur, comme s'il existait un système d'archivage génétique. Un micro-organisme détenait donc le pouvoir de renvoyer l'homme à sa propre genèse !

Elle se dépêcha de transmettre ses conclusions à Stephen Gordon et ajouta Linn Visnar en copie. Avec un peu de chance, cette étude comparative leur ferait gagner du temps.

– 7 –

En cette fin d'été, sur les plages de Qingdao, dans l'est de la province chinoise du Shandong, la mode était au « facekini », une cagoule de tissu qui protégeait la peau des rayons solaires. Pour les Chinoises, la pâleur demeurait un signe de raffinement, même en ce début de XXIe siècle ; le teint buriné, à l'inverse, stigmatisait les travailleurs agricoles et les femmes de petite condition. Seuls les yeux, les narines et la bouche émergeaient donc du masque, devenu l'accessoire tendance des élégantes. Cette saison, comble du chic, de nombreux facekinis s'inspiraient des masques bariolés traditionnels de l'opéra de Pékin.

Alors que ces femmes s'ébattaient dans l'eau, ceinturées d'une énorme bouée, un policier se mit à hurler dans son haut-parleur : « Alerte ! Dégagez ! » À l'extrémité du banc de sable, une créature velue s'était réfugiée à l'ombre d'un parasol. En quelques secondes, dans un concert de cris à déchirer les tympans, des centaines de familles remontèrent vers la route en courant. Tous abandonnèrent pelles, seaux et matelas pneumatiques.

Contrairement à la foule paniquée, un jeune homme était resté sur place et progressait lentement vers la créature, les bras écartés dans un geste d'apaisement. Quand un groupe armé de la police du peuple débarqua, mitraillettes pointées en avant, il leur adressa une mise en garde.

— Ce n'est pas un monstre, pas d'inquiétude !

Zang-Lu avait tout de suite compris. Il étudiait la géographie à l'université de Shandong et, depuis le début du mois de septembre, il avait dévoré les rares articles qui avaient filtré sur l'Internet chinois à propos d'étranges phénomènes de régression. Outre sa curiosité naturelle, l'étudiant était un passionné de préhistoire et connaissait tout de l'« Homme de Pékin » découvert à Zhoukoudian, au début du XXe siècle, les premiers fossiles de l'*Homo erectus* en Chine.

Parvenu à une dizaine de mètres de la créature, il s'agenouilla de façon à ne pas paraître menaçant et sourit largement. L'*erectus* était un mâle, manifestement d'âge mûr ; il était occupé à dévorer un beignet tiré d'un panier à pique-nique. Pendant l'affolement général qui avait vidé la plage, il n'avait pas manifesté la moindre émotion, se contentant de se replier légèrement sur lui-même et de manger plus vite.

Un détail, soudain, intrigua Zang-Lu : la créature tenait dans ses mains un bivalve incrusté de symboles. Était-ce un simple hasard ? D'après ses souvenirs, les hommes préhistoriques des régions côtières avaient coutume de graver les coquillages. Le jeune homme était si absorbé par la scène qu'il en oublia l'escouade des policiers. Une voix claqua sèchement :

— Il bouge ! Recule, si tu ne veux pas te prendre une balle !

Le chef de la brigade avait mis en joue l'*Homo erectus*. Zang-Lu s'insurgea sans prendre conscience qu'il était en train d'aggraver sérieusement son cas.

— Ne tirez pas, il est inoffensif !

Cette fois, dérangée par le bruit, la créature s'était redressée et humait l'air avec méfiance, solidement campée sur ses jambes. L'individu était assez poilu, mais beaucoup moins qu'un grand singe, et son maintien laissait peu de doute sur son appartenance à l'espèce humaine, en dépit de son apparence fruste. Pouvait-il « sentir » les ondes de peur ou d'agressivité des policiers ? Brusquement, son regard se fixa sur un morceau d'étoffe noire qui traînait sur le sable. C'était un facekini oublié dans la précipitation. Il se mit à grogner, les narines palpitantes, et oscilla d'un pied sur l'autre. Au moment où il s'élançait, une balle lui explosa le crâne et le sang jaillit, rougissant le sable. L'*Homo erectus* s'écroula comme une masse. Zang-Lu, quant à lui, tomba à genoux, le souffle coupé. Ces stupides militaires venaient de tuer un phénomène de la nature aussi facilement que s'ils avaient écrasé un cafard ! Il n'eut pas le temps de protester, déjà deux hommes le relevaient sans ménagement pour le menotter.

— Je n'ai rien fait, c'était un *Homo erectus*, pas une bête sauvage !

Ses objections étaient de pure forme, il aurait pu tout aussi bien s'adresser à un mur. Mieux valait se laisser emmener et prier pour que leur supérieur soit un peu plus éduqué que cette bande de tueurs sans cervelle !

Pour Zang-Lu, le calvaire ne faisait en réalité que commencer. Le commissaire Tang, chargé de son interrogatoire, voulait comprendre pourquoi un étudiant en géographie avait tenté, en dépit de tout bon sens, de défendre une bête sauvage – c'était ainsi qu'il qualifiait l'homme préhistorique –, mettant en péril la vie de ses concitoyens. Très vite, il parla d'activisme concerté, de troubles à l'ordre public, bref, le jargon juridique habituel quand on cherchait des raisons de condamnation. Au fil des heures, le malheureux entrevit les causes de cet acharnement : la nuit précédente, à Shanghai, face au Bund, la célèbre promenade, une créature semblable à celle de la plage avait déjà été abattue alors qu'elle essayait d'escalader la tour Jin Mao, l'un des plus hauts gratte-ciel de la ville.

Tandis qu'il était questionné sans répit par le commissaire et deux adjoints, une équipe de la sécurité intérieure perquisitionnait son studio de Shandong. Un ordinateur fut saisi, le disque dur passé au crible. L'historique des recherches était accablant ! Des dizaines d'articles sur la régression des espèces où l'on évoquait l'apparition de rats venimeux débarqués dans les grands ports de la côte chinoise, la menace qui pesait sur la production de certaines céréales, la contamination de l'homme, et surtout une conversation menée sur un forum suspecté d'abriter des activistes provocateurs qui faisaient circuler les nouvelles les plus folles.

Il n'en fallut pas plus pour déférer l'étudiant, le soir même, devant la justice du peuple.

⋆

À Pékin, l'affaire des préhistoriques agitait les plus hautes autorités. Pour le Parti, il était inenvisageable de laisser se propager le moindre renseignement lié au virus Kruger et tous les moyens étaient bons pour entraver le flux des informations. Tout en participant, *a minima*, au jeu diplomatique, le Parti mettait tout son poids dans cette affaire. La presse était sommée de ne pas répandre « de rumeurs contre-révolutionnaires », et les services secrets étaient sur le pied de guerre. Les Chinois s'interrogeaient. Combien de temps resteraient-ils à ce point isolés ? Et pourquoi ?

– 8 –

— Ça paraît fou…

Derrière son bureau, la directrice générale de l'OMS ignorait si elle était supposée se réjouir des nouvelles que Stephen venait de lui transmettre, d'autant que ce dernier lui montrait un visage impénétrable. Refermant le rapport d'Anna Meunier, elle lança :

— Peut-on parler de mémoire ?

— Exactement. L'ADN posséderait visiblement une mémoire de ses états antérieurs.

Elle réfléchit un instant et fit une drôle de mimique.

— Sous l'impulsion de la France et des États-Unis, le Conseil de sécurité se rassemble en session extraordinaire après-demain. Je dois m'y rendre mais il faut que tu sois là. Les hôpitaux sont complètement submergés, des casernes sont réquisitionnées pour être transformées en hôpitaux de campagne, et certains membres se demandent s'il ne serait pas temps d'envisager une solution plus radicale.

— De quel genre ?

— On évoque la possibilité de regrouper les malades dans des camps.

— Tu plaisantes ?

— Tu m'as bien entendue… C'est juste une hypothèse, mais elle a de plus en plus de partisans.

— Une idée dangereuse.

— Je suis d'accord. C'est la raison pour laquelle tu dois m'accompagner et confirmer qu'on ne relâche pas nos efforts quant à la mise au point d'un vaccin.

— Margaret, je n'ai pas vraiment le temps d'aller à New York. J'ai cette histoire d'infirmières qui prend de l'ampleur…

La grogne commençait effectivement à monter dans le milieu hospitalier. Face à la pandémie, les syndicats s'inquiétaient des risques encourus par le personnel médical. Le mécontentement était né à Chicago, au Northwestern Memorial Hospital. Une infirmière y avait été infectée après une mauvaise chute. L'accident s'était produit alors que l'établissement avait accueilli vingt *erectus*. Épuisée par une garde de trente heures, l'infirmière apportait au laboratoire des tubes contenant des prélèvements sanguins quand elle avait trébuché dans le couloir. Elle s'était alors blessée à la main en tombant sur les éclats de verre contaminés par le sang de patients atteints du Kruger. L'affaire avait créé une psychose tenace.

— J'insiste, Stephen. La question du devenir des malades ne sera que l'un des sujets abordés mais on a besoin d'une vision concrète, et tu es le mieux placé. Je compte sur ta présence. Nous aurons certainement l'occasion de nous entretenir avec Linn Visnar avant le début du Conseil.

— OK. Mais je vais devoir me réorganiser. Le mieux serait que je passe la nuit ici. On fait comment, pour le vol ?

Il se frotta les yeux et Margaret Christie éprouva un bref remords à la pensée de ses nuits blanches. Gordon était totalement voué à sa tâche et ne se plaignait jamais.

— J'ai trouvé un avion qui part demain, en fin d'après-midi. Ça te laisse un peu de temps.

— Je vais faire un saut chez moi alors. On reste combien de jours là-bas ?

— Deux probablement. Ça va, ta fille ?

— Pas de changement.

— Elle supporte bien tes absences ?

— J'ai l'impression qu'elle n'y accorde pas trop d'importance. En fait, je n'en sais foutre rien, Margaret !

— Eh bien, moi, je suis certaine qu'au fond d'elle-même elle sait quel père génial tu es…

— C'est gentil.

— Non, Stephen, ce n'est pas de la gentillesse, je te le dis comme je le pense. Et je crois que ta fille peut sentir ça, même si elle ne l'exprime pas.

– 9 –

Les halls déserts de l'aéroport ressemblaient à une vision postapocalyptique, comme si tous les hommes avaient été enlevés brutalement de la surface de la Terre. Les bruits de leurs pas résonnaient tellement que c'en était presque intimidant. Au moins, ils ne risquaient pas de perdre du temps à faire la queue… Arrivés vers la porte d'embarquement de leur vol, Stephen Gordon et Margaret Christie virent enfin les premiers passagers qui allaient se joindre à eux.

Seuls les appareils ayant obtenu une autorisation spéciale volaient sans entraves, ce qui était le cas de l'avion dans lequel ils allaient prendre place en compagnie d'hommes d'affaires.

Stephen se pencha à l'oreille de Margaret.

— Tu ne te demandes jamais si les *businessmen*, absorbés dans leurs dossiers, réfléchissent au sens du monde ? On dirait que le Kruger n'existe pas pour eux…

— Détrompe-toi, certains connaissent parfaitement la situation…

— Je vois… Tout est bon pour faire de l'argent ! Que comptes-tu faire devant le Conseil ?

— Demander à la communauté internationale de desserrer un peu l'étau. Les États les plus pauvres ne pourront pas vivre longtemps comme ça. Il leur faut au minimum des médicaments et de la nourriture. Et défendre les victimes du Kruger face aux idées radicales qui naissent.

L'avion avait quitté la masse nuageuse et survolait à présent une étendue bleue infinie. Le tableau était grandiose. Stephen se sentit brusquement très loin de Genève. Il pensa à Lauryn dans sa clinique pour riches dépressifs. Au moins, elle y était à l'abri de tout danger. Eva avait promis d'y aller tous les jours. Et lui l'appellerait dès qu'il serait à New York.

Il songea soudain à Anna Meunier et à son compagnon. Il se rappelait la douleur dans les yeux de la jeune femme, l'éclat de sa panique et sa détresse. À cet instant, il comprit que, comparée au virus, la mort par embolie de sa femme avait été miséricordieuse.

Il s'endormit sur cette idée.

– 10 –

Ces derniers jours, Ned Lash, le secrétaire d'État américain à la Santé, ne touchait plus terre. Il sentait qu'il avait perdu sa capacité à dormir comme une bûche, ce qui n'était pas arrivé depuis ses examens d'entrée à Stanford.

Aujourd'hui, il devait trouver un point d'équilibre viable entre la position officielle du gouvernement sur les *erectus* et la réalité officieuse, sensiblement moins angélique. En termes crus, cela donnait à peu près : « On fait quoi de ces foutus régressés ? »

Ned Lash s'apprêtait à se plonger dans un énième rapport quand il remarqua la note « urgente » qu'Allison, son assistante, avait dû lui laisser durant la réunion quotidienne tenue à une heure bien trop matinale pour lui.

Rappeler vos homologues chinois et russe.

Comme s'il pouvait les oublier, ces deux-là... Les échanges entre responsables de la santé, diplomates, ambassadeurs et même secrétaires n'étaient que la partie émergée de l'iceberg. Aux yeux du monde, tous les pays collaboraient. Dans les faits, ces deux blocs se montraient complètement réfractaires à toute politique commune.

Il soupira, brusquement harassé. La journée allait être interminable. Combien d'heures avant de se rêver dans une salopette rapiécée qui lui venait de son père, en cuissardes, balançant sa ligne dans l'air immobile d'octobre et écoutant le silence, seulement rompu par le freu-freu du fil de soie qui dansait au bout de son poignet ? avant la solitude ?

Tel était le secret de Ned Lash, ce qui lui permettait de tenir. Imaginer des parties de pêche et son retour au crépuscule, chargé d'un saumon ou d'une perche, un poisson énorme qu'il ferait griller devant la cabane en rondins. Il mangerait de bon appétit – pas de viande, le doc serait content – et arroserait le tout de whisky en regardant les étoiles s'allumer. Quand le feu mourrait, il rentrerait se coucher pour ne se réveiller qu'au petit matin. Seul.

– 11 –

New York était devenue une ville fantôme : rues désertes, ambiance de désolation. Dans leur taxi qui longeait la 5e Avenue, vers Central Park, les émissaires de l'OMS remarquèrent des arbres à fleurs mauves, des régressifs qui faisaient le bonheur des photographes amateurs publiant leurs clichés, la plupart du temps ponctués de légendes comme « Central Jurassic Park » ou encore « Old York City ». Au-dessus d'eux, des dinosaures emplumés – d'anciennes mouettes – tournoyaient, à la recherche de proies. Dans ce décor de verre et d'acier, l'ensemble était anachronique, presque irréel.

Bâti au bord de l'East River, le siège de l'ONU était pavoisé de drapeaux qui flottaient joyeusement, agités par un petit vent froid. Comme chaque fois qu'il pénétrait dans l'édifice, Stephen fut estomaqué par le gigantisme de l'endroit. Linn Visnar leur avait donné rendez-vous à l'aube devant le vitrail de Chagall. Il ignorait quelle était sa position sur le sujet qui les occuperait tout à l'heure. Il savait simplement que Margaret Christie lui vouait une véritable admiration.

Les deux femmes s'étaient rencontrées plusieurs années auparavant, lors d'une campagne désastreuse de vaccination contre la polio au Nigeria. Depuis, elles se respectaient infiniment, et cette amitié avait compté dans le choix de Stephen au moment d'établir une équipe de pointe.

Quand Linn Visnar les rejoignit enfin, avec une demi-heure de retard – son avion venait juste d'atterrir –, Gordon observa les retrouvailles avec un intérêt amusé. La brune quinquagénaire ne correspondait pas vraiment aux canons typiques de la femme nordique. Comme Margaret, elle dégageait une autorité naturelle qui n'avait rien à voir avec son tailleur noir mais tenait à des traits fermes, presque émaciés. Après les saluts de circonstance et quelques considérations familiales, ils en vinrent rapidement à la raison de cette entrevue informelle.

Linn devait passer un grand oral devant le Conseil de sécurité. On lui avait attribué quinze minutes pour dresser un premier bilan sur les expérimentations menées par le « comité Kruger » (le nom avait rapidement fait le tour du monde). Se voir juste avant la séance était une marque de confiance que la nobélisée accordait à la patronne de l'OMS, car rien ne l'y obligeait, et quand Margaret finit par s'enquérir de ce que serait la « tonalité de son intervention », elle répondit avec une franchise non dénuée de brutalité :

— Je suis pessimiste sur nos capacités à mettre au point un vaccin à court terme. Le virus semble bien réveiller des gènes endormis présents dans l'ADN poubelle, là-dessus je suis d'accord avec Anna Meunier, mais c'est une nouvelle biologie.

— Ce qui signifie ?
— Que tout reste à inventer…
— Qu'est-ce que tu entends par « court terme » ?
— Si je te dis que le fonctionnement du virus du sida est un jeu d'enfant comparé à celui du Kruger, ça te donne une indication ?
— Mon Dieu…
— Le VIH a été identifié au début des années 1980. Trente ans après, on cherche toujours.

Puisant son inspiration dans la gigantesque fresque de l'ONU qui célébrait l'amour universel, Margaret Christie était bien décidée à se battre. Elle savait que le temps jouait contre les modérés, mais elle était également convaincue que, si les gouvernements ne prenaient pas conscience de l'ampleur de la crise qu'ils traversaient, l'humanité allait très probablement s'en trouver bouleversée à jamais. Elle prit la parole :
— Mesdames, messieurs, le virus Kruger pose des problèmes de sécurité sanitaire comme nous n'en avons jamais connu jusqu'ici. Le personnel médical n'a pas affaire à des malades classiques avec lesquels il peut interagir. Les êtres auxquels il fait face ne comprennent ni ce qu'on leur dit ni ce qui leur arrive ; pour autant nous ne pouvons pas les traiter comme de vulgaires animaux qu'on parquerait avant l'abattoir. Il s'agit de…
— L'abattoir ! En voilà un grand mot ! lança le Russe, Andreï Akoulov. Voyons, madame Christie… Si j'ai bien saisi les propos de Linn Visnar tout à l'heure, il y a peu de chances d'obtenir un vaccin

avant plusieurs années, peut-être même une ou deux décennies. Savez-vous comment la pandémie va évoluer pendant ce temps ?

Andreï Akoulov arborait un costume gris informe qui n'aurait pas détonné sous l'ère Brejnev. L'homme pouvait paraître ordinaire, presque affable, sans ses yeux d'un bleu glacé qui ne cillaient jamais. Son accoutrement et sa grossièreté délibérée étaient un piège dont il usait sans vergogne. À cinquante-huit ans, le temps semblait l'avoir épargné ; en réalité, Akoulov n'avait pas d'âge et n'appartenait à aucune époque, si ce n'était celle de la grande ère soviétique. En butte à la contradiction, il pouvait se montrer aussi destructeur qu'une bombe. Margaret Christie ne se laissa pas impressionner. Elle détestait le bonhomme.

— Monsieur l'ambassadeur, si vous permettez, je souhaiterais que le directeur du département des maladies transmissibles à l'OMS réponde à votre question. C'est lui qui gère la contre-attaque au quotidien et sur le terrain.

— Vous parlez de Stephen Gordon, je suppose ?

— C'est bien ça.

Le fait qu'Akoulov connaisse le nom d'un subalterne n'était pas de bon augure et la suite ne tarda pas à le prouver.

— Le même Stephen Gordon qui s'est vu reprocher par la CDC et l'ECDC de ne pas avoir partagé ses informations ?

Margaret refoula sa colère. *Touché !* Il avait préparé son coup et cette préméditation ne faisait que confirmer son mauvais pressentiment.

— Je peux assurer à cette assemblée que Stephen Gordon s'est montré exemplaire. Sans lui, le virus serait encore inconnu de nos services et…

— Le mérite n'en revient-il pas au directeur d'un refuge animalier, ainsi qu'à une laborantine sud-africaine ?

Stephen s'était redressé derrière son pupitre. D'un signe, il demanda à prendre la parole. Margaret le remercia d'un hochement de tête. Sa voix était parfaitement calme.

— Dany Abiker et Cathy Crabbe. Mais je doute que ces détails importent aux membres de cette assemblée. Puisqu'on m'a convié en tant que spécialiste de terrain, laissez-moi vous dire où nous en sommes avec le comité Kruger, dirigé comme vous le savez par Linn Visnar. Les prévisions sur l'évolution de la pandémie sont suspendues à nos capacités de défense, en particulier à l'efficacité des opérations de dératisation en cours. Le jour où les rats ne transmettront plus la souche humaine, nous aurons franchi un grand pas dans la maîtrise de la situation.

— Un grand pas seulement ? ironisa le Russe.

— Oui, puisque tous les porteurs vivants sont une source de contagion.

— Et selon vous, en admettant qu'on éradique la menace des rats dans un délai raisonnable, à combien s'élèverait le nombre d'infectés ?

— À ce jour, nous en sommes à cent cinquante mille victimes. Au rythme actuel, d'après les simulations réalisées par les meilleurs statisticiens, on peut estimer que ce nombre se stabilisera aux alentours des…

Stephen marqua un silence. Il ne put s'empêcher de consulter Margaret qui opina du chef.

— Aux alentours des cinq millions de victimes.

Les quinze membres permanents du Conseil de sécurité le dévisagèrent, abasourdis.

— Et dans combien de temps devrions-nous atteindre ce bilan désastreux ? questionna la secrétaire générale de l'ONU.

— D'ici à un an, probablement…

Akoulov leva les bras au ciel.

— Donc l'humanité s'apprête à vivre terrée à l'intérieur de ses frontières pendant les mois à venir, l'économie est en train de s'effondrer, et tout ce que propose l'OMS, si je vous suis bien, c'est : « Il nous faut plus de lits pour accueillir les malades infectés ! » Et ensuite, monsieur Gordon, que ferez-vous de ces… *erectus* ?

Stephen serra les poings. Ce type était peut-être virulent, ça ne l'empêcherait pas de répliquer avec passion :

— Il ne s'agit pas d'agrandir nos services hospitaliers, évidemment ! Nous préconisons l'ouverture de centres de regroupement, des sortes de sanatoriums où vivront les patients jusqu'à la découverte du vaccin.

— Vous n'êtes pas sans savoir que les *erectus* commencent à montrer des signes de rébellion… Vous ferez quoi s'ils s'échappent de vos dispensaires ?

Margaret bondit à la rescousse. Cette réunion virait au duel avec l'ambassadeur de Russie et cela ne pouvait que les desservir.

— Ce problème logistique doit se discuter au niveau national. Il faudra renforcer les équipes médicales, c'est évident, mais il n'en reste pas moins vrai que ces malades ont le droit d'être soignés !

Un sourire sardonique éclaira la face blême d'Akoulov.

— Par du personnel qui continuera à être exposé au risque contagieux et pourra lui-même transmettre le virus à l'extérieur… Soyez honnête, madame Christie, ce n'est pas réaliste. Laissez-moi me souvenir de vos mots : « Nous n'avons pas affaire à des malades classiques. » En conséquence, je suggère que l'OMS soit dessaisie de la gestion de la pandémie. Les *erectus* doivent passer sous la coupe de l'armée !

Un brouhaha envahit la salle du Conseil. Certains membres protestèrent mais la plupart semblaient perplexes, voire à demi convaincus. Après avoir réclamé le retour au calme, la présidente interpella Akoulov d'un ton sévère :

— Et que comptez-vous faire de cette… population ?

— Nous les isolerons du reste de la société.

— Où cela ? questionna avec prudence Hubert de Saint-Léger, le représentant français.

— Dans des camps.

Le mot fit sensation, causant une nouvelle vague de murmures. L'Américain fut le premier à réagir.

— Vous ne pouvez pas traiter ces gens comme des prisonniers. Ce sont des malades, et qui plus est nos ancêtres !

— Nos ancêtres ! La belle idée ! Les vôtres peut-être, cher monsieur Calloway. Pourtant…

Il n'eut pas le temps d'achever que les portes s'ouvrirent dans un fracas de cris et de slogans qu'on peinait à distinguer dans la pagaille ambiante. Le groupe d'activistes dévala la travée centrale. Le chef de ce commando tenait dans ses mains la dépouille d'un grand oiseau à plume et au bec démesuré. Arrivé dans le cercle délimité par les pupitres, il balança le cadavre du dinosaure d'un mouvement rageur et se mit à vociférer :

— Mort aux préhistoriques ! La sécurité doit primer !

Derrière lui, les manifestants s'égosillaient, pancartes brandies. Les slogans avaient été écrits à la peinture rouge et les coulures ressemblaient à des traînées sanglantes. Les textes étaient explicites : « EUX OU NOUS, PAS DE QUARTIER FACE AU VIRUS ! », « KRUGER = EXTINCTION DE MASSE ! », « ÉRADICATION DU VIRUS DES CAVERNES ».

Plutôt que de tenter d'obtenir l'évacuation de la salle, la présidente abattit son marteau.

— Suspension de séance. Reprise à midi !

Elle était certaine que le service d'ordre aurait chassé les importuns d'ici là. Il n'empêchait que ce genre d'incident tombait à point nommé pour les partisans de la méthode dure… Un coup monté ?

Au fond, cela n'avait guère d'importance. La présidente du Conseil savait déjà qui l'emporterait des deux courants.

Quelques minutes plus tard, alors qu'ils prenaient un café dans un salon en attendant la reprise de la séance, Stephen et Margaret furent rejoints par l'ambassadeur russe. Andreï Akoulov les toisa avec une ironie qui frisait l'insulte avant d'éclater d'un rire sonore.

— Pourquoi cette tête d'enterrement, monsieur Gordon ? À cause de ces pauvres manifestants ? Ils ont dû bien se préparer pour réussir à passer entre les mailles du filet, mais je vous accorde que la sécurité n'est pas très efficace ! Imaginez un peu s'ils avaient amené un invité !

— Je suppose que vous parlez d'un patient infecté ?

— Absolument !

— Monsieur Akoulov, le temps où l'on enfermait les lépreux est révolu ; de nos jours on les soigne à l'hôpital.

— Continuez à protéger votre espèce préhistorique, personnellement je préfère me préoccuper de nos populations…

— Qu'est-ce que vous racontez ? Il s'agit d'hommes et de femmes victimes d'un virus ! Qui vous dit que nous ne trouverons pas le moyen d'inverser le processus ?

— Et la molécule de l'immortalité, tant que nous y sommes ? Enfin, Gordon, ouvrez les yeux ! Dorénavant il y a deux espèces humaines sur la Terre et vous allez devoir choisir votre camp.

— Pourquoi êtes-vous si radical ? l'interrompit Margaret.

— Pour éviter ce type de catastrophe…

Le Russe leur tendit une tablette où s'affichait un article de *Science & Nature*. Stephen repéra aussitôt la signature. *Axel Cassard, évidemment. Ce type est toujours à l'affût d'un scoop…*

À l'hôpital central de Pretoria, l'évasion d'un malade contaminé par le virus Kruger a viré au drame. Après être sorti de sa chambre, l'individu s'en est pris à six membres du personnel qui essayaient de le stopper. Sa course s'est terminée sur le parvis de l'hôpital. Un policier l'a abattu d'une balle en pleine tête, en état de légitime défense selon les premiers éléments de l'enquête. Notre envoyé spécial a pu témoigner des dégâts causés par l'*erectus*. Cinq personnes ont fini aux urgences, deux pour un bras cassé (« broyé » serait un mot plus adéquat), et trois pour de multiples et graves contusions au visage. Quant à la sixième victime, un infirmier sévèrement mordu à la main, il a été placé directement dans une cellule d'isolement en attendant les résultats de ses analyses, qui ne font cependant pas grand doute.

Cela n'est que le dernier exemple dramatique qui illustre les problèmes que rencontrent nos hôpitaux, contraints d'accueillir des malades qui jouissent d'une forme physique excellente mais portent en eux un virus hautement contagieux. La colère populaire enfle, et si nos gouvernements n'apportent pas une réponse appropriée, il est à craindre que ce genre de tragédie se multiplie, à l'avenir...

Une photo prise à distance montrait la dépouille d'un *erectus* baignant dans une flaque sombre, et des hommes aux allures de cosmonautes qui s'affairaient autour.

— Quel salaud !

Cassard n'aurait pas pu mieux choisir son jour. Était-ce délibéré ? S'il avait voulu peser sur le vote du Conseil de sécurité, il ne s'y serait pas pris autrement. D'ailleurs, le Russe s'engouffra dans la brèche :

— Et vous osez encore parler de « victimes ». Ces malades sont des bombes à retardement. Ils ne sont plus des hommes...

À l'issue de la séance extraordinaire du Conseil de sécurité, les membres avaient voté à la quasi-unanimité l'enfermement des *erectus*.

Stephen Gordon avait alors décidé d'aller marcher le long de l'East River avant de rejoindre son hôtel. Il était en train de remâcher sa déception quand il reçut un appel de Lucas Carvalho.

— J'ai une mauvaise nouvelle. Dany Abiker est malade.

— Malade ?

— Il a le Kruger. Je viens d'avoir sa fille au téléphone. Elle l'a trouvé au volant de son pick-up, dans un fossé. Il était dans le coma.

— Alors recontacte-la et dis-lui d'éviter l'hôpital, sans cela elle risque de ne plus jamais le revoir. Le Conseil a adopté des mesures d'isolement drastiques tout à l'heure. Bon sang, j'en ai même oublié Anna ! Je dois la mettre au courant !

— Laisse ! Je me charge de la prévenir aussitôt que j'aurai eu Mary Abiker.

– 12 –

À la sortie du métro parisien, une clocharde nourrissait deux archéoptéryx d'un mélange de graines et de beurre qu'elle avait dû confectionner elle-même. Alimenter un préhistorique, pourtant, était formellement interdit. Avec les colonies de pigeons présentes dans la capitale, les dinosaures ailés commençaient à poser un sérieux problème.

La vieille femme secoua son sac en plastique, soucieuse d'offrir les dernières miettes du festin, mais cela ne fit qu'exciter la voracité des deux bestioles qui s'accrochaient à ses hardes, piaillaient, fouettaient l'air avec leurs ailes, puis assenèrent des coups de bec aux jambes de la malheureuse.

Jérémie Mons se précipita pour aider la clocharde qui criait et se débattait. Il parvint à la libérer de ses assaillants, puis il passa encore une demi-heure à la calmer…

Il était presque 20 heures quand il arriva chez lui. L'immeuble avait perdu la moitié de ses locataires. D'ailleurs, Chloé et Nona, elles aussi, étaient parties se mettre à l'abri à la campagne. *On se croirait au mois d'août, ou dans une ville occupée*, songea-t-il. *Cette fois, il n'est pas question d'Allemands, mais d'une bande de volatiles et de rats... Pour combien de temps encore ? Et si ça empire ?*

Alors qu'il s'apprêtait à se réfugier dans son appartement devenu bien trop calme, des pleurs se firent entendre dans la cage d'escalier. Inquiet, il monta deux étages. Les pleurs étaient tout proches. La petite du cinquième ? La famille s'était installée là quelques mois auparavant et ils ne se connaissaient pas vraiment, hormis les saluts habituels. Cela faisait une bonne semaine qu'il ne les avait pas vus, si bien qu'il les avait crus partis.

Leur porte d'entrée était entrouverte. Il la repoussa avec précaution, vit le trousseau de clés engagé de l'autre côté. La gamine était assise dans le couloir, vêtue de son pyjama. Elle leva vers lui des yeux effrayés, rougis par les larmes. Ses cheveux étaient emmêlés, son nez morveux. Jérémie lui donnait à peine quatre ans, plus jeune que Chloé en tout cas.

— Bonjour.

Il murmura d'une voix douce, sa voix de papa tendre. Comme elle ne réagit pas, il s'agenouilla et lui effleura le bras, provoquant un sursaut de recul.

— Je m'appelle Jérémie. Je suis ton voisin, j'habite au deuxième, avec Chloé, ma petite fille. Tu te souviens de Chloé ?

L'enfant plaqua ses mains sur ses oreilles. Elle avait l'air terrifiée.

— Ta maman est sortie ?

Au lieu de répondre, elle continua de le dévisager en reniflant.

Plus loin, plusieurs valises étaient prêtes. La famille paraissait être sur le départ, mais dans ce cas pourquoi un tel silence ?

— Où sont tes parents ?

Elle cilla et son regard alla se perdre sur la droite.

— Ils sont là, c'est ça ?

Elle cligna des yeux, comme pour confirmer.

— Pourquoi est-ce qu'ils te laissent pleurer ?

L'enfant baissa la tête. Jérémie se releva et marcha vers ce qu'il pensait être la chambre avec l'impression de se mouvoir au ralenti. *Quelque chose ne tourne pas rond, ici.* Son pouls cognait dans ses tempes, l'angoisse le faisait presque haleter. Paradoxalement, c'était la violence de sa peur qui le poussait en avant. Il ne pouvait pas flancher, pas avec cette gamine terrorisée.

Derrière la porte, le cauchemar : une femelle *erectus* était assise sur un lit double. Face à elle, un homme gisait, totalement nu, le ventre béant. Il y avait du sang partout. La créature attrapa quelque chose – un morceau de chair ? – à pleines mains et l'avala goulûment.

Jérémie se retira avec d'infinies précautions. Il aspira l'air, les yeux fermés, le temps de retrouver un peu d'aplomb. Quand il fut sûr de pouvoir marcher droit, il retourna vers l'enfant.

— Comment t'appelles-tu ?

— Luzzie.

Elle zozotait et ce détail acheva de lui tordre le cœur.

— Je vais t'emmener chez moi, Lucie. Si tu restes là, il pourrait t'arriver du mal. Tu comprends ?

— Voui.

— Alors d'accord, tu viens avec moi ?

Elle hocha la tête, puis demanda :

— Ze vais dire au rovoir à ma maman ?

— Il ne vaut mieux pas, ma puce. Ce n'est plus vraiment ta maman.

— Et mon doudou ?

— Il est dans ta chambre ?

La petite acquiesça avec conviction. Il ne se sentait pas la force de le lui refuser et s'obligea à lui sourire.

— OK, va le chercher.

— Avec toi.

— Non, je dois rester ici. Dépêche-toi.

Il ne voulait pas prendre le risque que la mère sorte de l'appartement. Une fois dehors, il faudrait tout verrouiller et téléphoner aux secours. Quel était le numéro d'urgence, déjà ?

Il patienta deux bonnes minutes avant d'appeler l'enfant à mi-voix, pour ne pas donner l'alerte. Que fichait-elle ?

— Lucie, tu es prête ? On s'en va, maintenant.

Rien.

— Lucie ?

Subitement, une idée lui vint à l'esprit… Les chambres n'étaient séparées que d'une simple cloison. Et s'il y avait une porte de communication ? Il se décida à rejoindre la fillette, en proie à une sorte d'engourdissement. D'abord il remarqua les jouets éparpillés, puis la porte de séparation, telle qu'il l'avait imaginée. Ouverte. De l'autre côté, campée devant le lit maculé de sang, une main tendue vers l'*erectus*, la gamine serrait un lapin à longues oreilles contre sa poitrine.

— Au rovoir, maman.

— Lucie, recule !

Elle n'eut même pas le temps de le regarder. En une fraction de seconde, l'*erectus* l'avait attrapée, et d'un geste vif tordit violemment sa tête.

Un craquement sec, comme une branche brisée.

Jérémie ignorait comment il était rentré chez lui. Quand il émergea du cauchemar, il s'aperçut qu'il tenait les clés des voisins dans son poing et qu'il avait sorti son téléphone. L'espace d'un instant, il se demanda quoi faire. *La police. Contacter les secours*. Ensuite il partirait. Il ne pouvait pas rester là. Il allait rejoindre Chloé et tenter d'oublier ce qu'il avait vu, loin de cet appartement.

Les *erectus* étaient maudits, il le savait à présent.

Sur le Net.

Mon voisin d'en face planque un erectus, j'en suis presque sûre. J'ai aperçu un truc pas net derrière ses rideaux, en plus il a tout colmaté !
Misspink, il y a 6 heures.

Ton voisin nous met tous en danger. Dénonce-le.
Marmotte19, il y a 5 h 45.

Tu crois ? Peut-être que c'est sa femme ou son fils ? Il a un gamin trop chou. Tu ferais quoi, toi, à sa place, si tu apprenais qu'un de tes parents était devenu régressif ?
Misspink, il y a 5 h 30.

Épargne-nous le refrain à la Savetheplanet ! Les erectus sont juste des bêtes. Tu sais ce qui se passe quand on les laisse libres ? Tu as entendu parler du pauvre mec qu'on a retrouvé à Washington, à moitié dévoré ?!
Koalamaster, il y a 5 heures.

Laisse tomber, Koala, c'est pas le moment. Savetheplanet, tu en dis quoi ?
Misspink, il y a 4 h 48.

Savetheplanet ?
Misspink, il y a 1 h 50.

Faut croire que ton chouchou a remonté le temps ! Il gardait sa petite amie contaminée. Elle a fini par le mordre ! ;)
Marmotte19, il y a 1 h 47.

Moi je pense plutôt qu'il en a marre de nos polémiques !
Misspink, il y a 1 h 46.

Je suis sérieux, Misspink ! Préviens les flics. Tout ça a trop duré. Il faut supprimer ces bouffeurs de chair humaine.
Koalamaster, il y a 1 h 26.

?!
Misspink, il y a 1 h 15.

« Leur cerveau mûrissant, les *erectus* vont se mettre à développer des comportements qu'ils possédaient autrefois. » Copié-collé d'une déclaration d'un expert en biologie. Les erectus pratiquaient le cannibalisme, comme le fera la créature de ton voisin. Tu comptes terminer en plat cuisiné ?
Koalamaster, il y a 1 h 10.

Koala, arrête de lui faire peur !
Marmotte19, il y a 1 h 07.

Qui fait peur ? Moi ou la présidente du comité Kruger qui annonce qu'on peut pas compter sur un vaccin avant des années ? Ça nous donne

combien de chances de finir au feu de bois
ou changés en Bigfoot ?
Koalamaster, il y a 1 h 05.

Là, tu marques un point.
Ça me fout les boules à moi aussi.
Marmotte19, il y a 1 h 02.

Pour ceux qui habitent New York, j'ai créé un
groupe qui fait le boulot à la place
du gouvernement. On rend les villes
à l'espèce humaine. La vraie.
Koalamaster, il y a 59 minutes.

Tu déconnes ?!! Je suis à une demi-heure en
voiture de NY ! Je te voyais plutôt à Hong Kong,
genre expat ! Sûrement à cause de ton pseudo ! :)
Misspink, il y a 45 minutes.

T'es mignonne, Misspink. Je suis dans le quartier
russe de NY. Avec toute la bouffe que les Soviets
stockent dans leurs épiceries, je peux te dire
qu'ici y a assez de rongeurs au mètre carré pour
supprimer la faim dans le monde.
Koalamaster, il y a 42 minutes.

Tu flippes pas ?
Misspink, il y a 40 minutes.

T'inquiète, on s'est fabriqué des tenues antirats.
Ces HLM à puces ne nous auront pas.
Ni eux, ni les erectus.
Koalamaster, il y a 39 minutes.

Quel genre d'actions vous menez ?
Darkforce, il y a 35 minutes.

« ON REND LES VILLES À L'ESPÈCE HUMAINE. »
C'est assez clair ou tu veux un dessin ?
Koalamaster, il y a 30 minutes.

Ça m'intéresse. J'habite Manhattan. Vous fournissez les armes ?
Gunstrider, il y a 25 minutes.

C'est mieux si tu en as, on en manque.
Koalamaster, il y a 20 minutes.

Et si on te repère ? Tu n'as pas peur de voir débarquer les flics chez toi ?
Misspink, il y a 17 minutes.

Et les marines, tant qu'on y est !
La police, elle est comme toi et moi, ils ont la trouille pareil. Il y a même trois flics dans mon groupe.
Koalamaster, il y a 13 minutes.

Si tu veux des armes, pourquoi tu ne vas pas te servir dans une armurerie ?
Darkforce, il y a 10 minutes.

Et comment je rentre dans l'armurerie, gros malin ?
Koalamaster, il y a 8 minutes.

Je travaille dans un centre de télésurveillance, je peux aider à distance puisque je suis trop loin (Detroit, la ville de tous les dangers, yeah !).
Darkforce, il y a 2 minutes.

Carrément ! Je prends !
Koalamaster, il y a 1 minute.

Putain, ça craint, votre truc ! C'est un fake ?
Marmotte19, à l'instant.

– 13 –

New York, 22 septembre, 20 heures.

La déflagration fit trembler tout l'immeuble. L'explosif artisanal répandit dans l'air une odeur de poudre et de détergent qui piquait la gorge. À l'abri derrière une camionnette, Jeffrey Bones, *alias* Koalamaster, attendit que le nuage de poussière se dissipe puis, d'un geste, ordonna à ses troupes de s'engouffrer dans l'armurerie par la façade éventrée. Le commando obéit au doigt et à l'œil. Ils étaient dix-huit, tous des citoyens bien décidés à en découdre – et bientôt, ils seraient beaucoup plus, comme en témoignait sa messagerie saturée. Même Roxane, *alias* Misspink, les avait rejoints. Elle n'avait pas encore fêté ses dix-huit ans – et était donc leur plus jeune recrue –, si bien que Jeffrey avait hésité à la prendre avec eux, mais son enthousiasme avait fini par le convaincre, d'autant qu'elle était plutôt belle. Cheveux roux coupés en brosse, Misspink s'efforçait de se donner des allures de *bad boy* qui ne faisaient que souligner son petit côté sexy. Il l'aimait déjà bien mais se gardait de le montrer. Pas assez viril, surtout en opération.

Pour se protéger des piqûres de rats, tous portaient des tenues de paintball kaki. Ils avaient pris soin de rentrer le bas de leur pantalon dans leurs chaussures pour éviter que les rongeurs grimpent le long des jambes, et leurs manches étaient solidement fixées aux gants grâce à du gros scotch. Pour l'instant, ils étaient désarmés, Jeffrey avait préféré qu'ils bougent léger, surtout qu'ils ne repartiraient pas les mains vides.

À trente-deux ans, Jeffrey Bones avait longtemps rêvé de devenir pilote d'hélicoptère comme son père, héros de la première guerre du Golfe. Manque de chance, il s'était fait recaler aux tests d'incorporation, jugé trop instable par ces fumiers de l'armée ! Ensuite il avait fait mille petits boulots sans jamais rester plus de trois mois dans la même boîte. Sa vie sentimentale était à l'image de sa carrière professionnelle : en pointillé. En temps normal, il sombrait fréquemment dans l'indécision. C'était son principal défaut, comme si une foutue brume lui embrouillait l'esprit, l'empêchait de réfléchir correctement et de prendre les bonnes décisions. Du coup, il agissait avec impulsivité et se retrouvait souvent en galère. Mais ce temps-là était révolu : à présent, Jeffrey avait une mission. L'irruption du virus Kruger était en train de changer sa vie et de lui offrir un destin, il le savait aussi sûrement que son cœur battait dans sa poitrine et l'emplissait de l'ivresse de la victoire !

Des hurlements de joie signalèrent la découverte des armes. Le cauchemar était fini. Depuis l'apparition des rats venimeux, c'était sa hantise, que New York devienne la proie des bêtes, du *King Kong* puissance mille ! L'idée que la nature puisse prendre l'ascendant sur l'être humain le révulsait.

Le pillage dura à peine quatre minutes. Les cadenas qui protégeaient les armoires ne résistèrent pas longtemps aux pinces fournies par le garagiste du groupe. Les armes embarquées, Jeffrey rassembla les deux chauffeurs des pick-up : Dan, un informaticien qui s'ennuyait dans son job, et Greg, vétéran de la guerre du Golfe qui avait mal tourné, un peu trop porté sur la bouteille, mais qui avait juré d'être sobre ce soir. De toute façon, le pick-up était à lui et il avait bien fallu régler le problème du transport puisque la voiture de Jeffrey n'aurait jamais pu suffire.

Roxane s'empressa de se mêler à eux, souriant à pleines dents. Malgré le pistolet qu'elle brandissait d'une main, elle ressemblait à une gamine à qui on viendrait d'offrir un tour de manège.

— L'alarme n'a même pas sonné. Darkforce a assuré…

Jeffrey se retint de fanfaronner. Le temps pressait. Il déploya la carte et leur fit signe d'approcher.

— Nous sommes ici, dit-il en pointant le quartier de Little Odessa. Et on va là…

Il fit glisser son doigt un kilomètre plus au nord, à l'endroit où se concentraient une dizaine de cercles.

— Comment il peut y avoir autant d'*erectus* dans cette zone ? intervint Greg avec un soupçon de méfiance. T'es sûr de toi ?

— C'est un nid.

— Un nid ? Ça veut dire quoi ? questionna Roxane.

— Je te laisse la surprise. Un flic m'a aiguillé…

Alors qu'il détestait tout ce qui s'apparentait, de près ou de loin, à de l'autorité – armée, police, administration –, Jeffrey en était venu à pactiser avec les forces de l'ordre, et plus précisément avec un groupe d'« ultras » – c'était ainsi qu'ils se baptisaient – dégoûtés par l'atmosphère de chaos qui régnait à New York, les pillages de gangs ou les appels à l'humanité des pro-*erectus*. Selon eux, la ville était en train de sombrer lentement et le gouvernement tardait à prendre les mesures nécessaires. Des mesures forcément radicales.

Certaines recrues montèrent dans la voiture de Jeffrey, d'autres dans les pick-up – y compris sur la plate-forme à l'arrière –, et tout le monde démarra en trombe. Roxane était à l'avant, près de Jeffrey. Elle se trémoussait sous son regard et finit par demander en gloussant :

— Qu'est-ce qu'il y a ?

— Rien.

— Si, vas-y…

— C'est juste que ça me plaît que tu sois là.

— Tu sais ce que je trouve drôle ?

— Non, quoi ?

— Je ne t'aimais pas au début.

— Sans dec' ?

— Quand t'as commencé à dire sur le Net que tu voulais chasser les archéoptéryx…

— Tu m'as pris pour un cinglé, c'est ça ?

— Non, juste pour un mec qui se la racontait. En fait, c'est Savetheplanet le *loser* du groupe.

— Et maintenant tu me vois comment ?

— Je pense que t'es un supertype. À l'école, on nous rabâche que les espèces survivent en s'adaptant, on parle de la sélection naturelle, des lois de l'évolution, et pourtant on n'a rien vu venir ! Il se pourrait bien que les *erectus* soient là pour nous faire changer, et toi, t'as pigé ça avant tout le monde ! T'es devenu un exemple pour nous, comme un genre de modèle, tu vois ? Je ne sais pas si je suis très claire.

— Très claire, Roxane. Et ça me fait vachement plaisir d'entendre ça !

En trente-deux ans de présence sur Terre, jamais Jeffrey n'avait ressenti un tel sentiment de fierté. Il pourrait mourir là, à cette seconde précise, il gagnerait direct le paradis. Mais il y avait les autres à l'arrière. Et même s'ils n'avaient pas dû saisir grand-chose de la conversation, le moment n'était pas vraiment au flirt.

Soudain, Roxane désigna un « E » tracé en rouge sur le portail d'une église. Ces derniers jours, la pratique était devenue courante : les graffitis désignaient les lieux où nichaient les *erectus*.

— On s'arrête ? demanda-t-elle.

— Pas la peine.

— Pourquoi ?

— Putain…

Elle tourna la tête. Sur le trottoir, une forme sombre était penchée dans une poubelle. Tout autour, des détritus s'étalaient sur plusieurs mètres. Roxane pensa à un prêtre en soutane, mais quand la silhouette se redressa, elle s'aperçut qu'il s'agissait d'un homme-singe. Subitement, il se mit à cavaler dans leur direction, à grandes enjambées désordonnées, comme s'il sautait des haies. Jeffrey observait la forme débouler droit sur eux, tétanisé. Il voulait bouger, mais sa main était comme pétrifiée. Une violente détonation retentit, juste dans leur dos. L'un des membres du groupe venait de tirer un coup de fusil à pompe. L'*erectus* s'écroula, touché en pleine tête. Le tir lui avait arraché une partie de la mâchoire.

— Yeah, une de ces vermines en moins ! hurla Jeffrey, brusquement libéré de sa paralysie.

Il fit signe aux pick-up de poursuivre et redémarra lui-même, le souffle court d'excitation. La prochaine fois, il serait prêt. Il s'était laissé surprendre. C'était à cause de Misspink et de ses minauderies. *Roxane, à présent.*

Le convoi longea les poutres métalliques d'une ligne aérienne de métro sur plus d'un kilomètre puis bifurqua sur la droite, dans une allée qui menait à une enceinte où l'on devinait des arbres. Sur le fronton du haut portail, une inscription annonçait : EDINGTON HOSPITAL.

— On dirait une clinique privée. Il y a des *erectus* ici ?

— Des membres du personnel ont été contaminés. Les autres ont été évacués, mais les *erectus* ont été bouclés là en attendant l'arrivée de l'armée. Mon indic m'a dit qu'on avait du temps avant qu'ils débarquent…

Jeffrey descendit de voiture et alla choisir une mitraillette à l'arrière. Ceux qui ne s'étaient pas encore armés se dépêchèrent de l'imiter. Ensuite, ils se rangèrent devant lui, dans un semblant de garde-à-vous.

— Tout le monde est équipé ?

— Ouais !

Les visages étaient graves, les yeux brillants. Roxane émit un petit rire de gorge. Elle ne voyait que lui.

— Parfait. On reste groupés, OK ? Ces créatures sont des brutes. Elles vous mangeraient les yeux si elles en avaient la possibilité. Ne cherchez pas à jouer les héros.

Après un temps d'arrêt, il sortit de sa poche un bout de papier sur lequel il avait noté quelques mots. Parce que l'instant était solennel, qu'il y aurait désormais un avant et un après, et que c'était à lui de le marquer.

— Peut-être certains d'entre vous éprouveront un truc comme du remords quand ils seront face à ces créatures et qu'ils hésiteront à tirer. Si c'est le cas, dites-vous une chose, les gars, ces bêtes n'ont plus rien à voir avec le père ou la mère de famille, le pompier ou l'avocat qu'elles étaient avant. Elles n'ont plus rien d'humain. Ce sont juste des bêtes sauvages qui veulent prendre notre place. Compris ?

— *Yes !* Il a raison !

Roxane avait levé son poing vers le ciel et les autres clamèrent leur assentiment.

— C'est eux ou nous, les gars ! Point. La Troisième Guerre mondiale commence aujourd'hui.

Le matin même, en répétant devant le miroir de sa salle de bains, il s'était demandé si son discours n'était pas trop ronflant. L'ovation qui suivit son *speech* le rassura tout à fait.

Le portail était bouclé par une chaîne et un gros cadenas. Jeffrey se tourna vers le spécialiste en explosifs. Gunstrider avait tenu un stand de tir à Greenwich, dans le Connecticut. Il portait une moustache et une queue-de-cheval et s'était fait tatouer le visage du Christ sur l'avant-bras depuis qu'il avait perdu son job. Dans le civil, il s'appelait Philip Birch.

— Phil, tu crois que tu peux nous faire sauter la serrure ?

— Pourquoi pas tout faire péter ?

— J'aimerais bien qu'on puisse refermer derrière nous…

Comme l'autre s'étonnait, il précisa avec un sourire carnassier :

— Je ne voudrais pas qu'on en laisse échapper un… On va bloquer la sortie avec la chaîne, autant dire que ces singes iront pas la démêler.

— C'est comme si c'était fait, chef !

En réalité, il mit cinq minutes et la détonation fut assez forte pour alerter leurs proies. Tant mieux. Jeffrey préférait un peu de sport.

Le parc dans lequel ils s'engagèrent était noyé dans une étrange végétation, croisement entre des bambous et des sapins qui s'élevaient à plusieurs mètres de hauteur. Au passage du commando, trois archéoptéryx qui picoraient un pigeon décollèrent pour se fondre dans les arbres.

Jeffrey eut le sentiment qu'ils avaient basculé dans une autre époque, loin, très loin dans le passé. Au temps où les tribus s'entretuaient pour la possession d'un territoire… Les cris que poussaient ses compagnons pour se donner du courage renforçaient l'anachronisme. Il éprouvait autant l'envie d'en découdre qu'une appréhension troublante, presque sexuelle. Le goût du sang. Le cœur qui cognait contre ses côtes. Roxane qui courait à son côté.

Devant le bâtiment, au rez-de-chaussée, une fenêtre avait été brisée. Le long de la façade qu'ils suivaient, des arbustes touffus étaient couverts d'une profusion de fruits rouges à l'odeur acide. Certains étaient tombés au sol, à demi écrasés. Quand Jeffrey comprit ce que ça signifiait, il était déjà trop tard : l'*erectus* planqué dans un massif jaillit et il sentit des doigts incroyablement durs se refermer sur sa gorge. L'étreinte était phénoménale, pire que des câbles d'acier. Il suffoqua, perçut le bruit du sang dans ses oreilles, comme la rumeur d'un océan en furie, puis un craquement sec, et il sombra dans le néant.

La tête de Jeffrey dessinait un angle improbable avec le reste de son corps. Horrifiée, Roxane vit la silhouette trapue de l'*erectus* détaler. Elle n'avait rien pu faire. Autour d'elle, les cris s'élevèrent à nouveau, plus forts, plus intenses. Protestation ou panique, elle ne savait pas ; elle épaula son fusil, tira à deux reprises sans rien toucher. Soudain, un concert de sirènes de police déchira ses tympans.

— Les flics, barrons-nous !

Une main lui saisit le poignet. Elle voulut résister, vérifier si Koalamaster était bien mort, s'ils ne pouvaient pas le sauver, mais l'autre l'entraîna. Elle ne savait pas qui c'était, elle s'en foutait.

L'*erectus* avait tué Jeffrey.

Il avait raison. C'était comme une sorte de fin du monde.

Ils étaient tous en danger !

– VI –

LES *ERECTUS* SONT-ILS DES HOMMES ?

– 1 –

Val-de-Grâce, Paris.

Quand Anna atteignit l'hôpital, l'armée avait déjà investi les lieux. Elle passa en courant devant les camions militaires garés face à l'entrée. Cela faisait maintenant presque deux jours qu'elle avait reçu le message de Lucas Carvalho et qu'elle se préparait à ce moment. Presque deux jours qu'elle luttait contre les images de rafle en essayant de se convaincre que ce serait forcément moins terrible, qu'elle imaginait malgré tout des camps de rétention et Yann coincé au milieu de cette horreur.

Une fois dans le hall, elle se trouva plongée en plein cauchemar. Équipés de combinaisons étanches, des hommes encagoulés avaient sorti des chambres une douzaine de malades à l'aide de collets. Certains avaient visiblement été drogués et suivaient docilement, le regard vide, comme des zombies. La chambre de Yann était tout au fond, il restait une petite chance…

Elle dépassa un *erectus* qui résistait, étranglé par le garrot d'acier tandis que son geôlier tentait de le maintenir au bout de sa lance, et arriva hors d'haleine sur le seuil de la chambre 54. La porte était grande ouverte, et la pièce, vide. À cet instant, elle prit conscience avec effroi que la créature qui s'était rebellée ne pouvait être que Yann. Elle fit volte-face pour découvrir qu'il gisait sur le sol, à moitié asphyxié.

— Attendez ! Cet homme est mon fiancé. Je vous en prie, libérez-le, il n'a fait aucun mal.

— Nous avons reçu l'ordre de transférer tous les infectés.

— Où ça ?

— Information confidentielle. Écartez-vous, madame, votre…

Le soldat hésita, puis son visage se tordit, comme s'il croquait dans un citron.

— Votre ami pourrait mordre.

Anna se précipita vers lui et s'accrocha à son bras, suppliante.

— J'ai une autorisation spéciale validée par le comité Kruger. Vous pouvez demander, je lui rends visite et je vous certifie qu'il me reconnaît.

— Il n'y a plus d'autorisation qui vaille, nous les évacuons tous ! À présent reculez, madame !

— Vous avez dû entendre mon nom, Anna Meunier, la paléontologue. L'homme que vous emmenez est un sujet d'étude. Il s'appelle Yann Lebel !

— Madame…

Le ton devint menaçant et malgré son affolement Anna saisit qu'elle devait trouver un argument sérieux.

— Écoutez, si nous voulons vivre avec ces malheureux, nous devons apprendre à les cerner. J'entends que vous avez des ordres, mais patientez au moins le temps que je contacte le général Antonetti !

Elle avait cité le nom au hasard, parce qu'elle se souvenait que c'était par lui que Gordon avait obtenu son laissez-passer. Sans le savoir, elle avait visé juste. L'enfermement des *erectus* s'effectuait sous la supervision du médecin général des armées Antonetti. Pourtant, le militaire s'en fichait, et au lieu de lui répondre, il aboya dans son talkie-walkie :

— Sergent Bazile. Besoin d'assistance avec le prisonnier !

Dans la minute qui suivit, alors qu'elle s'efforçait de le raisonner, deux soldats déboulèrent dans le hall en courant.

— Tenez-moi cette femme le temps qu'on en finisse !

Anna assista impuissante à l'assaut, Yann traîné par le sergent et l'un des soldats, tandis qu'un jeunot boutonneux l'immobilisait. De rage, elle sentit les larmes lui monter aux yeux. Ces types étaient pires que des machines.

— D'accord ! J'ai compris. Je veux juste passer un coup de téléphone. J'ai le droit, ça, au moins ?

Le jeune hocha la tête et la lâcha, faisant barrage au cas où il lui viendrait l'idée de s'enfuir. Elle se dépêcha de composer le numéro de Stephen Gordon mais il était injoignable. Après deux tentatives, elle essaya le portable de Lucas Carvalho. En entendant sa voix, quelque chose céda et elle se mit à sangloter.

— Lucas, c'est Anna… Je suis à l'hôpital, et… L'armée… J'ai voulu…

— Je suis désolé, Anna.

Elle respira profondément et parvint à se reprendre.

— L'hôpital de Durban a été évacué aussi ?

— J'attends les soldats. Je tiens à vérifier qu'ils se comporteront correctement avec les malades.

— Ils viennent d'emmener Yann sous mes yeux, c'était horrible, ils les traitent comme du bétail !

— C'est provisoire, Anna, le temps que l'OMS…

Elle le coupa avec colère :

— Pourquoi vous n'avez rien fait, ton patron et toi ?

— La mesure a été votée à l'ONU ! Crois-moi, Stephen s'est battu pour l'empêcher. Aucun membre de l'OMS ne soutient ce choix, nous étions pour des méthodes moins coercitives et surtout contre le fait que l'armée soit chargée du problème. Je sais que c'est terrible mais tu dois te calmer…

Lucas n'y pouvait effectivement pas grand-chose et lui en vouloir ne servait à rien, pourtant sa rage se raviva. Elle eut un rire sec à la pensée de ce qu'ils avaient fait ensemble, à même le sol, comme des bêtes en rut ! C'est ce même type qui prétendait maintenant lui faire la leçon !

— Me calmer ? Tu crois vraiment ?

— Excuse-moi. C'était maladroit, vraiment. Anna…

Elle perçut sa tendresse douloureuse et elle comprit soudain qu'il avait jusque-là joué la comédie du type détaché et qu'il n'avait rien oublié. Au lieu d'en être consolée, l'accablement la submergea.

— Que vont-ils faire d'eux ?

— Ils vont être placés dans des camps militaires.

— Des camps ? Où ça ?

— Je l'ignore, mais nous le saurons vite. L'armée doit collaborer avec les autorités sanitaires. Cela, personne ne le conteste.

— Je veux un droit de visite ! À mon dernier passage, Yann a réagi quand je l'ai appelé par son prénom. Je suis certaine que son cerveau répond à de nouveaux stimuli, c'est une simple question d'entraînement ! Avec un peu de patience, j'arriverai à réveiller en lui d'autres souvenirs.

À l'autre bout du fil, le soupir fut éloquent.

— Anna, tu as perdu l'homme que tu aimes, j'imagine la détresse que tu dois ressentir, mais ne te berce pas d'illusions… Et même si on met au point un vaccin, cela ne veut pas dire que tu le retrouveras.

— S'il te plaît, pas toi…

Elle s'interrompit, à bout de forces. Lui qui l'avait tenue dans ses bras et qui l'avait fait jouir savait mieux que personne combien elle avait besoin d'y croire. Le silence s'installa, curieusement apaisant. Lucas ne possédait ni les mots de réconfort ni l'espoir suffisant pour abonder dans son sens, mais au moins il ne faisait plus semblant. Après un soupir, il reprit presque à regret :

— Je ne voulais pas te le dire, mais Dany aussi a été contaminé.

— Dany !

— Anna, si dur que cela paraisse aujourd'hui, tu dois te protéger.

— Me protéger ? De quoi ? Des *erectus* ? De Yann ? De toi ? Tu cherches à me dire quoi, là ? Que je dois oublier mon homme, faire comme si…

— Non, Anna. Simplement prendre la mesure des choses, te reposer, ne pas lutter contre l'inévitable. Et ménager tes forces, parce que beaucoup de gens comptent sur toi et ton travail de recherche. Pour l'instant, on ne peut rien faire, sinon attendre de voir comment la situation va tourner. De mon côté, je vais me débrouiller pour obtenir des informations… Et puis je suis là. Quoi qu'il se passe, n'oublie pas, je suis là. Tu peux m'appeler jour et nuit.

Elle le coupa, agacée par sa gentillesse. Il ne l'entendait pas !

— Lucas, je sais qu'il est possible de communiquer avec les *erectus* !

— Et moi, je ne suis pas très optimiste. Pardon d'être brutal, mais j'ai observé Willems sous toutes les coutures et avec lui trois de ses congénères. Ce sont des êtres frustes, animés d'instincts basiques : se nourrir, jouer, se bagarrer si on leur en laisse l'occasion. Bien sûr, ils sont curieux, ils ont sans conteste la capacité de mémoriser des gestes et même d'apprendre…

— On dirait que tu parles d'une bande d'orangs-outans !

— Ils en sont moins éloignés que de nous.

— Merde ! Si tu en es à penser ainsi, imagine l'armée !

— Je veux juste te mettre en garde…

— Écoute-moi ! Il faut que tu arrives à convaincre ces gens que je dois continuer mes expérimentations avec Yann. Peut-être que je parviendrai à lui faire comprendre que son espèce représente une menace pour la nôtre, qu'il ne faut pas mordre…

— Je ferai mon maximum, je te le jure. Et puis tu as raison au moins sur un point : on ne peut pas laisser opérer les militaires sans réagir. Ces *erectus* ont des droits et, avant de déterminer clairement lesquels, nous allons nous assurer qu'il ne leur sera fait aucun mal.

— Merci.

— Je… Je suis désolé, Anna. Si tu as besoin de moi…

— Je sais, tu l'as déjà dit, mais la seule chose que je demande, c'est de connaître l'endroit où ils ont emmené Yann. Et un laissez-passer.

– 2 –

Après cet appel, Carvalho sauta dans sa voiture en direction du parc Kruger. Cette discussion n'avait fait qu'aggraver son inquiétude. Il comprenait Anna – bien mieux qu'il n'avait voulu l'admettre –, et l'idée de savoir Dany Abiker enfermé dans un camp lui était insupportable. L'Afrikaner avait trop aidé l'OMS pour mériter ce traitement…

Les risques que cela arrive auraient d'ailleurs dû être minimes, car Mary avait suivi ses instructions. Au lieu de contacter le service hospitalier chargé du transport des *erectus*, elle avait enfermé son père dans la chambre de Kyle. Mais leur chance s'arrêtait là ; les autorités avaient été prévenues de sa contamination par Tendaï, qui avait cru bien faire lorsqu'il avait vu son patron émerger du coma.

Depuis, Lucas avait été surchargé de travail et n'avait pu apporter son secours à Mary, mais à présent il regrettait de ne pas s'être rendu disponible plus tôt, car il savait de source sûre que l'armée était en route pour évacuer Dany…

Ce ne fut qu'au bout de huit longues heures de route qu'il parvint aux alentours du Wildlife Center, après avoir évité de justesse une collision avec un gomphotherium. Les derniers kilomètres, il roula à tombeau ouvert dans l'espoir de devancer l'armée, dont tous les camions étaient maintenant regroupés au camp militaire de Durban.

Lorsqu'il arriva, il trouva la jeune femme à la cuisine, les yeux rougis de fatigue et de larmes. Dès qu'elle le vit, elle le questionna :

— Vous êtes sûr qu'ils sont au courant ? Tendaï a appelé une antenne locale.

— Tous les signalements se retrouvent dans un fichier central, mais ils se rendront d'abord au refuge. On doit le déplacer. Vous avez décidé où ?

— Les Smith. Ce sont de vieux amis de mon père.

— Ils ont un endroit sûr ?

— Un gîte qu'ils louent à l'écart de leur lodge. Avec l'instauration du couvre-feu, ils l'ont fermé, comme tous les autres. J'ai eu Christian au téléphone hier, il est d'accord.

— Parfait.

Kyle apparut sur le seuil de la cuisine, le visage grave. Carvalho se demandait quelle attitude adopter, mais Mary le devança :

— Grand-père va bien ?

— Il joue.

— Tu vas venir avec nous. On doit l'emmener ailleurs.

— Pourquoi ?

— L'armée veut regrouper tous les gens malades.

— Ils vont prendre papy ?

— Non, pas si on se dépêche…

La créature qui était Dany Abiker deux jours avant encore démolissait consciencieusement un jeu de construction. À leur entrée, il se redressa d'un bond et s'élança vers le garçon en souriant à pleines dents, un cube brandi, mais l'attache qui le retenait au radiateur contraria son enthousiasme. Il plissa le front en poussant de petits râlements, frustré de se sentir entravé. Tendaï avait bricolé ce lien avec la sangle utilisée pour le transport de Quatre-Défenses. Devant ce spectacle, Lucas eut un haut-le-cœur. Si la version préhistorique de Dany conservait certains stigmates de la vieillesse – sa chevelure blanche, une peau fripée, barrée par la cicatrice familière –, en revanche, sa musculature était aussi impressionnante que celle des *erectus* plus jeunes. Comme eux, il était pourvu de mâchoires proéminentes, suffisamment robustes pour broyer un tibia.

Kyle voulut s'approcher, mais sa mère l'arrêta aussitôt. L'enfant essaya de se dégager de sa poigne en protestant.

— Laisse-moi, c'est papy !

— Non, Kyle, plus vraiment.

— Alors pourquoi il veut me donner des cubes ?

— Parce qu'il… Parce que les *erectus* aiment jouer.

Après avoir prononcé ces mots, elle éclata en sanglots. L'enfant l'observa, consterné. Lucas tenta de les consoler :

— Personne ne pouvait prévoir cette folie. On va s'occuper de lui mais nous devons faire vite !

Un bruit de moteur le figea sur place. Trop tard, l'armée était déjà là ! Il réagit sans même réfléchir, sous le coup de l'adrénaline.

— Mary, sortez à leur rencontre et arrangez-vous pour les retarder. Conduisez-les d'abord aux dépendances, n'importe où, j'ai besoin de cinq minutes pour endormir Dany.

— Et après ?

— Je ne pense pas qu'ils feront une fouille très poussée dans la chambre du petit, c'est notre seule option. Kyle, tu restes avec moi et tu fais semblant d'étudier.

— D'accord !

Tandis que Mary se précipitait hors de la pièce pour intercepter les soldats, Lucas prépara une seringue d'anesthésiant, une dose de cheval. Ensuite, en évitant tout mouvement brusque, il planta l'aiguille dans l'épaule de Dany. L'*erectus* sursauta et lui jeta un regard hostile qui s'embruma en quelques secondes. Engourdi par le sédatif, il vacilla, tenta de se retenir et finit par glisser au sol, terrassé, les yeux toujours ouverts.

La chambre ne recelait pas vraiment de cachette. Sous le lit, bien trop visible ; l'armoire, trop évident ; le bureau, des étagères et une sorte d'énorme coffre en osier… À l'intérieur, on avait empilé un édredon et des peluches. Lucas le vida et y enfouit le corps inerte avec l'aide de Kyle, puis ils tournèrent le panier vers le mur, de façon à bloquer le battant d'osier, disposèrent quelques coussins dessus, les peluches et une pile d'illustrés. Tout était en place.

— J'y vais.

Kyle hocha la tête sans mot dire et se coula sur la chaise, à son bureau, avant d'ouvrir un cahier. Il était très pâle, mais incroyablement décidé.

En quittant la pièce, Carvalho tomba nez à nez avec Mary et trois hommes en armes. Il feignit l'ennui.

— Que se passe-t-il ?

— On cherche Dany Abiker. Vous êtes qui ? demanda un lieutenant avec méfiance.

— Lucas Carvalho, de l'OMS. Les Abiker sont des amis. Pour Dany, c'est terrible. Vous arrivez trop tard. Nous l'avions mis dans un enclos du refuge, on a eu peur pour le petit, mais il s'est échappé… Vous ne le leur avez pas dit, Mary ?

— Évidemment, mais ces messieurs n'ont pas l'air de me croire.

Le militaire parut soudain moins sûr de lui et embraya mécaniquement sur un refrain qu'il avait dû répéter souvent au cours des derniers jours :

— Cacher une victime du virus peut contribuer à propager l'épidémie. Je vous repose la question : votre père est-il ici ?

— Fouillez vous-mêmes, ne vous gênez pas, vous pouvez même commencer par la chambre de mon fils !

Les hommes s'avancèrent sur le seuil de la pièce avant de s'arrêter, désarçonnés par la présence de l'enfant. Mary en profita pour les relancer avec dureté :

— Vous me jugez assez folle pour planquer un *erectus* sous le lit de mon enfant ?

Le lieutenant hésita quelques secondes qui semblèrent une éternité.

— Je vous crois, madame. Vous dites qu'il s'est enfui ? Quand, exactement ?

— Cette nuit ou ce matin. À 6 heures, quand j'y suis passée, il avait disparu.

— Nous allons sillonner le parc aux alentours et si on ne retrouve pas sa trace, nous ferons appel à l'hélico. Désolé pour le dérangement…

— Vous faites votre travail.

Une fois les militaires partis, Mary chuchota :

— Où est-il ?

Carvalho attendit de percevoir le grondement du camion pour tirer le coffre en osier, et le faire basculer. Le corps massif roula sur le plancher et s'immobilisa.

L'homme qui avait été Dany Abiker ne ressemblait plus qu'à une bête anesthésiée…

– 3 –

À la suite du fiasco du vote du Conseil de sécurité, Gordon avait décidé d'abandonner Margaret à New York et, sur le chemin du retour, de faire un détour par Atlanta afin de rencontrer son homologue du CDC.

Pour une fois, McCormick et lui s'étaient entendus : le mouvement d'autodéfense qui était en train de se développer de façon exponentielle était comme un deuxième virus à combattre. Dans le monde entier, des commandos se levaient, des milices se formaient, les exécutions sommaires d'*erectus* se multipliaient. Pas un quartier qui n'ait désormais sur une porte d'immeuble un « E » peint en rouge. Du jour au lendemain, des pères de famille et de paisibles employés de bureau se muaient en tueurs impitoyables.

Stephen n'était pas un spécialiste des guerres civiles, mais il avait toujours pensé que celles-ci prospéraient sur le terreau de vieilles rancœurs, or ici, pas de cadavres dans le placard ni de trahisons ancestrales, la fureur s'alimentait à une autre source, puissante, directe : l'instinct de survie. Les humains se comportaient comme les rats dans les égouts et les éléphants dans la savane : ils défendaient *leur* espèce.

La plupart des gouvernements tentaient de contenir ces mouvements, mais avec une fermeté très aléatoire. Parmi les États qui toléraient les débordements, le Venezuela et la Pologne avaient refusé d'envoyer leurs troupes contre ces groupuscules extrémistes. En Russie, la situation se révélait encore plus problématique : des soldats n'avaient pas hésité à prêter main-forte à des miliciens venus chasser des *erectus* dans un hôpital de Moscou. Pour faire la lumière sur ces événements, le président russe avait bien annoncé l'ouverture d'une enquête, mais il était probable que celle-ci n'aboutirait jamais.

Après une intense journée de discussions avec McCormick et une nuit d'hôtel particulièrement agitée, Stephen se décida enfin à téléphoner à Anna, qui lui parut à bout de nerfs. La jeune femme ne savait plus à qui s'adresser pour retrouver la trace de Yann et les images diffusées à la télévision la terrifiaient : des corps d'*erectus* jonchaient les trottoirs de la capitale et aucune nouvelle n'avait encore filtré sur la destination des prisonniers. Poussé par le remords de n'avoir pas pris le temps de s'occuper de cette affaire plus tôt, il appela l'état-major des armées dans la foulée et parvint à joindre Antonetti. Le médecin général ne lui cacha pas qu'il défendait bec et ongles le principe d'enfermement, seul moyen de protéger les populations. Il comprenait absolument la position des Russes même s'il craignait que le rassemblement des *erectus* dans un même lieu finisse par poser un problème. Il lui promit néanmoins de réfléchir à la demande de laissez-passer d'Anna Meunier, « en souvenir du bon vieux temps ». Il avait dit cela d'un ton revanchard, mais Stephen ne releva pas. Le fossé qui les séparait depuis des années était devenu un gouffre.

Le directeur exécutif de l'OMS était prêt à faire ses valises pour rentrer à Genève quand il reçut un message de Margaret Christie : elle avait encore besoin de lui à New York. Elle avait obtenu un entretien privé avec la secrétaire générale de l'ONU et espérait, deux jours avant la prochaine réunion du Conseil de sécurité, lui faire admettre que leur dernière résolution, pour le moins stigmatisante, était directement responsable du déchaînement de violences contre les malades atteints du Kruger.

– 4 –

Le 25 septembre, à 10 heures, la secrétaire générale de l'ONU, Dao Tran-Nhut, fut la première à s'exprimer. Dans la coulisse, elle pensait avoir ébranlé dix membres sur quinze et s'apprêtait donc à présenter un texte condamnant très clairement les violences perpétrées à l'encontre des *erectus*. Margaret Christie et Stephen Gordon l'avait convaincue : l'ONU devait entamer une réflexion sur leurs droits fondamentaux, quelle que fût la politique de sécurité mise en œuvre par les États.

— Mesdames, messieurs, la grandeur de l'homme est d'avoir su s'émanciper de la loi du plus fort qui règne dans le monde animal. Nous savons tous le danger que représente un virus tel que le Kruger, mais je crois qu'il est temps de se positionner fermement pour dénoncer les brutalités et les massacres qui visent les personnes infectées. En outre…

Elle fut interrompue par le représentant russe, qui s'était redressé, la main levée, moins pour quémander une faveur que pour la stopper dans son élan :

— Madame la secrétaire générale, j'aimerais proposer un changement à l'ordre du jour.

— Je vous demande pardon, monsieur Akoulov ?

— Je crois pour ma part qu'il est temps pour ce Conseil de renoncer à son autorité concernant la pandémie du virus Kruger. Les conséquences qui frappent de plein fouet nos sociétés sont trop graves pour que nous soyons quinze à décider comment l'espèce humaine doit se comporter face aux préhistoriques. C'est pourquoi je suggère que le sujet que nous devions aborder aujourd'hui soit soumis à l'Assemblée générale des Nations unies.

— Excusez-moi, monsieur, mais il s'agit moins de débattre du fond que de s'opposer à des violences indignes !

— Et moi, madame, je dis que vous vous trompez de combat. Nous devons nous poser la bonne question !

— Et peut-on savoir quelle est-elle ?

— Voici : les *erectus* sont-ils des hommes ?

Dao Tran-Nhut sentit la colère monter en elle, colère d'autant plus forte qu'à observer les autres membres du Conseil qui évitaient son regard elle comprit qu'ils avaient tous été briefés par ce satané bonhomme. Tous, sauf les Suisses, qui étaient venus plaider en faveur des *erectus*.

Mettre en doute l'humanité des malades sous prétexte qu'ils étaient un risque sanitaire pour le monde était habile. Il lui était impossible de contrer ce vote ou de reporter la consultation, même si, dans cette atmosphère de complot, il n'y avait pas pire façon d'envisager la suite.

De son côté, Stephen Gordon avait parfaitement saisi ce qui se jouait. Il se pencha vers sa patronne et chuchota :

— On s'est plantés dans les grandes largeurs, Margaret. Nous n'avons pas été les seuls à tenter notre chance…

– 5 –

À Paris, il avait fallu quelques jours à Anna pour localiser le camp des *erectus* et une petite matinée de plus pour enfin obtenir un laissez-passer.

Après avoir hésité à vider une prison – et y avoir renoncé pour des raisons pratiques –, les militaires avaient établi le premier centre de rétention au zoo de Vincennes, en bordure de la capitale. Comme dans la plupart des lieux de loisirs, l'accès était interdit au public depuis plus de un mois. Avec ses enceintes fermées, ses cages et son emplacement, l'endroit avait été jugé mieux adapté pour recevoir les *erectus*, en attendant de trouver le cantonnement adéquat. Le symbole était terrible : les malades étaient ravalés au rang d'animaux. Sans doute était-ce la raison pour laquelle l'armée avait tenté de garder le secret.

Massées devant les grilles d'entrée, plus de deux cents personnes criaient leur colère. Des banderoles émergeaient de la foule : « MA FEMME N'EST PAS UN ERECTUS », « QUI SONT LES VRAIES BÊTES ? REGARDEZ-VOUS DANS LE MIROIR ! », ou encore : « TOUS FRÈRES ! »

Anna donna sa carte d'identité au garde planqué dans une guérite blindée. L'homme consulta une liste et prit son téléphone sans lui accorder un regard. Elle patienta environ dix minutes avant qu'un type arrive à sa rencontre, le visage soucieux. Il la salua sans l'ombre d'un sourire.

— On m'a prévenu de votre arrivée, madame Meunier. Je suis Marc Antonetti.

— Merci de me recevoir. Stephen Gordon m'a dit que vous pourriez m'aider.

Anna se garda d'afficher son ressentiment. Elle savait que le médecin général avait activement plaidé pour l'isolement des préhistoriques. Sans lui, pourtant, elle n'avait aucune chance de revoir Yann. Elle poursuivit en exagérant son optimisme :

— Je suis presque certaine de parvenir à communiquer avec Yann Lebel. De cette façon je pourrai démontrer qu'il est possible de…

Antonetti l'interrompit avec autorité :

— Soyons clairs, madame Meunier. Si vous êtes ici, c'est uniquement au nom d'une ancienne amitié qui me liait à Stephen Gordon. Je sais aussi que vous n'avez pas ménagé vos efforts au parc Kruger. Il n'empêche que vous perdez votre temps. L'homme dont vous me parlez n'existe plus. Je vous accorde deux jours, pas un de plus… Venez.

Il se détourna et commença à marcher. Anna s'empressa de le suivre, le cœur battant.

Dans l'enclos des panthères, une quarantaine d'*erectus* se tenaient serrés les uns contre les autres. Ils paraissaient totalement amorphes et ne manifestaient pas le moindre intérêt pour leur nouveau territoire. L'un d'eux poussa une sorte de hululement plaintif qui semblait traduire une angoisse profonde. *Au moins, ils ne sont plus enfermés dans des chambres stériles...*

— Qu'avez-vous fait des animaux ?

— Pour la plupart, ils ont été transférés dans d'autres zoos, certains sont parqués dans les anciennes infrastructures. On a besoin de place.

— Et les malades, ils sont combien ?

— C'est une information confidentielle.

Les enclos se succédaient, et chaque groupe dégageait la même impression d'accablement. Anna fut un peu surprise de leur passivité. Elle tenta de ne rien juger mais le dégoût et la colère montaient en elle.

— Ne vous fiez pas à ce calme, trancha Antonetti comme s'il lisait dans son esprit. Il y a vingt minutes encore, ils s'excitaient mutuellement et nous avons dû droguer les meneurs. J'imagine que les *erectus* fonctionnent par mimétisme, car ils réagissent tous de la même façon.

— Savez-vous pourquoi ils s'énervaient ?

— Pas le moins du monde. On aurait dit des chiens fous s'acharnant sans raison sur une chaussure...

— Et si l'enfermement provoquait ces crises d'affolement ? Le premier *erectus* que nous avons identifié en Afrique du Sud se comportait comme un enfant et passait des heures à jouer avec des poupées, mais que peut-on attendre d'un individu isolé et amnésique qui se retrouve dans un environnement dont il ne saisit rien ? Serions-nous en meilleure forme si nous étions brusquement transplantés dans un milieu totalement nouveau ? Considérer nos ancêtres comme des brutes carnivores est absurde ; intellectuellement, les *Homo erectus* étaient redoutables. Ils ont domestiqué le feu, fabriqué les premières haches et probablement inventé les prémices du langage dont nous avons hérité…

— Écoutez, tout ça c'est bien beau, mais je ne vois pas en quoi cela me concerne.

— Monsieur, ce n'est pas juste une histoire de spécialistes ! Nous devons les comprendre pour leur faire une place dans notre société ! Ces hommes ont un encéphale surdéveloppé qui atteint les mille centimètres cubes, soit près des deux tiers du volume de celui de l'*Homo sapiens* !

— Et qu'est-ce qui vous assure que ces malades contaminés par un virus régressif jouissent de la même intelligence que nos ancêtres ? L'infection a peut-être abîmé des neurones, qu'en savez-vous, au fond ?

Antonetti semblait excédé. Ils bifurquèrent en direction d'un bâtiment qui servait encore récemment de dortoir aux girafes. Le militaire déverrouilla la lourde porte d'acier. À l'intérieur, l'odeur musquée l'emportait sur tout le reste. Ils empruntèrent le couloir central. De chaque côté, d'immenses cellules munies de judas.

— J'ai mis votre ami à l'écart. Ce sera plus facile pour vous.

Un cri s'éleva, aussitôt suivi par un concert de plaintes rauques.

— On ne sait pas non plus pourquoi ils font ça, mais c'est à croire qu'ils se donnent le mot.

— Peut-être appellent-ils à l'aide.

— Voilà, c'est ici… Vous avez un masque de protection ?

— Oui. J'en ai toujours sur moi.

— Un taser ?

— Je n'en ai pas besoin.

— Vous êtes sûre ? Je peux vous en fournir un.

— Pas question.

— Entendu. C'est votre peau, après tout.

L'homme colla son œil au judas avant de faire tourner la clé dans la serrure pendant qu'Anna enfilait le bandeau sur sa bouche et son nez.

— Vous pouvez me laisser seule avec lui ?

Antonetti haussa les épaules. Elle commençait à l'énerver avec son discours humaniste. Il fit signe au soldat affecté à la surveillance des cellules de s'approcher.

— Si vous ne craignez pas de vous faire mordre… Quand vous aurez fini, tapez à la porte, le caporal viendra vous ouvrir.

— Merci.

Elle attendit qu'il s'éloigne avant d'entrer. Elle ne voulait pas le savoir là pendant leurs retrouvailles, à espionner ses moindres gestes.

Au fond de sa cellule, Yann était prostré, le regard vide. Une bague métallique, frappée d'un numéro d'identification, lui enserrait la cheville. Anna s'agenouilla à deux mètres de lui, afin de ne pas l'effrayer.

— Bonjour, Yann.

La lampe au plafond se mit à clignoter. Un bref instant Anna eut peur d'être plongée dans l'obscurité, mais la lumière se stabilisa, éclairant la face morne de l'*erectus*.

— C'est moi, Anna, reprit-elle en se tapotant la poitrine.

Il resta de marbre, comme coupé du monde extérieur.

— Je n'ai que deux jours, deux jours pour montrer qu'il y a encore quelque chose d'humain en toi. Exprime-toi, mon chéri, aide-moi, j'ai besoin de leur prouver que je ne perds pas mon temps.

Elle sortit de son sac divers objets qui lui étaient familiers. Une casquette qu'il portait chaque été, tellement moche qu'elle l'avait supplié de la jeter, en vain. Une BD de Chabouté qu'il adorait pour, aimait-il à dire, « son économie poétique ». Une photo d'eux, serrés l'un contre l'autre, heureux. Et son casque audio. Il les considéra, à peine intéressé, puis esquissa une grimace à la vue du casque, et tendit une main hésitante pour le toucher prudemment.

— C'est à toi, mon amour. Tu le reconnais ?

Son grognement fut difficile à interpréter. Anna sélectionna l'un de ses morceaux préférés sur un iPod – *Bobby Jean*, de Bruce Springsteen –, et glissa le casque sur ses oreilles sans qu'il oppose la moindre résistance. Le saxophone, à la fois énergique et mélancolique, déchirait le cœur. À l'écoute des premières notes, son regard s'éclaira. Anna osait à peine respirer. Entendait-il quelque chose qui remuait la couche d'amnésie et traversait son esprit ?

L'homme-singe se mit à osciller d'avant en arrière, non plus sous le coup de l'angoisse, mais comme hypnotisé par la ballade. Était-il sensible à la musique ou à un souvenir ?

À la fin du morceau, pourtant, il parut se lasser, arracha le casque et le laissa tomber. Ses traits avaient retrouvé le même air morne et désespérant qu'auparavant. Anna tenta d'attirer son attention avec la photographie, mais cela ne servit à rien, Yann était retourné derrière sa frontière impénétrable, dans son univers auquel elle n'avait pas accès. Ce n'étaient pas seulement les calmants qui expliquaient une telle apathie, elle en était convaincue, plutôt la solitude et l'absence de liberté.

Elle rangea alors la photo, la casquette, et s'apprêtait à faire de même avec la BD et le casque quand la lampe défectueuse s'éteignit pour de bon, livrant la cellule à une obscurité totale. Pendant un instant, elle se demanda si Antonetti ne l'avait pas fait exprès pour la punir d'être venue. Susciter assez de peur pour la dégoûter de continuer ses expériences. Ce salaud en était sûrement capable.

Elle perçut des bruits qui lui indiquèrent que Yann se déplaçait, sans parvenir à définir ce qu'il fabriquait. Pouvait-il la voir ? La renifler, sûrement. Et s'il comprenait qu'elle était à sa merci et qu'il l'attaque ? *Il peut me mordre, je n'ai rien pris pour me protéger, même pas ce foutu taser...*

La panique était sur le point de la submerger lorsque la lumière revint, d'abord un scintillement hésitant, puis la lumière jaune. Yann était assis au fond de la pièce, le casque sur les oreilles. Anna ravala une exclamation. Elle se rappela l'hypothèse selon laquelle les *erectus* auraient été nyctalopes et auraient eu une vie nocturne. Aucun paléontologue n'avait pu l'établir formellement, bien sûr, mais cela collait... Il faudrait lui faire passer des tests.

Quoi qu'il en soit, il paraissait si paisible soudain, oscillant à nouveau sur lui-même, qu'elle décida de le laisser tranquille. Il serait toujours temps de revenir plus tard, avec le matériel de prélèvement. Et puis il finirait par se souvenir d'elle, ou au moins à la ressentir telle une présence plus familière et amicale que celle de ses gardiens.

Elle se leva et alla cogner contre la porte, aussi doucement que possible.

— Caporal, s'il vous plaît.

De retour dans sa voiture, elle se dépêcha de joindre Stephen Gordon, même si elle savait qu'il était à peine plus de 4 heures à New York. Et à sa surprise, il décrocha au bout d'une sonnerie, comme s'il l'attendait.

— Alors ? Vous l'avez vu ?

— Oui. Votre ami a respecté sa parole.

— Comment ça s'est passé ?

— Pas si mal. Mais ce zoo… Mon Dieu, Stephen, ils sont traités comme des bêtes sauvages. Ils sont parqués dans les enclos…

— Je sais. Pour l'instant nous ne pouvons pas faire grand-chose.

— Alors quand ?

— Sitôt que les États auront statué sur leur sort. Parlez-moi de votre visite.

— J'ai fait écouter à Yann une chanson qu'il adorait. Il a réagi assez nettement.

— C'est encourageant…

— Et encore, il était sous calmant. Il me faudra plus de temps pour affiner mon évaluation. Je vais tenter une nouvelle approche ce soir.

— Anna ?

De l'embarras perçait dans la voix de Stephen. Elle répondit avec réticence :

— Oui ?

— Je sais que ces tests sont importants pour vous, mais j'aimerais que vous les reportiez pour me rejoindre à New York. J'ai fait en sorte que vous soyez auditionnée lors du débat sur le statut des *erectus*.

— Je ne peux pas venir. Pas maintenant. Antonetti m'a donné deux jours.

— Votre témoignage peut tout changer. Vous avez vécu les choses de l'intérieur. Vous avez été là quasiment depuis le début de l'épidémie.

— Vous aussi.

— Non. Ça fait presque dix ans que vous envisagez la régression, et vous avez eu raison à un moment où tout le monde était contre vous. Votre parole aura plus de poids que la mienne.

— Je suis désolée, je ne peux pas laisser Yann. Il a besoin de moi.

— Justement. Le meilleur moyen de le protéger est de venir à New York. Pour Antonetti, je parviendrai à le convaincre de revoir sa position. Ne me lâchez pas, Anna, je vous en prie…

– 6 –

Plateau de *Topnews*, 26 septembre, 21 heures.

Avec sa denture blanchie à l'eau oxygénée, ses cheveux gominés, sa pochette rose agrémentant un veston jaune cintré, Jason Smith ressemblait davantage à une figure de mode loupée qu'à un animateur de débats. Pourtant, en dépit du ridicule, il était aussi le très populaire présentateur de ce *talk-show* new-yorkais fourre-tout suivi par des dizaines de millions de téléspectateurs à cette heure de grande écoute. L'homme n'inspirait aucune confiance à Stephen, mais il fallait bien quelqu'un pour contrer cet abruti ou au moins essayer. Jason Smith avait une opinion tranchée sur les *erectus*, qu'il comptait bien partager largement, et ce genre d'amuseur pouvait faire des ravages dans l'opinion publique.

D'une voix tonitruante, il ouvrit les hostilités sans tarder :

— Stephen Gordon, vous savez comme moi que des cas de cannibalisme ont été observés chez les *erectus*. Est-ce bien raisonnable de vouloir déceler en eux une parcelle d'humanité ? L'OMS, dont vous êtes le porte-voix ce soir, s'entête à les considérer comme des malades, mais il faut regarder la réalité en face, et je dis cela en m'excusant auprès de celles et ceux qui ont un parent frappé du virus, ces êtres sont des bêtes !

L'attaque était prévisible et Stephen s'y était préparé.

— Cher Jason, vous m'avez posé une question franche, je vais y répondre avec la même franchise…

Il se pencha vers l'animateur de façon à ménager ses effets.

— Avec ce genre d'argument, j'ai l'impression de revenir cinq cents ans en arrière, à l'époque où l'on doutait que les indigènes du Nouveau Monde soient les égaux des Blancs civilisés. Vous savez, une de mes collaboratrices est péruvienne. Je ne pense pas qu'elle apprécierait qu'on lui demande si elle est certaine d'appartenir à l'espèce humaine…

— Surtout si son frère pratique le catch, comme dans une famille péruvienne sur deux… Alors, oui, je vais m'abstenir de le lui demander ! s'esclaffa Jason.

Des rires secouèrent le public. Le présentateur se tourna vers son deuxième invité en souriant si largement qu'il semblait vanter les mérites d'un dentifrice. Paul Jeakins était professeur de philosophie à Columbia et arborait la parfaite panoplie de l'enseignant : lunettes en écaille, veste en tweed, pantalon de flanelle. Contrairement à l'animateur, il paraissait de mauvaise humeur.

— Paul, le philosophe que vous êtes sera d'accord avec moi pour dire que Stephen vient de s'en tirer avec une pirouette…

— Effectivement, et le sujet qui nous occupe mérite à mon sens plus de sérieux. En réalité, qu'est-ce qui distingue l'homme de l'animal ? Est-ce le fait de marcher debout ? Son langage élaboré ? Son caractère religieux ?

Jason le coupa, hilare.

— Hé, professeur, attendez une seconde. Avant la pandémie, je passais la plupart de mes soirées avachi dans un fauteuil à pousser des jurons en regardant les Giants se faire démolir ! Là, c'est moi que vous êtes en train d'exclure de l'espèce humaine !

— Désolé pour vous, monsieur Smith.

Peu soucieux de se contredire, Jeakins esquissa un sourire amusé. Le présentateur fit mine de sortir son téléphone portable de sa poche intérieure.

— Excusez-moi, il faut que j'appelle ma femme. Elle me répète sans arrêt que je suis un monstre. Chérie, tu avais raison !

Puis il fronça les sourcils, brusquement beaucoup plus grave.

— Plus sérieusement, donc, Paul, éclairez-nous : qu'est-ce qui définit l'être humain ?

— Ma position personnelle n'est pas importante, en revanche je pense que celle des hommes de foi sera déterminante dans les débats de demain. Quand ses questionnements restent sans réponse, l'homme se tourne vers le ciel.

— Et comment se positionnera l'Église catholique selon vous ?

— Je ne peux parler en son nom, mais si l'âme est le propre de l'homme, je crois que l'interrogation essentielle s'énonce d'elle-même : les *erectus* ont-ils une âme ?

— Stephen, est-ce que vous souscrivez à cette analyse ?

Gordon eut beau arborer un sourire de circonstance, il était consterné par cette alternance de blagues télévisuelles et de questions de fond. Il hésita un instant, puis haussa les épaules. Il lui fallut quelques secondes pour ôter son micro de cravate et se lever. Jason l'observa, les yeux écarquillés, trop estomaqué pour protester. Il n'était sans doute pas habitué à voir ses invités ruer dans les brancards.

— Désolé, « cher » Jason, mais j'ai autre chose à foutre que d'écouter les inepties d'un présentateur potache et d'un pseudo-professeur probablement créationniste qui se signe chaque fois qu'il doit entrer en cours distiller son Notre Père.

Tandis qu'il quittait le plateau sous un mélange d'applaudissements et de huées, Stephen songeait déjà à la catastrophe qui s'annonçait. Il venait de comprendre qu'il s'était trompé en comptant sur la raison des États. Si stupide et racoleuse fût-elle, *Topnews* avait mis en évidence la prochaine étape qui scellerait le sort des *erectus*.

⋆

Durant les longues heures du vol vers New York, Anna n'avait cessé de se demander si ce voyage n'était pas une bêtise. D'autant qu'en apprenant son départ,

Antonetti avait laissé percer une forme de mépris révélateur, comme si elle n'était qu'une girouette incapable de tenir ses engagements.

Stephen Gordon l'attendait dans le grand hall de l'ONU. À sa vue, elle eut un coup au cœur. C'était avec lui qu'elle avait appris la nouvelle pour Yann, un siècle auparavant, lui semblait-il… trois semaines seulement, en réalité !

— Ma chère Anna, je suis tellement content que vous soyez là ! Les auditions des représentants religieux sont en train de se terminer, vous prenez la suite.

— Comment les choses se présentent-elles ?

— Pas bien, inutile de se le cacher. Mais le fait que l'ONU bouscule ses habitudes joue en notre faveur.

— Que voulez-vous dire ?

— En temps normal, le vote des cent quatre-vingt-treize États membres est purement consultatif. En dernier ressort, c'est le Conseil de sécurité qui décide. Mais au regard des enjeux, la secrétaire générale des Nations unies a proposé que le Conseil suive automatiquement l'avis de l'Assemblée.

— Donc si nous obtenons l'adhésion de l'Assemblée, c'est gagné ?

— C'est ce que j'espère…

Avant d'entrer dans la salle de conférences, ils s'arrêtèrent devant un écran qui diffusait le débat en direct. Un cardinal émissaire, soutane blanche et calotte écarlate, s'exprimait avec le détachement propre aux ecclésiastiques. Ses mots glacèrent Anna : « Vous avez, je pense, compris la position de Sa Sainteté. L'évolution est certes le fruit du hasard, mais c'est un hasard voulu par Dieu. L'homme, et seulement lui, est l'aboutissement de cette œuvre divine. Récemment encore, les *erectus* étaient nos fils, nos compagnes, nos parents, nous ne l'oublions pas. À cet égard et en tant que créatures terrestres, ils doivent recevoir notre infinie compassion. Mais en aucun cas ces êtres éprouvés par l'infortune ne sauraient prétendre au statut de l'homme pétri de conscience. »

Stephen jeta un œil à sa montre.

— Ça va être à vous.

— Après ce type ?

— Il s'agit de Mgr Sandro. Un conservateur.

— Conservateur !

— Plutôt de la branche des ultras, oui.

Gordon était inquiet pour la jeune femme. Le fait d'avoir un proche atteint n'était pas le meilleur atout pour encaisser certains arguments. Il se demanda s'il n'avait pas eu tort de l'envoyer en première ligne. À présent, il était trop tard pour reculer.

Ils pénétrèrent dans l'impressionnante enceinte ornée du gigantesque planisphère aux rameaux d'olivier sur un fond doré à la feuille, comme pour signifier que chaque mot prononcé ici valait de l'or.

Le président de séance, qui les avait vus apparaître, annonça alors la suite :

— J'aimerais maintenant donner la parole à la paléontologue Anna Meunier. Un grand nombre d'entre vous connaissent son nom. Cette scientifique est l'une des rares personnes au monde qui envisagent depuis bien longtemps le phénomène régressif qui frappe actuellement l'espèce humaine. Mais ce n'est pas uniquement en sa qualité de scientifique éclairée qu'elle discourra aujourd'hui, c'est aussi parce qu'elle a été en contact avec des *erectus*, dont le patient zéro. Son expertise sera précieuse pour éclairer nos débats.

Anna s'avança vers la scène en tâchant de ne pas se laisser envahir par l'émotion. Chaque pays membre était représenté par une délégation de cinq personnes. Même dans les plus grands congrès scientifiques auxquels elle avait participé, jamais elle ne s'était exprimée devant une telle assistance. Pour l'occasion, elle avait délaissé sa tenue habituelle – pantalon-sweat – pour un tailleur noir aux bordures satinées et un chemisier blanc.

Après quelques phrases de remerciements, elle entra dans le vif du sujet :

— Mesdames, messieurs, je suis aussi fière que fébrile de prendre la parole devant cette éminente assemblée et je mesure ma responsabilité. Voilà plus de soixante-dix ans, cinquante hommes de bonne volonté prenaient l'engagement de bâtir un ordre mondial ayant pour socle les droits fondamentaux de la personne humaine. Or ce qui nous arrive avec la pandémie du virus Kruger n'est pas seulement une menace sanitaire qu'il faut éradiquer à tout prix, c'est une question majeure qui se pose à l'homme, à ses racines et à son futur. Comme vous l'a précisé le président, je suis effectivement paléontologue et j'ai eu la chance d'exhumer des fossiles d'animaux régressifs. Néanmoins, c'est en tant que femme que j'ai décidé de m'adresser à vous, car mon compagnon, Yann Lebel, a été infecté.

La franchise d'Anna toucha l'assemblée, d'où s'échappa un murmure.

— J'ai beaucoup appris sur les *erectus* ces dernières semaines, et j'ai compris une chose essentielle : même si Yann est différent par son aspect et son comportement, il garde en lui une infime part de la personne que j'ai connue et aimée. Et au-delà de cela, il reste un homme. Il semble réagir à certains souvenirs de sa vie antérieure. Il reconnaît son prénom et la musique qu'il appréciait. Et je suis persuadée que ces découvertes encore mineures en annoncent d'autres, bien plus significatives, qui remettront…

Un membre de la délégation russe se leva et l'interrompit avec grossièreté :

— Soyons réalistes un instant, tonna-t-il dans un mauvais anglais. Les *erectus* sont des sous-hommes !

Furieuse, Anna reprit à la volée, abandonnant son texte, dont chaque mot avait été mûrement pesé :

— Allons-nous considérer que nos parents, parce qu'ils sont métamorphosés en préhistoriques, ne sont plus nos parents ? Peut-on accepter qu'ils soient mis en cage tels des animaux ? Non, bien sûr. Nous devons les traiter comme une espèce sœur…

Le Russe intervint à nouveau, agaçant visiblement le président de séance :

— Il n'y a qu'une seule espèce humaine, madame Meunier : la nôtre.

— C'est vrai, monsieur. Nous sommes aujourd'hui l'unique espèce humaine. Mais cela n'a pas toujours été le cas. Lorsque l'*Homo sapiens* a quitté la savane africaine pour s'aventurer dans les forêts européennes – il y a environ cinquante mille ans –, il a rencontré l'homme de Neandertal. Et que s'est-il passé ? Lentement, les *sapiens* ont conquis leur territoire non par la lutte armée, mais par l'appropriation des ressources naturelles, repoussant inexorablement l'autre espèce vers l'anéantissement. En vingt mille ans, Neandertal s'est éteint, victime de la soif d'expansion de *sapiens*. Est-ce là ce que vous proposez aux hommes du XXIe siècle ? Un génocide ? Nous avons la chance unique de vivre avec une autre humanité, ne la gâchons pas en rabaissant les *erectus* au rang de bêtes. Ces gens ont été nos frères, à présent ils portent en eux les gènes de nos ancêtres ! Puisque nous nous gargarisons de notre nature humaine, ne soyons pas inhumains en laissant croupir les *erectus* en prison. Ils sont déjà plus de cent mille sur la planète. Construisons des établissements spécialisés pour les accueillir et, une fois cela fait, apprenons les uns des autres. C'est vrai que nous devrons les éduquer à ne pas mordre, à ne pas avoir de comportements inadaptés et agressifs. Mais comment enseigner la non-violence si nous, héritiers des Lumières, nous nous transformons en barbares ? Que dirons-nous aux familles blessées ? Que dirons-nous à nos enfants quand ils voudront savoir ? Que nous avons massacré une catégorie d'hommes parce qu'ils étaient trop différents pour vivre avec nous ? Les préhistoriques sont notre passé, ils nous offrent une occasion extraordinaire d'observer qui nous étions il y a deux millions d'années. Au-delà de l'intérêt scientifique, il en va de notre conscience.

Dans un silence de mort, Anna Meunier redescendit de la tribune. Elle avait tout donné pour convaincre ces hommes et ces femmes. Sa vie privée, ses convictions et sa part de fragilité. Peut-être que cela ne serait pas suffisant, mais en dépit de son épuisement, un sentiment de paix l'envahit. Enfin…

Avant qu'elle ait le temps de se rasseoir, Stephen Gordon la rejoignit et la prit dans ses bras en chuchotant :

— Vous avez fait quelque chose de magnifique.

– 7 –

Sur les ordres du médecin général Antonetti, le 29 septembre, dans l'après-midi, des soldats étaient venus chercher l'*erectus* Lebel dans le dortoir des girafes du zoo de Vincennes. À l'aide d'un collet ils l'avaient transféré dans un enclos végétalisé où étaient regroupés une quarantaine d'hommes-singes. À son arrivée, ceux-ci montrèrent les dents et l'encerclèrent pour l'intimider. Oreille-Coupée préféra grimper dans l'arbre qui se dressait au fond de l'enclos, abandonnant le gros feuillu central aux autres. De son abri, il observa ses congénères et ne tarda pas à repérer le dominant du groupe. Chaque fois qu'une situation nouvelle se présentait, les membres de la communauté s'empressaient de quêter son approbation ou de copier son attitude. C'était un mâle robuste, facile à identifier avec ses longs poils qui partaient du menton. *Cheveux-Tombants*…

Au crépuscule, affamé, il voulut se risquer vers la mangeoire pour attraper des restes de fruits écrasés. À peine eut-il posé le pied par terre que Cheveux-Tombants lui lança une pierre qui l'atteignit à la tête, ce qui déclencha l'hilarité générale. Trop furieux pour se soucier de rester prudent, Oreille-Coupée rafla la pierre qui l'avait frappé pour la brandir d'un geste menaçant, se balançant d'un pied sur l'autre dans une attitude de défi, comme prêt à en découdre. Le grand mâle semblait peu enclin à se battre mais grogna des sons étranges qui rappelaient ceux des deux-pattes :

— Tikak !

L'*erectus* se figea, coupé dans son élan, sans bien comprendre pourquoi. Le cri de Cheveux-Tombants l'intriguait. Il remonta dans l'arbre, cherchant à le reproduire pour lui-même, mais ne parvint qu'à un « iyakkk ».

Malgré la faim qui le tenaillait et l'agressivité du chef, Oreille-Coupée était rassuré par la compagnie de ses semblables. Le groupe calmait une peur plus profonde que celle de prendre une pierre sur le crâne, une peur qui était apparue quand il s'était réveillé du Grand Sommeil.

Les hommes-singes gagnèrent le matelas de feuilles qui leur servait de lit sous un abri de branches et se collèrent les uns aux autres pour mieux se tenir chaud. Assis dans son arbre, le solitaire les enviait. Les femelles étaient blotties ensemble et certaines avaient les yeux fermés. Un mâle doté d'une curieuse main épouillait ses congénères. Il le nommait Trois-Doigts, soulagé de se familiariser, même à distance. Trois-Doigts passa d'une crinière à une autre, en proie à une agitation grandissante. Certains de ses voisins le rabrouèrent, mécontents d'être bousculés, d'autres n'hésitèrent pas à le pincer ou à le mordre. Trois-Doigts s'en fichait. Plus la lumière baissait, plus il remuait et geignait. Finalement, un vieux mâle le chassa du nid de branchages et il n'eut d'autre choix que d'aller s'accroupir à la limite de l'enclos.

On aurait dit que la disparition du jour le plongeait dans une crise d'angoisse. Reclus contre le grillage, il poussait des hurlements sinistres qui suscitaient des grognements agacés chez ses compagnons. Soudain, Cheveux-Tombants se détacha du groupe et alla le rejoindre. Il ne paraissait pas vraiment énervé, mais le secouait en répétant « Tikak, tikak » et en désignant l'espace derrière le treillis de fer.

Oreille-Coupée se pencha pour mieux voir la scène. Le jeune agité s'était pelotonné dans son coin, bien décidé à ne pas en bouger, puis, comme l'autre insistait, il se mit debout et le repoussa violemment. Projeté au sol, Cheveux-Tombants se redressa d'un bond, les yeux rougis de colère. Devant lui, le jeune mâle avait pris une posture de défi, lèvres retroussées, dos arrondi comme pour anticiper le choc. Le rapport des forces était assez équilibré, car Trois-Doigts était d'une constitution solide, plus charpentée que le chef, alors que ce dernier bénéficiait de l'expérience et de l'autorité. La tension était palpable, et les deux *erectus* laissèrent échapper une série de glapissements qui percèrent le silence. Pour Oreille-Coupée, il y avait peu de doutes sur l'issue de l'affrontement. Cheveux-Tombants allait apprendre les bonnes manières au mâle incontrôlable.

Ce fut l'instant que choisit Trois-Doigts pour tendre la main vers le chef. Avait-il aperçu un pou qui l'avait distrait du combat ? Était-ce une façon de se soumettre sans perdre la face ? Curieusement, Cheveux-Tombants ne cilla pas. Au bout de quelques minutes, quand le simulacre lui parut suffisant, il désigna le nid de branchages pour inciter l'autre à venir se coucher parmi le groupe, mais l'*erectus* le repoussa encore d'un geste las. Il semblait de nouveau accablé et geignait doucement. Tandis que Cheveux-Tombants regagnait sa place, au milieu du cercle, il reprit sa position initiale, le regard tourné vers le ciel. Dans le calme, cette fois…

Au lever du soleil, Oreille-Coupée était allé se réfugier près d'un rocher. Durant la nuit il s'était nourri et avait somnolé comme il avait pu. Les autres l'ignoraient, ce qui était un signe encourageant.

Cheveux-Tombants débordait d'énergie. Ce matin, il avait tué un Volant d'un coup de pierre et il avait décidé de répéter son geste autant de fois qu'il le faudrait pour piéger d'autres bêtes du ciel. Même s'il y avait peu de chair sous les plumes, l'activité le distrayait et comblait sa faim. Le chef du clan détestait l'odeur des Tikaks sur la nourriture de la mangeoire, à peu près autant qu'il détestait les sons qu'ils produisaient, leurs ordres et leurs drôles de fouets étrangleurs. Alors tout ce qu'il pouvait manger sans leur aide était meilleur… Constatant que l'opération réclamait de la précision, Cheveux-Tombants s'entraîna une partie de la matinée, dès qu'il surprenait un Volant à portée de tir. Jusqu'au moment où, lancé trop fort, le caillou rencontra la tête d'un Tikak. La créature poussa un cri et se mit à courir, son bâton-tonnerre pointé vers lui ! L'homme-singe eut beau savoir qu'il devait s'accroupir en position de soumission, la colère l'emporta et il hurla : « Tikak ! Tikak ! » avant de détaler vers l'arbre. En trois bonds il avait atteint la première branche et se hissait dans l'épaisseur du feuillage, à l'abri des regards. Il s'était mis à trembler, autant d'excitation que de frayeur.

Sidéré, Oreille-Coupée venait de comprendre : pour Cheveux-Tombants, « Tikak » était un deux-pattes ! Poussé par son instinct, il se précipita au-devant du danger et se planta devant le grillage, déclenchant une série de sons désagréables qui claquèrent aussi fort que la pierre sur la pierre.

— Dégage de là, c'est pas toi que je veux !

Mais l'*erectus* ne voulait pas céder, au contraire, il gonfla sa poitrine et commença à gronder. Il savait qu'en protégeant le mâle dominant il allait s'attirer ses bonnes grâces, manger à sa faim, et dormir au chaud. Il avait besoin du groupe, il le sentait. Brusquement, il fonça vers la clôture, secoua le treillis de toutes ses forces. L'odeur le heurta, aussi puissante qu'un vent violent. Une odeur âcre, puante, qui faisait battre le cœur et qui lui donnait envie de mordre. Le deux-pattes transpirait la peur. Trois pas seulement les séparaient. Ses lèvres se retroussèrent, le grondement enfla. Cette fois, il ne jouait pas le défi. La rage monta et déferla en lui. Il se rappelait. La souffrance du collier. La peur. Le froid du sol. Tout le mal venait de lui, de cette stupide créature qui le craignait.

Le tonnerre éclata. Dans sa chair, la douleur explosa. Oreille-Coupée arracha le dard planté dans ses reins.

Il cligna des yeux. Son corps s'alourdit puis s'affaissa.

– 8 –

Le 30 septembre, à 11 heures, aux côtés de Stephen Gordon et de Margaret Christie, Anna s'apprêtait à suivre le vote de l'Assemblée générale sur un écran de télévision, au vingt-septième étage du siège de l'ONU. Cela faisait trois jours que les pays débattaient du sort des *erectus*. Dehors, des dizaines de camionnettes au toit hérissé d'antennes satellite encombraient les abords du bâtiment.

Le président de l'Assemblée générale apparut à l'écran, les traits tirés. Il rappela brièvement la question posée aux délégués, puis les invita à se prononcer. Deux minutes plus tard, les résultats tombèrent.

À la question : « Les *erectus* sont-ils des hommes ? », l'Assemblée avait répondu à 58 % : NON.

Effondrée, Anna constata simplement que même la France avait penché en faveur du « non ».

Tout ce qu'elle avait pu dire n'avait servi à rien.

– 9 –

Après ce nouvel échec, Stephen Gordon commençait à perdre patience. Il pensait à sa fille, qu'il n'avait pas vue depuis beaucoup trop longtemps ; il était à bout. Puis le souvenir de Paloma Weber refusant l'accès à son labo le mit dans une rage meurtrière, comme il n'en avait encore jamais éprouvé. Cette femme continuait d'opposer son veto comme si tout cela ne la concernait pas ! À présent ça suffisait, il allait lui-même recontacter les autorités sud-africaines et mandater Lucas Carvalho pour fouiller ce foutu bâtiment.

Malgré la distance, l'aide de Gabriella était toujours aussi précieuse et il ne lui fallut qu'une heure pour obtenir les coordonnées directes du ministre de l'Intérieur sud-africain. John Shabongo était un ancien combattant de l'ANC qui avait lutté la plus grande partie de sa vie contre l'apartheid ; c'était un compagnon de route de Nelson Mandela. En dépit de tout ça, il était de ceux qui couvraient Futurabio. Jusqu'à quel point était-il mouillé, Stephen l'ignorait, mais il était bien décidé à obtenir ce qu'il voulait. Après quelques mots de présentation, il attaqua :

— Monsieur Shabongo, je ne sais pas ce qui vous pousse à protéger Futurabio, mais votre patriotisme économique n'a aucun sens face à la crise que nous traversons. Si vous ne levez pas cette interdiction absurde, je ferai appel à…

— Ne vous donnez pas tant de mal, le coupa le ministre d'une voix altérée. J'accorde trop de prix, vous le savez, à la vérité et à la conscience. Vous avez le feu vert du gouvernement.

L'ancien combattant savait qu'il avait surpris son correspondant avec ce brusque revirement. Il savait aussi qu'en accédant à la requête du Genevois il mettait sa réputation et son poste de ministre en péril. John Shabongo n'en avait cure. Il ne craignait plus l'enquête qui l'éclabousserait, inévitablement.

Il passa un coup de fil et enjoignit au responsable de la sécurité du labo de répondre favorablement à toutes les demandes de l'OMS. Ensuite, il alla se poster à la fenêtre et contempla la rue, cent mètres en contrebas. Le fourmillement des hommes et des voitures sous la lumière crue du ciel. Tout paraissait si vain vu d'ici…

Le vantail ne s'ouvrait pas, à cause du système de climatisation. Il se dit qu'il pourrait se jeter du toit, mais il faudrait encore monter, déverrouiller l'issue de secours, enjamber le parapet, et il n'était pas sûr d'en avoir la force. Pas suffisamment envie. Il était simplement capable de sentir la douleur lui ravager les tripes. En un sens, cela lui semblait juste de payer par le chagrin. Payer sa faute, son aveuglement. Parce qu'il avait cru que tout ça serait sans conséquence. Pour un peu plus de pouvoir, un peu plus d'argent…

Le ministre de l'Intérieur pleurait.

Cette nuit, son petit-fils adoré avait sombré dans le coma après avoir été piqué par un rat.

Journal de Kyle.

Papy fait des progrès. J'essaie de lui apprendre des trucs, il adore imiter les gestes et les nouveaux sons. Pour lui, je suis Ky. « Kaaaaye », il aboie, puis il frappe sur ma poitrine, comme je lui ai appris. Je lui montre ce qui nous entoure et je nomme les choses : arbre, ciel, nuit, jour. Quelquefois il essaie de répéter, d'autres fois il se balance doucement, comme s'il écoutait autre chose sous les mots. Je me demande à quoi il pense, peut-être qu'il se souvient d'avant, quand on partait en brousse et qu'il me racontait la grande histoire du monde. « Kyle, c'est en Afrique que les premiers hommes sont nés, imagine qu'on marche dans leurs traces », il disait.

Même s'il ne redevient pas comme avant, papy fait tellement de progrès qu'un jour tout le monde le verra comme il est vraiment, un vieil homme sage qui a oublié ses vieux souvenirs.

– 10 –

Il était 6 heures précises, le 1er octobre, quand Lucas se gara devant le lodge. L'agent de l'OMS était parti de Durban la veille, de manière à pouvoir se reposer à l'hôtel avant cette journée qui s'annonçait chargée. Il était fébrile. Dans à peine plus de deux heures, il pénétrerait dans un laboratoire de niveau 4 très certainement infecté par le Kruger. Et qui plus était, sans plan des lieux. Autant dire qu'il explorerait à l'aveugle un champ de mines…

Dans la cuisine, Mary était étrangement calme. Depuis qu'elle l'avait supplié de l'emmener avec lui, il redoutait de faire une connerie, mais ne se sentait pas le courage de lui refuser ça. Elle avait été en première ligne dès le début de l'épidémie, avant même que le Kruger ait été nommé.

— Vous êtes sûre de vouloir m'accompagner ?

Elle acquiesça tristement.

— Je le fais pour mon père. Et pour moi, sinon je deviendrai dingue. Si vous saviez ce que c'est ! Voir l'homme qui vous a élevée, aimée, éduquée comme un… comme une sorte de singe civilisé, c'est effroyable !

— Mary, vous savez bien que…

— Je sais ! Les *erectus* ne sont pas des singes ! Je sais, et pourtant, chaque fois que je pose les yeux sur lui, je n'arrive pas à penser à autre chose ! Parfois je me dis que je préférerais le voir mort, et aussitôt après je m'en veux terriblement.

Elle s'interrompit pour sourire à un homme large comme un pilier de rugby qui venait de surgir dans la cuisine.

— Salut, Ted ! Lucas, je vous présente Ted Gaborn, un ancien membre des forces spéciales sud-africaines qui a combattu en Angola. Il est chargé d'assurer notre protection. Ted, voici Lucas Carvalho, notre guide sur cette expédition.

— Ravi. On aura bien besoin d'un ange gardien !

Un quart d'heure plus tard, ils étaient sur la route. La couche de nuages gris acier laissait planer une impression d'apocalypse qui rendait l'atmosphère plus sinistre encore. Personne ne parlait dans le pick-up. Carvalho avait décidé d'attendre leur retour pour demander des nouvelles de Dany. Il n'avait pas osé, après la tirade de Mary sur son père.

Au passage du véhicule, des troupeaux de gomphotheriums levèrent fièrement leurs deux paires de défenses. À les voir ainsi, en pleine nature, libres, tranquilles, on ne pouvait s'empêcher de s'émerveiller de la force de vie qui régnait partout ici. Finalement, seul l'homme envisageait le Kruger comme une malédiction.

Au bout de deux heures, ils parvinrent à l'embranchement qui menait au laboratoire de Futurabio. La piste en terre était toujours déserte, en revanche, devant l'enceinte du bâtiment, des hommes en armes patrouillaient. À leur approche, un gradé arriva au petit trot, main levée en guise de stop.

Lucas exhiba le laissez-passer. Les ordres du ministre étaient visiblement arrivés jusque-là, car le militaire n'y jeta qu'un bref coup d'œil avant d'ordonner l'ouverture de la grille. Cette fois, pas besoin de se faufiler par un trou de clôture.

Gaborn avait prévu leur matériel de protection. Il déchargea une malle sur le bitume. Mary fut la première à enfiler la combinaison pourvue d'un masque souple hermétique relié à un système d'oxygénation logé dans le dos. Une fois l'interrupteur actionné, le plastique se mit à gonfler.

Soucieux de la santé de Mary, Lucas, également équipé, vérifia l'attache de ses gants et de ses surchaussures avant de les consolider d'un tour de scotch assez semblable à celui qu'on utilisait pour fermer les cartons. Devant l'étonnement de Mary, il expliqua :

— Une simple rustine de secours. On ne sait jamais sur quelle saloperie on tombe dans un BSL-4. C'est un truc que m'a appris Gordon.

Ted Gaborn, dont les préparatifs avaient été plus rapides, était déjà occupé à déverrouiller le sas d'entrée quand ils le rejoignirent. Cela lui prit moins d'une minute. Il pénétra dans les locaux. À cinq mètres derrière, la jeune femme marqua le pas.

— La combinaison résiste aux morsures de singes ?

— *A priori*, oui.

— Je n'aime pas cet « *a priori* » !

— Si vous voulez renoncer vous le pouvez encore. Personne ne sait ce qu'il y a là-dedans, juste que c'est d'ici qu'est parti le Kruger, selon toutes les probabilités. Donc si la souche s'y trouve, on ne sait pas vraiment sous quelle forme.

— Je viens.

— OK.

Dans le hall d'accueil, les plafonniers étaient restés allumés, tout était dans le même état depuis la première visite de Lucas. L'atmosphère était sinistre, un sentiment accru par la lueur blafarde des néons. *Quelle catastrophe s'est déroulée ici ?*

Au bout du couloir, la porte permettant d'accéder au laboratoire était fermée par une serrure magnétique ornée du symbole de danger jaune et noir qui résistait à Gaborn. Ils entreprirent de fouiller les armoires et ce fut Mary qui, en scrutant le sol jonché d'objets abandonnés, aperçut une carte. Lucas lui sourit derrière le masque.

— La chance est avec nous. À partir de maintenant, on redouble de prudence…

Ils atteignirent l'étage, traversèrent deux sas successifs – de lourdes portes en Inox –, puis accédèrent au cœur même du labo. Des tuyaux jaunes en tire-bouchon – qui, en temps normal, fournissaient de l'air sain aux biologistes – pendaient du plafond.

Alors qu'ils étaient sur le point de planifier la suite, un cri suraigu les fit sursauter.

— Ça vient de ce couloir, au fond ! chuchota Mary. On dirait un singe…

— Il doit être coincé dans la pièce du bout qui donne sur le parking. Ignorons-le… répondit Lucas en feignant une tranquillité qu'il était loin d'éprouver.

Il tenta d'ouvrir un congélateur, mais la barre horizontale d'acier qui le protégeait était elle aussi verrouillée, cette fois par un clavier numérique. *Décidément, cet endroit est plus sûr qu'un coffre-fort !*

— Ted, vous avez un truc pour ouvrir ça ? Si la souche est isolée, ils l'ont probablement mise au frais...

— Non. Pas pour ce genre de serrure. Il faudra revenir.

— On a suffisamment perdu de temps...

Mary s'était éloignée pour aller inspecter la salle suivante. La porte entrebâillée libérait une puanteur insoutenable.

— Vous sentez ça ?

— Avec un peu de chance, on va pouvoir se servir directement sur les cadavres, lança Lucas.

Cinq cages s'alignaient sur une étagère. Dans chacune, la dépouille d'un gibbon reposait au milieu d'excréments séchés. Les micro-organismes avaient eu le temps d'accomplir leur œuvre de décomposition, laissant entrevoir les chairs infestées de vers.

— Vous avez vu ? Ils ont une queue, remarqua Mary. C'est un signe de régression, vous croyez ?

— Une certitude. Le Kruger est parmi nous...

Il sortit un kit de prélèvement et se mit au travail. À cause de la rigidité cadavérique, Lucas peinait à récupérer du sang et il dut recommencer l'opération à plusieurs reprises pour constituer des échantillons utilisables.

C'était une première étape, mais il leur fallait quelque chose de plus flagrant, des preuves qui montreraient de façon irréfutable que Futurabio avait mis au point des manipulations dans le dessein d'obtenir le virus, ou au moins des traces de l'accident qui avait libéré le Kruger dans la nature. Linn Visnar avait été catégorique au téléphone. Elle avait appelé Carvalho la veille au soir pour lui donner ses consignes. « Ce que vous trouverez pourrait être capital pour développer un vaccin, vous n'imaginez pas à quel point… » Ses paroles l'obsédaient tandis qu'il scellait hermétiquement les capsules d'échantillons sanguins.

Dans une autre pièce, de nouvelles cages et des cadavres. Mary désigna l'une d'entre elles, vide.

— Sûrement la cage du gibbon fuyard, imagina Carvalho. La dernière fois que je suis venu avec Anna et Dany, je l'ai aperçu… Bon sang, ça fait au minimum un mois et demi qu'il erre ici !

Dans sa combinaison de protection, Mary était en nage. Elle suffoquait. Des gouttes de sueur lui piquaient les yeux et elle devait lutter contre l'envie d'arracher son masque. Elle savait, grâce à Lucas, que les virus avaient la capacité de survivre à l'extérieur d'un organisme. Le danger était partout.

Le trio pénétra dans la dernière salle de l'étage, la plus grande de toutes. Au milieu des hottes aspirantes et des paillasses, cinq gros appareils bardés de câbles reposaient sur des tables. Sur chacun, une lucarne de dix centimètres de diamètre laissait passer une faible lumière bleutée.

— Qu'est-ce que c'est ?

— Je n'ai jamais rien vu de pareil dans un labo de biologie…

En collant ses yeux sur la vitre, Mary crut distinguer de l'eau et discerna une ombre mouvante.

— Lucas, il y a quelque chose de vivant là-dedans !

La créature repassa. Une sorte de poulpe dont la longueur n'excédait pas les trente centimètres et qui avançait par bonds successifs. Elle était couverte de points lumineux multicolores qui s'allumaient par intermittence.

— Je crois qu'on a décroché le gros lot. J'aimerais savoir pourquoi ces poulpes intéressent Futurabio, commenta Lucas, fasciné par le spectacle.

Le panneau de contrôle du niveau de pression qui régnait à l'intérieur de l'aquarium indiquait 180 bars : c'était énorme. Lucas avait pratiqué la plongée. Sous l'eau, la pression augmentait de dix bars tous les cent mètres. Ces aquariums reproduisaient donc un environnement aquatique par mille huit cents mètres de fond ! La conclusion était imparable : ces créatures provenaient des abysses. Survolté, il se tourna vers ses compagnons. L'excitation le faisait haleter.

— Et si ces bestioles venues des profondeurs expliquaient pourquoi ce virus nous dépasse ? pourquoi nous sommes face à une biologie totalement inédite ?

Ted Gaborn hocha la tête.

— Préparez ce que vous voulez emporter, je file vérifier là-haut ce qui traîne et on se retrouve ici dans dix minutes. Ça vous va ? demanda l'officier des forces spéciales.

— Parfait. Si je ne me trompe pas, ces aquariums ont une autonomie étonnamment grande, suffisamment pour nous laisser le temps de les mettre en lieu sûr. On va en prendre un. Pour les autres, on verra plus tard.

Après le départ de Ted, ils fouillèrent armoires et paillasses, et raflèrent trois carnets de notes d'expérience.

Une porte claqua derrière eux.

— Ted ?

Rien. Le silence.

— Ne me dites pas que c'est le singe... souffla Mary, paniquée.

Lucas n'eut pas l'occasion de lui répondre. Le gibbon apparut sur le seuil de la salle en criant, puis entreprit de bondir de table en table. Dans une accélération terrifiante, il fonça soudain dans sa direction, et stoppa à cinquante centimètres, brandissant une carte magnétique. Ses yeux noirs le fixaient avec une troublante intensité. *Voilà comment il se procure de la nourriture. Une putain de carte et un entraînement de plusieurs mois.* Son regard glissa sur lui. Le gibbon avait une queue...

Comme l'animal s'approchait, babines retroussées, Lucas ferma les yeux et compta les secondes. Six. Il rouvrit les paupières. Le singe le fixait toujours, comme s'il attendait une réaction. Ce devait être le premier être vivant qu'il voyait depuis très longtemps. Subitement, il lâcha la carte magnétique et sauta dans son dos. Lucas n'osait pas se retourner, de peur de l'énerver. Il parla à mi-voix :

— Qu'est-ce qu'il fabrique ?

— Il s'intéresse au tuyau qui vous sert de respirateur.

S'il l'arrachait dans ce milieu particulièrement hostile et dont ils savaient si peu de choses, Lucas ne pariait pas sur ses chances de survie. D'un geste lent, il ramassa la carte et la tendit à Mary.

— Allez chercher les calmants dans le coffre du pick-up. Avant de sortir, n'oubliez pas de vous désinfecter comme je vous ai montré.

— Vous êtes fou ! Ça va prendre trop de temps !

— On n'a pas le choix.

— OK.

Mary recula doucement jusqu'à la porte et, une fois dans le couloir, elle accéléra le pas. La rigidité de son équipement l'empêchait de courir et la chaleur était insupportable, pourtant elle alla aussi vite que possible. Chaque seconde qui s'écoulait augmentait les risques que Lucas soit exposé au virus.

Dans la salle de douche, elle trouva au sol un bidon d'acide peracétique dilué et une éponge. Pendant cinq bonnes minutes, elle nettoya scrupuleusement sa combinaison puis fila vers la sortie.

Elle essayait de contenir sa peur. Ce n'était pas le moment de s'affoler. Le flacon de liquide hypnotique était rangé là où son père avait l'habitude de le mettre. Au passage, elle rafla une barre chocolatée.

Au retour, sans savoir où elle puisait ses forces, elle parvint à trotter et mit seulement quatre minutes à atteindre la salle du fond. Lorsqu'elle arriva, elle vit Ted debout près de Lucas, qui n'avait pas bougé d'un pouce.

Ce dernier expliqua calmement :

— Il faut le lui injecter directement dans le sang… Ted l'immobilisera.

— OK. Laissez-moi juste préparer cette fichue seringue.

Quand elle fut prête, Mary retira la barre de son emballage et la jeta à ses pieds. Le plan fonctionna à merveille. Le singe bondit sur la friandise tandis que Ted le plaqua au sol et lui coinça la tête de sa main gantée. Sans réfléchir, elle enfonça alors la seringue dans le cou du primate qui hurlait à la mort.

★

Leur convoi, composé de deux 4 × 4 et d'une camionnette de l'armée, avait roulé à tombeau ouvert sur l'autoroute une bonne partie de la journée et toute la nuit. À 7 heures du matin, les véhicules stoppèrent devant les urgences du Christiaan Barnard Memorial Hospital, situé au Cap, à deux pas de l'océan. La camionnette abritait l'un des aquariums qu'on avait pris soin de fixer à l'aide de sangles. Carvalho et Gaborn le déchargèrent.

L'hôpital était le seul établissement du pays à être équipé d'un caisson hyperbare de trente mètres carrés. Pour Lucas, la mission n'était pas terminée. Revêtu d'une combinaison étanche spécifique, il s'y laissa enfermer.

Cette fois, il n'avait pas affaire à un gibbon, mais à un poulpe qui n'avait jamais croisé l'homme.

Tout doucement, il entreprit d'ouvrir l'aquarium puis attendit. Le poulpe luminescent ondoya dans l'eau sans faire mine de vouloir quitter sa niche…

– 11 –

Zoo de Vincennes, Paris.

D'abord, Oreille-Coupée avait perçu une surface douce sous son corps. Il avait pris conscience qu'il était étendu sur un matelas végétal. En se redressant, il avait vu Cheveux-Tombants qui lui présentait ses mains pleines de fruits. Il faisait désormais partie du clan.

Depuis, le jour avait succédé à la nuit. L'*erectus* mangeait et dormait en leur compagnie. La première chose que le chef lui avait enseignée était l'art de la pierre de chasse. À présent, quand il voyait un Volant se poser dans l'enclos, Oreille-Coupée s'armait d'un caillou, approchait autant qu'il le pouvait et lançait son projectile. Cinq fois sur six, il faisait mouche.

Il avait oublié la terreur du froid et de la solitude. Il se sentait plus vigoureux maintenant qu'il était parmi les siens. Le clan faisait front face à l'ennemi commun, les Tikaks. Ceux-ci criaient tout le temps, surtout quand lui et ses semblables s'attaquaient aux Volants. Ce soir-là, ils n'apportèrent pas la nourriture. À la place, ils tirèrent un long serpent qui crachait un torrent aussi froid que la nuit et cherchèrent à atteindre Cheveux-Tombants, même quand il grimpa au grand arbre. Sous la force de l'eau, le chef chuta. Oubliant le danger, Oreille-Coupée se précipita vers lui. Le chef se tenait la jambe et grimaçait de douleur. L'homme-singe sentit l'amertume mordre son cœur. Le clan ne formait qu'un, et, si l'un des leurs était blessé, alors tous souffraient.

Rage, peur, il fallait partir, fuir le grand arbre. Cette décision s'imposa avec la force d'un coup.

Il devait emmener son clan loin des deux-pattes, vers l'autre côté.

– VII –

ANTIVIRAUX

– 1 –

« Une percée inespérée ! »

Ce que le monde entier tenait pour impossible quelques heures auparavant encore venait pourtant d'être annoncé, le 6 octobre, par Linn Visnar, prix Nobel de biologie à la tête du comité Kruger. Selon la scientifique, ses collègues et elle avaient réussi à entrer dans l'intimité du virus régressif.

L'information avait fait l'effet d'une bombe au sein de l'ECDC et du CDC. La nouvelle était tellement importante qu'Arthur McCormick, le directeur du CDC, refusa d'abord d'y croire. Stephen fut obligé d'envoyer les résultats bruts du comité pour le convaincre.

Le lendemain de cette annonce fracassante, Margaret Christie tenait une conférence de presse. La cohue était indescriptible, mais ses premiers mots imposèrent un silence de cathédrale :

— Mesdames, messieurs, nous disposons enfin d'un début de solution contre le virus Kruger !

Après quelques secondes de stupeur, une salve d'applaudissements résonna dans la salle. Sur l'écran géant apparut le cliché du virus.

— Le Kruger est un couturier de l'ADN : pour redonner vie à d'anciens gènes disséminés dans l'ADN poubelle, il les rapièce tels des lambeaux d'étoffe. En isolant ce processus singulier, le comité Kruger a levé le voile sur une biologie totalement inédite.

Un journaliste allemand l'interrompit avec fougue :

— Affirmez-vous que nous sommes en mesure de soigner les malades déjà infectés ?

L'enthousiasme de la directrice de l'OMS fit place à une gravité teintée de tristesse.

— C'est la mauvaise nouvelle qui doit modérer notre optimisme. Les antiviraux parviennent à diminuer rapidement la quantité de virus présente dans le sang d'une souris, mais ils n'ont aucun impact sur des animaux ayant déjà régressé. L'organisme des *erectus* est trop altéré pour que les antiviraux fonctionnent. Ils ont atteint une forme irréversible.

— Que doit-on en conclure ? continua l'Allemand.

— Il faut bien entendu tester ce protocole sur des humains malades, et nous allons accélérer les modalités étant donné l'urgence, mais on sait déjà que ces antiviraux, s'ils empêchent la maladie de se développer, ne guérissent pas. Toutefois, vu les délais, ce progrès tient déjà presque du miracle…

– 2 –

Dans une stupeur mêlée de consternation, Anna fixait l'écran du téléviseur installé au-dessus du bar, dans le lobby de son hôtel, à New York. Devant les grilles du zoo de Central Park se massaient des dizaines de personnes que l'annonce d'un traitement avait rendues audacieuses. La peur commençait à faire place à l'intérêt, d'autant que le lieu n'hébergeait pas que des espèces animales ancestrales... Faute de locaux adaptés dans le centre-ville, l'US Army avait en effet choisi d'y parquer les malades récemment infectés en attendant leur transfert vers d'autres États mieux équipés en infrastructures. Coincés entre le léopard des neiges et un panda rouge d'Himalaya, ils étaient une quarantaine à s'entasser dans l'ancienne enceinte des tigres. Des mâles, des femelles, ainsi que deux prépubères contaminés par leurs parents. Une chaîne locale diffusait l'étrange face-à-face entre les visiteurs qui se pressaient derrière la balustrade et leurs ancêtres qui, maussades, ignoraient ostensiblement le défilé de curieux.

Stephen Gordon posa une main sur l'épaule d'Anna, sentant à quel point elle était bouleversée. Ces images, il les avait vues jusqu'à l'écœurement, mais n'avait plus assez d'énergie pour s'en indigner. Le coup de fil que Lucas Carvalho lui avait passé le matin même l'avait achevé. Il ne savait plus s'il avait envie de pleurer ou de passer sa rage sur le premier fonctionnaire venu. Sa fille avait besoin de lui, et, quoi qu'en pense Margaret Christie, il commençait à en avoir assez de multiplier les déplacements et les discours, tout cela pour convaincre une bande de gestionnaires au sang froid qui prenaient des décisions radicales sans se soucier le moins du monde d'éthique. Il voulait retourner sur le terrain, diriger son équipe, à Genève, et surtout veiller sur Lauryn…

Pourtant, en dépit de sa lassitude, il avait choisi de rejoindre Anna plus tôt dans la soirée et ils avaient passé quatre heures à plancher sur les antiviraux. Il voulait comprendre le déroulement du protocole qui avait permis leur découverte, et surtout les grandes lignes de l'après-pandémie qui étaient en passe d'être définies par le comité Kruger. Ce verre tardif – il était minuit passé – était censé être un moment de répit… Anna siffla rageusement :

— Comment cette horreur est-elle possible ? Exhiber ces gens comme des bêtes ! Il doit bien y avoir un moyen d'empêcher ce genre de choses, non ?

— Anna, vous pensez vraiment que les scientifiques vont dicter leurs lois aux politiques simplement parce qu'un péril inédit menace l'équilibre du monde ? Les gouvernements sont supposés faire respecter le couvre-feu, mais la vérité toute bête et prosaïque, c'est que les gens sont des moutons avides de sensations et sans la moindre jugeote.

— Vous êtes cynique.

— Vous voulez du cynisme ? Les États-Unis ont décrété « cause nationale » la fabrication des antiviraux à venir. Ils veulent être les premiers sur ce marché juteux et donner un coup de fouet à l'économie. Les hommes n'ont même pas encore complètement échappé à la mort que les affaires reprennent le dessus…

— Bon sang, parfois je leur souhaiterais de se retrouver directement concernés !

— Cela ne changerait rien. Il y en aurait toujours derrière pour reprendre le flambeau… Écoutez, si vous voulez, je peux vous obtenir une place à bord de l'avion qui rapatrie, entre autres, les membres de l'ECDC.

— Vous feriez ça ? Quand ?

— Demain soir. L'avion affrété s'arrête à Genève, Paris et Londres avant de rejoindre Stockholm.

— Merci, Stephen, j'accepte volontiers. Je veux être auprès de Yann à présent…

— Vous ne songez jamais à lâcher prise ? Vous savez qu'il n'est pas question de guérison…

Plutôt que de répondre, elle dévia en l'interrogeant sur ses projets.

— Vous rentrez aussi ?

— J'aimerais, croyez-moi, soupira-t-il d'une voix où perçait la détresse. Je n'ai pas vu ma fille depuis une éternité alors que je pensais venir ici pour deux ou trois jours seulement. Mais il y a tant à faire encore… L'ONU va notamment débattre du sort définitif des *erectus*. L'enfermement dans des camps n'est qu'une solution provisoire.

— L'Assemblée partage cet avis ?

— Oui…

Anna était tellement soulagée qu'elle ne prêta pas attention à l'intonation lugubre de Gordon.

— Mais c'est fantastique ! Cela veut dire que les gouvernements reviennent à la raison ! Ils envisagent quoi, exactement ?

— La construction de prisons adaptées.

— Des prisons ! Vous plaisantez ? Quelle différence avec les camps ?

— Pas grand-chose, j'en ai bien peur. Malheureusement, le fait d'être sur le point de parvenir à juguler la pandémie n'a rien changé au regard que les gens portent sur les malades. Légalement, nous ne sommes pas revenus sur le vote qui a décrété que les *erectus* n'étaient pas des hommes… Je suis désolé, Anna.

— Enfin, on ne peut pas laisser faire ça ! Nous devons apprendre à vivre ensemble, enseigner à ces hommes et à ces femmes que nous ne sommes pas leurs ennemis, c'est tellement dur à comprendre ?

Stephen lui jeta un regard attendri.

— Vous êtes réellement si optimiste ?

— Pourquoi optimiste ? Les *erectus* sont nos parents, nos frères. Au-delà de tous les problèmes, tous les emmerdements, nous partageons nos racines, et aucune mesure sanitaire ne changera cette réalité ! On ne parle pas d'une espèce nouvelle ni d'extraterrestres bizarroïdes, ces gens sont des êtres humains, ils étaient comme vous et moi il y a encore quelques jours, quelques semaines ou quelques mois. Ils ne sont coupables de rien, sauf d'avoir été infectés et d'avoir régressé ! Nous étions pareils il y a deux millions d'années !

— Deux millions, Anna ! C'est considérable !

— Sauf que là on peut les aider, c'est en cela que la donne a changé. Ils ne seront plus seuls sur le chemin de l'évolution !

— Vous n'avez donc pas compris ? Les *erectus* ne sont pas domesticables. Je n'y crois pas.

— Domesticables ? Attendez, je rêve, comment pouvez-vous dire un truc pareil ?

— Parce que le terme est adéquat ! Ces gens ne sont pas des bêtes de foire ; ils ont, contrairement à votre idée, leur propre chemin d'évolution à suivre ! Vous me connaissez, depuis le début de l'épidémie je me bats pour que ces êtres soient traités dignement, néanmoins je refuse de céder aux fantasmes. Ce sont des sauvages et certains sont anthropophages ! On ne peut pas simplement décider qu'on va les éduquer comme on inculque la politesse à des gosses !

Stephen conclut les dents serrées, comme s'il retenait un poids qui lui pesait sur le cœur :

— Les *erectus* sont peut-être un reflet des origines humaines, mais nous n'avons rien à voir avec eux.

— Ne me dites pas que vous avez été convaincu par le fatalisme ambiant. Pas vous !

Plutôt que d'affronter son regard, Stephen termina sa bière d'une traite et se leva en cherchant de la monnaie.

— Je suis désolé, je n'ai pas le temps de débattre. Je vous souhaite un bon retour à Paris. Je vous ferai parvenir votre billet…

– VIII –

RÉBELLION

– 1 –

Zoo de Vincennes, Paris.

Oreille-Coupée avait longuement épié les Tikaks, assez pour comprendre leurs allées et venues au moment des repas. Quand une bagarre se déclenchait, ils venaient plus nombreux crier et agiter leur bâton-tonnerre, mais ils se risquaient rarement à l'intérieur du territoire. Souvent, à la distribution de nourriture, un deux-pattes venait se poster derrière le grillage. Celui-là ne grondait pas et restait à les observer. Il était aussi curieux que la femelle voix-claire, celle dont l'odeur lui plaisait bien et qui venait le voir, avant. Elle ne craignait pas de l'approcher et l'*erectus* en gardait une pointe de regret.

La peur le poussa vers la hutte grossière où reposait Cheveux-Tombants ; même blessé, le chef commandait au clan et tous l'écoutaient et suivaient ses décisions. Avec force gesticulations, Oreille-Coupée essaya d'expliquer son plan, mais personne ne semblait comprendre ses mouvements ni ses grognements. Dans sa tête, pourtant, l'idée était simple, lumineuse : il fallait faire entrer les Tikaks dans l'enclos, puis les enfermer, comme ils le faisaient pour eux. Il avait beau mimer le bâton-tonnerre, il ne récoltait que regards vides et mimiques moqueuses. Devant ce mur d'incompréhension, Oreille-Coupée renonça.

Il agirait seul, même s'il devait encourir la foudre et le Grand Sommeil des Tikaks. Il fallait qu'il se prépare, le soleil était déjà haut dans le ciel…

Les soldats affectés aux repas arrivèrent. Ils étaient deux : le premier pour actionner le chariot élévateur qui les dispensait de pénétrer dans l'enceinte, le second chargé de balancer la pitance des *erectus*, essentiellement composée de fruits et des restes du mess que l'on gardait exprès. En ces temps de restrictions, inutile de gâcher… Chaque jour, c'était le même cirque. À l'approche du chariot, la colonie se massait devant eux, impatiente.

— Il suffit de les entendre brailler pour savoir qu'ils ont les crocs ! De vrais estomacs sur pattes ! ricana le caporal Bonnargent par-dessus le boucan de l'élévateur.

Il attendit un moment, comme pour prolonger le supplice des *erectus*, mais, voyant que cela ne changeait rien, il se décida enfin à basculer la pelle, déclenchant l'avalanche de nourriture.

Le soldat Lorne ne put s'empêcher de frissonner devant l'avidité des créatures. D'habitude, c'était lui qui balançait la bouffe, mais cette fois le caporal avait voulu changer, pour « s'amuser un peu »…

Alors qu'il s'apprêtait à redescendre, le caporal ressentit une douleur vive irradier son crâne.

— Putain, un de ces sauvages m'a lancé un caillou !

— Lequel, caporal ?

— Si je le chope…

Au même moment, un deuxième projectile vint heurter son genou, lui arrachant un glapissement de fureur.

— C'est l'enfoiré au crâne rasé. Celui-ci, caporal !

Lorne désignait un point devant lui et agitait frénétiquement son arme. Bonnargent était aveuglé par sa colère.

— Bordel ! Où ça ?

— Lui !

L'homme-singe tenta de se fondre parmi le groupe de mâles, mais cette fois le caporal l'avait aperçu assez distinctement pour reconnaître l'*erectus* Lebel.

— Salopard, tu vas voir de quel bois je me chauffe !

Malgré son genou engourdi, l'homme dégringola lestement à terre et se mit en position, fusil en joue. Les consignes du capitaine flottèrent un instant dans son esprit. *« Ne tirer qu'en cas de nécessité et viser les jambes... » Tu parles ! Je vais me faire un carton de babouin !*

Trop tard ! L'autre malin s'était caché au milieu de ses congénères. Il ne perdait rien pour attendre. Le capitaine pouvait toujours se brosser avec ses instructions ! D'autant que l'*erectus* Lebel avait droit à un traitement de faveur, et qu'il ne serait sans doute pas puni…

Le caporal se considérait comme un brave type, mais il détestait qu'on se paie sa tronche. Un homme doué d'un minimum de conscience militaire ne pouvait tolérer la provocation. Parce que là, c'était une pierre, mais après ce serait quoi ? Un corps à corps ? C'est ça qu'il voulait, le pitaine ?

— Hé, le bleu-bite, tu me le gardes à l'œil !

— Vous allez faire quoi, caporal ?

— Leur filer la saucée de leur vie, à ces macaques puants !

Il se précipita vers la lance à incendie et déroula plusieurs mètres de tuyau. Ce n'était pas franchement protocolaire, mais on ne pourrait pas l'accuser d'avoir mis les *erectus* en danger de mort. Et si certains d'entre eux pouvaient se choper une bonne pneumonie, ce ne serait plus son affaire !

Revenu au côté du troufion, il sortit un trousseau de clés et commanda d'un ton sec :

— Tu me couvres.

— Mais… On ne va pas aller là-dedans, quand même ?

— Et pourquoi pas ? Tu as peur ? Il ne peut rien nous arriver. Tu connais les ordres : on a le droit de descendre ces pourris en cas de légitime défense…

— Et s'ils mordent et que… ?

— Que tu vires cannibale ? T'en fais pas, le traitement est presque au point, maintenant !

À pas prudents, les deux soldats pénétrèrent dans l'enceinte grillagée. Alors que la plupart des hommes-singes reculaient, le dos rond, le front baissé, conscients de la menace, le lanceur de cailloux se campa devant eux. Il avait empoigné un bâton immense qui s'achevait en Y. D'un geste vif, il balaya l'espace, arracha la lance à incendie que le caporal tenait pourtant à deux mains, puis, d'un revers brutal, le fit rouler dans la poussière.

Les quatre fers en l'air, Bonnargent gueula à s'en décrocher les cordes vocales :

— Putain, bute-le cet enfoiré !

Mais Lorne était bien en peine de faire quoi que ce soit. Trois-Doigts, qui s'était emparé du tuyau, avait déclenché un puissant jet d'eau qui l'avait projeté trois mètres plus loin, et l'avait laissé à demi assommé. En retombant, son fusil se déchargea, causant une pagaille indescriptible parmi les hommes-singes.

Prenant conscience du danger, le caporal dégaina le pistolet qu'il gardait toujours avec lui depuis le début de l'épidémie et parvint enfin à se redresser. L'*erectus* n'avait pas bougé. Il se contentait de fixer sur lui ses yeux sombres, comme s'il hésitait sur la position à adopter. La fuite ? L'attaque ? Deux mètres seulement les séparaient.

Inratable.

Bonnargent prit le temps d'ajuster son tir, en plein cœur, puis l'apostropha avec un ricanement :

— Alors, qui est le plus futé des deux ? *Erectus* ou *sapiens* ? Je vais te…

Il n'eut pas l'occasion de finir sa phrase. Une masse venue de nulle part s'abattit sur son dos et il sentit des dents lui déchirer le bras, celui qui tenait l'arme. Ses doigts s'ouvrirent tandis que, horrifié, il regardait le sang inonder sa manche. Il hurla à pleins poumons.

Les *erectus*, eux, semblaient avoir saisi ce qui se passait, car ils se précipitèrent vers les portes béantes de l'enclos. Pourtant, au moment de les franchir, ils se tournèrent vers leur chef qui arrivait en boitillant. Oreille-Coupée l'accompagnait. Sur le seuil, indifférents aux cris des Tikaks, tous deux flairèrent l'air et se consultèrent du regard. Ils s'étaient sauvés mutuellement et Cheveux-Tombants savait qu'il pouvait compter sur le jeune mâle. Ils s'élancèrent ensemble, vers l'ouest.

Le vacarme n'était pas passé inaperçu, mais, sans le savoir, les *erectus* allaient profiter d'une aubaine, car le gros du régiment chargé de surveiller les abords du zoo avait été appelé pour renforcer la sécurité d'un convoi exceptionnel.

Devant les portiques qui limitaient l'accès du public, il n'y avait que six soldats, et encore, l'un d'entre eux s'était laissé surprendre et ne possédait qu'une arme de poing. Quand les hommes-singes déferlèrent, après avoir libéré d'autres clans au passage, ils étaient quelques centaines et, pris par la peur, les gardes tirèrent. Une douzaine d'individus s'écroulèrent lors de cette première salve, dont Trois-Doigts, fauché en pleine course. Mais cette pagaille ne fit que redoubler l'affolement des soldats qui se mirent à tirer sans même viser. Un *erectus*, qui s'était emparé d'un pieu, se jeta sur le premier qu'il trouva sur son chemin, le transperçant de son arme improvisée. L'homme mourut alors que les fuyards se dispersaient dans les rues, courant et bondissant, évitant les obstacles – poubelles, bancs, passants, landaus et voitures –, faisant piler un taxi qui se fit aussitôt emboutir.

La plupart des *erectus* savaient maintenant que les deux-pattes redoutaient d'être mordus et se faisaient menaçants dès qu'il le fallait. C'était l'instinct qui parlait ; fuir ou attaquer, aller de l'avant, loin des grillages maudits !

Oreille-Coupée trottait juste derrière Cheveux-Tombants. Il avait ralenti la cadence exprès, de façon à couvrir ses arrières et à le protéger. Ils avaient besoin d'un chef. Et ces précautions n'étaient pas de trop puisque, après avoir essuyé le feu des bâtons-tonnerre, ils n'étaient plus que cent hommes-singes environ, mâles et femelles, à cavaler au milieu de la chaussée. Les autres étaient tous tombés, emportés par le Grand Sommeil ou trop grièvement blessés pour continuer.

Courir. Aller là où brille la lumière et monte l'odeur de terre !

Le déferlement avait suscité un mouvement de panique parmi les hommes. Si les rares piétons n'avaient que le temps de s'accroupir en priant pour passer inaperçus, ceux qui étaient en voiture préféraient encore pour beaucoup s'encastrer dans un mur ou un véhicule plutôt que de heurter ces démons velus. Un bus fit un écart et emboutit une vitrine après avoir coupé la route à une voiture de patrouille, qui partit en tonneaux au milieu du boulevard. Un agent de police parvint à s'extraire de la carcasse et mit en joue trois *erectus* qui couraient vers lui. Il en tua deux à distance et le troisième à bout portant, alors que la créature était déjà sur lui. Un geyser de sang l'arrosa, pénétrant dans sa bouche et ses narines, mais l'homme était trop choqué pour comprendre que le virus Kruger était maintenant en lui.

Un nouveau carambolage se produisit dans l'artère, cent mètres plus haut. Cheveux-Tombants escalada l'amas de tôles et se retourna, alerté par le rugissement d'un mastodonte qui abritait un deux-pattes.

Une Mercedes, dont le conducteur avait perdu le contrôle, percuta de plein fouet le tas de ferraille sur lequel il se trouvait.

Heureusement, la carcasse sur laquelle il était perché avait pris l'essentiel du choc, mais en retombant, sans bien comprendre comment, il fut saisi en étau entre les deux carrosseries accidentées, sonné mais vivant. Oreille-Coupée fut soudain là, penché vers lui, et considéra sa position d'un air inquiet, perplexe de voir qu'il restait là au lieu de courir.

Le chef désigna sa jambe coincée et grogna.

— Teku, teku…

« Teku » est ce qui le porte, décrypta Oreille-Coupée. D'un glapissement aigu, il appela les autres à la rescousse, mais personne ne lui prêtait attention.

Derrière le pare-brise, l'homme de la Mercedes affichait une expression de pure terreur. Deux bêtes s'agitaient à moins d'un mètre de lui. Il vit la créature rasée s'arc-bouter devant son pare-chocs et sentit la nausée lui vriller l'estomac.

Oreille-Coupée attrapa la gueule brillante du mastodonte. Le contact était froid. *Mort*, pensa-t-il, puis il ne songea plus à rien, trop occupé par l'effort. L'énorme masse s'éleva un peu, suffisamment pour que Cheveux-Tombants se dégage. Soulagé, Oreille-Coupée lâcha tout et agrippa son compagnon. Ensemble ils détalèrent, soulevés par le souffle de la liberté, galvanisés par une incroyable énergie…

Jamais, depuis le Grand Réveil, ils n'avaient été aussi vivants !

En quelques bonds, ils avaient rattrapé ceux du clan, qui les laissèrent passer, rassurés d'avoir à nouveau un guide. Malgré ses plaies et son teku blessé, Cheveux-Tombants galopait devant eux.

Dans le ciel, un roulement de tonnerre résonna soudain, plus caverneux que tout ce qu'ils avaient entendu. Les fugitifs virent apparaître un Volant gigantesque, aussi lisse que les mastodontes des deux-pattes. De son ventre jaillit la foudre des bâtons-tonnerre. Les Tikaks les avaient rattrapés ! Trois corps tombèrent.

Ils tournèrent en rond, affolés, et se retrouvèrent pris au piège, jusqu'à ce que le chef indique une pente et la bouche noire d'une grotte. Pourtant, l'odeur qui s'en dégageait était âcre comme la peur. Oreille-Coupée savait qu'ils ne devaient pas s'engager là, dans l'abri des deux-pattes. La vapeur exhalée était inconnue. *Mauvaise*, se dit-il.

Il grogna, désignant à son tour un passage étroit entre les falaises étrangement lisses de pierre grise. Au loin, il discernait les feuilles agitées par le vent. C'était là qu'il fallait aller, vers la terre et l'eau !

— Na, gronda-t-il à l'adresse de Cheveux-Tombants.

Il se frappa la poitrine puis montra la masse verte des arbres.

— Ya, ya.

Le chef se contenta d'acquiescer, puis baissa la tête, en signe d'accord. D'un simple hochement, l'équilibre du pouvoir venait de basculer au sein du clan.

– 2 –

New York.

Dans le bureau qu'il occupait provisoirement, Stephen suivait l'évolution de la situation à Paris sur une chaîne d'info en continu. Les médias américains, pourtant peu enclins à s'occuper de l'Europe, avaient interrompu leurs programmes habituels pour retransmettre les images.

La capitale française était en état de siège. Les grandes avenues étaient devenues le théâtre d'affrontements sanglants. Patrouillant à bord de Jeep, les soldats avaient pour ordre de tirer à vue. Certains quartiers résonnaient de coups de feu, pas seulement aux alentours de Vincennes, mais dans de nombreux squares, dans le bois de Boulogne, aux Buttes-Chaumont, le long de la coulée verte, à Montmartre, et dans les banlieues vertes où les milices s'en donnaient à cœur joie.

Sur la chaîne News, des images tournées depuis un hélicoptère défilaient sur l'écran : un groupe de dix *erectus* traversait une suite de jardins privatifs, traqué par un commando. Ils sautaient haies et murets mieux que des athlètes olympiques, mais le piège se referma quand une patrouille surgit en sens inverse. Le groupe s'éparpilla alors dans un sauve-qui-peut général. Mû par son instinct, l'un des fuyards s'élança sur le mur végétal d'un immeuble, aussitôt imité par les plus téméraires. Soudain, un mâle visiblement âgé rata une branche. Suspendu par un bras, il tenta de trouver une prise de sa main libre puis, épuisé, se laissa basculer dans le vide. Des rafales claquèrent et quatre corps tombèrent à sa suite. Seuls cinq individus parvinrent à se hisser sur le toit en zinc qui s'élevait en pente douce. Il n'y avait pas d'échappatoire, à moins de repartir en sens inverse. Hagards, désorientés, les hommes-singes semblèrent soudain comprendre ce qui les attendait.

— Épargnez-les, par pitié, murmura Stephen devant l'écran.

L'hélicoptère survola l'immeuble. Des étincelles jaillirent de l'appareil sans atteindre leur but. Les *erectus* se réfugièrent derrière un muret hérissé de conduits de cheminée, mais l'engin se rapprocha. Il devait leur paraître monstrueux… Ce fut alors que l'impossible se produisit sous les yeux de millions de téléspectateurs. Deux mâles bondirent hors de leur cachette et s'élancèrent dans le vide, traversant d'un coup les deux mètres qui les séparaient de l'appareil. Une balle faucha l'un des assaillants, mais le second réussit à s'agripper au patin de l'engin. D'un seul mouvement, il s'éleva au niveau de la cabine et arracha le tireur de son poste, l'envoyant valdinguer dans le vide. Puis, aussi facilement, il se glissa à l'intérieur, avec le pilote.

L’hélicoptère partit en vrille, percutant un immeuble voisin dans une grosse boule de feu.

— Mon Dieu…

Ce furent les seuls mots que Stephen réussit à prononcer.

– 3 –

Anna était encore dans l'avion qui venait d'atterrir à l'aéroport de Roissy-Charles-de-Gaulle quand elle reçut un appel de Stephen Gordon. Bravant les consignes de sécurité, elle se colla au hublot pour décrocher. La voix de son interlocuteur était pressante, bouleversée :

— Anna, les *erectus* du zoo de Vincennes se sont évadés. Les militaires ont ouvert le feu.

Elle le coupa, affolée, refusant d'imaginer le pire :

— Et Yann ?

— Je ne sais pas. C'est la pagaille, là-bas, et je n'ai même pas encore tenté de joindre Antonetti.

Stephen brossa le tableau de la situation, mais Anna ne l'écoutait presque plus. Tout ce qu'elle réussissait à visualiser, c'était Yann perdu dans les rues de Paris, des militaires à ses trousses. Une peur liquide envahissait son esprit à mesure que les détails y parvenaient. Il devait être mort de peur, lâché dans cette ville inhospitalière, traqué comme une bête sauvage… Comment trouverait-il un abri sûr dans cet environnement ? L'esprit d'Anna fonctionnait à cent à l'heure.

Que faire ? Comment l'aider ? Comment arrêter cette folie qui était en train de se dérouler ?

Soudain, le jour se fit dans son esprit et elle coupa Stephen :

— Je sais où il est !

— Comment ça ?

— Je sais où il est parti, et je vais le retrouver !

— Anna, calmez-vous… Je sais que c'est très dur, mais vous devez penser à vous, vous protéger…

— Je vais le retrouver, il n'est pas question qu'on le tue !

Malgré les protestations de Stephen, elle raccrocha et enfila sa veste. Aussitôt les portes de l'avion ouvertes, elle courut vers les bus pour rejoindre Paris au plus vite. Elle n'avait pas une minute à perdre…

– 4 –

Entre plusieurs insomnies, l'inquiétude pour Lauryn, les événements de Paris et l'emballement suscité par l'espoir d'un médicament, Gordon avait de la peine à réfléchir. Pourtant, une chose était claire : la rébellion des *erectus* parisiens démontrait que l'enfermement n'était pas la solution. Étrangement, comme si la nouvelle s'était répandue parmi les individus régressés, plusieurs incidents avaient éclaté dans des centres de rétention aux quatre coins du monde. De toute évidence, on s'était trompé en imaginant que les hommes-singes se résigneraient à leur condition de bêtes de zoo. L'armée se heurtait au caractère agressif de certains dominants et on dénombrait au moins dix nouvelles morts.

En rejoignant le grand hall de l'ONU, il aperçut Andreï Akoulov entouré par une forêt de micros. L'ambassadeur semblait ravi de l'occasion qui lui était donnée d'enfoncer le clou, et les journalistes se pressaient autour de lui comme des abeilles sur un pot de miel. Malgré son épuisement, Stephen ne put s'empêcher de tendre l'oreille.

— Vous voulez savoir ce que je pense de ce genre d'émeutes ? C'est simple. Mes parents étaient fermiers et quand un virus frappait une bête, on tuait tout le troupeau pour être sûr d'endiguer l'épidémie.

— Vous voulez tuer l'ensemble des espèces qui ont régressé ? lui demanda une jeune journaliste avec la naïveté de celle qui démarre dans le métier.

— Je parle en premier lieu des *erectus*, car ce sont eux qui posent un problème, mais les autres préhistoriques sont aussi concernés, car ils portent ce virus de malheur. Entendons-nous bien, ces êtres n'ont d'humain que leur ancienne vie, et à présent ils représentent une menace pour le monde. Alors qu'allons-nous faire ? Philosopher pendant qu'ils nous attaquent ?

— Vous incarnez le mouvement dur de l'ONU, n'est-ce pas, monsieur l'ambassadeur ?

— Accepter de parquer les *erectus*, ainsi que l'a décidé l'Assemblée, revient à décréter qu'ils sont des animaux. Nous ne pouvons pas laisser massacrer l'espèce humaine pour une question d'éthique fumeuse, voilà qui ne fait pas l'ombre d'un doute. J'en suis le premier attristé, croyez-moi. Mais l'heure n'est plus au sentimentalisme, pas après vingt-trois morts ! Ce sont des animaux malades qu'il faut piquer.

La journaliste reprit le micro pour s'adresser directement à la caméra :

« Ainsi que M. Akoulov vient de l'affirmer, le monde a les yeux braqués sur Paris, où le mouvement de rébellion est tout aussi important que violent, et beaucoup craignent que les incidents de Vincennes ne fassent boule de neige. Le destin des *erectus* se joue en ce moment même, dans les rues de la capitale française. »

– 5 –

Vidé. K.-O. debout.

À New York, l'Assemblée générale extraordinaire de l'ONU qui avait réuni en urgence les délégués à la Santé venait de s'achever et avait été… Quoi exactement ? Ned Lash l'ignorait. À vrai dire, plutôt que de tirer des conclusions et de préparer son bilan pour le président – bilan nécessaire à la préparation du sommet international à venir –, le secrétaire d'État était tenté de s'enfermer dans sa chambre en compagnie d'un litre de bon vieux whisky hors d'âge qu'il sifflerait en solitaire, sans plus se soucier du sort des *erectus* qui les avait tenus coincés durant deux jours quasiment non-stop. Oublier, peut-être, les mots du ministre grec de la Santé leur infligeant une leçon d'humanisme. Et ceux de la ministre danoise qui en avait rajouté une couche…

Alors que la plupart de ses illustres homologues s'écharpaient sur le degré de sauvagerie tolérable chez les hommes-singes, la taille des camps de rétention ou les mesures de protection applicables – armes létales ? collier étrangleur ? tasers et camisoles ? –, ces deux-là avaient clairement rappelé les droits fondamentaux auxquels tout homme pouvait prétendre, reléguant leurs querelles à de sinistres polémiques. La dernière tirade résonnait encore dans sa tête : « On ne peut réduire à des bêtes les hommes, les femmes et les enfants infectés par le virus régressif, quels que soient les problèmes qu'ils posent. Nous avons affaire à des êtres humains qui ont été comme vous et moi avant d'évoluer, et qui aujourd'hui sont doués des prémices d'une conscience, d'émotion et d'intelligence ! Et quand bien même ils ne retrouveraient jamais leur mémoire ni leurs capacités, ils ne sont ni coupables ni responsables, seulement victimes du plus grand fléau qui a jamais menacé l'humanité ! Alors prenons garde, nous, hommes et femmes qui ne serons jamais infectés, veillons à cette humanité, car nous serons seuls à porter le poids des décisions prises ! C'est à nous, hommes savants, puisque telle est la définition précise de l'*Homo sapiens*, que revient la responsabilité de garantir sécurité, liberté et dignité à la population *erectus* ! Et si, finalement, la cohabitation se révèle impossible, alors il faudra réfléchir à d'autres solutions viables, et humaines ! »

Ned Lash était en proie à des sentiments contradictoires. Pour la première fois depuis que la pandémie avait éclaté, il éprouvait surtout de la honte, parce que, au-delà de tous les problèmes – et Dieu savait qu'il y en avait un paquet ! –, il avait fallu que deux obscurs politiciens leur rappellent l'évidence. Ils avaient proféré des putains de paroles, de celles qui trempaient votre courage et animaient vos élans, et Ned se demandait si la pratique du pouvoir n'avait pas fini par lui faire négliger les raisons de son engagement… Quelle leçon pour les représentants des plus grandes puissances ! Même les Russes n'avaient pas osé balancer leurs sarcasmes habituels. Quant aux Chinois, ils avaient souligné que la discrimination raciale était un problème chronique des pays occidentaux et qu'il fallait effectivement réfléchir à une solution équilibrée qui protégerait la souveraineté des États. Sa propre prestation n'avait été que déclarations formelles sans profondeur.

Le lendemain, le président attendait de lui un rapport solide, étayé, de quoi nourrir sa réflexion. Il ne s'agissait pas de larmoyer, mais d'être efficace, concret. Il devait s'y mettre.

– 6 –

Paris.

Anna avait dû renoncer à prendre un taxi pour atteindre l'île. Les accès du bois de Vincennes étaient interdits à la circulation et des barrages militaires s'étaient érigés partout, dans chaque rue, à chaque station. Sur les toits, des tireurs d'élite avaient été disséminés afin de garantir au maximum la sécurité des Parisiens. Mais pas question de renoncer…

Anna avait attendu 19 heures pour partir et s'était équipée de manière à passer inaperçue. Pantalon de treillis, sweat marron, sac à dos dans lequel elle avait entassé le plus utile – des barres de céréales, de l'eau, une Thermos, un châle, un K-way et une trousse de première urgence. Au bout de deux heures de marche et de jeu du chat et de la souris, elle trouva enfin un accès à travers les allées désertes de la foire du Trône. Ce ne fut qu'une fois certaine d'avoir dépassé le maillage serré des barricades qu'elle put enfin se redresser et accélérer le pas, sans craindre d'être repérée à chaque seconde. Elle n'avait plus qu'un objectif en tête : le seul endroit où, elle en était de plus en plus persuadée, Yann trouverait refuge. Leur endroit. Cette grotte secrète qu'il lui avait fait découvrir, sous le temple grec… Son instinct l'y conduirait.

Pourtant, à mesure qu'elle progressait, une sourde inquiétude l'envahit. Le paysage se métamorphosait, lui donnant l'impression de pénétrer dans une jungle foisonnante. Les arbres de l'Est parisien ressemblaient à des sapins sans épines. Leurs branches, fines et noueuses, étaient celles des calamites qui peuplaient la Terre trois cents millions d'années auparavant. Perchée sur une branche, une colonie d'archéoptéryx surveillait sa progression d'un œil méfiant. Quelques mois de cohabitation avec l'homme avaient suffi à les rendre farouches.

Les ténèbres grouillant de présences invisibles firent surgir ses doutes. Et si Gordon avait raison en attribuant aux *erectus* la sauvagerie des primitifs ? Yann était peut-être déjà mort, et même en admettant qu'elle le retrouve, cela changerait quoi ? À force de vouloir le ramener vers son monde en gommant leurs différences, Anna avait fantasmé un homme fruste à qui manquait simplement l'usage de la parole ; en réalité, elle ne représentait rien pour lui, et elle aurait risqué sa vie pour quoi ? Ce rien ? Pis encore, elle avait de grandes chances de tomber sur des créatures rendues folles de terreur par une traque sans merci, des cannibales qui avaient appris le goût du sang ! *Et pourquoi pas des vampires, tant qu'on y est ! Tu dérailles complètement, ma fille !* Mais la raison n'y changeait rien. Alourdie par l'enfant qu'elle portait, Anna se sentait trop exposée, aussi fragile que du verre, et l'envie de rebrousser chemin la tenaillait si fort qu'elle dut faire une halte. Elle fouilla dans son sac, en sortit la Thermos de thé brûlant. Ce fut à cet instant qu'elle distingua la luisance de l'eau, entre les feuilles palmées des hautes fougères. Le lac ! Elle avait trouvé le lac !

Une passerelle permettait d'accéder à l'île par le sud. De l'agrégat artificiel il ne subsistait rien, que la structure rocheuse noyée dans l'épaisseur végétale. Les allées avaient disparu, envahies par les fougères, les prêles primitives et de drôles de plantes arborescentes, au point qu'elle dut batailler pour se frayer un passage et manqua rater le dôme du temple où, six années plus tôt, Yann lui avait passé au doigt l'anneau en pierre météoritique. Ce fut le bruit de cascade qui l'alerta. La nostalgie la foudroya et elle gémit, de fatigue et de chagrin mêlés. L'escalier qui descendait vers la grotte factice se dressa soudain dans la pénombre.

Arrivée en bas, Anna prit une nouvelle fois conscience du danger. La pleine lune éclairait le lieu par de larges ouvertures donnant sur les eaux scintillantes du lac. Avec ses parois irrégulières, hérissées d'aspérités et de fausses stalactites, la construction ressemblait à s'y méprendre à une véritable caverne. Elle avança prudemment, à l'affût d'un bruit, mais seul le silence lui répondit. Enhardie par la sérénité des lieux, elle chuchota : « Yann », en vain. Gordon avait vu juste. Il n'y avait personne. Comment avait-elle pu croire qu'il se réfugierait ici ? Elle s'était trompée, voilà tout.

Elle bascula la tête en arrière, par un réflexe inconscient. Juste au-dessus d'elle, le dos plaqué contre la paroi granuleuse, les *erectus* se tenaient agrippés à la voûte. On les discernait à peine, leur peau mate se fondant dans le beige foncé du faux calcaire.

Un collier de longs poils formant une barbe hirsute distinguait celui qui la surplombait. De profondes rides crevassaient son visage et un rictus haineux étirait ses lèvres. Anna ressentit la même terreur qui l'avait saisie devant les éléphants chassant les gomphotheriums, en Afrique du Sud. L'homme-singe s'apprêtait à défendre son territoire. *Et l'envahisseur, c'est moi...*

Prise de panique, Anna voulut fuir. Trop tard. L'homme-singe bondit dans le vide et l'entraîna avec lui dans sa chute, en la maintenant durement au sol. Elle sentit son haleine acide près de son visage, la mousse de sa bave. Ses dents... *Mon Dieu, il va me mordre !*

— Na !

Une ombre s'interposa alors, les surplombant de toute sa masse.

— Na ! répéta la créature.

L'assaillant barbu poussa un jappement entre le cri de dépit et la plainte, avant de reculer vers le fond de la grotte.

Anna fut submergée par une vague d'émotion. Yann se tenait devant elle. Mais son soulagement fut de courte durée, balayé par l'expression qu'elle distingua sur son visage : jamais il n'avait eu un air aussi farouche ! Ses yeux étaient pleins de colère, comme si Anna représentait l'ennemi, celui qui enfermait et blessait ou, pis encore, celui qui tuait sans aucune pitié. *Voilà ce que les hommes ont fait aux* erectus *! Toute cette violence...*

Durant ce court instant, les membres de la tribu avaient dégringolé de leur perchoir et les entouraient à bonne distance, visiblement méfiants. Elle en dénombra sept et écarta ses bras, paumes vers le haut, dans un geste d'abandon. *Ce sont des survivants, ils te redoutent encore plus que tu ne les crains !*

Yann se rapprocha jusqu'à la frôler, les narines palpitantes tandis qu'il la reniflait. Cherchait-il à reconnaître son odeur ou bien était-il en train de décider de son sort ? Un long gémissement interrompit leur face-à-face. Il provenait d'une femelle. Troublée, Anna la détailla avec curiosité ; ses cheveux bruns, aussi emmêlés que l'étoupe, tombaient jusqu'à la taille et, malgré la proéminence de sa mâchoire inférieure, son visage dégageait une vraie beauté, comme s'il était éclairé de l'intérieur. *Elle l'aime ! Elle est jalouse de moi !* Puis elle remarqua une plaie béante juste sous les côtes de la femelle d'où suintait un sang noir. Elle avait dû être atteinte par un tir. Le barbu la rejoignit d'un bond, mais se fit repousser d'un grognement rageur. Il ne se laissa pas décourager et l'entraîna vers un amas de branchages avant de lui faire signe de s'allonger. À cet instant, un cri les arrêta, impérieux, et tous se figèrent.

— Tikak !

Un *erectus* s'agita, le bras indiquant l'extérieur.

Anna courut vers l'escalier, l'oreille aux aguets, et perçut le bourdonnement lointain d'un moteur de bateau. Les militaires étaient sur le lac ! Une patrouille ? Elle était effrayée, mais elle exultait. *Les* erectus *ont élaboré un début de langage !*

Le clan s'agita nerveusement. Ils avaient compris que le danger approchait et reprenaient agilement leur place le long de la paroi. Seul Yann n'avait pas bougé. Il tendit la main vers elle, l'effleura, puis lui désigna la voûte, comme pour lui ordonner de suivre le mouvement.

— Tu veux que je grimpe là-haut ? Je n'y arriverai jamais, je n'ai pas votre force.

Ce n'était pas l'escalade qui la rebutait. Ensemble, ils avaient fait assez de varappe dans la forêt de Fontainebleau pour qu'elle se sente à l'aise, d'autant que l'ascension présentait peu de difficultés. Mais elle était incapable de se tenir suspendue en l'air sans chaussons, avec des prises minuscules. Surtout avec son ventre qu'elle peinait de plus en plus à dissimuler.

Yann avait dû comprendre sa réticence, car il l'entraîna vers la paroi et lui fit signe de monter sur son dos. C'était de la folie, pourtant elle obéit.

Dehors, on entendait des voix s'interpeller.

Yann entama l'ascension, exploitant la moindre aspérité de la paroi. Ses muscles puissants décuplaient son habileté, comme si son corps conservait la mémoire des gestes. Se souvenait-il d'avoir été un champion ?

Il utilisa ses jambes pour se propulser, fit une pause à mi-hauteur pour évaluer la roche, puis s'élança de nouveau, jusqu'au plafond. Combien de temps tiendraient-ils sur ces prises ridicules, à plus de trois mètres du sol ?

Pour juguler la panique qui s'emparait d'elle, Anna adopta une respiration profonde. *Ne pense pas à l'enfant. Le nôtre...* Elle souffrait, s'accrocher au dos de Yann lui demandait trop d'efforts. Elle aspira son odeur de musc. Les bruits avaient cessé, elle n'entendait plus rien, que la rumeur du sang qui cognait à ses tempes.

La nausée monta et elle serra les dents pour tenir. Non loin d'eux, la femme blessée, recroquevillée en équilibre, ne manifestait aucun signe d'épuisement. Elle devait souffrir le martyre, pourtant.

Je vais tomber. Je dois lui dire que je les protégerai. Si je lâche...

Soudain le vertige l'emporta et Anna se sentit partir en arrière. Sa tête heurta une surface dure.

Elle perdit connaissance.

★

Un bruit d'hélicoptère l'arracha à son rêve douloureux.

Anna reprit conscience, allongée sur un lit de feuilles. Sa tempe lui faisait atrocement mal. Elle sentait qu'on forçait sa bouche pour y glisser quelque chose. Un fruit ? Elle parvint à ouvrir les yeux, malgré la douleur, et distingua le visage inquiet de Yann. Il tenait une pomme blette qui avait l'odeur de moisi, pourtant elle s'obligea à avaler une bouchée.

— Merci.

Yann inclina la tête puis se releva pour rejoindre l'*erectus* qui l'avait assaillie plus tôt. *Je suis tombée ? C'est impossible, il a dû me retenir sinon je me serais rompu les os.* Tous deux scrutaient le ciel à travers les ouvertures, intrigués par le ballet de l'hélicoptère.

— Tikak, dit le barbu.

Ce mot possédait visiblement le don de les effrayer, car le reste du groupe gémit, en proie à une agitation manifeste. *Ils parlent forcément de nous... Tikak, les hommes modernes ?* Quelque chose la turlupinait.

Tikak... Elle se souvint soudain des règles de la paléontologie appliquée au langage, règles selon lesquelles il serait vraisemblablement possible de déduire les dialectes originels des langues actuelles, et cela jusqu'au « protolangage »… Or, selon certains linguistes, « tik » était l'un des premiers mots inventés par l'humanité. Dans le vocabulaire ancestral, il aurait signifié « doigt ». Si les *erectus* réutilisaient ce son, même pour désigner les hommes qui les chassaient, c'était donc bien que ce dernier avait des racines génétiques. Un langage d'origine génétique : voilà qui aurait fait hurler plus d'un linguiste, mais dans cette grotte, cela lui sembla soudain parfaitement logique…

Quand l'hélicoptère s'éloigna, les *erectus* retrouvèrent leur calme. Le barbu s'approcha d'Anna et lui tendit une boîte de conserve en poussant un grognement dont la signification était limpide : il voulait qu'elle l'ouvre.

À cet instant, elle remarqua un entassement de conserves, un sac de fruits secs, du pain, et tenta d'expliquer :

— Vous êtes allés chercher la nourriture au restaurant, hein ? Pour ça il faut un ouvre-boîte. Je ne peux pas l'ouvrir sans outil, tu comprends ?

Comme il la considérait les sourcils froncés, elle ajouta :

— Na ! Pas possible !

Frustré par son refus, le barbu gonfla ses narines en signe de colère. Comme conscient du danger, Yann se glissa entre eux et fit rempart de son torse. Il répéta « Na », puis désigna la femme blessée. L'autre obtempéra et alla s'agenouiller près de la créature qui geignait faiblement.

Une demi-heure plus tard, la malheureuse était morte. Anna s'en aperçut en trouvant le courage de l'examiner. Le barbu devait la croire endormie, car il lécha sa blessure, avant de la secouer doucement. Comme le corps restait inerte, il parut prendre conscience que quelque chose n'allait pas et s'empara d'une pierre pour lui assener un coup violent. Anna recula d'un bond. Est-ce qu'il espérait la ranimer ? L'*erectus* s'affaira, il tourna en rond, finit par trouver un tesson de verre qui semblait le satisfaire et retourna près du cadavre.

Anna ne voulut pas comprendre tout de suite. Les mains du barbu bougeaient, frénétiques. Prélevèrent un morceau de chair. Les dix autres formèrent bientôt un demi-cercle. Elle fit volte-face pour s'épargner l'horrible spectacle, mais elle n'avait rien pour se protéger du bruit, et ses mains plaquées sur ses oreilles ne suffisaient pas à masquer l'horrible mastication et les grognements de plaisir, impossibles à confondre avec quoi que ce soit d'autre. Elle tenta de s'absorber dans la vision du lac, d'imaginer des choses agréables, mais des images remontaient inexorablement à sa mémoire. Elle ferma les yeux.

Cannibalisme.

Elle avait déterré tant d'os raclés sur lesquels la chair avait été retirée avec un outil, de crânes brisés et calcinés, retrouvé tant de marques flagrantes d'anthropophagie sur les sites préhistoriques… Que les *erectus* se livrent à cette pratique n'avait rien de surprenant au fond… Ils mangeaient leur compagne d'infortune parce qu'ils avaient faim et que négliger cette source d'énergie serait absurde, et parce que enfin – peut-être – ils croyaient s'approprier ses forces.

Un mouvement la contraignit à rouvrir les yeux. Planté devant elle, Yann émit un doux grondement, la main tendue. Entre ses doigts, elle distingua un morceau de chair. Comme elle ne réagissait pas, il l'approcha de sa bouche, si près qu'elle perçut l'odeur métallique du sang.

— Na, fit-elle en secouant frénétiquement la tête.

Il insista, mais elle résista.

— Na !

Manifestement, Yann se souciait d'elle. Il avait compris ses intentions pacifiques – peut-être s'était-il souvenu de ses visites –, et cette offrande était la preuve qu'elle était acceptée dans le groupe. Pourtant, même sans parler du virus et des risques de contamination, il était hors de question qu'elle avale ça !

L'air dépité, il finit par faire demi-tour pour rejoindre les autres. Cette fois, Anna s'obligea à observer. À quoi bon ignorer la réalité ? Elle était scientifique, paléontologue et, si elle voulait vraiment les aider, elle devait rester impartiale… Les *erectus* avaient beau manger goulûment, ils demeuraient sur le qui-vive. Toutes les dix secondes, ils s'interrompaient pour scruter les ombres, écouter la rumeur du vent dans les arbres. *Comme des animaux traqués*, songea-t-elle. *Qui sont-ils ? Qui étaient-ils avant ?*

La jeune *erectus* ne devait pas être si loin de l'adolescence. Peut-être était-elle étudiante, ou tout juste embauchée dans une start-up. Ou bien chanteuse, mannequin. Ou juste une fille normale qui aimait traîner, faire un jogging, acheter des fringues et regarder des films à l'eau de rose. Et maintenant, ça… Et les autres ? Des hommes d'affaires ? Des papys tranquilles ou des pères de famille qu'on pleure ? Quelles histoires se cachaient derrière ces fronts obtus, ces corps musculeux, cette sauvagerie qui les poussait à se dévorer entre eux ? Elle ne connaissait que Yann, l'ancien Yann, cet homme qui voulait faire de sa vie quelque chose de cohérent. Un jour, il avait prétendu que ceux qui redoutaient la mort n'étaient pas ceux qui avaient bien vécu. « Tu vois, Anna, le paradoxe, c'est que plus tu réussis ta vie et mieux tu acceptes de partir. C'est quand on a des regrets qu'on s'accroche… »

Elle se demanda s'il était seulement capable de regrets à présent.

Leur repas terminé, les *erectus* s'éloignèrent de la dépouille – ou plutôt de ce qu'il en restait – et se recroquevillèrent sur un lit de feuilles, serrés les uns contre les autres.

Traînant son tas de feuillages, Anna alla se réfugier près de l'ouverture béante qui donnait sur le lac. Il faisait froid, mais ici l'odeur de sang avait quasiment disparu.

Elle devait leur trouver un refuge, sinon ils finiraient abattus. Les emmener en lieu sûr, en évitant les barrages, sans attirer l'attention des civils… Aller où ? Comment ? Il paraissait que la vigilance s'éteignait durant les heures qui précédaient le lever du jour. Ils devaient donc partir à ce moment s'ils voulaient avoir une chance de se glisser en dehors de l'enceinte du bois et d'atteindre Paris *intra-muros*. Les contours d'un plan commençaient à se dessiner.

Épuisée, elle ferma les yeux, mais quelque chose résistait, un oubli… Le réveil ! Elle se redressa pour régler la sonnerie, puis, saisie par un accès de nostalgie douloureuse, fit défiler machinalement les photos de sa vie d'avant. Yann et elle qui riaient, s'embrassaient, faisaient des grimaces – et sa préférée, celle où ils posaient en maillot sur le pont du navire océanographique, en plein océan Pacifique. Ils avaient l'air tellement heureux… Yann, éclairé par le soleil couchant, les yeux plissés de malice. C'était le même homme, ou presque, qui venait de lui proposer un morceau de chair humaine…

— An… na…

Derrière son épaule, l'*erectus* avait émis deux syllabes parfaitement reconnaissables. Elle blêmit, le cœur battant.

— Tu te rappelles ? Dis-le encore…

— An… na.

— C'est ça, mon amour. Et regarde, là, c'est toi… Tu te souviens de ton nom ? Dis-le : Ya-neu.

Il répéta « An… na », sans prêter attention au cliché. D'un glissement de doigt, elle lui en montra d'autres. Toutes les photos où elle apparaissait en gros plan provoquèrent une réaction d'intérêt, mais son visage à lui, sérieux ou amoureux, rien.

Soudain, il se détourna et bâilla avant de s'étendre sur le sol, à ses pieds. Il effleura son mollet, comme par inadvertance, laissa retomber sa main sur elle. Sur le point d'éclater en sanglots, Anna chuchota avec douceur :

— Tu as raison, repose-toi. On a de la route à faire.

Elle s'allongea à son tour, assez près de lui pour sentir sa chaleur, le poids de sa main. Elle portait son enfant et il l'ignorait. Il ignorait leur passé, l'amour qui les liait, l'histoire qui le rendait unique. Elle savait à présent que cette incapacité à se souvenir creusait un fossé incommensurable entre eux, et ce constat l'accablait. Yann avait prononcé son nom, mais elle comprit que sa mémoire remontait à « après ». Après sa transformation. L'Anna qu'il connaissait était morte pour lui…

Elle repensa soudain à la conversation houleuse qu'elle avait eue avec Stephen Gordon. Il lui avait fallu venir dans cette grotte pour entendre ce qu'il tentait de lui expliquer : humains et *erectus* auraient beau cohabiter, les hommes modernes considéreraient toujours leurs ancêtres comme une espèce différente de la leur. Et la réciproque était tout aussi vraie. Finalement, personne, même avec la meilleure volonté du monde, ne parviendrait à faire émerger, dans un clan ou l'autre, la conscience d'appartenir au même arbre de vie.

Elle caressa son ventre, comprenant que l'enfant à venir ne rencontrerait jamais son père. Il lui semblait ressentir d'infimes ondulations. Depuis quelques semaines, elle le sentait bouger. Sa tristesse était infinie.

Elle finit par sombrer dans un état de somnolence, jusqu'à ce qu'un mouvement la réveille. Un *erectus* s'était levé et, campé devant l'escalier, reniflait l'air. Dans la clarté lunaire elle aperçut le barbu. Il émit un puissant grognement pour alerter le groupe. Yann se redressa aussitôt et demanda :

— Tikak ?

— Tikak, confirma l'autre.

Elle intervint en chuchotant, même s'il lui semblait peu probable qu'on leur envoie un commando en pleine nuit.

— Vous ne pouvez pas rester ici. Il faut partir. C'est trop dangereux. Je connais un endroit où vous serez en sécurité. Vous devez me suivre.

Elle savait qu'elle parlait dans le vide, mais elle comptait sur l'intensité qu'elle mettait dans sa voix. Le reste du groupe se leva, ils la fixèrent avec des mines inquiètes avant d'interroger du regard le barbu. Celui-ci désigna la sortie, soulevant des grognements d'approbation. Anna consulta sa montre. Il était 1 heure du matin. Elle prit son sac à dos. Maintenant elle en était sûre, son plan allait fonctionner !

Elle savait comment sauver les *erectus*. Pas seulement Yann et son groupe, mais tous les autres, leurs semblables !

À cause des mille précautions qu'ils furent obligés de prendre, il leur fallut deux heures pour parvenir à la porte de Charenton, après avoir traversé la foire du Trône.

Dans Paris *intra-muros*, ils durent redoubler d'attention afin de se fondre dans les ténèbres en évitant les flaques de lumière. Un observateur curieux aurait tout juste pu distinguer des ombres se faufilant le long des façades. Grâce à leur acuité sensorielle, les *erectus* semblaient prévenus des dangers bien avant Anna. Ils lui avaient cédé la place en tête, mais n'obéissaient qu'aux ordres de Yann ou du barbu. Dissimulés derrière des voitures à l'arrêt, sous les porches ou dans des impasses obscures, ils attendaient leur signal pour courir vers l'abri suivant. Yann était le seul à ne pas se soucier des consignes du chef et veillait à ne pas la lâcher.

Alors qu'ils arrivaient aux abords de la voie ferrée, le barbu manifesta soudain son désaccord. Il voulait visiblement faire demi-tour vers l'est, là où les arbres les protégeaient. Il ignorait que la forêt s'étendait seulement sur quelques kilomètres pour laisser place à la banlieue. Une fois là-bas, Anna ne pourrait plus les aider… Pour lui faire comprendre, elle répéta « Tikaks », ce qui parut refroidir ses ardeurs. Encouragée par cette amorce de dialogue, elle pointa le doigt en direction du sud-ouest, et détacha les syllabes :

— Na Tikak, na Tikak.

À son grand étonnement, l'*erectus* baissa la tête en signe d'assentiment.

Ils parcoururent encore quelques rues désertes, suivis par le croassement des archéoptéryx qu'ils dérangeaient en pleine chasse, et débouchèrent sur des grilles derrière lesquelles se déployaient les voies ferrées. Quand Anna se retourna pour les encourager, elle se heurta à un mur de fronts butés. Cette fois, tous marquèrent leur refus et elle prit conscience de sa naïveté. *Le grillage est une chose qu'ils détestent, bien sûr ! Pour eux, c'est synonyme d'enfermement, de brimades…*

Elle ouvrit les bras, dans le même geste d'abandon avec lequel elle les avait déjà amadoués, sourit en désignant les voies.

— Si, on doit passer !

Curieusement, ce fut le barbu qui se laissa convaincre le plus rapidement. Et cela suffit à les faire repartir au trot. Par chance, ils tombèrent presque tout de suite sur une brèche dans le grillage et s'y glissèrent. Il n'y avait plus qu'à traverser les rails.

Quatre cents mètres plus loin, ils atteignirent la Seine, non loin du pont de Tolbiac. L'éclairage y était bien trop fort, sans compter les voitures qui y circulaient malgré l'heure. Ils ne passeraient jamais sans se faire remarquer. Il suffisait d'un seul noctambule, un taxi en maraude, n'importe qui, et l'alerte serait donnée. Ils n'avaient pas le choix, pourtant. Une fois de l'autre côté, ils seraient presque tirés d'affaire, car ensuite la route était moins risquée. Ils n'auraient qu'à longer les berges pavées avant d'atteindre leur destination.

Au moment où elle s'apprêtait à renoncer, Yann descendit l'escalier et alla s'accroupir sur le bord du quai, observant les eaux sombres qui s'écoulaient en contrebas. Elle le rejoignit et chuchota d'un ton ferme :

— Non, c'est beaucoup trop dangereux.

Il ne l'écouta pas, se pencha plus bas, comme pour renifler le fleuve.

— C'est impossible, insista-t-elle. Tu ne sais sans doute même pas nager…

Mais Yann ne la regardait plus. Obnubilé par son idée, il gagna un débarcadère et s'enfonça dans le fleuve, confirmant les craintes d'Anna : il barbotait avec maladresse, aussi pataud qu'un chiot. Finalement, en compensant son manque de coordination par sa puissance musculaire, il flotta et parvint à lutter contre le faible courant. S'il avait froid, il ne le montrait pas. Il parcourut ainsi une dizaine de mètres avant de dériver.

— Reviens, s'il te plaît. Na !

Mais Yann s'éloignait, inconscient du danger.

— Et merde ! s'emporta Anna en le voyant disparaître dans la pénombre.

Le reste du clan s'était massé sur le débarcadère. Ils observaient à leur tour les flots sombres, mais avec suspicion, comme si le fleuve était vivant, capable de les avaler. Cependant, quand le barbu s'avança dans l'eau, ils suivirent docilement. De toute évidence, ils n'avaient aucune envie de s'isoler.

Anna se dépêcha de traverser le pont pour les attendre sur l'autre rive. Un moment, ne les voyant pas, elle fut persuadée qu'ils s'étaient noyés. Et puis un bruit l'alerta, en aval, et elle aperçut leurs longues chevelures noires portées par le courant. De nouveau, elle prit son élan et courut pour parvenir à leur niveau. Yann était déjà remonté sur la berge et le soulagement lui donna envie de rire. Épuisé, il s'était affalé par terre et frissonnait violemment. Quand elle entreprit de lui frictionner le dos avec son pull de rechange, il se laissa faire.

Bientôt, pourtant, il se redressa et gronda plaintivement face aux ténèbres. Anna remarqua alors que le barbu manquait à l'appel. Cela semblait bouleverser Yann, qui entreprit de faire des allers et retours sur une dizaine de mètres, flairant les effluves du fleuve à l'affût d'une odeur familière. Anna le suivit dans l'espoir de discerner une forme vivante dans l'eau, puis le prit par le bras.

— Na. C'est fini. Ton ami ne reviendra plus. Tu me comprends ?

Il jeta un dernier regard consterné en direction du fleuve avant de repartir vers le clan d'un pas vif.

Il aurait dû être ravagé par la perte d'un frère, pourtant la nécessité de fuir primait sur tout. Anna ne savait pas s'il fallait s'en réjouir. Était-ce un manque d'empathie, comme avec la femme qui leur avait servi de repas, ou une forme de fatalisme devant l'inéluctable ? Que pouvait-il comprendre de la perte ? Les plus vieilles sépultures découvertes ne dataient que de cent mille ans, était-ce à dire que les *erectus* ignoraient le sens de la mort ?

Quelle que fût la vérité, Yann paraissait avoir oublié son ancien compagnon d'infortune. Il épiait les alentours, impatient de se remettre en route.

La façade du Muséum national d'histoire naturelle s'était teintée de rose sous l'effet des premières lueurs du jour. Anna regarda sa montre : 6 h 30. Elle n'aurait pas imaginé qu'ils auraient besoin de tant de temps pour parcourir ces quelques petits kilomètres, mais ils y étaient arrivés et elle respirait mieux.

Elle dirigea le groupe vers le côté est du bâtiment, là où se trouvait un accès sécurisé réservé aux chercheurs. Heureusement, elle avait sa carte magnétique sur elle : la force de l'habitude.

Sur le seuil de la porte, Yann et ses compagnons marquèrent une hésitation. Jusqu'ici, ils l'avaient suivie aveuglément, mais quelque chose, visiblement, les effrayait et, craintifs, ils ne quittaient pas des yeux le couloir obscur. *Comme s'ils redoutaient d'être de nouveau enfermés !*

Malgré l'urgence, elle adopta une voix calme, aussi douce qu'une mélopée :

— Vous serez à l'abri ici, je vous le promets. Venez, je passe la première, il n'y a aucun danger, aucun. Je vous protégerai…

Elle s'empara de la main de Yann, qui ne fit pas de difficultés. Voyant cela, les autres leur emboîtèrent le pas.

Les bornes de sortie de secours fournissaient un éclairage suffisant pour se repérer aisément. Ils traversèrent la salle où étaient exposés des animaux de la savane et bifurquèrent, juste après l'éléphant à la trompe pendante, vers le local de sécurité d'où s'échappait une lumière électrique.

Anna se posta dans l'encadrement de la porte et salua doucement le gardien qui somnolait à moitié. Le bonhomme sursauta, gêné de s'être fait surprendre.

— Bon sang, madame Meunier, vous m'avez fait peur. Vous êtes matinale, dites…

— Hubert, je vais avoir besoin de vous.

— Vous avez un problème ?

— Un gros, oui.

Elle se déplaça pour laisser voir Yann.

Le gardien pâlit, aussi blême qu'un mort.

– IX –

ASSAUT

– 1 –

Dès qu'il avait appris la nouvelle, Gordon avait sauté dans un avion.

Devant le Muséum d'histoire naturelle, à Paris, il fit appeler Marc Antonetti au PC de crise. Celui-ci l'accueillit, étrangement revêtu d'une combinaison renforcée. En tant que responsable sanitaire des CDE – centres de détention des *erectus* –, le général faisait certes partie de la cellule de crise chargée de coordonner l'assaut, mais il y avait peu de chances pour qu'il se retrouve sur le terrain avant que tout ne soit sécurisé.

Comme pour souligner le paradoxe, il était flanqué d'un petit homme gominé qui arborait un nœud papillon gris. Stephen ne put s'empêcher de sourire, en dépit de l'ambiance électrique.

— Nicolas, je suis heureux de vous savoir là malgré les circonstances tragiques.

Antonetti coupa court à ces retrouvailles avec Barenski, le directeur du Muséum. Il était déjà assez agacé de savoir que les deux hommes se connaissaient et sympathisaient. Sans compter qu'il était convaincu que, sans Gordon, jamais la paléontologue ne se serait fourvoyée dans un pétrin pareil !

— Qu'est-ce que tu viens faire ici, Stephen ?

— Je m'inquiète pour Anna.

— Tu aurais pu t'inquiéter depuis New York. La situation est sous notre contrôle.

— C'est bien ce qui m'effraie.

Stephen feignit de plaisanter, mais le message était parfaitement clair. Marc répliqua avec une hargne mal dissimulée :

— Toujours sur la défensive, hein ?

— Je le serais sans doute moins si les *erectus* de Vincennes n'avaient pas été massacrés. Vos exploits passent en boucle sur toutes les chaînes du monde.

— Et alors ?

— Alors autant donner un permis de tuer. Vous n'êtes pas une milice, ni un groupement d'activistes. L'armée française a ni plus ni moins condamné des individus dont le seul crime était de vouloir reprendre leur liberté.

— Et les morts, tu en fais quoi ? Les soldats infectés ? Les civils ? Tu veux la liste ?

— Tout cela ne se serait jamais produit si on avait décidé des mesures plus humaines !

— Bien sûr ! Et c'est toi qui sauveras le monde !

— Messieurs…

Le directeur du Muséum tenta vainement de se faire entendre ; les deux hommes étaient bien trop furieux pour l'écouter. Le général conclut avec humeur :

— Laisse-moi te dire une chose qui ne tient pas à une quelconque hypothèse, mais à une certitude :

grâce à nos mesures, nous avons évité une reprise de l'épidémie.

— En commettant un massacre, soutint Stephen.

— Si tu es là pour remettre en question la politique adoptée par l'ONU, tu peux repartir te plaindre auprès d'eux. Il me semble que tu as l'oreille de Tran-Nhut.

— Écoute, Anna Meunier a apporté une aide inestimable à l'OMS dans la gestion de l'épidémie. Je me sens redevable vis-à-vis d'elle. C'est l'unique raison de ma présence.

— Effectivement, à ta place, je me sentirais mal.

Le Suisse se tourna vers Barenski, autant pour couper court à la discussion que par curiosité.

— Comment Anna a-t-elle pu condamner les accès ?

— Elle a contraint le gardien de nuit à verrouiller les portes automatiques, ensuite elle lui a demandé de partir. Le pauvre homme est passablement choqué. Ah… Elle a également averti qu'elle s'en prendrait aux collections du Muséum si quelqu'un tentait de s'introduire de force.

— Combien d'*erectus* l'accompagnent ?

— Quatre, selon le gardien, intervint Antonetti. Impossible d'être certain que son ancien compagnon figure parmi eux, mais on peut le supposer.

Stephen réfléchit quelques instants avant de verbaliser son intuition première :

— Elle veut juste s'assurer qu'aucun mal ne lui sera fait. Elle l'a amené ici pour le mettre à l'abri.

— J'ai un peu de mal à croire qu'une femme aussi intelligente imagine une seconde entraver les forces armées.

— Elle aime ce Lebel, tout simplement, et son attachement est en train de fausser son jugement. J'ai tenté de la prévenir.

— Eh bien, il faut croire que tu n'as pas été très convaincant.

— Général ?

Nicolas Barenski paraissait épuisé. Il avait entendu que l'heure de l'assaut était proche et l'idée de savoir ses précieuses collections menacées à cause d'un va-t-en-guerre le consternait. Un moment, il avait espéré que Gordon pourrait le raisonner, mais il ne faisait qu'attiser sa colère, au contraire.

— Je vous en prie, reprit le directeur sous le regard d'Antonetti, ce musée recèle d'inestimables trésors. Je ne peux pas laisser l'armée les mettre en péril.

— Monsieur Barenski, soyons sérieux, vos fossiles ne sont pas ma priorité. J'ai quatre *erectus* qui peuvent s'échapper à tout moment et mordre n'importe qui.

Un officier s'approcha et Stephen remarqua que l'arme qu'il portait n'était pas un fusil hypodermique mais un pistolet-mitrailleur. Ils envisageaient donc d'abattre les fugitifs. Pourquoi ? Pour éviter que ce genre de choses se reproduise ?

— L'électricien est arrivé, mon général.

— Dites-lui que je veux être certain qu'il ne reste plus aucune lumière en fonctionnement.

Une fois le militaire reparti, Stephen tenta de tempérer la décision de Marc, quitte à jouer sur leur ancienne connivence.

— Pour quand as-tu programmé l'assaut ?

— Dès qu'il fera totalement nuit. Le groupe d'intervention pénétrera dans le bâtiment équipé de lunettes de vision nocturne.

— As-tu seulement tenté d'entrer en contact avec Anna ? Tout ça n'a pas de sens : elle s'enferme avec des *erectus* dans le Muséum à 6 h 30 et après, quoi ? Pas de discussion ? de revendications ? Fin du plan ? Ça ne lui ressemble pas…

Agacé, Antonetti s'emporta :

— Bien sûr qu'elle a souhaité communiquer avec nous, mais elle est folle. Son discours n'avait ni queue ni tête, elle parlait du Conseil de sécurité, de génocide, de réserves… Tout cela était surréaliste alors j'ai simplement mis fin à cette conversation.

— Laisse-moi essayer de la ramener à la raison, Marc…

— Ne me dis pas que tu n'as pas déjà essayé !

— Son téléphone est sur messagerie. Accorde-moi une chance et ensuite je m'éclipse. Tu n'entendras plus parler de moi.

— Pas question.

— Au pire tu perds quoi ? Rien. Alors que si ça marche, tout le mérite te reviendra, réfléchis !

— Tu as dix minutes, Stephen. Pas plus.

Dans le local de sécurité où ils avaient trouvé refuge, le rictus de Yann était trompeur. Oscillant entre nervosité et crainte, l'*erectus* était la proie d'émotions contradictoires. Tantôt il sursautait, tantôt il éprouvait un élan furieux, l'envie de mordre et de se battre contre les Tikaks. Il pouvait les entendre derrière les pierres lisses. La femelle voix-claire aussi, pourtant elle semblait paisible.

Anna choisit d'attendre. Grâce aux écrans de vidéosurveillance, elle pouvait garder un œil sur l'ensemble du bâtiment. Mieux valait rester ici, même si le malaise grandissait d'heure en heure.

Yann guettait à côté de la porte, les narines frémissantes, comme s'il pouvait sentir cet adversaire invisible.

À plusieurs reprises, Anna avait cherché à l'apaiser comme on le faisait avec un animal : à l'aide de caresses et de mélopées. La dernière fois, il avait repoussé violemment sa main, à croire qu'elle représentait une menace. Cette hostilité ne la choquait pas, elle savait qu'ils ne tiendraient pas longtemps dans ces conditions.

Sur l'un des écrans du local du gardien, une chaîne de télévision déversait, en continu, les nouvelles du monde. Leur intrusion dans le Muséum faisait la une de l'actualité. Les équipes de tournage avaient été parquées à cinq cents mètres derrière des barrières établissant un périmètre de sécurité. Les journalistes parlaient non-stop, dans toutes les langues.

Anna s'étonna de ne ressentir aucune peur. En rejoignant le bois de Vincennes, elle avait pris sa décision et rien ne la ferait changer d'avis. Même si elle était la dernière au monde, elle était bien décidée à protéger Yann et à faire entendre la voix des *erectus*, d'une façon ou d'une autre. Peu importaient les conséquences. Si Barenski la virait, tant pis. Si c'était la prison qui l'attendait, elle était prête. Finalement, sa bonne réputation n'aurait guère duré, songea-t-elle avec une pointe d'amusement. Ils pourraient de nouveau la clouer au pilori, la traiter de dingue ou d'utopiste... Elle s'en fichait, elle allait se battre pour la survie de ces êtres étranges, pour cette frange de la population *humaine*.

Posé près du clavier, le talkie-walkie du gardien se mit à crachoter. Yann le considéra les sourcils froncés, redoutant la foudre des deux-pattes. Voix-Claire s'en empara et il se repositionna dans l'encadrement de la porte.

— Anna, vous m'entendez ?

La communication n'était pas parfaite, la voix qui sortait de l'appareil était hachée, mais elle la reconnut sans mal. Elle hésita un instant puis actionna à son tour le talkie-walkie.

— C'est vous, Stephen ?

— Oui. Je suis avec les militaires.

— Vous êtes venu de New York spécialement ? Je suis flattée.

— Les troupes ont encerclé les lieux.

— Je sais, mais je ne bougerai pas d'ici avant d'avoir l'assurance qu'il ne sera fait aucun mal aux *erectus*.

— Je n'ai pas beaucoup de temps. Dix minutes. Ensuite ce que je dirai n'y changera rien. Je vous en conjure, rendez-vous. Antonetti s'apprête à donner l'assaut. Il se moque de votre chantage.

— Je me doutais que cela ne marcherait pas... J'aurai quand même gagné quelques heures.

— Anna, il est encore temps de revenir en arrière.

— Si je me rends, ils tueront Yann.

— Votre...

— Mon quoi ?

Anna sentait bien que le Suisse hésitait sur le terme.

— Votre ami est condamné, vous le savez. Vous ne pouvez plus rien faire pour lui.

— Si vous avez baissé les bras, c'est votre problème. Sauf qu'il ne s'agit pas simplement de moi ou de mon compagnon, mais de tous ces gens infectés par le virus. *Erectus*, hominidés, hommes-singes, peu importe le nom qu'on leur donne, ils ont le droit de vivre autant que nous.

— Anna, êtes-vous au courant qu'Andreï Akoulov a parlé… ?

— D'euthanasier les malades, j'ai entendu ça. Ce type est cinglé.

— Après les événements de Vincennes, il n'aura aucun mal à faire accepter sa proposition. C'est une question de jours, d'heures même peut-être. Anna, votre obstination vous honore, mais vous ne pouvez pas décider du destin d'une espèce seule contre tous. Les populations ont peur. Et tant qu'il y aura un risque de contamination, il faudra prendre en compte cette appréhension.

— Les antiviraux seront bientôt sur le marché.

— Tant que le danger persiste, ce sont les Akoulov qu'on écoutera, et ni vous ni moi n'y pouvons rien. C'est une loi de la nature. L'homme est gouverné par ses craintes.

— Il y a une autre solution.

Le Suisse continua sur sa lancée. La panique le gagnait, il aurait tellement voulu la sortir de ce mauvais pas.

— Faites machine arrière. Je parlerai à Barenski, vous reprendrez vos campagnes de fouilles et vous deviendrez la spécialiste incontestée du Kruger. Il y a encore plein de questions irrésolues. Vous vous souvenez quand vous m'avez dit que le phénomène de régression était apparu sur Terre à des dizaines de millions d'années d'intervalle ? J'y ai repensé. Si Futurabio est allé chercher le poulpe dans les abysses, c'est peut-être parce que le virus dort au fond des océans. Cela expliquerait comment il a pu rester en sommeil si longtemps. Il y a tant de choses qui vous réclament, Anna…

— Vous perdez votre temps. La théorie passe après la survie des *erectus*.

— Vous êtes une foutue tête de pioche !

— Ça doit être à force de creuser, plaisanta la jeune femme, et il ne put s'empêcher d'imaginer son visage rieur.

Il enchaîna avec toute la conviction dont il était capable :

— Si vous refusez, je ne pourrai plus rien pour vous, rien !

— Arrêtez votre mélo, Stephen. Je viens de vous dire qu'il existait une autre solution que le génocide programmé, et je resterai cloîtrée ici tant que cette option n'aura pas été discutée par le Conseil de sécurité. Vous voulez m'écouter, oui ou non ?

— Nous n'avons plus que deux minutes. Si c'est encore votre idée d'éduquer les *erectus*, cela ne sert…

— Il ne s'agit pas de ça. J'ai compris au moins une chose en les côtoyant. Ils ne seront jamais heureux à notre contact. Ils sont trop sauvages pour cela.

— Je suis content d'entendre que vous revenez à la raison…

— Arrêtez, Gordon, j'ai vraiment besoin que vous m'écoutiez une minute sans m'interrompre, d'accord ?

Anna avait soigneusement réfléchi à ses mots. Antonetti ne l'avait pas prise au sérieux ce matin, mais elle avait confiance en Stephen, elle l'avait vu à l'œuvre à l'ONU. Il était sa dernière chance.

— Nous devons créer des réserves. De grands espaces où les *erectus* vivront à l'écart de l'espèce humaine, libres.

À l'autre bout du fil, Stephen manqua de s'étrangler.

— Des réserves ? C'est tout ce que vous avez trouvé ? Vous voulez créer des foyers d'infection de la taille d'un petit pays ? Quand on veut éteindre un feu, on disperse les braises, non ?

— Effectivement, vouloir isoler un virus dans la nature est en théorie une folie, mais il y a une faille dans votre raisonnement.

— Anna, on n'a pas le temps de jouer aux devinettes…

— Les *erectus* sont stériles, Stephen.

— Que dites-vous ?

— Vous m'avez parfaitement entendue, les *erectus* sont stériles au même titre que l'ensemble des animaux et des végétaux frappés par le virus. J'en suis convaincue. Aussitôt infecté, un organisme perd sa capacité à se reproduire. C'est la raison pour laquelle les fossiles régressifs qui ont été découverts sont si peu nombreux : ils n'ont pas eu de descendance ! Sinon on en aurait trouvé dans des strates fossilifères plus récentes. Aussitôt nés, ces dinosaures étaient voués à disparaître. Leur héritage ne pouvait se transmettre que de leur vivant, par contamination. Et les anciennes épidémies se sont étouffées d'elles-mêmes tout simplement parce que certains vecteurs de propagation, comme les bateaux et les avions, n'avaient pas été inventés !

Stephen prit le temps de prévenir Margaret Christie la première, puis il appela Linn Visnar pour lui faire part de la formidable intuition de la paléontologue. La biologiste jugea la théorie fabuleuse, quoiqu'un peu hasardeuse. L'absence de descendance fossile aurait en effet pu s'expliquer par d'autres raisons, comme une catastrophe climatique ou un séisme. Elle convint cependant qu'il était peu probable que de tels événements se soient produits lors de chacune des périodes régressives. Pour valider ou infirmer l'hypothèse, elle allait lancer immédiatement des tests sur des rats préhistoriques.

Marc Antonetti, au Muséum, était toujours partisan de l'assaut. Selon lui, les vies détruites par les fugitifs justifiaient la manière forte. Les hommes engagés sur le terrain ne devaient prendre aucun risque. En termes militaires, cela revenait à dire : tirer à vue sur les *erectus*. Mais il restait aux ordres et rongeait son frein en attendant que la situation se débloque.

Moins de une heure après son coup de fil à Linn Visnar, alors qu'il cherchait comment infléchir le cours des choses, Stephen reçut un nouvel appel de Margaret Christie. Son excitation était palpable et, pour la première fois depuis le début de l'épidémie, sa patronne semblait d'excellente humeur.

— Mon cher, tenez-vous bien, Andreï Akoulov est disposé à revoir sa position si on lui apporte très vite la preuve de la stérilité des préhistoriques ! Je crois que cette fois, on y est ! L'hypothèse de votre protégée change totalement la donne ! Je serai incapable de dormir en attendant des nouvelles de Linn…

Ce revirement de la part d'Akoulov avait beau le stupéfier, Stephen ne se sentit pas le cœur à se réjouir ou à spéculer sur l'avenir. Il répondit d'une voix lasse :

— Formidable, Margaret. Pour ce qui est de Paris, les nouvelles sont moins bonnes. J'ai tenté de persuader Antonetti d'employer des cartouches hypodermiques mais il n'écoute rien.

— Et votre ancienne amitié ?

— Elle est fossilisée depuis longtemps, hélas ! Plaisanterie mise à part, je m'inquiète pour Anna. Je ne voudrais pas qu'elle prenne une balle.

— L'assaut doit être donné quand ?

— Dans deux heures environ.

— Si on avait la preuve que les *erectus* sont stériles, pensez-vous qu'il changerait d'avis ?

— Peut-être…

— Alors prions pour que Linn nous rappelle au plus vite.

Comme un silence s'installait à l'autre bout du fil, elle ajouta doucement :

— Je peux faire quelque chose pour vous aider, Stephen ? Je sais que je vous ai demandé beaucoup et, croyez-le, je mesure tout ce que cela vous a coûté.

— Merci, Margaret. Je crois que j'ai juste besoin d'entendre ma fille…

— D'accord. Si vous avez besoin de quoi que ce soit d'autre…

Stephen n'avait qu'une envie : fuir, rentrer à Genève, oublier de quoi les hommes étaient capables, mais il savait qu'il devait retourner au front. Pour Anna. Et parce qu'il s'était trompé en condamnant trop vite les *erectus*. C'était elle qui avait raison. On ne pouvait pas traiter ces êtres en animaux nuisibles.

– 2 –

Cela faisait maintenant trois heures que l'assaut avait été lancé et les mauvaises nouvelles se succédaient. Dès l'entrée du commando dans les lieux, deux militaires s'étaient fait mordre. Personne n'avait compris comment les *erectus* s'y étaient pris et Antonetti avait décidé de rejoindre les soldats à l'intérieur, contre l'avis de tous. Replié dans un local technique proche du poste de sécurité, le groupe d'intervention avait mené deux rondes, sans résultat. Et puis une heure plus tôt avait eu lieu une autre offensive. Depuis, c'était silence radio.

De nouveaux camions militaires arrivèrent en trombe et se postèrent devant les grilles du Muséum. L'armée avait appelé des renforts et, au QG, on ne parlait plus que de « neutraliser le problème ». Finalement, l'initiative d'Antonetti n'avait fait qu'empirer les choses. Perdre des soldats, c'était dans la logique des choses, mais un si haut gradé, ça coinçait. Stephen avait fini par obtenir le droit d'assister aux événements depuis la cellule de commandement. Dans la pièce bondée, la tension était palpable. Toutes les minutes, un soldat tentait de renouer le contact radio, en vain.

Les écrans de l'intérieur du Muséum étaient noirs depuis que l'électricité avait été coupée. Une dizaine d'hommes se pressaient autour d'une carte, la mine sombre. Stephen fut brusquement envahi par le pressentiment d'une catastrophe. La situation lui apparut dans toute son horreur : personne ne semblait savoir ce qui se passait exactement.

L'angoisse le rendait cassant.

— Bon Dieu, pourquoi est-ce si long ?

— La tactique d'attaquer de nuit s'est révélée inefficace, monsieur. Les *erectus* sont manifestement nyctalopes.

— Si seulement le général avait accepté d'attendre ! On sait s'il y a des morts ?

— Il n'y en avait pas il y a une heure. Mais ce silence est inquiétant.

— Et la paléontologue ?

— Elle ne répond pas non plus.

— Cette intervention tourne au désastre.

Comme personne ne pouvait lui donner la moindre information, il se décida brusquement. Anna était coincée là-dedans et c'était à cause de lui. S'il n'avait pas fait appel à elle, deux mois plus tôt, jamais elle ne se serait trouvée mêlée à ce merdier. Il ne voyait qu'une solution, il devait y aller à son tour et la tirer de là !

Logiquement, aucun membre de l'OMS n'était habilité à se rendre sur un terrain d'opérations, mais une fois encore Margaret Christie fit des merveilles en obtenant, à contrecœur, l'accord du commandement.

Ça faisait longtemps que la directrice de l'OMS travaillait avec Stephen, elle ressentait pour lui une affection profonde qui n'avait fait que grandir au cours des derniers mois. Quand elle lui donna le feu vert, elle tenta pourtant de masquer son émotion ; elle ne voulait pas qu'il entende la peur dans sa voix, elle ne voulait pas douter de lui. Stephen Gordon avait maintes fois été sur le terrain, souvent dans des pays en guerre, et l'armée allait lui fournir de quoi se défendre : un fusil d'assaut et un pistolet avec des fléchettes hypodermiques. Elle essayait d'être confiante.

Tout se passerait pour le mieux.

À l'intérieur, les gravats jonchaient le sol en marbre. L'entrée avait été pulvérisée à l'explosif. De l'autre côté de la brèche, comme un clin d'œil du destin, le squelette quasi complet d'un gomphotherium veillait, bien antérieur à l'épidémie. Le bureau du gardien semblait désert. Le faisceau de sa torche trouait les ténèbres, faisant surgir un chaos de papiers et d'objets renversés. Un silence pesant régnait sur les lieux.

Stephen entreprit de remonter le long couloir central. Une forme recroquevillée lui barra le chemin. Son cœur rata un battement. Le corps était trop petit pour être celui d'un *erectus*.

Anna, c'est Anna !

Elle était à demi inconsciente. Il la souleva en douceur et l'examina brièvement. À l'arrière de son crâne, ses cheveux étaient poisseux de sang. Ça provenait d'une plaie d'au moins trois centimètres provoquée par une balle, *a priori* rien de très grave. La jeune femme retrouva ses esprits dans ses bras. Tout en sachant que cette précaution ne servait pas à grand-chose si quelqu'un se trouvait à proximité, il lui dit à mi-voix :

— Je vais vous sortir de là, Anna.
— Yann… murmura-t-elle.
— C'est trop dangereux, il faut partir.
— Je ne peux pas. Il est seul. S'il vous plaît…

Stephen prit quelques secondes avant de céder. Il savait qu'elle ne lui pardonnerait pas s'il l'évacuait et qu'il arrive quelque chose à son compagnon.

— Très bien, je vais chercher de quoi panser ça dans le bureau du gardien, vous allez m'attendre ici.
— Mon sac…

Elle esquissa un mouvement en lui désignant la besace qui gisait à ses pieds. Dedans, il trouva une trousse d'urgence.

— Vous aviez tout prévu, n'est-ce pas ?
— Pas tout, non, répliqua-t-elle avec un sourire fatigué.
— La plaie n'est pas si vilaine. Plus de peur que de mal. Tenez, buvez un peu d'eau, vous devez être déshydratée.

Elle but goulûment à sa gourde, puis secoua la tête avec un soupir.

— Comment vous vous sentez ?
— Bien, je crois. Je vais bien.
— Anna, je suis désolé !
— Laissez tomber, ce n'est pas votre faute…

Elle avait menti pour ne pas l'alarmer. En réalité, sa tête tournait et elle voyait flou, mais l'angoisse qui l'étreignait la poussa à se lever. Machinalement, elle palpa son crâne.

— N'y touchez pas. Les pansements sont fragiles.
— Que m'est-il arrivé ?

— Une balle perdue, probablement, sinon vous ne seriez pas ici. Elle vous a raclé le cuir chevelu. Vous avez un sacré ange gardien ! À un centimètre près, vous y passiez.

— Et Yann ?

— J'espérais que vous sauriez où il se cache…

— Pas depuis le début de l'assaut. Il ne supportait plus d'être enfermé et il venait de sortir du local du gardien quand tout a explosé. Ensuite ça a été l'horreur. Des cris, des coups de feu. J'ai dû me cacher pour que les soldats ne me trouvent pas. Puis j'ai voulu aller dans la serre. Je suis sûre qu'ils sont là-bas. C'est tout ce dont je me souviens. J'ai cru que vous parviendriez à empêcher tout ça…

— Antonetti est complètement obtus.

— J'ai péché par optimisme et me voilà bien punie.

— Anna, votre théorie peut effectivement faire basculer beaucoup de choses, mais il faut des preuves pour arrêter le massacre. Linn est sur le coup.

— Ce sera trop tard pour nous…

— Peut-être pas. Le contact avec le commando a été rompu. J'ignore s'il y a des morts.

— Vous parlez des *erectus* ou des soldats ?

— Les deux.

— Yann est vivant, j'en suis certaine !

— Je vais tâcher de le retrouver sans me faire canarder.

— Je vous accompagne…

— Si je vous dis « non », vous ne m'écouterez pas, de toute façon…

Anna dut se mordre les lèvres pour ne pas crier. La migraine lui broyait le crâne, pourtant elle avança sans protester. Elle était décidée à en finir, d'une façon ou d'une autre, parce que tout avait été trop loin. *Si j'avais négocié les conditions de la reddition au lieu de m'entêter...*

Dans la grande galerie de l'évolution, ce temple de la paléontologie où s'alignaient des milliers de reproductions de spécimens d'espèces disparues, sept corps de soldats gisaient sur le sol, morts. Certains avaient eu le cou rompu, d'autres avaient été mordus à la jugulaire, d'autres encore avaient été proprement frappés à mort. Antonetti ne figurait pas parmi eux. Non loin du massacre, ils découvrirent la dépouille d'un *erectus*. L'homme-singe avait été mitraillé.

Quand Gordon le retourna, Anna dut s'obliger à regarder. Le soulagement lui arracha un gémissement. *Merci, mon Dieu !* Il s'agissait d'un jeune mâle.

Son répit fut cependant de courte durée. La verrière du toit laissait passer une clarté lunaire suffisante pour leur permettre de découvrir une nouvelle dépouille, derrière un couple d'hippopotames.

Anna avait la sensation d'évoluer dans un cauchemar. Bientôt quelqu'un allait la secouer, et cette fois ce serait fini pour de bon. Son cœur battait si fort qu'elle le sentait résonner dans ses tempes, aggravant sa migraine. La créature était trop petite pour être Yann. En s'approchant, elle reconnut le costaud du groupe, un *erectus* trapu. Une moitié de son visage avait été emportée, laissant une bouillie de chair et de cervelle apparente.

Gordon s'éloigna par la gauche ; elle scruta l'obscurité, attentive à la vibration de l'air. Alors qu'elle commençait à désespérer, elle crut discerner une ombre mouvante sur la rotonde du deuxième étage. Quelqu'un avançait, courbé. De là où elle était, impossible de deviner s'il s'agissait d'un soldat ou d'un *erectus*. Stephen avait noté son raidissement et aperçut à son tour la silhouette penchée. Il revint vers elle en silence et chuchota contre son oreille :

— Vous pensez que c'est lui ?

— Aucune idée.

— À sa place, je chercherais à me tirer d'ici.

— Vous raisonnez comme un soldat. Les *erectus* ont leur propre mode de pensée, ce sont des chasseurs.

L'ombre enjamba la balustrade et entreprit de glisser le long d'un pilier métallique. Elle se déplaçait avec une facilité stupéfiante.

— C'est Yann.

— Attendez d'être sûre !

— Je le suis ! C'était le plus grand du groupe. Ne vous montrez pas.

— Pas question, je reste avec vous !

— Soyez raisonnable ! Ils me connaissent, ils savent que je suis de leur côté, alors que vous…

— D'accord, mais ne prenez aucun risque.

Anna se dirigea vers le bas du pilier tandis que lui se dissimulait derrière un rhinocéros. Soudain, le grésillement d'un talkie-walkie perça le silence. Cela provenait du premier étage. Plutôt que de patienter, Gordon se décida à monter l'escalier qui se trouvait à seulement trois mètres de lui. À cet instant, il prit conscience qu'en relevant Anna il avait posé le fusil d'assaut fourni par l'armée et l'avait laissé par terre. Tant pis.

Il grimpa les marches aussi discrètement que possible et tomba sur la salle des espèces disparues. Il la dépassa. Le bruit était plus fort et provenait de la gauche. Des chuchotis incompréhensibles. *Antonetti ? Combien sont-ils encore ? Quel con, j'aurais dû demander...*

D'une pression, il s'assura qu'il avait toujours son pistolet hypodermique dans la poche de sa veste. Pour l'instant, il préférait avoir les mains libres.

Le bruit menait à un renfoncement à une vingtaine de mètres de l'escalier. Le talkie-walkie était là, par terre, et continuait de crachoter. Comme si tout avait été disposé exprès...

C'est un piège !

Un grondement sourd lui fit relever la tête. Face à lui, jambes écartées, l'*erectus* se tenait à demi coincé sous l'arc de pierre, le second talkie-walkie plaqué contre la bouche. Dès que leurs regards se croisèrent, l'homme-singe lâcha l'appareil devenu inutile, et ce dernier se pulvérisa sur le sol. Stephen tâtonna à la recherche de la seringue hypodermique, mais l'*erectus* se dressait déjà devant lui. Deux mètres les séparaient.

Il ne réfléchit même pas en se propulsant vers l'escalier et dévala les marches quatre à quatre. Il n'avait plus qu'une idée en tête, parvenir jusqu'aux cadavres des soldats, choper un pistolet-mitrailleur, anéantir l'ennemi qui le talonnait.

Dans l'escalier, il creusa l'écart de plusieurs mètres. Arrivé devant les dépouilles, il arracha la première arme qu'il trouva, se retourna, prêt à tirer.

La galerie était déserte. L'*erectus* avait disparu.

Il reprenait son souffle quand il sentit le déplacement de l'air ; un truc énorme lui tombait dessus. Alors qu'il appuyait sur la détente, des dents acérées s'enfoncèrent dans son épaule, déclenchant une terrible souffrance.

Anna entendit le coup de feu et un cri déchirant. *Stephen ?* Elle scruta la végétation luxuriante depuis le seuil, immobile, et distingua soudain une ombre. Elle se déplaçait avec beaucoup trop d'agilité pour être un membre du commando. C'était Yann ! Elle courut vers lui, en agitant les bras. Suspendu à une poutrelle métallique, il se laissa tomber sur le sommet d'un cycas géant, puis disparut dans l'épaisse frondaison. Il ne lui avait pas accordé un regard.

Il est en chasse. Tu ne ferais que le gêner...

Elle frissonna, consternée par la catastrophe à venir. Il devait s'imaginer qu'en éliminant les Tikaks il serait libre. Il n'avait aucune idée du monde ni des hommes. Il savait simplement qu'on le traquait et que les fusils tuaient. Il ignorait tout du reste de leur arsenal, des tanks, des moyens impressionnants de l'armée.

En traversant la serre, elle vit soudain Marc Antonetti. Adossé à un tronc, le teint livide, le général semblait en très mauvaise posture. Sa chemise était percée d'un trou du diamètre d'un doigt. Anna s'agenouilla auprès de lui et le secoua sans trop de précautions. Le souffle court, le militaire peinait à s'exprimer.

— Voilà où votre folie nous a menés.

— Vous avez donné l'assaut, pas moi !

Malgré sa colère, Anna se sentait incapable de laisser le général se débrouiller seul. Elle l'aida autant qu'elle put, puis, une fois qu'il fut debout, alluma la torche et balaya la végétation alentour.

Yann les avait forcément entendus. Pourquoi ne se montrait-il pas ? Qu'attendait-il ?

Un visage au front court émergea soudain des branchages. Il portait des traînées sanglantes sur tout le corps et le cœur d'Anna se serra de pitié. Yann les observait, les lèvres retroussées sur un sourire carnassier. Une lueur guerrière flambait dans ses yeux.

Il avait participé à la tuerie, il avait vu ses compagnons se faire massacrer les uns après les autres. Il y avait trop de sang désormais entre eux. Il avait quitté le monde des humains. Il était autre chose. Ni homme, ni primate. *Autre chose...*

— Na, Yann.

Elle se plaça devant Antonetti afin de le protéger. Elle se fichait de ce type méprisable, mais elle ne supporterait pas un mort de plus. Et surtout pas de voir son ancien amour se comporter en bête sanguinaire.

Yann grogna. Sous l'effet de la contrariété, son front s'était plissé.

— Na.

Elle avança d'un pas, puis d'un autre. *Il était tout et elle l'avait perdu.*

— Yann, murmura-t-elle encore d'une voix douce.

Elle esquissa un geste pour voir comment il réagirait. Il ne bougea pas et se laissa effleurer. Il acceptait le contact. Sur sa face grossière, Anna pouvait lire le combat des sentiments contradictoires.

— C'est moi, Anna. Souviens-toi.

Sous sa main, les muscles se relâchèrent. L'*erectus* se mit à osciller de gauche à droite, comme hypnotisé par le son de sa voix. Son hostilité reflua et Anna se colla contre lui, pour qu'il sente son odeur. Ses narines frémirent, un râle guttural monta de sa gorge. *Il me reconnaît, enfin !*

— C'est bien, mon Yann. Tu te débrouilles comme un chef.

Il semblait avoir oublié le danger et son regard s'était troublé.

— Tu es incroyable, tu sais…

Un bruit métallique la fit sursauter. Elle tourna la tête, découvrit Antonetti, pistolet brandi, et son cœur se décrocha.

— Non !

Le général ne l'écoutait pas. Il tira et toucha l'*erectus* à l'épaule. Le sang éclaboussa Anna. La détonation la secoua, et elle vacilla, à moitié K.-O. C'était comme si on lui plantait des centaines de clous dans le crâne. D'un revers du bras, Yann la précipita dans un parterre de fougères. En se privant d'elle comme bouclier il s'était mis à découvert.

Le sang. A-t-il atteint ma plaie ? Et l'enfant ? J'aurais dû tuer Antonetti.

Des bribes de pensées s'entrechoquaient. Elle distingua le général qui essayait de relever son arme. Ses doigts s'ouvrirent et la laissèrent s'échapper. Une fléchette hypodermique était plantée dans sa paume. *Stephen ?*

Le militaire avait beau lutter, son système nerveux se paralysait à toute vitesse. Il tituba et finit par s'effondrer.

Avant que Yann puisse réagir, elle se remit péniblement debout et le rejoignit d'un bond, l'enserra une nouvelle fois, priant pour que Stephen tire une autre fléchette.

— Pardon, Yann. Je te jure que c'est pour ton bien. Je ne les laisserai pas te tuer. Jamais…

Le corps de l'*erectus* s'alourdit. Dans son regard, elle lut une immense tristesse. Quelque chose qui disait : « Tu m'as trahi. » Et puis tout s'opacifia, elle le sentit tomber et tenta de ralentir sa chute. Il avait le visage tuméfié. Elle s'assit à côté de lui, ferma les yeux, le temps que les battements de son cœur s'apaisent. Lorsqu'elle les rouvrit, Stephen était là. Blessé, mais encore vaillant. Il parla d'une voix sereine. Presque trop.

— Tout est fini.

— Fini ?

— Je viens d'avoir le commandement. Je les ai convaincus d'envoyer une équipe médicale.

— Et vous ?

— J'ai été mordu. Je suis fichu.

— Ce n'est pas possible. On va vous guérir.

— C'est trop tard, et vous le savez mieux que personne. Les antiviraux vont arriver dans les jours à venir, et c'est déjà une prouesse, mais d'ici là ils ne feront plus effet sur moi… Je vous demande une chose, à vous et à Margaret, veillez sur ma fille, s'il vous plaît.

Puis, dans un souffle :

— Vous aviez raison, Anna…

— Raison ?

— Linn Visnar a confirmé la stérilité des *erectus*. Le reste n'est qu'une question d'heures. Akoulov vient d'admettre le principe des réserves. Exactement ce que vous préconisiez.

Ils se contemplèrent tendrement.

— Vous pensez que je serai heureux dans une réserve ?

La gorge d'Anna se noua.

— J'en suis certaine.

– 3 –

Le nom s'afficha sur l'écran du téléphone d'Anna, provoquant un sursaut de recul. Lucas C. Que voulait-il ? Quelqu'un pouvait-il l'avoir prévenu de ce qu'elle s'apprêtait à faire ? Et même dans ce cas… Ils s'étaient parlé brièvement après l'assaut, mais Anna était incapable de se rappeler la teneur de leur échange, à part quelques mots qu'il s'entêtait à répéter en boucle. « Je suis là. » Là, avec sa femme et ses deux gamins ! C'était curieux, cette propension à clamer toutes sortes de promesses quand… *Quand quoi, Anna ? Tu ne serais pas un peu injuste avec lui ? En quoi est-il fautif si tout est parti en* live *? Vous avez bossé ensemble, et puis baisé, et ta vie a explosé. Alors oui, tu as cédé à la tentation, tu as joui, et oui tu l'aimes bien, mais ça ne change rien à rien, c'est toujours la même foutue merde ! Les morts resteront morts, les autres… Les autres ne reviendront jamais !*

Elle appuya sur la touche verte sans réfléchir davantage.

— J'ai cru que tu ne décrocherais jamais ! C'est Lucas.

— Je sais. Moi c'est Anna.

Il émit une sorte de rire et elle ne put s'empêcher de sourire à son tour. Son cœur s'était mis à battre vite.

— Comment vas-tu ?

— Pas si mal… vraiment. Et avant que tu le dises, non, je ne t'ai pas donné signe de vie, je crois qu'il a fallu que je mobilise toute mon énergie pour émerger, sans compter l'enfant que je porte.

— Je comprends. Pas trop rude, ta fin de grossesse ?

— Étonnamment non. Je pense que cette demoiselle a décidé de me faciliter la vie.

— Une fille alors. Tu dois être heureuse…

— Oui, très. Et toi ? Tu vas bien ?

— Moi, oh… Pas très fort…

Il se voulut désinvolte, mais sa tentative échoua pitoyablement.

— Pardonne-moi. J'appelle pour avoir de tes nouvelles et je me retrouve à me plaindre.

— Lucas, arrête de t'excuser, je ne suis pas en sucre et des drames on en a tous vécu ces derniers temps, alors peu importe à quel degré, cela n'a aucun sens de quantifier, je suis juste désolée d'apprendre que ça ne va pas.

— Ce n'est pas si grave, en réalité. Enfin, ce n'est pas d'ordre médical… C'est plutôt que les choses ne sont pas faciles avec ma… avec Manuela.

— Ah.

Elle se garda de réagir. Déjà, elle trouvait curieux qu'il lui avoue, parce qu'elle était la dernière personne à pouvoir le conseiller. Il devait d'ailleurs penser la même chose parce qu'il reprit d'un ton hésitant :

— Depuis cet été j'ai été absent sur tous les plans et elle m'en veut, ce que je comprends très bien. Et puis, il y a les garçons… On peut dire que j'ai merdé sur toute la ligne !

— Lucas…

— Je sais. Tu n'as pas besoin d'entendre ça. Même si par ailleurs tu es solide comme l'acier, intelligente, merveilleuse et la meilleure confidente que j'ai eue ces quarante dernières années !

— Rien que ça !

— Rien…

Il se tut pour prolonger l'ambiguïté du mot. *Non, rien n'y a fait, je ne t'ai pas oubliée.*

Anna n'était pas prête à jouer à ça. Pas maintenant. Elle reprit avec douceur.

— Rappelle-moi à la rentrée. J'ai encore des choses à faire seule, de mon côté. Tu veux bien ?

— Évidemment. Je… je pense à toi.

Il raccrocha avant d'entendre sa réponse et elle lui fut reconnaissante de sa délicatesse.

Elle ignorait ce qui adviendrait. Cela n'avait pas grande importance, pas aujourd'hui. N'empêche, son appel lui avait fait chaud au cœur.

– 4 –

Durant les semaines qui suivirent la révélation de la stérilité des *erectus*, la contamination continua de sévir dans des régions qui cumulaient conditions sanitaires déplorables et promiscuité avec les animaux. Des régions dans lesquelles les antiviraux avaient aussi mis du temps à arriver.

En Afrique du Sud, la proximité avec le foyer originel de la maladie était un facteur aggravant, mais les nouveaux cas ne représentaient désormais que la queue de la comète. La Terre en avait fini avec le Kruger… Pour quelques millions d'années.

Dans la communauté scientifique, la question de sa résurgence faisait l'objet de débats passionnés. L'opinion publique, elle, s'intéressait davantage aux résultats de l'enquête menée sur les responsabilités de Futurabio. Sous le titre « Les imprudences criminelles d'une multinationale », dans son édition du 15 novembre, le *New York Times* brossait à gros traits le processus qui avait mené le monde au bord du chaos.

Depuis cinq ans, en toute discrétion et sous couvert de mener un projet d'exploration des fonds marins, Futurabio moissonnait les fosses océaniques afin de faire main basse sur de nouvelles molécules. Après avoir exploité la forêt amazonienne au cours des années 1990, le consortium espérait y trouver le prochain eldorado pharmaceutique. Des sous-marins ont été affrétés pour collecter des échantillons dans la fosse des Mariannes, au large du Japon, et celle des Kermadec, au nord de la Nouvelle-Zélande. Ces gigantesques trous dans le plancher océanique plongent à plus de dix mille mètres de profondeur. L'hôte originel du Kruger – cet animal ressemblant étrangement à un poulpe – a été découvert au plus bas de la première fosse, à une centaine de kilomètres de la Nouvelle-Guinée occidentale, où le virus a frappé dix millions d'années plus tôt.

Remonté par le bathyscaphe de Futurabio dans le cas qui retient notre attention, le poulpe a été transféré en caisson hyperbare au laboratoire de Malelane. Il aura ensuite suffi d'une série de coïncidences malheureuses – une mauvaise manipulation causant l'évacuation du personnel, un vigile malhonnête, la morsure d'un singe probablement infecté – pour que le virus Kruger s'échappe, causant la plus grande tragédie sanitaire depuis l'apparition du sida... Mais Futurabio n'a pas uniquement fait preuve d'imprudence. La société a gardé le silence sur l'accident qui s'est déroulé dans son laboratoire, et cette dissimulation a considérablement ralenti la contre-attaque.

Paloma Weber, la directrice générale, a finalement été arrêtée à l'aéroport de Pretoria pour malversations et mise en danger de la vie d'autrui. Devant l'ampleur du scandale, le gouvernement sud-africain a fini par lâcher son fleuron pharmaceutique. Sous la pression médiatique, il a ordonné la fermeture définitive du laboratoire et sa destruction totale, ou son confinement, selon ce que préconiseront les expertises.

En attendant les résultats de l'enquête officielle menée sur les agissements de Futurabio, les observateurs envisagent une condamnation de la société pharmaceutique, qui serait contrainte de verser une lourde indemnisation aux familles des victimes. On parle d'une amende record pour une multinationale, avoisinant les cinquante milliards de dollars.

– X –

REFUGE

Kenya, 8 décembre.

L'hélicoptère de l'ONU survolait la savane à basse altitude. Le bruit assourdissant du moteur faisait fuir les animaux qui erraient parmi les herbes blondes. Assise à côté du pilote, Anna communiquait avec lui par radio. Depuis qu'ils avaient quitté l'aéroport de Nairobi, elle scrutait cette immense plaine tachetée, ici ou là, par les frondaisons vertes des acacias.

— Impatiente, n'est-ce pas ? sourit le commandant.

Elle acquiesça sans dire un mot, la gorge serrée.

— Je vous comprends. C'est une structure impressionnante. Deux mille cinq cents kilomètres de long, vous vous rendez compte ? Elle a été construite en à peine deux mois. Des amis m'ont affirmé qu'on la voit de l'espace, mais je crois plutôt que c'est le début de la légende. Pendant longtemps, on a prétendu la même chose à propos de la Grande Muraille.

L'homme désigna du menton son ventre et sourit à nouveau.

— C'est pour quand ?

— Dans deux mois…

Plutôt que d'avoir à répondre à d'autres questions, elle tenta une diversion :

— On arrive bientôt ?

— Nous devrions apercevoir la réserve d'un moment à l'autre. Elle s'étend jusqu'à la frontière avec l'Éthiopie, le long du lac Turkana…

— Je pensais qu'elle chevauchait l'Ouganda et le Kenya.

— En réalité, elle forme un long rectangle qui déborde de quelques kilomètres sur l'Éthiopie et le Soudan du Sud. Au total, elle couvre un territoire de trois cent mille kilomètres carrés. L'objectif est de permettre aux *erectus* de chasser et de vivre en parfaite autonomie. Il paraît que les experts de l'ONU ont établi un périmètre de façon que la densité de population coïncide avec celle qui prévalait à l'époque !

— J'ai appris ça, oui.

— Vous êtes de chez eux ?

— Qui ?

— L'ONU…

— En quelque sorte.

Elle se tut, pensive, en songeant aux paroles du pilote. Bien entendu, elle connaissait à peu près tout ce que l'on pouvait savoir sur la réserve, mais le spectacle l'émouvait violemment. Elle espérait que Yann, l'homme de sa vie, mais aussi Stephen et tous les autres se sentiraient chez eux dans ce qui avait été l'un des berceaux de l'humanité.

Le choix de cette région d'Afrique avait été fait en prenant en compte les spécificités de son environnement : une zone semi-aride qui recelait du gros gibier, nombre de gazelles et de zèbres. D'autre part, cet endroit était très faiblement peuplé à cause de la présence endémique de la mouche tsé-tsé.

— Tenez, la voici !

La ligne grisâtre que l'on apercevait au loin se transforma bientôt en une muraille d'acier balafrant le paysage. L'hélicoptère entama un virage incliné pour permettre à Anna de voir de plus près cette double clôture coiffée de barbelés.

— Vous avez déjà survolé la réserve ?

— C'est interdit. Ça risquerait de perturber les préhistoriques. Le règlement est commun aux trois réserves…

Après quelques minutes, l'appareil arriva à destination : un camp militaire composé d'une vingtaine de bâtiments et d'une piste d'atterrissage. Le drapeau de l'ONU flottait sur l'un des baraquements.

Ils se posèrent près de deux autres énormes hélicoptères, à quelques dizaines de mètres seulement de la première grille d'enceinte. Les pales de l'appareil soulevèrent une tempête de sable avant de ralentir.

Au-dehors, un jeune soldat accueillit Anna avec un large sourire.

— C'est un honneur de vous rencontrer, madame Meunier. Le colonel aurait aimé vous recevoir en personne, mais il a été obligé de se rendre dans la région est du parc. Des préhistoriques se sont entretués pour accaparer la nourriture que nous avions déposée…

Elle ressentit un coup au cœur. *Jusqu'à quand je me ferai du souci pour lui ? Et Stephen...*

Le soldat lui désigna un pick-up. Anna se figea, le souffle court. Il se tenait debout dans une cage, les deux mains solidement agrippées aux barreaux, comme s'il cherchait à les écarter.

Yann.

Le bracelet à la cheville lui avait été retiré. Visiblement, lui n'avait pas été drogué.

Elle s'approcha à pas lents, près de défaillir. Quand il l'aperçut à son tour, il se mit à se balancer d'avant en arrière, en signe d'impatience.

Elle s'approcha encore, glissa ses doigts entre les barreaux. Yann les recouvrit délicatement de sa paume.

— An… na… grogna-t-il de sa voix rauque.

— Yann. Je suis venue.

L'*erectus* s'agenouilla pour être à sa hauteur. Il plaqua son visage contre les tiges de métal et se laissa caresser. Une mimique de plaisir déforma ses lèvres. Elle le sentait miné par une profonde solitude.

— Tu seras bien avec tes semblables.

Une bouffée d'émotion la submergea ; elle s'efforça de la repousser.

— Je suis sûre que tu vas rencontrer une compagne et que vous serez heureux.

Ses larmes, à présent, coulaient, mais elle était incapable de dire si elle pleurait parce que Yann allait enfin trouver l'apaisement après ces mois d'épreuve ou parce qu'elle vivait ses derniers instants avec lui. Elle essuya ses joues, puis se tourna vers le soldat qui, par pudeur, s'était maintenu en retrait. D'un signe de la tête, elle lui signifia qu'elle était prête et retira sa main, provoquant un bref sursaut chez Yann. Il se détendit dès qu'il la vit s'asseoir à l'avant du véhicule, mais ne la lâcha plus du regard.

Deux portes successives formant un sas s'ouvrirent devant eux avant de se refermer dans un grincement métallique. Le 4 × 4 pénétra dans la réserve.

Le véhicule roula dans les herbes hautes en cahotant. Ils passèrent tout près d'un troupeau de giraffokeryx. Anna vérifia la réaction de Yann. Les animaux semblaient plutôt l'intriguer. Il observait tout avec une fascination visible.

Venir jusqu'ici, au Kenya, n'avait pas été une décision facile à prendre. Elle appréhendait de le revoir. Allait-il seulement la reconnaître ? Depuis qu'elle avait acheté son billet d'avion, elle avait douté mille fois. Aujourd'hui, elle savait que ses craintes étaient infondées. Yann serait bien dans cette réserve.

Ils avaient parcouru une bonne vingtaine de kilomètres quand le soldat stoppa le pick-up. Devant eux s'étendait un paysage luxuriant.

— La rivière n'est pas loin. Nous avons pensé le déposer ici…

Anna hocha la tête, soulagée.

— Je déverrouille la cage et vous lui faites signe de sortir, ça vous va ?

— Oui ! dit-elle dans un sanglot.

En prenant conscience de l'agitation, l'*erectus* s'était réfugié au fond de sa geôle, méfiant. Le soldat donna un tour de clé puis recula. Il tenait une arme à la main. Anna ouvrit la porte d'un geste lent. Yann ne réagit pas. Il restait sur la défensive, redoutant visiblement un mauvais coup.

— Viens vers moi, susurra-t-elle en se tapotant la poitrine.

Il l'observa longuement puis, comprenant qu'il n'avait rien à craindre d'elle, il se risqua sur la plate-forme et descendit prudemment. D'abord il jeta des coups d'œil inquiets vers le soldat, puis il se tourna vers la forêt d'arbustes et huma l'air. Elle eut le cœur déchiré. *Allez, mon ange, va-t'en, ne rends pas ces adieux plus durs encore, profite de ta liberté retrouvée.*

Il fit un pas dans sa direction, mais elle ne pouvait pas le laisser approcher.

— Na Yann.

Elle désigna un point vague, au loin.

— Ta maison est là-bas maintenant.

Une déception amère se lut sur les traits rudes. *C'est toi que j'ai aimé, mais maintenant c'est fini.* Elle essaya de contenir son émotion et dit au soldat :

— Je suis prête.

— Vous êtes sûre ?

— Allez-y.

Le soldat tira un coup de feu en l'air. Yann fit un bond en arrière et chercha de l'aide dans le regard d'Anna. La paléontologue avait la gorge si nouée qu'elle pouvait à peine respirer. Elle ordonna :

— Tirez à ses pieds.

Jamais elle ne se serait crue capable de prononcer ces mots. Le soldat prit le temps de viser. L'impact souleva une motte de terre à vingt centimètres de l'*erectus*. Cette manifestation le pétrifia. Un instant, il l'observa avec une colère qu'elle ne lui connaissait pas. Elle était devenue une ennemie, alliée des Tikaks, elle le savait.

Il tourna les talons et s'enfuit en direction de la zone humide. Quelques secondes plus tard, il avait disparu parmi les figuiers sycomores.

— Ça y est…

Anna l'avait chuchoté, comme si elle se parlait à elle-même. Elle marcha vers la voiture, le visage ruisselant de larmes.

ÉPILOGUE

Dix mois avaient passé… Nimbée d'un voile épais monté de la rivière, la vallée semblait flotter sur la brume et, par endroits, s'y dissoudre. Dans le ciel, le soleil couchant étirait une traînée rose bien au-delà de la ligne de crête.

Le clan de la Pierre-Levée avait établi son feu à flanc de colline, près d'une excavation qui lui servait de refuge. Les braises tenaient éloignés les griffes des prédateurs et le froid de la nuit. Sur les pierres chauffées, des morceaux de viande cuisaient lentement. Oreille-Coupée avait pourchassé la proie une partie du jour à travers la grande plaine. Le clan comptait sept membres, mais seulement trois des plus forts avaient joint leurs lances à la sienne.

Oreille-Coupée rejoignit la femelle fatiguée qui s'était adossée au rocher. Son ventre lourd l'avait rendue trop faible pour chasser. Chaque fois qu'il l'approchait, Fille-de-Lune sentait son cœur se gonfler. Comme il lui tendait la nourriture dégoulinant de graisse, elle sourit de gratitude et se mit à manger. Lui attendait qu'elle soit rassasiée.

Plus tard, alors que la nuit couvrait le monde, ils demeurèrent ainsi, tranquilles, à contempler la brousse traversée d'ombres mouvantes. Leur territoire… Là-haut, les lumières du ciel s'allumaient par myriades.

Soudain, Fille-de-Lune prit sa main et la posa sur la peau tendue de son ventre. À l'intérieur, la vie remuait.

L'impossible s'était produit.

Oreille-Coupée grogna de contentement. Son visage dépourvu de front affichait une expression de joie pure. Quelque chose venait, il le sentait. Ce serait pour cette nuit.

Note de l'auteur

En dehors du virus que j'ai inventé, tous les faits scientifiques sur lesquels l'histoire repose sont vrais.

L'idée que des espèces puissent faire machine arrière le long du chemin de l'évolution est démontrée depuis maintenant une quinzaine d'années. Les paléontologues ont même un mot pour désigner le phénomène, celui de « réversion ». Pour ne citer que deux exemples, les serpents ont au moins une fois, au cours de leur histoire évolutive, retrouvé des pattes complètes et le gecko a perdu et récupéré plusieurs fois sa capacité à coller aux murs. L'espèce humaine est aussi concernée. Nous-mêmes avons perdu certains traits anatomiques, notamment des muscles de la main, il y a quinze millions d'années, pour les retrouver plus tard.

Ce retour en arrière de l'évolution est expliqué par le fait que des gènes restés longtemps en sommeil peuvent se réactiver tout à coup – ce dont nous avons de plus en plus de preuves. Certaines recherches menées dans ce cadre s'apparentent à de la science-fiction, mais sont authentiques. Il y a deux ans, des chercheurs de l'université du Chili à Santiago ont ravivé chez des poulets, au stade embryonnaire, des gènes de leurs ancêtres dinosaures. Ils ont sorti de leur hibernation des gènes vieux de cent millions d'années ! Avec ce résultat : les embryons possédaient des pattes aux caractéristiques anatomiques proches de celles des dinosaures. Pourquoi, dès lors, ne pas imaginer que les hommes puissent régresser un jour en *erectus* ?…

Remerciements

Merci à Bernard Fixot et à Édith Leblond pour leur confiance, à Virginie Jouannet et Renaud Leblond pour leur précieuse collaboration, ainsi qu'à tous ceux qui ont participé à l'aventure de ce livre : Caroline Sers, Bruno Barbette et Amandine Le Goff.

TABLE

POCKET N° 17498

« Un thriller féministe et haletant. »

Le Parisien

Nicolas BEUGLET
COMPLOT

Un archipel isolé au nord de la Norvège, battu par les vents. Et, au bord de la falaise, le corps d'une femme, dont les blessures semblent être autant de symboles mystérieux. Quand l'inspectrice Sarah Geringën apprend l'identité de la victime, c'est le choc. Le cadavre est celui de la Première ministre. Sarah, très vite, le pressent : la scène du crime signe le début d'une terrifiante série meurtrière. Dans son enquête, curieusement, quelqu'un semble toujours la devancer. Le soupçon d'un complot implacable accompagne chacun de ses pas...

Retrouvez toute l'actualité de Pocket :
www.pocket.fr

Composition et mise en pages
Nord Compo à Villeneuve-d'Ascq

Imprimé en Espagne par
Liberdúplex
à Sant Llorenç d'Hortons (Barcelone)
en avril 2022

POCKET – 92, avenue de France – 75013 Paris

S29978/07